The Voyage Out

吴尔夫
作品集

远航

［英］弗吉尼亚·吴尔夫　著
黄宜思　译

人民文学出版社

Virginia Woolf
THE VOYAGE OUT

图书在版编目（CIP）数据

远航／（英）弗吉尼亚·吴尔夫著；黄宜思译. —北京：人民文学出版社，2022

（吴尔夫作品集）
ISBN 978-7-02-014780-9

Ⅰ.①远… Ⅱ.①弗… ②黄… Ⅲ.①长篇小说—英国—现代 Ⅳ.①I561.45

中国版本图书馆CIP数据核字(2018)第285521号

责任编辑　马爱农
装帧设计　李思安
责任印制　王重艺

出版发行　人民文学出版社
社　　址　北京市朝内大街166号
邮政编码　100705

印　　刷　河北鹏润印刷有限公司
经　　销　全国新华书店等

字　　数　310千字
开　　本　880毫米×1230毫米　1/32
印　　张　13.875　插页3
印　　数　1—3000
版　　次　2003年4月北京第1版
印　　次　2022年1月第1次印刷

书　　号　978-7-02-014780-9
定　　价　76.00元

如有印装质量问题，请与本社图书销售中心调换。电话:010-65233595

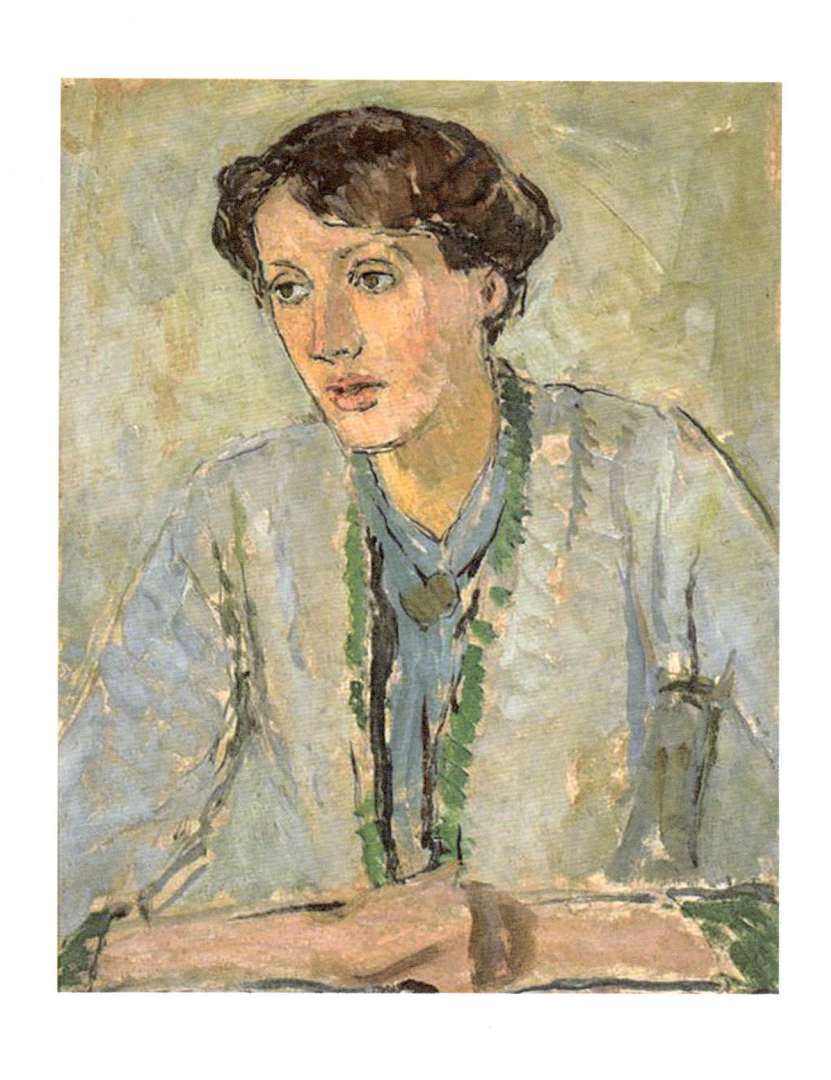

弗吉尼亚·吴尔夫肖像（1912 年）

凡妮莎·贝尔 绘

吴尔夫作品集

远航　　*The Voyage Out*

夜与日　　*Night and Day*

雅各的房间　　*Jacob's Room*

达洛维太太　　*Mrs. Dalloway*

到灯塔去　　*To the Lighthouse*

奥兰多　　*Orlando: A Biography*

海浪　　*The Waves*

岁月　　*The Years*

幕间　　*Between the Acts*

一间自己的房间　　*A Room of One's Own*

普通读者 I　　*The Common Reader: First Series*

普通读者 II　　*The Common Reader: Second Series*

前　言

《远航》是英国女作家弗吉尼亚·吴尔夫发表的第一部长篇小说。这是她的一部以"较传统的风格"写成的小说,也是她的重要作品之一。

吴尔夫出身于书香门第,从小生活富裕,受到了很好的文化熏陶,遍览家里的大量藏书。父亲作为著名学者,经常鼓励她抒发自己的思想。父亲死后,她和姐姐及两个弟弟搬到了伦敦市中心的布卢姆斯伯里区。那里有一个文化沙龙"布卢姆斯伯里";它是一些思想前卫的文人聚会的场所。这些人的共同的旨趣是,为探求真理而进行辩论,因而可以蔑视传统的思维和情感体验模式,蔑视传统的道德观念。吴尔夫经弟弟介绍加入了这个文艺圈,这对她后来的生活产生了决定性的影响。她开始写一些小评论。一九〇六年,年届二十四岁的吴尔夫在游历希腊归来以后,开始筹划《远航》的创作。书中的人物多以她在布卢姆斯伯里文艺圈结识的朋友为原型。

《远航》的故事开始于伦敦街头。步入中年的安布罗斯夫妇前往搭乘一艘开往南美洲的航船"欧佛洛绪涅"号。船主是这对夫妇的亲戚。进而作者开始了对船上情况的描写。船主的女儿雷切尔·温雷克早年丧母,是一个单纯、不谙世故的姑娘,她自我封闭,已经成年后(小说开始时她已二十四岁)还对社会、政治、两性关系、爱情、婚姻等一无所知。对于雷切尔的无知,刚上船来的她的舅母海伦·安布罗斯开始很看不惯。作者在把雷切尔这个人物形象推进社会做了种种铺垫之后,插入了达洛维夫妇上船一段小插曲。达洛维夫人是一个上流社会保守妇女的典型代表。她人生的惟一目的似乎就是不停地忙碌于为家庭中的男性服务。从书中提到的一些对社会、政治等问题(例如妇女选举权的问题)的争论上,也可以看出她所持的满足现状和顺从的态度。相比之下,海伦·安布罗斯就显得更有个性和自己的主张。海伦希望雷切尔的单调的生活有所改变。于是,在征得船主同意后,他们夫妇带着雷切尔来到南美一个有不少英国人聚集的度假区。

这个度假区是全书的重点,作者用大量笔墨描写了前来度假的众多人物。其中包括可敬的瑟恩伯里夫妇,学究气十足的剑桥先生胡格赫灵·埃利奥特以及他的太太,相互一见钟情的苏姗·瓦灵顿和阿瑟·文宁,行动不便的佩利太太,风流的伊夫林·默加特罗伊小姐,头脑聪明并十分自负的圣约翰·赫斯特等等,并描写了他们之间的一些情感纠葛。在这里,雷切尔就像进入了英国上流社会,开始了她新的人生体验。她结识了有志成为作家的英国男青年特伦斯·黑韦特。两人之间互有好感,进而产生了爱情,不久就订了婚。然而雷切尔后来在另一次旅行中染上流行病而去世,他们的恋情以悲剧告终。

综观全书的结构,有这样几个特点:首先是书中常见的大段犹如景物写生一般的绘画式的描写。这种描写并不是"静物"写生式的,而是静中有动;整部小说随处给人以动感,人在动,景物也在动。其中比较精彩的段落如第七章的开头两段对"欧佛洛绪涅"号在南美停靠的描写,以及第九章中的对黑夜的描写和随后的对旅馆大厅景物的描写等等。其次是,小说的整个故事情节由现实向非现实的推进。我们几乎可以明确地感觉到,小说开始部分的那种现实随着故事的发展而逐渐变得虚幻而意念化,写生式的叙述开始减少,而变成了一种意识的流动。这似乎也是对作者写作风格即将转型的某种预示。

《远航》这部作品,从构思到最后出版,前后经历了近九年的时间,并且几经易稿,终于一九一五年三月在英国首次发表,当时就获得了很好的反响。当年四月的《观察家报》发表文章对吴尔夫表示祝贺,并对这部小说作了如下评价:"……书中所表现出的那种幽默、讽刺,以及间或辛辣的笔触,其中的创作天赋,令人刮目相看……"

英国的《时代文艺副刊》是作家所在时期的一本较有影响的文学评论刊物(从一九〇四年开始,吴尔夫一直担任该刊的评论员)。这本杂志一九一五年的四月号上刊登了一篇对该小说的评论文章,其中说:

> ……这突如其来的悲剧,虽然看似不合生活的逻辑,但其强度之大却足以使人完全陷于对人生无益的感叹之中,从而忘却了小说的缺点。

吴尔夫对待创作的态度是十分认真的。她的求新意图使每部作品的创作都让她心瘁力竭。《远航》是她付出心血特别多的一部书。它的出版使她经历了一场严重的情感危机,她曾几次试图自杀。小说中雷切尔这个她倾注了巨大精力写成的最主要人物虽然不是以她自己为原型,但她自己的婚姻经历却和我们所看到的雷切尔有几分相似。吴尔夫曾有过和利顿·斯特雷奇(小说中圣约翰·赫斯特的原型)短暂订婚的经历。她笔下人物的悲剧命运向读者展示着这样的潜台词:遥远的人生灾难会如何随着人们对日常问题的思考、期待、作为或不作为一步步来到人们身边。可见她对内心世界投注的精力和情感。狂躁型抑郁症使她认为雷切尔的死和自己有着某种联系。只是在丈夫莱昂纳多的多方帮助下她才逐渐恢复了理智,并重新开始创作。

另外,一般认为,小说中其他一些主要人物形象,如海伦·安布罗斯是以吴尔夫的姐姐瓦尼萨·斯蒂芬·贝尔为原型;雷德利·安布罗斯是以她的父亲莱斯利·斯蒂芬为原型;而特伦斯·黑韦特则是以她的丈夫伦纳德·吴尔夫和姐夫克莱夫·贝尔为原型。

对于这部小说的悲观情调以及不合情理之处,后人的评论更多地把原因归结在吴尔夫本人的心理失常上。少年时期的吴尔夫曾经长期受到年长她十六岁的同父异母哥哥的性骚扰,这种情况持续了近十年,一直到她二十一岁。有人认为这是后来她一直受到精神困扰的主要原因之一。她成年以后,乃至婚后,对异性交合不感到欢娱的事实以及她对人生的淡泊态度,都明显反映在这部小说中。有人甚至认为这部小说就像"势利的上层有闲人士的谵言妄语,不过是一个乱性受害者精神障碍的产物……"

新近更有评论认为,这部小说写的就是吴尔夫本人的经历。《远航》不过是一次神秘之旅的现代翻版,是对自我的发现。吴尔夫的影子隐约体现在女主人公身上,既是对社会的一大讽刺,也是对一位女性通过成人标志的抒情讴歌。

从写作手法上看,不论是写景还是心理刻画,《远航》都充分体现出一直左右着吴尔夫的艺术创作的一个核心观念。那就是，她认为人生的经历就是"头脑接受无数个印象——琐屑的、奇特的、稍现即逝的，或者用锋利的钢刀镌刻的"。当然，这一点在她以后的作品里得到了进一步的发展，并逐渐形成吴尔夫自己的创作观。

作为现代主义的一位重要代表人物，吴尔夫的创作道路与她的生活优裕、衣食无愁有着一定的关系。不必为生活奔波使她可以潜心写作。她的丈夫伦纳德·吴尔夫就曾这样写道："和《远航》截然相反的是，她（吴尔夫）每天连门都不出。她不用去办公室，不用去商店，甚至不用去托儿所……否则她可能根本不会开始写作。"

《远航》初版以后，又经过作者多次修改。仅从这一点我们就不难看出，它也是作者本人十分偏爱的一本书。其中改动最大的一次是在一九二〇年之前。这一年《远航》在美国首次发行。吴尔夫为此对全书做了一次全面的修订，改动最多的是第十六章。因此，《远航》这本书历来有"英国版（Draft B）"和"美国版（Draft A）"之分。目前这个译本是根据企鹅出版社出版的简·惠尔的注释本译出的。其中多处提到原书不同版本的差异。对此，译者在加注时多有参照。译本的其他注释也多参照此书，并做了适当补充。

黄宜思
二〇〇二年七月

第 一 章

从滨河马路到堤坝的街道本来很狭窄,所以在这里走路最好不要相互挽着胳膊。如果偏要这样,那些律师助理就得跨进路边的泥坑了,年轻的女打字员也会在你身后不知所措。在没人关注美貌的伦敦大街上,怪癖是要付出代价的,还最好别长得太高,别穿蓝色风衣,别在空中挥舞左手。

十月初的一个下午,正当交通开始变得繁忙的时候,一个高个子男人手臂上挽着一位女士在人行道上比肩而行。愤怒的目光纷纷落在他们的背上。这些矮小、恼怒的人们——因为和这对夫妇比较起来,大多数都显得很矮小——身上别着自来水笔,拎着笨重的公文箱,他们忙着准时上班,领的是周工资①,因此对安布罗斯先生的身高和安布罗斯太太的风衣投以不友好的目光也不无道理。然而某种魅力又使这对男女不至于被人厌恶。那男子呢,看他嘴角不停扭动,你也许会猜测他在思考;而那女子呢,看她的高于一般人视线的笔直冷冰的目光,你则会以为她在伤心。纯粹是对四周的一切不屑一顾才使她忍住眼泪,并且周围人和她的摩肩接踵显然使她很痛苦。在对堤上公路的交通

---

① 有身份人士一般都领月薪或年薪,此处描写的是那些身份较低的职员。

情况观察了片刻以后,她扯了扯丈夫的袖子,两人穿过车流如潮的马路。安全到达马路对面以后,她轻轻地从丈夫腋下撤回手臂,同时听任她的嘴唇的抖动,眼泪随之扑簌簌滚落下来。她用胳膊肘倚在栏杆上,以躲避那些好奇的目光。安布罗斯先生试着安慰她,轻轻拍着她的肩膀,但是她没有表现出丝毫反应。站在这个比他更哀伤的人旁边,他感到几分尴尬,于是他把双手交叉在身后,沿着人行道漫步走去。

堤外面每隔不远就有一个延伸出的坝角,就像一个个布道的祭坛;但是占据它们的不是布道牧师,而是一些小男孩,正忙着往水里放绳,或丢卵石,或试航纸船。这些孩子眼睛尖,古怪的事情逃不过他们的眼睛。他们都觉得安布罗斯先生不是好人;在他走近的时候,一个最机灵的孩子喊道:"蓝胡子①!"安布罗斯先生担心他们继而去撩逗他的妻子,便冲他们挥了挥手杖。这使他们越发觉得可笑,四个一起喊起来,"蓝胡子"!

尽管安布罗斯太太一直站着不动,而且出乎意料地长久,可那些男孩们并没有去招惹她。时常有人在滑铁卢桥附近凝视水面。在晴朗的下午,一对夫妇可能站在那里闲谈半个小时;大多数漫游者在这里沉思不过三两分钟,把当时的场合与另外的场合作一番比较,或发几句感慨,也就继续走路了。有时候,西敏寺的房舍、教堂和旅馆就像薄雾中君士坦丁堡的轮廓一样,河水的颜色有时是深紫色,有时是泥色,有时又是波光粼粼的海蓝色。不论什么时候驻足俯视这里究竟在发生着什么都是值得的。然而这位女士却并不俯视,也不仰视,自从她站在那里,她只看着一个中间插着一根稻草的环形彩虹色的碎片在慢慢地漂

---

① 意为残酷的丈夫;乱娶妻妾的男人。一译"青须公"。

游过去。那稻草和碎片紧跟着一滴巨大的泪珠,在它过后留下的水渍中不停地游泳,那泪滴升起来又落下去,掉进了河里。随之在她的耳旁响起——

> 克卢斯姆的守护神波森纳——
> 他以九个神的名义发誓
> ——然后声音渐弱,就像说话的人在离她而去——
> 塔尔昆的宅第决不再承受冤屈①。

是的,她知道她应该明白这些,但目前她还是非得哭泣。她捂住脸哭得更厉害了,肩膀有规律地上下耸动,她的丈夫看到的正是她的这个样子。他在看到美丽的斯芬克斯②,又被一个卖明信画片的商贩纠缠了半天之后转身返回。哭泣声戛然而止。他走到她身边,把手放在她的肩膀上说:"最亲爱的。"他的声音在祈求。但是她却转过脸去不看他,好像是说"你根本不懂"。

但他没有再离开她,她也就只好擦了擦眼泪,并抬起目光平视着河对岸工厂的烟囱。她同时也看到了滑铁卢桥的桥拱,汽车像射击廊中的动物一样成队经过桥拱。虽然这都是她在茫然中看到的,但是不管看到什么,都意味着要结束哭泣,继续动身。

"我宁愿走路。"她见丈夫招呼了一辆已经坐有两位市民的出租马车以后说。

行走打破了她凝滞的心思。穿梭而过的机动车辆比起陆地上的真实物体,倒更像月球上的蜘蛛。发出隆隆声的大马车,丁

---

① 此处雷德利·安布罗斯先生背诵的是诗人麦考利的诗《贺拉斯》的开头几行。此诗在维多利亚时期非常流行。雷德利有吟诗的习惯,这一点和吴尔夫的父亲斯蒂芬很相像。
② 在伦敦滨河马路两侧各立着一个方尖锥,旁侧有斯芬克斯的铜雕像。

当响的汉孙式马车①,还有黑色的单篷四轮马车,让她回到了她生活的世界。远在那屋顶之上的冒烟的山峰中间,她的孩子们此时一定正在寻找她,得到的只有几句哄他们的好话。对于那把他们分开的大片街道、广场和公共建筑,她此刻所想到的只是伦敦城是怎样地使她觉得不值得爱,尽管年届四十的她有三十年都是在其中一条街上度过的。她很善于观察身边的过往行人,其中有在这个时间相互登门拜访的有钱人;有径直冲向办公室执着于工作的人;也有潦倒得难以不怀恶意的穷人。尽管依然有阳光穿过薄雾,衣衫褴褛的老夫老妻却已经在长椅上打瞌睡了。当一个人不再注意观看事物的美丽外表时,所见的就是赤裸裸的白骨了。

  闲闲细雨使她更加忧郁;有着奇怪的名字的货车——大嘴叉,锯末制造商;没有一张废纸不称心的收购站——都成了蹩脚的玩笑;大胆的情人们干着在她看来肮脏的勾当,在一件外套的掩盖下就发泄情欲;几个心安理得的卖花女,原本言语动听的,成了湿漉漉的丑婆子;那些红、黄、蓝色的花头都缩到了一起,不再燃烧。更有甚者,她的丈夫,迈着有节奏的大步,还不时猛挥那只空手,几只海鸥改变了他的音符,不是北欧海盗就是中弹的纳尔逊②。

  "雷德利,我们坐车吧?我们坐车好吗,雷德利?"

  安布罗斯太太不得不提高嗓音;因为这时他在前面很远。

  还是在这条街上,马车的稳步小跑很快就把他们带离了西区,驶进了伦敦市内。这里显然是一个大作坊,人们都在忙着做

---

① 一种一匹马拉的二轮有盖双座小马车。
② 纳尔逊(1758—1805),英国海军司令,以勇猛善战著称;在1805年的特拉法尔加抗击拿破仑战役中阵亡。

些什么，就好像西区的所有电灯、透出黄光的大玻璃窗、精致的房子以及在人行道上奔走的蚂蚁般的人影，和在道路上行驶的车辆，不过都是在这里制造出的产品。在她看来，从如此庞大的工厂中做出的那一点产品太微小了，就像一件巨大黑色外套的边上的一点金流苏一样，不成比例。

路上除了货车和普通马车，再没有看到第二辆汉孙式马车，所看到的无数男男女女也没有一个可称为绅士或淑女，安布罗斯太太明白了，贫穷是平常的事情，伦敦其实就是个无数的穷人的城市。这一发现使她很吃惊；想到自己的生活一直是围绕着皮卡迪利①，因此在经过一个由伦敦郡政府设立的夜校②的时候，她才感到了一丝宽慰。

"天哪，怎么这么阴暗！"她的丈夫小声说，"可怜的人们！"

思念孩子的痛苦、穷人、雨，这些使她的大脑变得像一处正在空气中风干的伤口。

就在这时，马车停了下来。因为它面临着像一只鸡蛋壳一样被撞碎的危险。宽大的堤岸原本容纳炮弹和工兵都有足够的空间，现在却缩小为一个卵石堆砌的小巷，其中堵满了马车，到处充满麦芽和油的气味。当她的丈夫读着贴在砖墙上公布某个开往苏格兰的轮船的开航时刻表时，安布罗斯太太在努力地观察着。在这个全然忙碌于往马车上装麻袋的世界里（并且还有一半隐匿在黄雾中），不但没有人帮助他们，甚至根本没有人注意他们。忽然，一个老头儿奇迹般地出现在他们面前，他打量了他们一下就提议用小船渡他们到大客船上。他说小船就拴在一

---

① 伦敦的繁华街区。
② 吴尔夫本人曾经于1905年至1907年间在一所夜校教书。

溜台阶的底端。带着几分犹豫,他们还是把自己托付给了这个人。上了小船后他们很快就在水面上漂浮了,伦敦在他们两侧缩小为细细的两排建筑,方形的和长方形的楼房都一字排开,像小孩子的积木。

泛着某种不安的黄光的河道奔忙不休;笨重的驳船在拖船的护送下驶向下游;警船像子弹一般掠过所有的船;风顺着河流的方向吹着。他们的敞篷小船来回闪躲,礼貌地横穿过一条条交通线。在中流,那老头儿把手放在桨上便打开了话匣子,河水绕过桨奔流而下,他说起自己以前曾摆渡过许多旅客过河,可现在几乎没有了。他似乎记得,当年他的船比别人的都稳,曾经摆渡过踏上罗瑟西斯①草坪的高贵的脚。

"他们现在喜欢走桥了。"他说着指了指那边塔桥阴森的轮廓。对于这个使自己和孩子之间更隔了一片河水的老头儿,海伦也为他感伤。在感伤中她注视着正在靠近的轮船,它停泊在河中央,还可以隐约看见它的名字,"欧佛洛绪涅"②。

暮色中他们依稀可见轮船上的绳索、桅杆,和被微风吹向正后方的一面深色旗子。

当小船横着靠近大船的时候,老人收起了桨,他指指上面说,全世界所有的船在开航时刻都挂这样的旗子③。在两位旅客的头脑中,蓝色的旗帜是个不祥之兆,这时他们更增强了这种

---

① 伦敦的著名船坞,后改建成公园。
② 希腊神话中赐人欢乐与美丽的三女神之一,意为欢乐;有学者认为这个名字中包含着一些个人笑话。在一九〇九年以前,吴尔夫一直称这条船为"玛丽·简"号,但对此名字不甚满意。于是她的朋友贝尔等人提议改名为巴塞罗纳、阿普科特或欧佛洛绪涅。她选中了最后一个,因为它曾是她丈夫和贝尔人所编的一本短命的诗集的名字。
③ 此处指的是离港旗,其图案为蓝底上一个白色的方框。

预感,但他们还是起身收拾东西,登上了大船。

在父亲的这艘轮船上,二十四岁的雷切尔·温雷克小姐正在大厅里等待着她的舅舅和舅母,并且感到很紧张。首先,虽然是近亲,她却几乎不记得他们;再说,他们又是长辈,还有,作为父亲的女儿,她还必须为接待好他们有所准备。她期待这次见面,就像一个文明人期待第一次会见另一个文明人,并且这人其实就跟自己身体上的某种不适很相近——比如一只过紧的鞋子或一扇漏风的窗户。对于接待他们她已经是异常认真了。正当她忙着把叉子仔细地笔直摆在刀子旁边的时候,她听到一个男人的阴沉声音:"在黑夜里准会有人从这楼梯上一头栽下去。"接着是一个女人的声音,"并且摔死。"

随着最后一个词传过来,这个女人已站在走廊上了。高高的个子,大大的眼睛,围着一条紫色围巾。安布罗斯太太真是既浪漫又美丽,或许并不富于同情心,因为她的眼睛总是直着看东西,并且对看到的东西总有所考虑。她的脸比希腊人的更温和;又比通常漂亮的英国女人的更粗犷。

"哟,雷切尔,你好!"她寒暄道。握手。

"你好吗,亲爱的?"安布罗斯先生一边说着一边向前欠身,好让她在他的额头上亲吻。他的外甥女立刻就喜欢上了他清瘦的身材,极富特点的大头和深邃、无邪的目光。

"去告诉帕波先生。"雷切尔对仆人说。夫妻俩在桌子的一侧坐下,与他们的外甥女相对。

"爸爸让我先来接待你们,"她解释说,"他正跟那些人……认识帕波先生吗?"

一个矮小的男人走了进来,他的身体就像那些被一侧来的强风吹弯了的树一样弯曲着。他一边向安布罗斯先生点头,一边和海伦握手。

"有风。"他说着竖起他的外衣的领子。

"还是风湿病吗?"海伦问。她的声音不高却很有魅力,尽管她几乎完全心不在焉。城里和河上的情景依然盘踞在她脑子里。

"风湿病一旦得上就永远缠身,我深信,"他回答说,"倒是在一定程度上和天气有关,可也不像一般人想象的那么密切。"

"但是还不至于死人。"海伦说。

"在一般情况下——不至于。"帕波先生回答道。

"要汤吗,雷德利舅舅?"雷切尔问。

"谢谢,亲爱的,"他说着端起自己的盘子伸过去,并清晰地叹了一口气,"唉!她多像她的母亲。"海伦把大杯子重重地往桌上一放,想阻止雷切尔听到他的话音,但是迟了。她不由得因窘迫而满面通红。

"仆人把花插的多好看!"她连忙说,并拿过一个卷边的绿色花瓶,开始抽出其中密实的小菊花,然后在台布上非常精细地把它们并排摆开。

一阵沉默。

"你知道詹金森吧,安布罗斯?"帕波先生问道。

"彼得豪斯①的詹金森?"

"他死了。"帕波先生说。

"噢,天哪!——我认识他——很早以前,"雷德利说,"他是那次翻船事故中的英雄,还记得吗?一个怪人。和一个烟草商的女儿结了婚,住在芬斯——后来再没听到关于他的消息。"

---

① 彼得豪斯,剑桥大学的一个学院。

"酒——毒品,"帕波先生异常简捷地说,"他还留下一段评论。我听说是个谜。"

"这个人确实极有能力。"雷德利说。

"他对杰拉比的介绍很有一套,"帕波先生说,"看看教科书有多大改动,真让人吃惊。"

"其中有一条关于行星的理论,对吗?"雷德利问。

"什么地方有一个螺丝钉松了,没错。"帕波先生摇摇头说。

这时桌子出现一阵抖动,外面的灯光也转动起来。同时尖厉的电铃声一阵又一阵响起。

"哦,我们起航了。"雷德利说。

地板下似乎有一个浪在滚动,细微但可以察觉,接着沉了下去;然后又是一个,感觉更加明显。灯光直射进没有窗帘的窗户。轮船郁闷而嘹亮地呻吟了一声。

"我们起航了!"帕波先生说。其他的轮船,也像这一艘一样地感伤,在外面的河面上应和着它。可以清楚听到河水唏嘘的笑声,轮船颠簸起来,就连进来收拾盘子的乘务员在拉窗帘时都先平衡了一下身体。一阵沉默。

"凯特的詹金森——你还和他有联系吗?"安布罗斯问。

"还有不少联系,"帕波先生说,"我们每年都见面。今年他不幸失去了他的妻子,这当然很不幸。"

"非常不幸。"雷德利表示同意。

"听说他有一个未婚的女儿在那儿为他管理家务,但是再怎么也和以前不一样了,尤其是到了他这种年岁。"

两个绅士都明智地点着头,一面切着他们的苹果。

"他有一本书,是吗?"雷德利询问道。

"曾经是有一本书,但是以后没有了。"帕波先生说。语调是那样激昂,使两位女士都抬起头来看着他。

"以后绝对没有了,因为另有人替他写了,"帕波先生说,口气酸溜溜的,"这就是做事拖延的结果,不管干什么,收集化石也好,在猪圈立凯旋门也好。"

"我承认我很同情他,"雷德利忧郁地叹了一口气说,"我对难于开头的人总是心软。"

"……一生的积累都付诸东流了,"帕波先生继续说,"他的积累能装满一座谷仓。"

"可惜的是,我们有的人当了逃兵,"雷德利说,"我们的朋友迈尔斯今天又出了一本书。"

帕波先生露出一丝酸溜溜的微笑。"根据我的计算,"他说,"他每年出两卷半,考虑到构思上还要花时间,这真是个了不起的事业。"

"是啊。老校长对他的预言真的应验了。"雷德利说。

"一定程度上,"帕波先生说,"你了解布鲁斯的收藏吗?——当然,他不是为了出名。"

"不很了解,"雷德利明确说,"可这挺高尚的——他很自由。"

"收藏内维尔战役①的水泵一类东西?"帕波先生又问。

"没错。"安布罗斯说。

两位女士,秉承女性时尚,很懂得如何使男人的谈话继续而又不听谈话的内容,她们正在盘算的事——不管是孩子的教育,还是在歌剧中如何使用汽笛——都可以丝毫不露声色。海伦只

---

① 内维尔战役,此处似指内维尔十字路口战役,是发生于1346年的英伦三岛的内战,英格兰战败苏格兰。

是觉得雷切尔作为女主人有点太文静了,也许她得亲自做点什么。

"可以吗?"她小心地说,两人同时站起身来。这倒使两位绅士有点吃惊,他们不是认为她们听得十分认真就是忘记了她们的存在。

"啊,人总能讲一些过去的奇怪故事。"她们听见雷德利在重又坐回椅子上的时候说。走到过道里回头看时,她们看见帕波先生好像突然松开了衣服,变成了一只活泼而邪恶的大猩猩。

她们把面纱围在头上,在甲板上走着。航船正稳稳地驶入河道,侧畔经过一艘艘抛锚停泊的船只。伦敦变得像一簇黄色的灯光群,上面低垂着一顶苍白的华盖。这其中有大剧院的灯光,有长街的灯光,还有显示家庭安逸的大广场的灯光,那是些高挂在空中的灯。黑暗永远不可能和这些灯相生相伴,因为几百年来它们一直都不能相伴。城市的某一处会永远放光,这似乎很可怕;至少,对于要到海上冒险的人,对于把它视为一座不断燃烧,总有疤痕的壁垒的人来说,是很可怕。从甲板上望去,这座大都市显得蜷缩而怯懦,就像一个又矮又矬的守财奴。

海伦斜靠在栏杆上说:"你不冷吗?"雷切尔回答,"不冷。……多美!"她隔了片刻又补充说。能看见的东西并不多——几根桅杆,依稀的陆地,一排闪亮的窗户。她们试着把脸迎着风。

"吹呀——吹!"雷切尔喘息着说,风把她的声音顶回了喉咙。她身边的海伦突然被这一时刻陶醉,她把裙子往下拉,裹住了膝盖,又用双手捂住头发。但是陶醉慢慢减弱,风也变得猛烈刺骨。从百叶窗缝中她们看见餐厅里的人燃起了长长的雪茄;还看见安布罗斯先生摊靠在椅背上,帕波先生满是皱褶的脸就像是木头刻出来的。一阵大笑声冷不防地钻了出来,但是立刻消失在了风中。在那充满黄色光线的房间里,帕波先生和安布罗斯先生显然在高谈阔论;他们在剑桥,时间可能是一八七五年。

"他们是老朋友,"海伦看着那情景微笑说,"那么,还有没有别的我们可以坐一会儿的房间?"

雷切尔拉开了一扇房门。

"这儿就算个落脚处吧,不能叫房间。"她说。确实,这里没有陆地上房间的特点。一张桌子固定在中间的地板上,座位就安装在它侧面。不错,热带的阳光把挂毯晒成了半褪的蓝绿色,镜子的框架是贝壳镶嵌的。乘务员的爱心制作。在南部的海上难耐的时光里,它一定别有情趣而毫不丑陋。壁炉架上装饰着一些像独角兽一般有红嘴唇的螺旋状贝壳,并用一块紫色绒布盖着。上面还吊着一些绒球。房间有两扇面向甲板的窗户,这条船在亚马逊河上受煎熬时,照射到窗户上的阳光使印在对面墙上的字都褪成微黄色,墙上的两幅油画还依稀可辨,是竞技场和与狗嬉戏的亚历山德拉王后①。壁炉边的两只藤椅在召唤着来客在一个堆满镀金木屑的炉箅上烘手,桌子上方吊着一盏巨大的吊灯,足以使文明之光透过黑暗达到穿过原野的人。

"每一个人都是帕波先生的老朋友,这可真奇怪。"雷切尔怯生生地说,因为眼前的现实确有些尴尬,房间很冷,海伦又出奇地沉默。

"我想你把他看得太绝对了。"她的舅母说。

---

① 两幅画一幅是罗马竞技场,另一幅是亚历山德拉王后,英王爱德华七世的妻子,丹麦人。

"他就像这东西一样。"雷切尔说着端起一个盘子,里面有一块鱼化石。

"我就知道你特别刻薄。"海伦说。

雷切尔马上改口,想改变她的看法。

"事实上我不很了解他。"她说,立刻想到用事实来遮掩。她相信年长的人更重事实而不大重感情。她摆出她对威廉·帕波了解的情况。她告诉海伦,每逢星期日他们在家时,他总是来访;他知道许许多多事情——不论是数学、历史、希腊语、动物、经济方面,还是冰岛的英雄传奇。他曾经把波斯文的诗篇翻译成英语散文,把英语散文翻译成希腊语的韵文;他研究钱币也是权威;还有——还有——哦,她认为他还是交通运输专家。

他经常不是在海里寻找东西,就是在论证俄底修斯①的航线,但要说他真正的嗜好,那是希腊语。

"我有他的所有的小册子,"她说,"小小的、黄颜色的小册子。"显然她并没有读过这些书。

"他恋爱过吗?"海伦问道,并挑了一个位子坐下。

这出人意料地问到了点子上。

"他的心是旧靴子上的一块皮子。"雷切尔答道,又把鱼摆下。但是当进一步询问时,她又说她从来没问过他这件事。

"我要问问他。"海伦说。

"我最后一次看见你的时候,你正在买一架钢琴,"她继续说,"记得吗——钢琴、顶楼的房间,还有那一大棵带刺的植物?"

---

① 荷马史诗《奥德赛》中的英雄,诗中描写特洛伊战争之后俄底修斯返回故乡的故事。

"记得,我还记得姑妈当时对我说钢琴会从地板上冒出来,可那时的人就不担心晚上被人杀了吗?"她问道。

"前不久我还见到过你贝西姑妈,"海伦说,"她担心如果你练得太苦,你的胳膊会出问题。"

"是前臂的肌肉——然后就不能结婚了吗?"

"她倒没那么说。"安布罗斯太太答道。

"噢,当然——她当然不会那么说。"雷切尔叹了口气。

海伦看着她。她的脸显得柔弱而不坚定,除了那双困惑而没有神的大眼睛外,她并不漂亮。这恐怕是总圈在屋里缺少颜色和轮廓所致。还有,她说话犹豫,还总是用词不当,这使她似乎比一般同龄人缺乏竞争性。说话一直很随意的安布罗斯太太现在想到,她当然不指望利用这三四个星期一起航行的机会结交什么密友,但是似乎倒有此危险。和与她同龄的女人在一起,她通常感到厌烦;而和女孩子在一起,她认为更糟。她又瞟了雷切尔一眼。没错!一眼就能看出她是个优柔寡断,感情用事的人,并且,当你对她说了什么以后,给她留下的印象不会比用棍子在水面上打一下更长久。在女孩身上没有什么可取的东西——没有什么坚实、恒久、称心的东西。威洛比说的是三个星期,还是四个? 她努力回忆着。

然而,就在这时门开了,一个魁梧高大的男人走进房间,他走上前来真挚热情地和海伦握手,此人正是威洛比本人,雷切尔的父亲,海伦的内弟。像他这样一个人要是胖起来,一定要很多肉才能填满,好在他只是骨架非常之大,并不很胖;他的脸也是一副大骨架,从小小的五官和深陷光亮的面颊看来,他经受风霜的能力大大优于表达情绪和感情的能力,或对别人的情绪或感情做出反应的能力。

"你来了真太让我高兴了,"他说,"我们俩。"

雷切尔在一边低声附和着并瞥了父亲一眼。

"我们将尽最大努力让你旅途愉快。还有雷德利,与他为伴真是我们的荣幸。帕波可能会和他有一些争吵,我可不会。你发现这个孩子长大了吗?一个大闺女了,是吗?"

仍旧握着海伦的手,他把胳膊搭到雷切尔的肩上,这样就使她俩靠得异乎寻常的近,但是她拒不看她。

"她不会让我们失望吧?"他问道。

"当然不会。"海伦回答说。

"因为我们对她的期望很大,"他继续说,捏了一下女儿的胳膊并放开海伦的手,"还是说说你吧。"他们并排在沙发上坐下,"和孩子们分手还好吧?他们都该上学了吧?长得像你还是安布罗斯?一定聪明伶俐,是吗?"

海伦立刻显出还不曾有过的兴奋,并告诉他说,她的儿子六岁,女儿十岁。人们都说儿子长得像雷德利,女儿像她。至于聪明不聪明,她觉得他们是又毛又快。讲到这里,她适当加进了儿子的一个小故事,说他只被独自放在家里一分钟,他便如何用手指插起一块黄油,跑过房间,把它连手一起放在火上烤——仅仅为了取闹,她能理解他的感情。

"你只好告诉这个小淘气说,这样达不到目的?"

"告诉一个六岁的孩子?我看没用。"

"我是一个比较保守的父亲。"

"哪里,威洛比,只不过是雷切尔更懂事罢了。"

威洛比显然希望他的女儿赞扬他几句,可她没有那样做;她的眼睛像水一样不反光,手上还在摆弄那鱼化石,显然心不在焉。两位年长者于是继续谈论如何把雷德利安排得舒适的问题——摆一张桌子在他抬头就能见海的地方,远离锅炉,同时也看不到其他过往的乘客。为这次航行,他的书都打了包。要是不把这当成个假期,他就再没有假期了;因为经验告诉海伦,到了圣玛丽娜①以后,他就会整日埋头工作。他的箱子里,她说,全都是书。

"这事交给我了——交给我了!"威洛比说,那意思显然他打算做的比她期望的还要多。这时忽然听到雷德利和帕波先生在门口说话的声音。

"你好吗,温雷克?"雷德利招呼说,走进来的同时伸出他那软绵绵的手,这次会面伊始,他们两个人似乎都很忧郁,尤其是他更显得忧郁。

威洛比还保持着他的热情,并表现出尊敬。片刻间没有人说话。

"我们往屋里看,看见你们说笑了,"海伦说,"帕波先生讲了一个很好的故事。"

"呸,他的故事哪有好的。"她的丈夫悻悻地说。

"你还是那么严格的评判官,雷德利。"温雷克先生说。

"是不是我们的话让你厌烦了,你们才出去的?"雷德利对他的妻子发问说。

这话不假,海伦并不想否认,所以她接了一句,"那我们走了以后有没有改善?"但遗憾的是,她的丈夫肩膀一垂回答说:"恐怕变得更糟了。"

一阵难堪的长时间沉默。这显然表明,现在的状况使在座的每个人都感到不快。帕波先生为了改变气氛,一跃坐到他的

---

① 作者杜撰的地名。根据小说中的描写,应在巴西的亚马逊河口一带。

位子上,两只脚蜷在屁股下面,就像一个忽然发现老鼠的老处女,那是因为有风吹在他的脚踝上。他呆在那里,吸着雪茄,双手抱着膝盖,看上去像一尊佛像。从这一刻开始,他就滔滔不绝地演说起来,不针对任何人,因为没有任何人要求他演说,他讲的是海洋深不可测。他讲到自己吃惊地听说,尽管温雷克先生拥有十艘轮船,定期在伦敦和布宜诺斯艾利斯之间往返,却没有一艘中标参加调查海中的白色大水怪。

"当然没有,"威洛比笑着说,"地球上的怪物对我来说太多了!"

雷切尔叹了口气,"可怜的山羊①!"

"要是没有山羊,也就没有音乐,我亲爱的,音乐要靠山羊。"她的父亲相当严厉地说,于是帕波先生接着讲那个白色、无毛、瞎眼的怪物,它躺在海底的沙子上,如果你把它弄到海面上,因为压力消失,它就会爆炸,身体从侧面炸开,内脏飞向半空中。他讲得绘声绘色,对细节的知识是那么丰富,以至于雷德利感到一阵恶心,求他别讲了。

综观所有这些,海伦得出了她自己的结论,十分凄惨的结论。帕波是个讨厌的人,雷切尔是个幼稚女孩,无疑十分自信,这种自信最突出的表现就是:"你知道,我和我的父亲很难相处。"威洛比,一如既往,爱他的生意,在建设自己的王国。呆在他们中间,她必定会更加厌烦。然而,作为一个果敢的女人,她站起身来说,她得上床睡觉了。在门口处她回过头来,本能地看了雷切尔一眼,意思是说,作为屋里仅有的两个女性,她们应该一起走。雷切尔茫然地看着海伦的脸站了起来,用结结巴巴的

---

① 在本书的早期版本中曾提到,威洛比的船从美洲贩运山羊到英国。

声音说:"我到外面走——走走上风。"

安布罗斯太太的最糟的怀疑被证实了;她摇摇晃晃地走过过道,一会儿用左手扶墙,一会儿用右手扶墙,以免撞到墙上,一边还嘴里狠狠地说:"真是活见鬼!"

第 二 章

伴着摇晃和咸气味的不舒适的一夜可能是因为,并且在某种情况下肯定是因为,帕波先生的床上被褥不够。第二天的早餐看上去很好看。航行已然开始,而且开始的还愉快,蓝蓝的天,平静的海面。探索未知的感觉,欲说又止的故事,使时间变得神圣;所以,此情此景很可能就会成为今后对这段旅程的印象,其中还多少掺杂着一些昨天晚上河上的汽笛声。

桌子上令人愉快地摆着苹果、面包和鸡蛋。海伦把黄油递给威洛比,同时瞟了他一眼,心里重复着"那么,她嫁给了你,我想她应该很幸福"。

她头脑中出现了一系列熟悉的情景,把她引向许多难忘的回忆,黛丽莎为什么要嫁给威洛比?"当然,原因显而易见。"她想,谁都能看出他高大魁梧,声音洪亮,并且有他自己的手腕和毅力。"但是——"她陷入了对他的细致分析,"乖戾得很。"她的意思是说,他从没有简单、真诚的感情。比如,他很少提到他死去的妻子,但却为她的周年纪念大肆操办。她猜想他会对他的女儿莫名其妙地凶暴,就像她总怀疑他虐待妻子一样。她很自然地把自己的命运与她朋友的命运作一比较,因为威洛比的妻子也许是海伦真正可以常常视为朋友的人,而这种比较往往是她们的谈话的主要内容。雷德利是个学者,威洛比却是个生意人。雷德利在写他的《品达》①第三部的时候,威洛比正在首航他的第一艘轮船。他们就是在评论亚里士多德②的那一年新建了一座工厂——是那一年吧?——评论发表在大学杂志上。"还有雷切尔。"她看了看她,心里想,她毫无疑问决定了争论的结果;因为双方太势均力敌了,她最后只好摆出了雷切尔比不上她的孩子这一事实。"她真应该只有六岁。"她干脆就这么说。看看她那张圆嘟嘟没有轮廓的娃娃脸,她还能是别的什么? 即使雷切尔真的能学会思考、感觉、笑或者表现自己,而不是就这样像把一瓶牛奶从高处抛下,观看它如何自由下落,她也只可能是有趣的,而决不可能是漂亮的。她长得很像她的母亲,就像夏日平静的池水所映出她的倒影一样像。

这时的海伦正在被人仔细端详着。此人倒不是正被她的思想贬损的那两个牺牲品,而是帕波先生,正在仔细观察她。他一边把烤面包切成条并仔细整齐地抹上黄油,一边沉思冥想。思绪掠过人生。对海伦敏锐的又一瞥使他证实了他昨晚对她的看法,她确实长得很美。他殷勤地把果酱递给她。她正在扯闲话,但内容不外乎人们通常在早餐上所说的事情。他自己的经验教训告诉他,头脑的运转在这个时候是常会出问题的。他不停地向她说着"不,不";原则上他从来没有因性别原因向女人做出过让步。而现在,他垂下眼睛看着自己的盘子,又想到人生。他还没有结婚,原因就是他还没有遇到能引起他敬意的女人。可恨的是他在孟买的一个火车站度过了青春的大部分时光,当时

---

① 品达(约公元前518—前438),古希腊抒情诗人,所写颂诗是公元前5世纪希腊合唱抒情诗的高峰。
② 亚里士多德(公元前384—前322),古希腊哲学家。

能见到的只是有色人种的女人，女军人，女官员。而他理想中的女人，即使不是波斯人，至少也应该懂得希腊语，脸蛋一定要漂亮，并且能够理解当他脱衣服时掉下的小东西的含义。事实上，他沾染了一些他自己从不以为耻的习惯。每天都要利用几分钟时间熟记一些事情。拿到一张不管什么票的时候，他从不忘记对上面的数字进行一番联想，他把一月奉献给了佩特罗尼乌斯①，二月给了卡图卢斯②，三月也许给了伊特鲁里亚的花瓶什么的。无论如何，他在印度工作得还算不错，并且，除了上述这一基本缺憾，他并没有别的什么可遗憾的，而这又是任何明智的男人，在他们仍能够把握现实的时候，都不会感到遗憾的事情。在得出这样的结论以后，他突然抬起头微笑了一下。目光正好和雷切尔相遇。

"又在回味你的那些陈芝麻吧？"她心里这样想，但嘴上礼貌地说，"你的腿今天痛吗，帕波先生？"

"我的肩膀？"他一边问，一边痛苦地转了转肩膀。"美丽并不能改变我所忍受的身体疾患，"他叹着气说，目光直射向对面圆圆的舷窗，从那儿可以看到蔚蓝的海水和天空。同时他从衣袋里拿出一个羊皮本放在桌上。显然是希望有人对它感兴趣，于是海伦问他这是本什么书。她得到了回答；并同时又得到了一大通关于如何修路的研究报告。他从希腊人开始讲起，说他们面临竞争，有许多困难；继而又讲到罗马人，他们来到英格兰所带来的正确的修路方案很快就变成了错误的，并且把勃然大

---

① 佩特罗尼乌斯·纳杰尔是尼禄（古罗马皇帝）的随从，讽刺浪漫故事《萨梯根》的作者。
② 瓦莱里乌斯·卡图卢斯（约公元前84—前54），古罗马最杰出的抒情诗人，他的诗篇感情充沛，爱憎分明。

怒都发泄在今天的所有筑路商身上,特别是里士满公园的筑路商。因为帕波先生有个习惯,每天早晨要骑自行车到那里转一圈,然后回来吃早餐;汤勺和咖啡杯碰撞丁当作响,至少有四个肉卷堆放在帕波先生前面的盘子里。

"卵石!"他最后结论说,并贪婪地把另一卷又堆了上去。"英格兰的道路是用卵石建造的!'下一场雨,'我告诉了他们,'你们修的路就成沼泽地了。'我的话一次又一次得到验证。但是,当我告诉他们这些话的时候,当我告诉他们严重的后果和国库的损失,并建议他们去请教科里费乌斯①的时候,你猜他们是怎么说的? 不,不,安布罗斯太太,要是你不在市镇委员会有过一个席位,你永远也想象不到人类的愚蠢会到什么地步!"这个小个子说到这里,用极其有力的目光猛地瞥了她一眼。

"以前我有个用人,"安布罗斯太太说,目光仍旧深沉,"现在我有个保姆。她倒是个挺不错的女人,可就是偏要让我的孩子们祈祷不可。到目前为止,由于我在这方面的注意,他们倒还认为上帝是像海象一样和蔼的。可是现在,我看不见他们了——雷德利,"她问道,并把身子转过来朝向她的丈夫,"要是我们再回家时,他们全都在祷告,那我们该怎么办?"

雷德利只发出了"嗤"的一声。但是威洛比的不快却表现在他身体的细微的摇晃上,他尴尬地说,"噢,海伦,一点点宗教是不会伤害任何人的,不会。"

"我宁愿我的孩子说谎。"她回答说。正当威洛比思考他的妻妹怎么变得比他记忆中的还要古怪的时候,她已经推开椅子跑上了楼梯。片刻之后他们听见她的话音传回来,"啊,看哪!

---

① 原文为 Coryphaeus,意思是"领唱",帕波随口瞎说的一个专家名字。

我们到海上了！"

　　大家都尾随着来到甲板上。烟雾和建筑都消失了，航船行驶在碧波荡漾的海面上，尽管海水在晨曦中还显得有些苍白。他们把坐落在泥上的伦敦抛在了身后。地平线上隐约出现了一条线，扁扁的，细得几乎不足以承受巴黎城的重负，但它还是呆在那上面。离开了道路，离开了人群，他们都有着同一种享受自由的兴奋。船在细浪中平稳航行，波浪被船身打碎后就沸腾起来，离开船身时在两侧各留下一串泡沫形成的白线。十月无色的晴空好似薄薄地染上了一层木头燃烧的青烟，空气咸而清爽。站着不动确实有点儿冷，安布罗斯太太把胳膊伸向丈夫的胳膊，随后和他一起走开了，从他们的背影可以看到她把脸颊靠向他的脸，两人好像在私语着什么。走出去几步以后，雷切尔看到他们在接吻。

　　她低头朝海的深处望去。它的表面被"欧佛洛绪涅"的经过稍微扰乱，再往下就是绿色，并且越往下越暗淡，直到海底，那里的沙子显得模糊而苍白。很难看到沉船的黑色龙骨，或者穴居大鳗鱼的螺旋塔式巢穴，或者侧面光滑呈绿色时常以不同方式取乐的海怪。

　　"雷切尔，要是有人找我，你就告诉他我要忙到一点钟。"她的父亲对她说，为了强调他的话，他经常，尤其是在对女儿说话的时候，用手拍对方的肩膀。

　　"一点钟，"他又重复了一次，"你也该做点什么了吧，计算，法语，念念德语，啊？趁帕波先生在，他是全欧洲对分离动词最有研究的人，知道吗？"他说完笑着走开了。雷切尔也笑了，自打她记事以来，她就总是在这种她并不觉得可笑的时候笑，因为她崇拜她的父亲。

但是正当她环顾周围,看有什么事可做的时候,她却被一个身材无比高大的女人挡住了视线,她是那样的宽,那样的胖,想不被她挡住是根本不可能的。她走路时的谨慎样子,以及她庄重的黑衣服,都显示出了她属于较低阶层。但不管怎样,她的地位却风雨不动,她看看周围没有有钱人在附近,这才开口和她说话,内容是关于床单的。情况看来十分严重。

"我们该怎么样完成这次航行,雷切尔小姐,我可真不敢想,"她摇着头说,"我们的床单刚刚够分发的,可现在主人的床单上有一块已经糟了,手指都能捅过去。毯子也不够。你注意毯子了吗?我认为连一个穷人都会感到惭愧。我给帕波先生的毯子几乎连一条狗都盖不住。……不,不,雷切尔小姐,它们不能再修补了;只能做墩布。我要再缝,把手指都缝到了骨头上,下次再找谁洗被单啊。"

她的声音因愤怒而颤抖,似乎马上就要落泪。

没别的,惟一的办法就是到底仓去看一看那堆在桌子上的一大堆床单。柴利太太似乎拿起每一块都能说出人名、特点、质地。其中有的有黄色的污点,有的抽了丝。但是如果不细看,这些单子看起来还是蛮不错的,凉、雪白、让人发冷,并且也还干净。

这时柴利太太突然把床单全都放下,把紧握的拳头放在上面,高声说:"还有我坐的地方,另一个有生命的东西绝不肯坐!"

柴利太太被安排在一间木屋里,大倒是挺大,就是离锅炉太近,她在那儿待不了五分钟就说什么也待不下去了,她抱怨着,并把手放在心口上,这颗心是温雷克太太,雷切尔的母亲从不曾伤害的——温雷克太太对房间里的每一块床单都了如指掌,并且要求每个人都忠于职守,此外别无他望。

换一个房间其实是再容易不过的事情了,床单的问题也可以同时迎刃而解,那些黄点和抽丝显然是完全可以修复的。但是——"撒谎!撒谎!撒谎!"小女主人愤慨地叫喊着冲向甲板。"干吗要跟我撒谎?"

她生气的是,一个五十岁的女人竟像小孩子一样讨好她,就是为了得到一个她本来无权坐的地方;她不愿再多想这事有什么特别之处。接着,她打开了乐谱,不久就把老妇人和床单的事全忘了。

柴利太太收起她的床单,她的表情表现出她内心的失望。世上不再有人注意她,这条船也不再是家了。昨天晚上,当灯光亮起,水手们在她的头顶上响声大作地忙碌的时候,她哭了;她今晚还要哭;明天还要哭。这里不是家。她边想边整理着屋子里的一些小装饰物。这些东西都是她很容易得到的,对于海上旅行来说也算是些奇怪的装饰——瓷狐狸、微型茶具、印着俗丽象征布里斯托尔①兵器的杯子、古色古香的蓝色发卡盒、彩塑的羚羊头,还有一大堆小照片,照的不是礼拜日抖擞精神的工人就是抱着孩子的妇女。但其中有一张肖像,镶在一个镀金的镜框中。她需要一只钉子,在找钉子的时候,柴利太太戴上眼镜读着在它背面的一张小卡片上的一行小字:"送给艾玛·柴利的主妇;威洛比·温雷克将这张照片送给她,以感谢她三十年如一日的忠心服务。"

泪水打湿了卡片和钉子。

"只要我还能为你的家人做一些事情。"就在她一边说,一

---

① 英国西部港都。

边钉钉子的时候,过道里一个清脆的声音响起来:"柴利太太!柴利太太!"

柴利立即整理了一下衣服,抹了抹脸,然后打开房门。

"我有点儿麻烦,"安布罗斯太太气喘吁吁地说,"你知道绅士们是很难伺候的。椅子太高了——桌子太矮了——地板比门低六英寸。我现在需要一个榔头,一床旧棉被,另外,你有没有一张厨房桌子什么的?无论如何,这事别对旁人说——"她一面说一面砰地推开她丈夫客厅的房门,只见雷德利在来回踱步。他的前额上堆满了皱纹,外衣的领子也敞着。

"他们好像在想方设法折磨我!"他大声吼道,又突然止住。"难道我这次航行就是为了得风湿病或者肺痨吗?和温雷克打交道确实需要特别清醒。亲爱的,"这时海伦正钻在他膝盖旁边的一张桌子下面,"你这样只会把你自己弄得脏兮兮的,我们最好还是承认要过六个星期痛苦生活的事实吧。上船来本身就是顶顶愚蠢的,但既然我们已经来了,我想我还能像一个人一样面对现实。我的病将当然会加重——我已经感到比昨天更糟糕多了,但是我们还得感谢自己,幸亏孩子们还好——"

"让开!让开!让开!"海伦一边叫,一边搬着一把椅子追着他满屋子跑,就好像他是一只惹事的母鸡,"别挡我,雷德利,半个小时以后一切就都好了。"

她把他推出了房间,在走道里还能听见他叫骂的声音。

"我敢说他身体不大好。"柴利太太说,并同情地看着安布罗斯太太,同时帮助她收拾安排。

"是因为书,"海伦叹着气,一边说一边从地板上抱起一大摞书放到书架上,"从早到晚的希腊文。雷切尔小姐要是结婚,柴利,但愿她找一个不识字的丈夫。"

一开始就出现的不适和困难考验着人们的神经,使人很难对出航的第一天感到兴奋,但它还算愉快地过去了。后来的几天过得也还可以。已经到了十月下旬,但是天气依然很温和,洋溢着那种初夏的飘忽不定的暖意。现在地球上的大部分地区都处在秋天的阳光之下,而英格兰是全部。从荒凉的旷野到康沃尔①的山岩,在从黎明到日落这段时间里一直被阳光照耀着,显示出黄色,绿色或紫色。在这阳光的照耀下,大城镇的房顶甚至也会闪光。在那里的千万个小花园里,无数朵暗红色的花也正在绽放,一直开到管理它们的老太太拿着剪刀朝它们走来,它们被从多汁液的枝干上剪下,然后放在镇教堂冰冷的石台阶上。无数郊游的人或野餐的人在回到家里的时候都感叹说:"还有比这更美的一天吗?""是你。"年轻小伙子悄声说;"噢,是你。"年轻的姑娘回答道。所有的老人和许多病人都被拉到室外,仅仅为走一两步,然后预言一些关于世界的愉快的事情。至于不论是在玉米地里还是有灯光的房间里所发出的对爱情的誓言和表达,手上夹着雪茄的男人和灰色头发的女人接吻的场面,就更数不胜数了。有人说天空就是未来生活的象征。长尾鸟婉转地鸣叫着,并从一棵树飞到另一棵树,金色的眼睛镶嵌在羽毛中。

　　然而,当这些事情在陆地上发生的时候,很少有人会想到海。他们认为海理所当然是平静的;并且,在许多房子里,当小虫子撞着卧室窗玻璃的时候,其中的夫妇在亲吻之前也没有必要说,"今天晚上,想想海上的船",或者"感谢上帝,幸亏我不是在灯塔里"! 他们所能想象的不过是,轮船在地平线上消失就像冰雪消融在水中。成人对此的看法其实还不如身穿泳装的

---

① 英格兰一郡。

儿童清晰,他们正沿着英格兰的涌着泡沫的海滩奔跑着,并把小桶里舀上满满的水。他们看到白色的风帆或股股青烟远远移过海平线,如果你告诉他们说,这只是海上龙卷风或海花的白色花瓣,他们一定会相信的。

再说轮船上的人们,他们对英格兰也有同样简单的看法。它不仅看似一个岛,一个很小的岛,而且是一个正在下沉的岛,人们都被困在上面;给人的第一个印象是,他们像一群乱窜的蚂蚁,其中的许多被挤得几乎掉下去;然后,随着轮船的远离,他们给人的印象又像是在大喊大叫,但是没有人听得到,所以喊声要么停止了,要么变成了争吵。最后,当轮船远得看不见陆地的时候,英格兰人就完全变成了哑巴。这怪病也袭击着地球的其他部分;欧洲缩小了,亚洲缩小了,非洲和美洲也缩小了,小到连这艘船是否还能再碰上什么坚实的地块都值得怀疑。然而另一方面,巨大的尊严却降临在这船上;它是广大世界的一个栖身之地,其中只有很少的居民,它不分白天黑夜地穿过空旷的宇宙,身前身后都挡着面纱。它比穿过沙漠的商队更孤独、更神秘无穷倍;它凭借自己的力量移动并由自己的能源支持。大海可能叫它死,或者给它一些前所未有的快乐,对此谁也无法说清。它是一个向前去会见郎君的新娘,一个男人所不知的处女;它的活力和纯洁使它可以代表所有的美丽的事物,作为一艘船,它过着自己的生活。

确实,如果没有天气的祝福,一个晴朗的天穹接着另一个,光滑,圆润,完美无瑕,安布罗斯太太一定会觉得无聊。既然天气好,她就把她的刺绣架支到了甲板上,在身边另外安放一张小桌子,一本黑色封面的哲学书打开来放在桌子上。她从放在膝头的一团彩线中挑出合适的丝线,把红色绣进树皮,把黄色绣进激流。她正在做一幅大图案，一条河流穿过热带雨林，四周还要绣上很多只小鹿，在繁茂的果林中觅食；有香蕉，橘子，还有巨大的石榴，再绣一些裸体的土著人，正把一支支飞镖投向空中。每绣完一针，她就读一句书上的话，内容是关于客观事物或美好本质的。在她周围的是一些身穿蓝色工装的工人，有的在跪着擦洗甲板，有的倚在栏杆上吹口哨。离她不远，帕波先生正在用小刀挖着一个树根。其他人都在船的别处忙碌着：雷德利在看希腊文——至今他还没找到比这更有趣的消遣；威洛比在忙他的文件，因为他总是利用航行的时间来弥补生意中的欠账；还有雷切尔——海伦一边读着哲学句子一边猜想着，雷切尔究竟在干什么？她隐约地想去看看。自从上船第一天以来，她们几乎没再相互说过一句话；她们见面时倒都很有礼貌，但是互相没有任何信任可言。雷切尔和她的父亲竟然相处得很好——这大大超乎海伦的预料——并且还作好了如果海伦不理她，她也坚决不理海伦的准备。

此时此刻，雷切尔正在她的房间里坐着，没有做任何事情。在这艘船满载旅客的时候，这间屋子有她响亮的名字，并且是年长晕船的女士们经常光顾的地方，她们喜欢把甲板留给孩子们。这里的钢琴、地板上堆的书，都使雷切尔认为它是她自己的房间。她经常会坐在这里几小时地弹奏很难的乐曲，朗诵一些德语，或者，在心情适当的时候，朗诵几句英语，再或者——像现在这样——什么也不做。

她所受的那种教育，加上本身的一点懒惰，应该说是造成这一切的部分原因；因为她所受的教育和十九世纪末大部分有钱人家女孩所受的教育一样。和蔼的博士和年长的教授会教给她十多种基础知识，但是很快他们就会因为不停对她说她的手太脏，而让她彻底学会重复一件事情。每周都有一两个小时可以很愉快地度过,其中的原因,有时候是班里其他的学生;有时候是由于窗户对面一家店铺的后墙,在冬天会有人影映在红色的窗户上;还有时候是由于经常会有的超过两个人在屋子里的机会。但是在世界上的所有科目却没有一个是她精确了解的。她的头脑相当于伊丽莎白女王开始统治时期的聪明男人的状态;她几乎对别人告诉她的任何事情都相信,并对自己说的任何话都能编出一套理由。地球的形状,世界的历史,火车是如何开动的,钱应该如何投资,现行的法律是什么,人们想要什么,为什么想要,现代社会体系最基本思想——这些没有一样是她的教授或训导师会教给她的。但是这种教育体系倒也有一个极大的优点。它不教任何东西,但是也不会妨碍任何真有天赋的学生取得他可能的成就。雷切尔擅长音乐,就单一地学音乐;她因此成了一个音乐狂热者。所有使她可能走进语言,科学,或文学的精力,可能使她交朋友或认识世界的精力,她都一股脑投进了音乐。在她感到老师已经对她没什么帮助了以后,她就基本上是自己自学了。在她二十四岁时,她在音乐方面的知识已超过大多数三十岁的人;她能够相当熟练地演奏乐曲,并且熟练的程度每天都有显著的提高,这确实是很了不起的一件事。如果这一明显的天赋再和梦境和近乎愚蠢的表扬结合起来,就没有人更聪明了。

她的教育是这样的平常,她的家庭环境也无特殊之处。她是独生女,从来没有兄弟姐妹欺负或讥笑她。她的母亲在她十一岁时死去了,她的两个姑姑把她带大,她们因为气候的原因,住在里士满①的一幢舒适的房子里。她是在精心照料下长大

---

① 位于泰晤士河南岸,属伦敦西区,是社交礼仪比较森严的地方,因有下文"里士满毕竟是个多数人无法问津的地方"。

的,当然,作为一个孩子,她受到的照料主要是在健康方面;不论是作为小孩子还是大姑娘,称她有道德似乎都是很粗鲁的事情。因为直到最近,她还完全不知道女人还有道德问题存在。她在旧书中摸索知识,却发现了它们不屑一顾,但是对书的天然不敏感使她对她舅母首先作的,后来父亲又继续作的调查毫无兴趣。朋友自然会告诉她一些这方面事情,但是与她同龄的朋友非常之少——里士满毕竟是个多数人无法问津的地方——并且,事实上她认识的惟一一个女孩子又是个宗教狂,亲密之中她谈论的全是上帝,以及画十字的最佳方法,这本是人在另一些时候,思想达到另一种境界的时候才关心的话题。

她躺在扶手椅里,一手放在头后面,一手抓着扶手上的凸起,她显然在悉心追随着自己的感情。她所受的教育给了她大量思考的时间。她凝视着轮船栏杆上的一个圆球,神情是那样的专注,认真,要是有任何东西碰巧有一瞬间遮住它,她准会吓一跳,并且生起气来。她的沉思是从一声大笑开始的,大笑又是由一段特里斯坦①的译文引发:

> 在他那瑟缩的颤抖中
> 似乎掩藏着他的羞惭
> 他竟把死尸般的新娘
> 带到亲人国王的面前。
> 我的解释难道毫无意义②?

---

① 特里斯坦,亚瑟王时代的传奇中人物,是一个骑士,他爱上了与他的叔叔康沃尔国王马克订了婚的爱尔兰公主伊索尔达。
② 此诗文出自瓦格纳(1813—1883)的歌剧《特里斯坦和伊索尔达》。该剧于1865年首次在德国慕尼黑上演。

她大叫着说确实毫无意义,就把书扔到了一边。然后她拣起了另一本书,是《柯珀书信》①。这是父亲要她读的经典书目之一,可她自己一点不喜欢。其中有一句话偶然提到花园里金雀花的香味。在母亲的葬礼上,她在里士满的布满鲜花的小礼堂里看到了这种花,可它气味却难闻得要命,从那以后她一闻到任何花香都会联想到那令人恶心的可怕气味。因此她的目光从这里,一半因为听见,一半因为看见,移到了另一处景象,她看见露西姑妈在起居室里插花。

"露西姑妈,"她叫着,"我不喜欢金雀花的气味;它让我想起葬礼。"

"别胡说,雷切尔,"露西姑妈说,"别说这种愚蠢话,亲爱的。我一向认为它是特别可爱的植物。"

躺在温暖的阳光下,她的思想被她两个姑妈的不同性格占据了,她们的不同看法,不同生活方式。的确,这是一个她在围绕里士满公园散步的几百个早晨都曾思考过的问题,考虑起来就把树木、行人和鹿群都忘记了。她们为什么做那些要做的事情,她们的感受是什么,又有什么用?她再次听见了露西姑妈与埃莉诺姑妈的谈话。那天早上她了解了一个女佣的性格。"当然,在早上十点半钟的时候,一个用人应该正在刷楼梯。"奇怪!怎么这么奇怪!她就是不明白为什么突然之间她姑妈所描述的她们生活的世界在她眼前变了一个样子,变得她不熟悉,也无法理解了;她们自己也无端变得像椅子、雨伞一样各不相干。她能做的仅仅是用她那略微结巴的声音问:"露西姑妈,你喜——喜欢埃莉诺姑妈吗?"这时她用她那像母鸡叫一样的声音笑起来,

---

① 威廉·柯珀(1731—1800),英国诗人,被认为是浪漫主义的先锋。

回答说:"我的亲爱的孩子,你问的这是什么问题呀!"

"有多喜欢? 很喜欢吗?"雷切尔追问。

"我不能说我从没有想过有多喜欢,"温雷克小姐说①,"可一个人如果很真心,就不考虑'有多喜欢'的问题,雷切尔。"这话其实指的是这个小侄女还"拿不出"两个姑妈所期待的真诚。

"但是你知道,我很喜欢你,亲爱的。因为,你是你的母亲的女儿,如果没有别的原因的话。而实际上另外还有很多原因呢!——"她说着俯下身子使劲亲了她一下,争论就像泼洒的牛奶一样散掉了。

就这样,雷切尔的思考达到了这样的境界,如果当一个人的眼睛盯在一个什么球或柄上,嘴唇停止运动的时候就算思考的话。她尝试理解一件事情的努力却伤害她姑妈的感情,其结果看来是最好不要再尝试。对某一件事情的强烈感受往往会在人和人之间造成一道深渊,尤其是在那另一个人也可能对它有强烈的,但却是另一番感受的时候。还是弹钢琴吧,忘掉这一切。这是个不错的结论。让这些奇怪的男男女女——她的姑妈、婶婶、雷德利、海伦、帕波先生,和其他的所有人——都成为符号吧——没有特点,但是有尊严、年龄的符号,青春的符号,母性的符号,知识的符号;一堆很美的符号,因为舞台上的人一般都是美的。而且似乎所有人说的话都不是他们想要说的,谈论的也从不是切身感受,但这正是音乐所表达的。事实尽管伴随着人们的所见所感,却并不被人谈论;人往往可以接受一个事情一再围绕他人反复的系统,但却不去费心研究它,除非那里出现了什

---

① 这里指的是雷切尔的姑妈。

么显然奇怪的东西。沉浸在她的音乐中,她对自己的命运感到很满意。每隔十天半个月她也许会愤怒一次,然后就把它压下去,就像她今天所做的一样。她的思想无可避免地与梦境的混乱混合了,头脑似乎进入融合状态,扩张,与可爱带白色的地板融合,与海的精神融合,与贝多芬的作品第一百一十二号融合,甚至与可怜的威廉·柯珀的奥尔尼①融合。它像一个蓟花冠毛聚成的球一样吻着海面,升高,再吻海面,再升高,再吻,直至在视野中消失。这时她的头突然向前一倾,就像那蓟花冠毛球的升降,在它从视野中消失的时候,她睡着了。

十分钟以后,安布罗斯太太打开了雷切尔的房门并看见了她。发现她就这样度过了一个早上,她并不感到吃惊。她扫视了一圈,钢琴,书,常见的混乱。首先她从审美的角度观察雷切尔;她没有任何防卫地趴在那里,很像从一只猛禽的爪间掉落的猎物,但是考虑到这是一个女人,一个二十四岁的年轻的姑娘,此景又引发了思考。安布罗斯太太站在那儿至少想了两分钟时间。然后她微笑了,并悄悄地离开,以免惊醒她,否则她们的对话一定是很难堪的。

---

① 英格兰一小镇;1786年以前,威廉·柯珀一直住在这里。

第 三 章

第二天一清早,头顶上忽然响起一阵猛烈拖拉铁链子的声音。"欧佛洛绪涅"女神的平稳心跳逐渐停止。海伦把头伸出甲板外,看见静止的山上矗立着一座静止的城堡。他们在塔霍河口①落了锚,一直劈波斩浪的船现在不停地被同一个浪拍打着。

刚一吃完早饭,威洛比就拎着一个棕色的皮箱消失在船舷外面。一边还招呼着要大家小心,好自为之,他到里斯本去谈生意,要到五点钟才回来。

大约就在五点钟的时候,他回来了,还拎着那只皮箱,口口声声喊着累,麻烦,饥饿,渴,冷,并且立刻就要喝茶。他一边搓着手,一边告诉大家今天的经历:他是如何在办公室里见到正在镜子前梳理胡须的杰克逊老人家,老人说无论如何没想到他的到来给他带来一上午的麻烦;然后如何请他吃有香槟和秧鸡脯的午餐;他拜访了杰克逊太太,她比以前又胖了一圈,可怜的女人;她倒是关心地问到了雷切尔——还有,噢,上帝,可怜的杰克

---

① 塔霍河口位于欧洲西南部,里斯本就坐落于该河的河口。1905年吴尔夫曾和她的弟弟到过这里。

逊承认他有一点讨厌的小麻烦——当然,当然,他认为没有什么大不了的,但是,如果提出的要求当即就会被拒绝,那提它还有什么意义呢?他早就明确说过他的船上这次不搭载旅客。他一边说一边在衣袋里摸索,最后找到了一张卡片,并把它摆在桌子上,雷切尔的面前。上面写着"理查德·达洛维先生和太太,布朗街二十三号,梅费尔①"。

"理查德·达洛维先生,"温雷克继续说,"似乎以为自己曾经是议会的议员,妻子又有贵族血统,他们就可说什么就有人听什么。他们居然找到了可怜的老杰克逊,说一定得和我联系上——通过格伦阿韦爵士拿的一封信,让我私下通融一下——杰克逊的一切解释都无济于事(我也不相信能有多大作用);所以,看来除了答应别无他法了。"

但是尽管威洛比口头上大声抱怨,一些迹象表明他似乎很高兴做出让步。

原来,达洛维先生和太太是困在里斯本了。他们在大陆周游已经有几个星期,主要为了开阔达洛维先生的头脑。既然出于政治原因,达洛维先生在一段时间不能在议会里为国家效劳,他就尽最大努力在议会外面效劳。对此,那些拉丁国家的反映还不错,当然,东面的国家应该做得更好。

"等着听我到达彼得堡或者德黑兰的消息吧。"他在走上旅行者俱乐部②的台阶告别时这样说。不料东面爆发了疾病,俄国正流行霍乱;并且,他还不怎么愉快地听说,在里斯本也有此疫情发生。他们已经游历了法国;来到那里的工业中心区,写自

---

① 伦敦西区的上流住宅区,社交场所。
② 旅行者俱乐部是由卡斯特里拉夫爵士于1819年创建的一个俱乐部。

介信,然后就有人领着他参观车间,并在小本子上对所见所闻做了记录。在西班牙他和他太太骑了骡子,因为他们希望了解农民是怎么生活的。是不是,比如说,要造反了?然后因为达洛维太太坚持,他们带着所有照片到马德里呆了一两天。最后他们到达了里斯本,并在那里住了六天,据后来发表的一份内部刊物介绍,他们在这里"兴致最高"。理查德谒见了几位大臣,并预言不久将有危机①,"政府被腐败现象从根本上动摇了,还有什么好说的,等等";克拉丽莎检查了皇家马厩,并且展示了一些照片,上面是正在流放的人们和打碎了的窗户。另外她还拍摄了菲尔丁②的墓地,还放走了一只被几个市井无赖抓住的小鸟,那是"因为,在有英国人长眠的地方看到被拘禁的生命,是令人憎恶的事情,"她在日记中这样写道。他们的旅行是完全不同寻常的,也是没有精心计划的。但是《泰晤士报》的一些外国记者对他们此行却另有一番看法。达洛维先生希望找一种枪,并且非洲的海岸远没有家乡人民所想象的那么安定。由于这些原因,他们希望乘一艘慢一些,便于探听消息的轮船,并且要舒适,因为他们都不擅航海旅行,还不能太奢费。它应能方便地在这个港口或那个港口停一两天,船本身可以加煤,而达洛维夫妇也可以自己进城去游览。他们发现自己被困的情况就是这样;却又不好向这艘正合他们理想的商船直接提出要求。他们听说过"欧佛洛绪涅",也听说它主要是一艘货船,仅仅搭载一些经过特殊安排的旅客,它的主要使命是往亚马逊地区运送小商品,再运橡胶回来。然而,"经过特殊安排"几个字正好对他们极富吸

---

① 1910年10月葡萄牙君主被推翻,继而建立共和国。
② 亨利·菲尔丁(1707—1754),英国小说家,于1754年来里斯本休养,并于同年在此去世。

引力，因为在他们那个阶级里，本来几乎任何事情都是经过特殊安排的，或者尽可能特殊安排的。在这种情况下，理查德只需要给格伦阿韦爵士写一封信，让他拿着这封第一行写有自己名字的信函来找可怜的杰克逊；向他表明达洛维太太是如此这般，他自己也是这般如此，他们希望的，是如此如此。于是事情就说定了。大家皆大欢喜地分手，就这样，一星期以后的黄昏时分，一艘小船载着达洛维夫妇向这艘轮船驶来。三分钟之后他们就一同站在了"欧佛洛绪涅"的甲板上。他们的到来当然引起了一些骚动。在很多人眼里，达洛维太太是一个身材高挑的女人，她身穿毛皮大衣，头戴面纱，而达洛维先生是一位中等身材的健壮男子，身上的打扮像是在一个秋天荒野里的运动员。他们身边很快就堆满了气派的棕色大皮箱。此外，达洛维先生还拎着一只公文包，他妻子拿着一个手提包，里面应该尽是钻石项链和银光闪闪的瓶子。

"多像惠斯勒①的风景画！"她指着海岸感叹说，在她和雷切尔握手的时候，雷切尔回头看了一眼一侧的灰色山脊。威洛比连忙介绍了柴利太太，她便带着这位女士去为她准备的房间了。

这一过程虽然短暂，但影响却非同一般。船上每一个人，从大副格赖克先生到雷德利自己，都或多或少被打乱了。几分钟后，当雷切尔经过吸烟室的时候，她发现海伦正在挪动扶手椅，并且全神贯注。她看见雷切尔便十分自信地说："要是能给男人们提供一个他们能坐下休息的房间，那该有多好。扶手椅是最重要的东西——"她说着就推着椅子转起来。"现在，这里像

---

① 即詹姆斯·阿博特·麦克尼尔·惠斯勒（1834—1903），美国画家，自1866年后侨居英国。

一个火车站的酒吧吗?"

她说着把一张桌子上的长毛绒桌布扯掉。整个屋子的面貌立刻发生了奇妙的改变。

还有,这对陌生人的到来显然改变了雷切尔,晚餐之前她必须换衣服;在钟声响起的时候,她正坐在她的床边上,这一位置使洗手池上的小镜子正好能照出她的头和肩膀。在镜子里她的表情很忧郁,因为自从达洛维夫妇到来以后,她就对自己的这张脸不满意,并且大概永远也不会满意了。

然而,她很知道守时的重要性,所以不管她的脸怎样,她也得去吃晚饭。

威洛比利用这几分钟的时间向达洛维夫妇介绍他们将遇到的人,还用手指一个一个数着。

"船上有我的内弟,学者安布罗斯,相信你一定听说过他的名字,和他的妻子;我的老朋友帕波,一个话不很多的人,但是据说他什么都知道。船上人不多,到时候把他们放在岸边就行了。"

达洛维太太的头微微歪着,在努力回忆安布罗斯这个名字——它是个姓吗?——她想不起来了。听到的消息使她稍微不安。她知道学者和谁都能结婚——不论是他们在农场遇到的念书的女孩,还是城郊的满不在乎说着"我当然知道你想要的是我丈夫,不是我"的小女人。

就在这时,海伦走了进来;达洛维太太总算松了一口气,因为她看到海伦尽管外表稍微古怪,但还齐整,有自知之明,并且,她对自己的声音有所控制,达洛维太太认为这是上流女士的特征。帕波先生没有特意换掉他那整洁而难看的西装。

"但是不管怎么说,"当克拉丽莎跟着温雷克走近餐桌的时候,她说,"确实每个人都非常有趣。"

在桌边就座以后,她的那句话更得到了几分证实,雷德利不但进来晚了,而且看上去显然未梳理,并且一进屋就满脸不高兴地埋头喝汤。

达洛维夫妇相互交换了一个眼神,意思是他们掌握了情况,并将牢牢站在对方一边。几乎不等出现冷场,达洛维太太就转向威洛比开始说起来:"我发现大海让人讨厌的一点就是没有花朵。想象一下,海洋中要是出现一片蜀葵和紫罗兰的田野,该有多壮观!"

"但是对航行会有危险,"理查德声音低沉地说,就像低音巴松管一样和谐地配合着他太太的小提琴,"水草已经就够危险了,是吧,温雷克?我记得有一次在毛里塔尼亚航行,我问船长——理查兹——你该认识他吧?——'告诉我理查兹船长,你最为你的船担心的是什么危险?'我以为他会说冰山,丢弃物,大雾什么的;但都不是。我永远记得他的回答。'Sedgius aquatici①,'他说,我估计那是一种水草。"

帕波先生突然抬起头,他刚要提问题,威洛比却抢先接上说:"他们确实担心了好一阵呢——那些船长!——船上有三千多人!"

"是啊,是这样。"克拉丽莎说。她带着几分深沉地转向海伦。"人们总说工作把他们累坏了,我看说的不对,是责任。这就是为什么人们付给厨师的工资比女佣高的原因。我看。"

"要按你说的,就应该付给保姆双倍的工资了;但是没有。"海伦说。

"是没有;但是想一想:照看的是婴儿,而不是锅碗瓢勺,是

---

① 达洛维说他如此清晰记得的短语其实毫无意思,真正拉丁文的水草是 lemna。

多么快乐的事情！"达洛维太太说，带有几分询问地看着海伦，猜想她可能是母亲了。

"我可宁愿当厨师也不当保姆，"海伦说，"谁也不能让我对孩子负责。"

"母亲们总是夸大其辞，"雷德利说，"其实照看一个有教养的孩子，并不需要什么太大的责任。我就带着我的孩子旅行了整个欧洲。你只要给他们穿暖了，放在行李架上就行了。"

海伦笑了起来。达洛维太太看着雷德利喊道："这是个什么父亲！我丈夫就是这样的。人们还谈什么男女平等！"

"有人谈吗？"帕波先生问。

"当然有！"克拉丽莎叫着说，"我丈夫在议会的时候就每天下午都碰到一位发怒的女士，我看她根本不会说别的。"

"她就坐在议会外面，真叫人尴尬，"达洛维说，"最后我鼓起勇气走到她身边对她说，'我的好人，你的做法只会妨碍你达到目的。你在妨碍我，而且这对你自己也没有好处。'"

"这时她竟然抓住了他的衣领，那样子简直就像要抠出他的眼珠——"达洛维太太插进来说。

"瞎说——你也太夸张了，"理查德说，"哪有那么厉害，我可怜这种人，我得承认。坐在那台阶上的感觉一定非常可怕。"

"活该。"威洛比干脆地说。

"嗯，我完全同意。"达洛维说。

"对这种如此愚蠢和无益行为，我的反感比谁都强烈。简直是乱套了①，哼！在英格兰要是女人能投票，还不如让我先死

---

① 妇女获得选举权的问题在英国经历了半个多世纪漫长历程，直到1918年才正式通过年满三十岁的妇女拥有选举权的立法。

了！我就是这个态度。"

丈夫的严肃态度使克拉丽莎也严肃起来。

"真无法想象,"她说,"别告诉我你是个女权主义者吧?"她问雷德利。

"女权不女权我完全不在乎,"安布罗斯说,"如果有人真的相信一张选票就能改变自己的命运,尽管去相信好了。很快他们就会发现不是那么一回事。"

"依我看,你不是一个政治家。"她微笑着说。

"感谢上帝,不是。"雷德利说。

"我看你的丈夫和我意见不一致。"在一旁的达洛维对安布罗斯太太说。她突然想起来他曾经是议员。

"你不觉得这工作很无聊吗?"她问道,有点不知道说什么好。

理查德把双手在胸前伸开,就好像在读手心上刻的什么铭文。

"如果你问我是否曾经觉得无聊,"他说,"我可以肯定回答,是的;可另一方面,如果你问我有什么行业,包括所有行业,不论好坏,对于一个人来说最有意思,或者最令人羡慕,且不谈所有职业严肃的一面,我一定会肯定地回答'政治家'。"

"做律师或搞政治,我同意,"威洛比说,"你们的钱可以办更多的事。"

"一个人的所有器官都有它的功能,"理查德说,"我可能正在走进危险区域;但是我对于诗人和艺术家总的感觉是:走你自己的路,你战无不胜——没错;离开自己的路——全吹——人做事要留有余地。当然,我倒不是说为我留有余地。"

"我不能同意,理查德,"达洛维太太说,"想想雪莱。我认为在《我的上帝》①里什么都有了。"

"《我的上帝》当然是一定要读的,"理查德让步说,"但是无论何时我听人说起雪莱,我都会暗自重复马修·阿诺德的话,'怎样的安排!怎样的安排②!'"

这话唤起了雷德利的注意。"马修·阿诺德?一个可恶的假正经!"他咬牙切齿地说。

"假正经——不错,"理查德回答说,"但是我认为,他也是一个世界公民。这是我个人的观点。我们政治家无疑很像你,(按他的理解,海伦代表的是艺术)属于粗放、平凡的一类人;但是我们观看事物的两方面;我们也许有点笨拙,但是会尽最大努力去理解事物。而你们艺术家,则把事情看得一团糟,耸耸肩膀,然后就转而去关注想象了,我相信那可能是很美丽的想象——可就这么让事情一团糟下去。这在我看是逃避责任。再有,不是所有的人天生就有艺术细胞的。"

"太可怕了,"达洛维太太说道,在她丈夫说话时,她一直在思考,"当我和艺术家在一起的时候,我总是强烈地感到,关在自己的小天地里,被图画和音乐等所有美丽的东西包围着,是多么惬意的事情。可是当我走到街上,遇见的第一个孩子是个叫花子,他那可怜、饥饿、肮脏的脸让我不由得背过脸去说,'不行,我不能封闭我自己,我必须停止所有的绘画、写作、音乐,直到这种事情不复存在。'难道你不认为,"她直起身来对海伦说,"人生是一场无止境的斗争吗?"

---

① 雪莱(1792—1822)所写的悼念济慈的诗作。
② 马修·阿诺德(1822—1888),英国诗人兼批评家。他在纪念雪莱的随笔中曾说:"我们在读完《雪莱生平》的时候会情不自禁地说'怎样的安排!怎样的世界!'"

海伦考虑了片刻。"不,"她说,"我不认为。"

一阵显然有些尴尬的沉默。达洛维太太微微打了个寒战,就要求把她那件皮毛外衣递给她。在她穿上后整理大衣的棕色长毛衣领的时候,她想起一个新话题。

"我承认,"她说,"我永远也不会忘记安提戈涅①。那是几年前我在剑桥时看到的,后来它就一直萦绕在我的脑海里。你难道不觉得它简直就是最现代的故事吗?"她问雷德利。"我好像真的知道有二十个克吕泰墨斯特拉②,迪奇琳老太太也是其中之一。我虽然不懂希腊语,但是却可以永远听下去——"

这时帕波先生站起来说道:

> 神奇的故事虽多,
> 但与人相比不足为奇;
> 他在白浪翻涌的海上航行,
> 乘着南来的狂风
> 劈波斩浪
> 惊涛骇浪拍打城堡。③

达洛维太太咬着嘴唇看着他。

"我觉得花十年时间学懂希腊语也值得。"帕波先生的话音刚落,她就接着说。

---

① 《安提戈涅》是古希腊悲剧作家索福克勒斯(公元前496—前406)的悲剧。剧中讲到安提戈涅想体面地安葬她的哥哥,但是国王却下令不许安葬,以惩罚安提戈涅,安提戈涅在命令到达之前自刎而死。
② 在本书的早期版本中,有达洛维太太在剑桥看古希腊悲剧作家埃斯库罗斯(公元前525—前456)所著《阿伽门农》的描写。克吕泰墨斯特拉是阿伽门农的妻子。
③ 原文为希腊语,出自《安提戈涅》。

"我能在半个小时内教会你字母表,"雷德利说,"不出一个月你就能读荷马了。我感到教你是我的一种荣幸。"

海伦正在和达洛维先生交谈,讨论那正在逐步消失的在下议院引用希腊语的习惯,见此情景就在随身带的摘录簿①上写道:所有男人,哪怕是像雷德利这样的男人,也喜欢时尚女人。

克拉丽莎高兴地说,这再好不过了。她立刻想到她在布朗街的会客室里,把一本柏拉图摊开在膝盖上的情景——真正原版希腊文的柏拉图。她不禁相信,真正的学者,只要特别乐意,就准能把希腊语毫不费力地塞进她的脑子。

雷德利和她相约明天就开始。

"只要你的船能好好善待我们!"她叫着说,把威洛比也扯了进来。面对客人,尤其是有身份的客人,威洛比自然早有准备,他鞠了一躬说,即使有浪船也能行驶得很平稳。

"我晕船厉害得很呢!我丈夫也不强多少。"克拉丽莎叹着气说。

"我从来不晕船,"理查德说,"至少,我只真正晕过一次船,"他又改口说,"那是横穿英吉利海峡。海上真是波涛汹涌,或者说,还要糟糕,使我感到特别不舒服。人总不能不吃饭吧,可你看着食物却说,'我吃不下,'你往嘴里塞上一口,天知道你是怎么咽下去的;但是只要坚持吃,你应该能克服这个困难。我妻子就是个懦夫。"

大家都推开椅子。女士朝着走廊走去。

"最好我来给你们带路。"海伦说着走到前边。

雷切尔跟在她后面。她没有参与任何谈话;也没有人对她

---

① 类似个人日记,内容一般包括文学摘录、引用段落和注释等。

说话；但是她很仔细地听了大家说的每一句话，眼睛从达洛维太太转到达洛维先生，又从达洛维先生转到达洛维太太。克拉丽莎确实是一道迷人的景色。她穿一条白裙子，戴着一条长长的闪闪发光的项链。她的衣服，配上她那张精明细腻的脸，那张在她正在变灰的头发下显得格外粉红的脸，她真像是一幅十八世纪的绘画杰作——雷纳兹的或者罗姆尼①的。她使旁边的海伦和其他人显得粗糙、懒散。她那正襟危坐的样子就像她似乎正在处理全世界的问题，而庞大的地球就在她的手指底下转来转去。还有她的丈夫！操着那厚重低音的达洛维先生就更是了不起。他好像是来自一台轰鸣的机器的中心部位，那里的油光闪闪的滑杆正在滑动，活塞正在跳跃；他对事物的把握是那样缜密又是那样松弛；他使其他的人简直都像老侍女、处理货。雷切尔跟在后面，精神有些恍惚，一股紫罗兰的幽香从达洛维太太身上飘过来；伴随着她裙子的窸窣声，项链的丁冬声。她一边跟在后面，一边极度自卑地思索着，她想到了自己的整个生活和自己所有朋友的生活，"她说我们生活在我们自己的世界里。这话太对了。我们真可笑。"

"我们在这里坐吧。"海伦说着打开会客厅的门。

"你玩这个？"达洛维太太拿起桌上的特里斯坦记分表对安布罗斯太太说。

"我的外甥女玩儿。"海伦说着，把手放在雷切尔的肩膀上。

"噢，我真羡慕你！"克拉丽莎第一次向雷切尔说话了，"还记得这个吗？多神奇！"她用戴有戒指的手指在棋盘上玩了一

---

① 乔舒亚·雷纳兹（1723—1792）和乔治·罗姆尼（1734—1802）都是肖像画家。

两招。

"然后,特里斯坦是这样走,伊索尔达是这样——哦!——真是太激动人心了!你去过拜罗伊特①吗?"

"没有,我没去过。"雷切尔说。

"将来会有机会去的。我永远也忘不了我第一次看《帕西发尔》②的情景——那是炎热的八月的一天,那些德国的胖老太太,穿着气闷的高身罩衫;还有,昏暗的剧场,然后音乐开始了,让人抑制不住哭泣。我记得有一个好心的男人给了我一些水;当时我只能趴在他肩膀上哭!我这里堵得慌(她摸了摸喉咙)。好像世界上别的什么也不存在了一样!对了,你的钢琴在哪儿?"

"在隔壁房间里。"雷切尔说。

"你能给我们弹奏一曲吗?"克拉丽莎请求说。"坐在月光下听音乐,我再想象不出比这更美妙的事情了——只是这听起来有点像一个女学生说的话!你知道,"她转而对着海伦说,"我认为音乐并不一定总对人有好处——恐怕不一定。"

"太紧张?"海伦问。

"太伤感,某种程度上,"克拉丽莎说,"当一个男孩或女孩开始以此为职业以后,他马上就会发现这一点。威廉·布罗德利爵士也曾对我说过同样的话。有人在听瓦格纳的时候,摆出这个样子,就这样——"她眼睛看着天花板,紧握双手,显出一种痴醉的表情。"你不生气吗?这实在不能表明他们在欣赏;事实上,我认为恰恰相反。真正懂音乐的人其实往往是受影响

---

① 德国城市,自1876年后因举办瓦格纳节而出名。吴尔夫曾于1909年和她的弟弟等人到过这里。
② 帕西发尔是亚瑟王传奇中寻找圣杯的英雄人物,该剧为瓦格纳的一部"盛典喜剧"。

最小的。你知道画家亨利·菲利浦斯①吗?"她问道。

"我见过他。"海伦回答。

"说起他,有人可能认为他是一个成功的股票经纪人,不是伟大的画家。那正是我喜欢的。"

"只要你喜欢留意他们,那成功的股票经纪人太多了。"海伦说。

雷切尔真希望她的舅母别这么刻薄。

"当你看见一个留着长头发的音乐家时,你会本能地对他怎么想?"克拉丽莎转向雷切尔问道,"瓦特和乔齐姆②——他们的头发就像你我的一样。"

"要是再鬈曲一点,他们一定更漂亮!"海伦说,"不过,你是想评价他们漂亮不漂亮吗?"

"我想说的是干净不干净!"克拉丽莎回答说,"我特别希望男人看起来干净!"

"干净,你指的大概是整齐的衣服吧?"海伦问。

"有些东西可以让人了解一个绅士,"克拉丽莎说,"但是又很难说清是什么东西。"

"就拿我丈夫说吧,他看起来像一个绅士吗?"

这在克拉丽莎看来是个非常糟的问题。她认为这是"不能问的事情之一"。她无法回答,只好笑了笑。

"啊,无论如何,"她转向雷切尔说,"我明天一定邀请你和我一起玩。"

瞧,这就是她让雷切尔喜爱的地方。

---

① 作者虚构的人物。
② G. F. 瓦特(1817—1904),画家;约瑟夫·乔齐姆(1831—1907),小提琴家。后者在19世纪90年代初在英格兰很出名。

达洛维太太忍住了一个小呵欠,仅仅张了张鼻孔。

"你知道吗,"她说,"我太困了。是海上的空气闹的。我失陪了。"

一个刺耳的男人的声音在讨论着什么,并且正在向客厅走来,她估计是帕波先生,于是警觉起来。

"晚安——晚安!"她说,"噢,我知道路——别忘了为风平浪静祈祷!晚安!"

她的呵欠肯定是装出来的,因为她再没有张嘴。她把所有的衣服都一齐脱掉,就好像它们都被一根带子穿着似的。她躺在床上伸展四肢,然后只换上一件缀有很多虚饰小零碎的长衣,并用一块小地毯把脚包上,她在膝头放了一本写字簿坐下来。这间狭小的木屋马上成了女士的有身份的更衣房。这里有很多化妆用的小瓶子、盒子、梳子、卡子。显然她身体的任何一寸表皮都有适当的修理工具。让雷切尔陶醉的气味弥漫在空气中。安排好这些以后,达洛维太太拿起笔来。一支钢笔在她手里成了抚爱纸张的东西,她写字的时候另一只手一直在不停地抚摸或者挠着一只小猫:

"想想我们,我的亲爱的,正在一艘最奇怪的轮船上漂流。奇怪的倒不是船,主要是船上的人。在旅行时总会遇到一些古怪的人。但是我必须说,我的所见实在是太有趣了。航船的经理——温雷克——一个高大的英国人,一个好人,他话不多——你知道这类人。至于其余的人——他们简直就是从《笨拙周刊》①里走出来的古人。他们像是一群六十年代玩槌球游戏的人。我不清楚他们

---

① 于1841年英国创刊的一本幽默周刊。以刊登讽刺性幽默、漫画和卡通著称。

究竟被封闭在这条船上多久了——但应该说有很多很多年了——人一踏上这条船就感到好像走进了另一个世界,那儿的人们从来没上过岸,也从来没做过平常的事情。这就是我常说的文化人——他们实在是最最难接近的人。更糟糕的是,这些人——一个男人和他的妻子以及一个外甥女——他们给人的感觉是,要不是被牛津或剑桥或别的这类地方彻底感化,因而变得怪异,他们或许还和普通人没有什么差别。那男的确实挺可爱(只是需要修剪指甲),那女的有漂亮的脸蛋,只是穿着特别,她穿着一个土豆口袋,而且她的头发就像一家新艺术店①的女店员。他们谈论艺术,并且认为我们这些晚上还化妆的人都是傻子。但是我却不能不这样,我宁可死也不能不换衣服就去晚餐——你呢?这比一道汤更重要得多。(奇怪的是,这类事情的重要性的确大大超乎一般人的想象。我宁可把我的头割下来也不能把法兰绒衣服贴身穿)再有就是那个漂亮害羞的女孩了——可怜的孩子——我真希望有人赶快爱上她,要么就太迟了。她的眼睛和头发都长得相当好,只是,当然,她也有可笑的时候。我们真应该开一个社交聚会来开拓年轻人的视野——这比传教活动有意义多了,赫斯特!噢,我差点忘了还有一个可怕的小个子,叫帕波②。他长得就像他的名字。他是那样难以形容的微不足道,脾气也相当古怪,可怜的人。和他一起吃饭就像坐在一只狐狸狗旁边!只是你不能像对待自己的狗那样抚摸他的毛,给他扑粉。有时候,人不能像狗一样对待他人,可真是件可惜的事情!我们最大的安慰是,总算远离了报界,理查德可以

---

① 该店于1875年在伦敦开业,为的是迎合当时的"艺术和手工艺"运动。
② 帕波,英文的意思是"辣椒"。

真正把这次旅行作为度假了。在西班牙不能算是度假……"

"你真是个懦夫!"理查德说,他硕大的身躯几乎撑满了房间。

"在晚餐上我能做的都做了!"克拉丽莎争辩道。

"不管怎么说,你竟然答应学什么希腊语字母。"

"噢,天啊! 难道安布罗斯是什么人?"

"我估计他是剑桥的一个老师;现在住在伦敦,研究古典文学。"

"你见过如此古怪的一对儿吗? 那女的居然问我她的丈夫像不像个绅士!"

"在晚饭的时候,有时不让话题中断就是很困难,"理查德说。"可那个女人,在她那阶级,比男人更显得古怪得多,这是为什么?"

"他们都长得不错,确实——只是——他们太奇怪了!"

他们俩都笑了,他们想到一块儿去了,因此不需要再交换什么看法。

"我看我和温雷克倒还说得来,"理查德说,"他知道萨顿①那边的很多事情。他能告诉我不少北方造船②的情况。"

"噢,我很高兴。男人总是比女人强得多。"

"当然,和一个男人总能有话说,"理查德说,"但是我相信,要是谈起小孩子来,你就唠唠叨叨地没完了,克拉丽莎。"

"她有孩子吗? 看上去不像啊。"

"有两个,一男一女。"

羡慕的剧痛掠过达洛维太太的心头。

"我们一定得有个儿子,迪克。"她说。

---

① 英国北部城市。
② 由于国际间竞争的影响,英国造船业在1906年至1909年间持续衰落。

"上帝,现在的年轻男士的机会多好啊!"达洛维说,他的话使他自己若有所思,"我不相信,自从皮特①以来还会有比这更好的机会。"

"该轮到你了!"克拉丽莎说。

"做男人的头儿,"理查德自言自语说,"是个好职业。上帝——多好的职业!"

胸膛慢慢地在他的马甲下挺了起来。

"你知道吗,迪克,我不能不想到英格兰。"他的妻子沉思地说,把头埋在他的胸前。

"呆在这艘轮船上似乎使一切变得更加生动——作为英国人究竟意味着什么。这使人联想到我们所做的一切,我们的海军,还有印度和非洲的人民,联想到我们是怎样一个世纪接一个世纪走过来的,把男孩子一个个送出去——小村庄的男孩子——像你这样的男人的男孩子,迪克,这真让人感到,一个人要不是英国人可怎么活得下去!想一想议会大厦上闪耀的灯光②,迪克!我刚才站在甲板上的时候,我似乎看见了它。那就是伦敦的象征。"

"应该是连续性。"理查德简洁地说。当他妻子说话时,他的思想掠过的是英国的历史,一朝接一朝的国君,一任接一任的首相,一套接一套的法律。他的头脑掠过了保守党政策的今昔,一步步从索尔兹伯里爵士③到阿尔弗雷德④,然后逐渐关闭;就

---

① 威廉·皮特,英国政治家父子,在18世纪后半叶的英国政坛上均享有极高的声望。
② 在英国议会开会期间,下议院的灯光一直亮着。
③ 即罗伯特·西塞尔(1830—1903),索尔兹伯里的第三侯爵,1886年至1892年和1895年至1902年间任英国保守党首相。
④ 阿尔弗雷德(849—899),英格兰西部撒克逊人的韦塞克斯王国国王(871—899)。

好像一条套索打开并套住了一个个东西,人类所居住的地球的大块东西①。

"这花了很长的时间,但是我们现在接近尾声了,"他说,"剩下的就是如何巩固了。"

"但是人们看不见!"克拉丽莎激动地说。

"世界是各种因素构成的,"她的丈夫说,"如果没有反对党,就永远不会有政府。"

"迪克,你是比我强,"克拉丽莎说,"你看得全面,我只看见一点。"她说着在自己手背上戳了一下。

"这是我的工作,在晚饭上我就想这样解释。"

"我之所以喜欢你,迪克,"她继续说,"就是因为你总是一如既往,而我却经常感情用事。"

"你很可爱,不管怎么说。"他说着用更深情的眼神望着她。

"你真这样想吗? 那就吻我吧。"

他热情地吻着她,她那写了一半的信滑落到了地上。他捡起来就看,并没有征得她同意。

"你的钢笔呢?"他接过笔就用他那刚劲的小手提笔写道:

"R. D.②附言:克拉丽莎忘了告诉你,她在晚餐上看上去漂亮极了,并且极具征服力,一会儿就订下了自己学希腊字母的计划。我也想借此机会告诉你,虽身处偏远之地,我们俩都很开心。我们还希望这次旅行最终圆满愉快,并且具有(已经证实的)启发性,以作为对好朋友(你,并请转告约翰)的礼物……"

从走廊的一端传来说话声。那是安布罗斯太太压得很低的

---

① 理查德是保守党议员,相信英国统治的扩张将最终给"落后的国家"带来"文明"。

② 理查德·达洛维的英文缩写为 R. D.。

声音,和威廉·帕波的坚定而略带尖酸的评论,"那种女人是让我绝对不会同情的类型。她——"

显然理查德和克拉丽莎都不会从后半句话中得到任何愉快,但是他们就要听到后半句话了,理查德赶忙把一张报纸弄得哗哗作响。

"我经常想。"克拉丽莎躺在床上沉思着,枕着一本白色的帕斯卡①,这本书她走到哪里都带着。"与道德情操胜过自己的男人一起生活,对一个女人来说是否是一件好事,比如理查德在这方面就胜过我。这使人产生依赖感。我觉得我对他的感觉就像我母亲和其他女人对基督的感觉一样。这正表明,人不能没有一些东西。"随后她进入了梦乡,睡得还像往常一样香甜,但是她梦见了奇妙的巨大的希腊语字母在屋子里大摇大摆地走,她醒来以后暗暗好笑,并记起了自己现在是在哪儿,而且,那些希腊字母都是真人,他们就睡在离自己不过几码以外的地方。接着,她仿佛看到那在月光下荡漾的黑黑的大海,她不禁浑身一震,又想到她丈夫和其他旅伴;这个梦不仅仅出现在她一个人的脑子里,而是从一个脑子到另一个。那天晚上他们都相互梦见了。这也很自然,因为把他们隔开的壁板本来很薄,而且使他们远离陆地,在大海上相见的缘由又很奇特,他们竟然能够端详对方脸上的每一个细微之处,倾听他们的每一个声音。

---

① 布莱斯·帕斯卡(1623—1662),法国科学家兼伦理学家。他这本书的内容是保护基督教不受怀疑主义者的攻击。

第 四 章

第二天早上克拉丽莎比任何人都起得早。她穿好衣服,来到甲板上,呼吸着早晨平静的新鲜空气。这已经是她第二次在船上漫步,她径直走近大副,那位瘦瘦的格赖克先生。她首先道扰,然后就询问那些光亮的铜管,上面还有一半玻璃的东西①是干什么用的。她一直不明白,又猜不透。他解释完以后,她激动地说:

"我就知道当水手是世界上最美好的职业!"

"可你对这职业了解多少?"格赖克先生问,带着一种奇特的兴致,"恕我直言,任何一个在英国长大的人,他们对大海又了解什么?他们说自己了解;但他们不了解。"

他说话时的严肃表情似乎对他下面要说的话有一种不祥之兆。他把她带到他自己的工作间。在那儿,达洛维太太坐在一张包着铜边的桌子边上,她那白色纤细的身体和带有几分警觉的瘦脸使她看上去奇怪地像一只海鸥,她只好就这么听着一个激情男人滔滔不绝的说教。首先,她知道全世界的多少面积是陆地吗?和它比起来,海洋有多么平和,多么美

---

① 此处的描写不甚明白,作者指的可能是船上的罗盘。

丽,多么仁慈?如果欧洲所有的动物都因瘟疫在明天死去,海中的动物也能帮助这个洲不受影响。格赖克先生回忆起他在世界上最富有的城市见到的可怕情景——男人和女人们几个小时地排队等一缸子稀汤。"这时我就不禁想到这水下面的任人捕捉的味道鲜美的鱼儿。我不是真正的新教徒,也不是旧教徒,但是我实在希望能再次回到教皇统治的制度下——只为斋戒。"

他一边说话,一边不停地开着抽屉并摆弄着一些小玻璃罐。这都是海洋给予他的财富——泡在浅绿色的液体里的白色的鱼、有许多触须和斑点的水母,还有头上有亮光的鱼,它们生活在海底。

"它们肯定曾在尸骨中间游来游去。"克拉丽莎感叹说。

"你想到莎士比亚了吧。"格赖克先生说着从一个架子上排列整齐的书中间抽出一本,用带有浓重鼻音的声音念道:

  五英寻的水深处躺着你的父亲①。

"一个了不起的家伙,莎士比亚。"他说着把书放了回去。

克拉丽莎很高兴听他这样说。"你喜爱他的哪个戏剧?也许和我喜欢的一样呢。"

"亨利五世。"格赖克先生说。

"太棒了!"克拉丽莎喊道,"真的和我一样!"

哈姆雷特对于格赖克先生可能太内省了,十四行诗又太热情;而亨利五世是典型英国绅士的模型。然而他真正喜爱的是

---

① 莎士比亚戏剧《暴风雨》中爱丽儿的唱词。

赫胥黎①、赫伯特·斯宾塞②和亨利·乔治③;艾默森④和托马斯·哈代⑤的书是他的消遣读物。就在他正向达洛维太太大谈自己对英国目前状况的看法的时候,早饭的铃声急切地响了起来,她不得不暂且离去,但答应还要回来,看他的海草。

昨天晚上让她感到奇怪的那些人都已经在桌边坐齐了,他们似乎还在睡梦的阴影中,不大说话。但是她的加入给他们带来了一点波动,就好像是对着每个人吹了一口仙气。

"我有个难得的最有趣的话题!"她兴奋地说着坐在威洛比旁边。"你知道吗,你的人中间有一个人既是哲学家又是诗人?"

"一个十分有趣的家伙——我经常这么说,"威洛比说,他知道是格赖克先生,"但是雷切尔觉得他很无聊。"

"他在谈论水流的时候,总是很无聊。"雷切尔说。她的眼睛说明她还没睡醒,但是她仍然觉得达洛维太太很神奇。

"我还没遇上无聊的人呢!"克拉丽莎说。

"可我认为世上充满了无聊的人!"海伦大声说。但是她的美丽,在晨光中更显绚烂,化解了她言词中的冲撞。

"我认为这是形容一个人的最糟的言词,"克拉丽莎说,"哪怕说一个人是杀人犯也比说他无聊更坏不到哪儿去!"她补充

---

① 赫胥黎(1825—1895),英国作家、思想家,《进化论与伦理学》(1893)的作者,达尔文的追随者。
② 赫伯特·斯宾塞(1820—1903),英国作家、思想家、哲学家,鼓吹一切问题都可以用进化论解释。
③ 亨利·乔治(1839—1897),美国社会学家兼政治经济学家。他于1879年出版的《进步与贫穷》一书在当时颇为畅销,被译成多种文字。
④ 艾默森(1803—1882),美国哲学家、诗人。是美国19世纪超验主义哲学的领袖。
⑤ 托马斯·哈代(1840—1928),英国诗人、小说家。

说,带着她固有的说话深刻的特点。"有人说不定会喜欢上一个杀人犯呢。这就跟养狗一样。一些狗也无聊得很,可怜的东西。"

理查德正巧坐在雷切尔的旁边。她对他的存在和外表都有非常清醒的意识——他那整洁的制服,里面露出的高级衬衫,镶有蓝边的袖口,以及他那修剪得方方正正的指甲;他的手指非常干净,左手的小手指上戴着一个镶有红宝石的戒指。

"我们就曾有一条很无聊的狗,并且它自己也知道,"他用冷静、随意的口吻配合着她的话,"是一条苏格兰匐狗,比较瘦长的那一种,四条小腿从它那像……像毛虫一样……不,应该说像沙发一样的毛茸茸的身体上伸出来。当时我们还有另外一条狗,一条黑色的很敏捷的狗——我记得可能是比利时小种狗。这两只狗的差异之大你无论如何无法想象。那条爱尔兰匐狗,动作是那样慢条斯理,从容不迫,就像俱乐部里的一个老绅士,它抬头看着你,好像在说,'你肯定不是这个意思,对吧?'而那只比利时小种狗则快得像一把刀子。我必须承认,我最喜欢那爱尔兰匐狗。关于它有一段可怜的故事。"

故事似乎没有高潮。

"它发生了什么事?"雷切尔问。

"那是一个很伤感的故事,"理查德降低声音说,一边削着苹果,"有一天它跟在我的妻子的车后面跑的时候,被一个狠心的骑自行车的人给撞了。"

"撞死了吗?"雷切尔问。

这时坐在桌子一端的克拉丽莎听到了他们的谈话。

"别提这件事!"她喊道,"我今天不忍心回想这件事情。"

眼泪会在她的眼眶里停住吗?

"对于宠物来说,"达洛维先生说,"它们的死亡是痛苦的事情。我记得我的第一次伤心就是因为一只睡鼠死了。遗憾地说,是我骑它来着。但是这并不减轻我的伤心。我们还有塞缪尔·约翰逊①坐过的鸭子,不是吗?那时我个子特别大。"

"后来我们又养了几只金丝雀,"他继续说,"还有一对鸽子,一只狐猴,有一次还养了一只燕子。"

"你住在乡下吗?"雷切尔问他。

"一年中我们有六个月的时间住在乡下。我说的'我们'指的是我的四个姐妹,一个兄弟,和我自己。一个大家庭真是什么都比不了。尤其是姐妹们,真可爱。"

"迪克,你肯定是给惯坏了!"克拉丽莎在桌子那边喊着说。

"没有,没有。我不过是很受爱戴而已。"理查德回答说。

还有另外一个问题一直在雷切尔的心里打转,一个很大的问题,她不知道该怎样提出来。而且,谈话的气氛也显得太空洞,似乎不允许提这样的问题。

"请告诉我——所有的一切。"这就是她想提出的问题。他仅仅说了其中一点点,就已经像一个大宝藏了。她觉得像他这样一个男人肯定不会愿意和她谈话。他有那么多姐妹和宠物,还曾经在乡下生活过。她用小勺不停地搅着茶;杯中泛起的气泡就随之旋转、聚合,就像他的思绪在聚合一样。

这时她的思想离开了大家的谈话,当理查德突然用诙谐的口吻问,"我敢肯定,温雷克小姐在秘密信奉天主教吧?"她竟然不知道该如何回答,海伦看着她那像是吓了一跳的样子,禁不住

---

① 塞缪尔·约翰逊(1709—1804),达洛维先生所谓"坐过的鸭子"之说来自(据说是)约翰逊幼年时写的一首诗。

笑起来。

早餐用完了,达洛维太太站起身来。"我一向认为,信仰宗教就像收集甲壳虫。"她说。一边和海伦一起走上楼梯,她一边总结着刚才的讨论。"一个人特别喜欢黑色的甲壳虫;另一个人却不喜欢;对此的争论是没有意义的。现在你的黑甲壳虫是什么?"

"我想是我的孩子们。"海伦回答说。

"啊——那就不同了,"克拉丽莎感叹说,"告诉我,你有一个男孩儿,是吧?离开他们是不是很不好受?"

好像一片蓝色的阴影笼罩住一个水池。她们的眼睛变得更深邃,声音变得更诚恳。在她们走上甲板的时候,雷切尔不但没有加入她们的谈话,反而对这两位成功女士很是愤慨,她们使她处于她们的世界之外,使她更感到了没有母亲的痛苦,她突然转身,离开了她们。来到自己的房间,她砰地带上房门,然后拿出乐谱。那都是些老乐曲——巴赫、贝多芬、莫扎特、珀塞尔——纸张有些发黄,手指还能感到印刷的凹凸不平。几分钟后,她弹奏起 A 级难度的赋格曲来,她的脸上现出一种奇特而缥缈的超凡脱俗的表情,完全的陶醉和焦虑的满足的表情。她的弹奏一会儿磕绊,一会儿重复弹错的音节;但似乎有一根看不见的线把所有音符串到一起,并且从中出现了一个形状,一座大厦。她弹的是那么专注,因为,要发现所有这些音符是怎么排在一起的,本来就是很困难的事情,所以她投入了全部注意力,甚至丝毫没有听到有人在敲门。门被用力推开了,达洛维太太站在了房间里,从敞开的门可以看到蔚蓝的大海。巴赫的赋格曲戛然而止。

"别让我打断你,"克拉丽莎恳求说,"我听见你弹奏,就忍不住来了。我崇拜巴赫!"

雷切尔有些不好意思,下意识地在膝头摩擦着手指。她尴尬地站起来。

"曲子太难了。"她说。

"但是你弹得非常不错!我应该站在外面。"

"不。"雷切尔说。

她从扶手椅上把《柯珀书信》和《呼啸山庄》推开,让克拉丽莎坐下。

"多么可爱的小房间!"她一边说,一边四下看着。

"哦,《柯珀书信》!我还没有看过。好看吗?"

"没多大意思。"雷切尔说。

"他写的东西很怪,是吧?"克拉丽莎说,"——如果你喜欢那些东西——就会一句一句都看完。《呼啸山庄》!啊——这一本倒还对我的口味。要是没有勃朗特姐妹,我真不知道该怎么生活呢!你不喜欢她们吗?但是,总的来说,和她们比起来,我还是更觉得不能没有简·奥斯汀。"

她说话的声音尽管轻而且随意,却在尽力表现莫大的同情和交友的欲望。

"简·奥斯汀?我可不喜欢简·奥斯汀。"雷切尔说。

"那你可太奇怪了!"克拉丽莎说道,"我暂且原谅你吧。能告诉我为什么吗?"

"她太——太——嗯,像太密的褶了。"雷切尔憋了半天说。

"啊——我知道你的意思。但是我不能同意。你再长大一点就明白为什么了。我在你的年龄,只喜欢雪莱。我还记得我曾在花园里为他哭泣。

> 他飞出了我们这夜晚的阴影,
> 羡慕与诽谤,仇恨与痛苦——

还记得吗？

> 不再接触他，也摆脱了来自
> 世界逐渐污浊的传染病的折磨。

"多么美妙！——而又多么莫名其妙！"她又环顾了一下房间，"我总觉得真正重要的是生，不是死。我确实很钦佩一些傲慢的老股票经纪人，他们每天把一列一列的数目字相加，然后带着心爱的老狐狸狗跑回在布里克斯顿①的别墅，去陪伴沉闷地坐在桌子另一端的妻子，再去马盖特住上半个月——告诉你，这类事情我知道多了——说真的，他们在我看来比人人崇拜的诗人还要高贵，只因为他们都是天才，而且死的又早。但是我并不指望你同意我的看法！"

她戳了一下雷切尔的肩膀。

"唔——"她继续背下去——

> 不安却被人说成是喜悦——②

"你要是到了我的年龄，你就会看到世界上充满可爱的事情。我觉得年轻人在这方面犯了个严重错误——不让自己高兴。我自己有时甚至认为，幸福是惟一重要的事情。虽然我和你的交情还不足以让我说，但是我猜想你可能不会不乐意——正值年轻动人的年华——我还是要说！——一切都在你自己的脚下。"她一面环顾周围一面说，"远远只是几本书和巴赫。"

"我一直想问几个问题，"她继续说，"你让我很感兴趣。如果我说了什么无礼的话，你尽可以打我的耳光。"

---

① 英格兰一市镇。
② 引自雪莱的诗《阿多尼斯》，但和原诗有较大出入。

"我——我也很想问一些问题。"雷切尔话里的那种认真的口气使达洛维太太脸上的微笑突然止住了。

"我们到外边散散步你不介意吧?"她说,"空气多好啊。"

在她们关上房门的时候,她站在甲板上像赛马一样做着深呼吸。

"活着,不是很好的吗?"她说着挽起雷切尔的手臂。

"看,看!多美!"

葡萄牙的海岸开始变得模糊不清了;但是陆地终归是陆地。尽管距离很远,她们还是能看清山洼里城镇的灯光和升起的青烟。那城镇和它后面紫色的山峦比起来,显得很小。

"老实说,"克拉丽莎看够了以后说,"其实,我不大喜欢风景。太没有人情味了。"她们边说话边散步。

"多么奇怪!"她感叹说,"昨天的这个时候我们还素不相识。那时我正在宾馆的一个不透气的小房间里整理行装。我们互相都一无所知——可是——我又觉得我好像认识你!"

"你有孩子——你丈夫当过议员,是吗?"

"你从来没上过学,一直——和谁一起生活?"

"和我的两个姑妈,在里士满。"

"里士满?"

"你知道,我姑妈喜欢那公园。她们喜欢那里的安静。"

"而你并不喜欢!我理解!"克拉丽莎笑道。

"我喜欢独自在公园散步,不喜欢——带着狗。"她把话说完了。

"不喜欢,有些人就是狗;不是吗?"克拉丽莎说,好像猜到了一个秘密,"然而并非每一个人——当然不是,不是每一个人。"

"不是每一个人。"雷切尔说,然后就沉默了。

"我可以想象你一个人散步的情景,"克拉丽莎说,"边走边想,在你自己的小世界里。但是,终有一天,你在那里会是无比的快乐!"

"你的意思是——我会喜欢上一个男人,和他一起散步?"雷切尔问,瞪着她那双大大的眼睛看着达洛维太太。

"我倒没具体想到哪个男人,"克拉丽莎说,"但那是肯定的。"

"不,我永远不结婚。"雷切尔坚决地说。

"我可不那么肯定。"克拉丽莎说。她那揶揄的眼神告诉雷切尔,尽管她觉得很可笑,但还是认为她很有魅力。

"人为什么要结婚?"雷切尔问。

"那得你自己去弄明白。"克拉丽莎笑着回答。

雷切尔跟随着她的目光望去,发现她的眼光在理查德·达洛维强健的身体上停留了片刻,他正在他的靴子底上划一根火柴;威洛比在一旁认真地解释着什么,他俩似乎都对此十分感兴趣。

"没有什么可以与之相比,"她肯定地说,"和我谈谈安布罗斯夫妇吧。我是不是问得太多了?"

"我觉得和你谈得来。"雷切尔说。

然而,她对安布罗斯夫妇的述说似乎有点敷衍塞责,但还是提到了安布罗斯先生是她舅舅的事实。

"你的母亲的兄弟?"

当一个名词已经长久不使用时,稍微提起就会有所反应。达洛维太太继续说:

"你像你的母亲吗?"

"不像，我跟她很不一样。"雷切尔说。

一种强烈的欲望驱使她告诉达洛维太太她从来没有和任何人说过的事情——在此之前她自己也不曾意识到的事情。

"我很孤独，"她说，"我想要——"她不知道她想要什么，所以无法完成这句话；但是她的嘴唇在抖动。

但是达洛维太太似乎能理解那没有说出的话。

"我知道，"她说着用一只手臂搂着雷切尔的肩膀，"我在你这年龄的时候，我也想要。可没有人理解我，直到我遇见了理查德。他给了我所有我想要的。他是男人，也是女人。"她的目光又停留在达洛维先生身上，并把身体靠在栏杆上，继续说。"不要以为我会说因为我是他的妻子——对于他的缺点，我看得比谁都清楚。一个人从和他一起生活的人身上想要得到的东西，是可以使人展示最佳自我的东西。我时常想弄明白，我究竟做了什么，使我这样幸福！"她激动地说，眼泪从她的脸颊上滚落下来。她擦去眼泪，抓住雷切尔的胳膊说："生活多么美好！"此时此刻，站在清新的微风中，面对波涛上的太阳，胳膊上还挽着达洛维太太的手臂，在她面前一直没有多大意义的人生似乎真的突然之间展开无比绚丽的一页，美妙得令人难以置信。

这时海伦正好朝这边走来，她看到雷切尔和一个几乎还是陌生的人手挽着手，并且十分激动；她觉得很好笑，同时也有点儿恼怒。而就在这个时候，理查德又凑上来和她们搭讪，他刚和威洛比有一段很有趣的谈话，所以现在想找人攀谈。

"注意我的巴拿马帽，"他扶了一下帽檐说，"你知道吗，温雷克小姐，人能多大程度上靠衣着引来好天气？我肯定今天是个大热天；我警告你，你说什么也动摇不了我。因此我要坐下。我希望你也学我的样子。"甲板上正好有三把椅子，他们便都坐了下来。

理查德靠着椅背,观察着波浪。

"多漂亮的蓝色,"他说,"只是有点儿太单调。景观需要有变化。就是说,如果有山丘,就应该有河流;如果有河流,就应该有山丘。依我看,世界上最美的景色莫过于晴天从博尔斯山①上往下看——必须是大晴天,记住——毯子?——噢,谢谢,亲爱的……那景色给你更多机会——回忆过去。"

"你是想谈话,迪克,还是想让我来念点什么?"克拉丽莎拿来毯子的同时还带来一本书。

"《劝导》②。"理查德念着书名,一边左右打量着这本书。

"我是给温雷克小姐拿的,"克拉丽莎说,"她不喜欢我们喜爱的简·奥斯汀。"

"那是因为——如果要我说——是因为你还没给她读过,"理查德说,"她无疑是所有女性作家中最伟大的。"

"她之所以最伟大,"他继续说,"其中有一个原因是:她没有像男人那样去写作。而其他女性作家就做不到这一点。正是这个缘故,我根本不看她们写的东西。"

"说说你的原因吧,温雷克小姐,"他继续说道,把双手的手指插到一起,"我已经准备好了改变我的看法。"

他等待着,而雷切尔却在徒然地试图维护他所如此轻视的她的性别。

"我想他是对的,"克拉丽莎说,"他总是对的——这真让人讨厌!"

---

① 牛津外围的一座小山,是俯瞰伦敦的好地方。
② 简·奥斯汀的最后一部小说,出版于1818年。

"我挑《劝导》这本书，"她继续说，"是因为我觉得它比起其他书还不落俗套一些——尽管，迪克，你假装对简·奥斯汀的一切都了如指掌，也并没有用处，她的书总是让你打瞌睡！"

"在议会里为国家立法操了那么多心以后，我当然瞌睡。"理查德说。

"好了，不要再考虑那些枪炮了，"克拉丽莎说，并看着他的眼睛，那双眼睛似乎穿过波浪，仍旧在渴望地寻找着陆地，"也不要再考虑海军、帝国，或其他什么事情。"她说着打开那本书开始念起来：

"'在萨默塞特郡，凯利舍大厅的华尔特·埃利奥特爵士，是这样一个人，他为了消遣，从来就只看一本书，《男爵名册》'——你知道华尔特爵士吧？——'他在这本书里找到了一个小时的闲暇，并且在沮丧之中得到了安慰。'①她写得真精彩，不是吗？'在那里——'"她用轻快幽默的声音继续念着，坚定地相信华尔特爵士能够使她丈夫的思想离开英国和那些枪炮，使他进入一个优美，离奇，活生生并稍显荒谬的世界。过了一会儿，太阳好像正在沉入那个世界，光芒也变得柔和了。雷切尔抬起头来，想看看究竟是什么引起了这样的变化。理查德的上下眼皮正在打架。接着，一声高亢的鼾声宣布他已不再顾及他的体面：他进入了梦乡。

"胜利啦！"克拉丽莎在念完了下一句之后小声说。突然她抬起手来，像是在制止什么，原来是一个水手走过来，他随之站住了。她把书递给雷切尔，然后轻轻走过去听他要说什么。"如果方便的话，格赖克先生希望……"等等。她便跟着他去

---

① 出自《劝导》的开篇第一句话。

了。暗中正注意着他们的雷德利这时起身向前走了几步,但又停下来了,然后作了一个厌恶的手势,就大步返回了自己的书房。这里只剩下了那熟睡的政治家和雷切尔。她读一句书上的话,又看他一眼。他睡着以后看起来就像挂在床头的一件大衣;所有的皱褶,以及那些袖子和裤管都恢复了原状,就像其中没有撑满胳膊和腿一样。这样你可以最便当地估计大衣的年龄和状态。她从头到脚不住地打量着他,直到他似乎都要抗议了。

他也许有四十岁;眼角有一些皱纹,脸颊上有使人好奇的深沟。他稍显疲倦,但非常倔强,他显然正处在人生的巅峰。

"姐妹们和一只睡鼠,还有一群金丝雀。"雷切尔低声说,眼睛一直没有离开他。"我奇怪,我真奇怪。"她停止了,用手托起下巴,仍旧看他。他们身后的一只钟响了起来,理查德抬起了头。然后他睁开了眼睛,第一眼的目光就像是个丢失了眼镜的近视眼的奇特目光。过了好一会儿他才意识到自己的不检点,可能当着一位年轻女士打呼噜了,甚至还可能说了梦话;醒来发觉自己单独和另一个人在一起也很令人窘迫。

"我想我是在打瞌睡,"他说,"别人都在干什么?克拉丽莎呢?"

"达洛维太太去看格赖克先生的鱼了。"雷切尔回答说。

"我猜的没错,"理查德说,"这是平常事。那你又是怎么过的?改变观点了吗?"

"我一句也没有看。"雷切尔回答说。

"这和我的猜想差不多。人需要看的东西太多了。我发现大自然也很能激发人的思想。我有不少的好主意都是在户外得到的。"

"在你正走路的时候?"

"走路——骑马——乘船——我认为我一生中最重要的谈话是在我走过三一学院①大广场的时候。那时我两所大学②都上。这是我父亲的时髦做法。他认为这样可以拓宽头脑。我也同意他的观点。我记得——噢,简直像是几百年前的事情了!——是曾和当时的印度事务大臣商讨他将来的地位的基础问题。我们当时都自认为很明智。我不认为我们不明智。我们都很高兴,温雷克小姐,那时我们很年轻——上天赋予人智慧。"

"你完成了你说的要做的事情了吗?"她问道。

"问得好!我的回答是——完成了,也没完成。如果从一方面说,我没有完成我希望完成的事——事情往往这样!——那么,另一方面我又可以很坦然地说,我没有降低我的理想。"

他坚定地望着一只海鸥,就好像他的理想也在那鸟的翅膀上飞翔。

"可是,"雷切尔问,"你的理想究竟是什么?"

"哦,你问的太多了,温雷克小姐。"理查德嬉笑着说。

她只好说,她很想知道,而理查德也非常乐于回答。

"好吧,嗯,怎么说呢?一句话——统一。我们的目标要统一,国家的领土要统一,社会的进步要统一。在最广大的区域传播最优秀的思想。"

"英国的?"

"我认为,英国人似乎,总体上说,比大多数人更明白事理,他们的历史更干净。但是,上帝,不要以为我看不到他们的缺点——真是可怕——恰恰是我们的人做出了那些说都说不出口

---

① 剑桥的一所学院。
② 这里指的是牛津和剑桥大学,达洛维看不起其他学校。

的事情！我不是生活在幻想中。很少有人,我想,比我幻想更少。你去过工厂吗,温雷克小姐！——没有,我知道没有——应该说我的猜想是没有。"

至于雷切尔,她几乎从来连不像样的街道都没有走过,并且还总是在别人的陪伴下,不是父亲就是侍女,要么就是姑妈。

"我的意思是说,如果你看见过发生在你周围的那些事情,你就会理解促使我和其他像我这样的人成为政治家的原因了。你刚才问我是否完成了我想做的事情。那么,在我回顾我一生的时候,我必须承认,有一件事情是我引以自豪的:那就是,由于我的原因,在兰开夏的几千个女孩子——还有她们之后的无数女孩子——每天能在户外活动一个小时了,而她们的母亲却只能把它花在织布机上。我对此的自豪感甚至比历史承认是我写了济慈和雪莱还要强烈!"

成为写济慈和雪莱的人在雷切尔看来成了痛苦的事情。她喜欢上了理查德·达洛维,并且在他温暖的时候自己也感到温暖。他说这些似乎都是认真的。

"我什么都不懂!"她说。

"你真的什么都不懂,那倒好呢,"他像父亲般地说,"你在埋怨你自己,我肯定。你很会弹钢琴,有人告诉我。并且毫无疑问,你还看过很多有价值的书。"

长辈温和的玩笑不再使她畏惧了。

"你刚才谈到统一,"她说,"可我还是不太明白。"

"我从来不允许我的妻子谈论政治,"他严肃地说,"就是因为这个原因。一个人即使再完美也不可能既战斗又有理想。如果我还能保持我的理想,我可以很庆幸地说,我确有很远大的理想,那也是由于我能够在每天晚上回家和我的妻子团聚,并且了解她把时间花在聚会、音乐、与孩子们玩耍,家庭事务——等等上;她的幻想没有破坏。她给我勇气继续下去。政治家的生活是非常紧张的。"他补充说。

就这样,他变得像一位无奈的殉教烈士,为人类的服务使他每天都在舍弃着上好的黄金。

"真不能想象,"雷切尔感叹说,"人怎么会这样!"

"你指什么,温雷克小姐?"理查德说,"说明白我好给你解释。"

他的善意是真诚的,因而她决定接受他给她的机会,尽管和这样一个有身份的男人谈话使她感到心跳。

"在我看好像是这样。"她开始说了,首先她需要尽最大努力集中思想,表达好她颤颤巍巍的个人见解。

"在某个地方,让我们假定是利兹的郊区吧,在一间屋子里住着一个老寡妇。"

理查德点了点头,表示他接受这个老寡妇。

"而你生活在伦敦,和人谈话,写东西,通过议案,错过了一些大自然的东西。但结果呢,她不过是到橱柜里找到更多一点的茶,几块方糖,或更少一点的茶和一份报纸。我承认,全国所有寡妇都在做着类似的事情。但是,寡妇也有她的头脑——有她的爱;是你从未接触过的。而你却在浪费你的。"

"如果寡妇到橱柜一看,发现里面空了,"理查德回答说,"那我们得承认,她的精神世界就会受到影响。恕我在你的哲学里找漏洞,温雷克小姐,你的哲学有它的精彩之处,但我要指出的是,人不是一套公寓,而是一个有机体。想象力,温雷克小姐,使用你的想象力:这正是你们自由派的年轻人所缺乏的。把世界作为一个整体来考虑。现在来谈谈你的第二个观点。你认为我为了下一代而当好家是在浪费我高超的能力,我完全不能同意你的观点。我认为——作为帝国的公民——再没有比这更崇高的目标了。这个问题应该这样看,温雷克小姐:把整个国家看作一台复杂的机器;我们每个公民都是那机器的一个部件;还有一些人(也许我就是其中之一)身负更重要的责任;只负责联络机器的一些复杂部分,公众看不到的部分。但是,即使哪怕最小的一颗螺丝钉出了问题,整台机器的运转也要发生故障。"

一边是一个黑瘦的寡妇,站在窗口凝视,渴望找到一个可以谈话的人;另一边是一台复杂的机器,就像在南肯辛顿常见的,哐啷,哐啷,哐啷;要想把这两幅图像调和在一起可太困难了。调和宣告失败。

"我们似乎无法沟通。"她说。

"我说的话让你生气了吗?"他问。

"当然不。"雷切尔回答。

"那就好;再说,没有一个女士具有我所说的政治本能。你有了不起的优点;我承认,也许,我希望,我是第一个承认这一点的;但是我还从来没见过一个哪怕懂得什么是政治才干的女人。我恐怕要让你更生气了。估计我永远也遇不上这样一个女人。现在,温雷克小姐,我们是不是成了生死对头?"

虚荣,激愤,希望得到理解的强烈欲望,促使她再作一次尝试。

"在街道下面,下水道里,那些电线中,电话里,有某种活着的东西;你是这个意思吗?那些垃圾车,修路的工人?不论什么时候走在伦敦的街道上,不论什么时候打开水龙头接自来水,人们都会想到它,是吗?"

"当然,"理查德说,"按我的理解,你的意思是现代社会作为一个整体,是建立在合作基础上的。要是有更多的人意识到这一点,温雷克小姐,你说的离群索居的老寡妇一定就会少得多了!"

雷切尔思索着。

"你属于自由党还是保守党?"她问道。

"为了简便起见,我称自己为保守党员,"理查德微笑着回答,"但是这两党之间的共同之处比人们想象的要多。"

一阵沉默,它对于雷切尔来说并不是没有事情可说造成的;但是和平常一样,她又说不出来,因而对谈话使时间过得更快感到糊涂了。她被一些荒谬混杂的想法纠缠着——怎么回事?如果往前推得足够远,也许任何事情都是可理解的;任何事情都很简单;因为在里士满大街漫游的猛犸,变成了铺着石板的道路和装满彩带的盒子,以及她的姑妈和舅母。

"你是说过你小的时候住在乡下吗?"她问道。

尽管她问话的方式率直,但是理查德还是很高兴。显然她的态度很真诚。

"我说过。"他微笑着回答。

"那里的生活怎么样?"她问,"是不是我的问题太多了?"

"不,我很乐于回答你的问题,千真万确。不过——让我想想——生活怎么样?当然,骑骑马,上上课,和姐妹们玩玩。我记得,有一个神秘的垃圾堆,各种古怪的事情都在那儿发生过。很怪,是什么让孩子着迷呢!那个地方我现在还记得清清楚楚。认为孩子们永远快乐的想法是错误的。他们不快乐。我小的时候受的苦就是我一生中最多的。"

"为什么?"她问道。

"我和我父亲关系不好,"理查德简短地说,"他是一个很有能力的人,但是特别冷酷。他使人自戒不犯和他同样的罪。孩子们从来不忘记罪恶。成年人介意的很多事情他们都能原谅;但那是不可宽恕的罪。你知道,我要说我也是个难调教的孩子;尤其是当我打定主意要做什么的时候。不,我反对罪恶的恶劲比罪恶更恶!后来我去了学校,我的成绩相当不错;再往后,我说过了,我父亲送我上了两所大学。……你知道吗,温雷克小姐,你让我想起许多事情?说到底,一个人生活中的事情能与人说的部分太少了!我坐在这里;你坐在那里;我不怀疑,我们脑子里都塞满了有趣的经验、想法、情感;但是怎么交流?我告诉你的事情是你遇见的每一个人都会告诉你的。"

"我不这样认为,"她回答说,"你说的只不过是描述事情的方法,但不是事情本身,不是吗?"

"对,"理查德说,"完全正确。"他沉默了一会儿,"当我回首我一生的时候——我今年四十二岁——最突出的大事情是什么?最重大的启示是什么,如果可以称作启示的话?是穷人的痛苦和——"他犹豫了片刻,然后认真地说:"爱!"

他在那个字上降低了音调;那个词似乎为雷切尔揭开了阴霾的天空。

"向一位年轻的女士说这个词是一件鲁莽的事情,"他继续说,"但是你知道我——我这样说意味着什么吗?不,当然不是。我所指的不是这个词通常的意思。我用这个词就像青年人们用它。女孩们总是被蒙在鼓里,不是吗?也许,最好——也许——你不明白吗?"

他好像忘了他正在说什么。

"我不明白。"她说,声音低得几乎听不见。

"战舰,迪克!看!在那里!"克拉丽莎叫喊着向他们飞快地走来，一边做着手势。她刚刚欣赏完了格赖克先生所有的海草。

她看到了两艘阴森的灰色船只，露出水面不高，并且像骨头一样光秃秃的，一艘紧跟着另一艘，就像没有眼睛的野兽在追寻猎物。理查德立即恢复了知觉。

"是乔治的！"他喊道，并且把手举在了额头上，挡着阳光。

"我们的乔治，迪克？"克拉丽莎问。

"地中海舰队。①"他回答说。

"欧佛洛绪涅"正在慢慢地降下旗帜。理查德举起了他的帽子。克拉丽莎激动地紧握着雷切尔的手。

"作为英国人不是很自豪吗！"她说。

战舰开了过去，水面上仍然神奇地残留着雄壮和悲凉。直到它们消失得无影无踪了，人们才又开始正常说话。在午餐上的谈话基本上都围绕着勇猛和死亡，以及英国海军上将的各种优秀品质。克拉丽莎引用了一句诗，威洛比又补充了另外一句。他们一致同意，军舰上的生活是壮丽的，而军人，无论何时遇见他们，都是特别出色而简单的。

正因为如此，大家对海伦的话都表示反对，因为她评论说，保留海军就如同保留动物园一样不应该，而且人们确实到了不该再继续把战死沙场视为勇敢的时候了，"而且还写了那么多赞扬它的歪诗。"帕波高声补充说。

但是海伦确实不明白雷切尔为什么一直沉默着坐在那里，而且样子怪怪的，脸红红的。

---

① 地中海舰队在1904年以前一直是英国的最主要的舰队，后来在德国舰队的威慑下退至北海。

第 五 章

然而她现在不能分析她的所见,也不能得出任何结论。由于一些在海上经常可能发生的事情,他们的生活被彻底打乱了。

早在下午茶的时候,甲板就已经在他们的脚下一会儿升起来,一会儿又忽悠地落下去。而到了晚饭时分,大船开始呻吟、扭动,好像抽打的皮鞭正要落在它的身上。它本来是一匹脊背宽阔的拉车马,在那后背的平坦处可以跳华尔兹,现在却成了一匹在原野上淘气的小马。盘子从餐刀底下滑到一边,达洛维太太在伸手的时候看到一个土豆滚来滚去,她的脸霎时间变得惨白。威洛比当然是极力颂扬他这条船的优点,并不断引用一些专家和有身份的旅客对它的评价,因为他珍爱自己的东西。然而晚饭还是吃得很不安,而且男士们刚一离开,克拉丽莎就说她最好还是上床休息,并且勇敢地微笑着。

风暴终于在第二天一早降临了,礼貌再也无法掩饰它。达洛维太太一直呆在她的房间里。理查德三餐都出来了,并勇敢地吃了东西;但是在第三餐,泡在油汤里滑腻腻的芦笋终于征服了他。

"我不行了。"他说着离开了餐桌。

"现在我们又单独在一起了。"威廉·帕波说,环顾餐桌四周;但是没有一个人有闲心和他搭话,晚饭在沉默中结束了。

第二天他们都见面了,但是就像风中的树叶在空中相遇一样。倒不是因为晕船,而是风把他们快速地推进房间,猛烈地推到楼下。在甲板上他们相互打招呼时上气不接下气;餐桌上他们要大声呼喊。他们穿了皮毛大衣;海伦出现时头上总戴着一块大方巾。为了安全起见,他们都躲进自己的小屋里,在固定的椅子和床上他们任凭大船起伏跌宕。他们的感觉就像是一匹狂奔的马背上的一麻袋土豆。外面的世界俨然一片灰色混沌。有两天的时间,他们的思想从以前的情感中彻底放松了。雷切尔的知觉仅仅够把自己视为一头驴子,站在满天冰雹加暴风骤雨的荒野尽头,它的皮毛被风吹得一棱一棱的;然后她又变成一棵枯树,被大西洋咸涩的强风吹得永远直不起身来。

这时的海伦却蹒跚地来到达洛维太太门前,在风声和拍打门窗的噪声中,谁也没听见她敲门的声音,她便推门走了进去。

当然,床边有痰盂。达洛维太太半躺在枕头上,并没有睁开眼睛。她低声说,"噢,迪克,是你吗?"

海伦尖叫了一声——她差点撞到脸盆架上——"你好吗?"

克拉丽莎睁开一只眼睛。这使她显得不可思议的低迷。"奇怪!"她喘着气说,她的嘴唇里面是白色的。

海伦把双脚叉开,往一个插着一把牙刷的大杯子里倒进一些香槟。

"香槟。"她说。

"还有一把牙刷。"克拉丽莎低声说;并微微笑了笑;但也可能是哭的一种变形。她喝了。

"真恶心。"她小声说,指的是痰盂。幽默的影子仍然像月光一样映在她的脸上。

"还要吗?"海伦大声问。但是克拉丽莎仍旧难以说话。风吹得船来回急摆。恶心的痛苦一阵一阵向她袭来。随着窗帘的抖动,灰色的灯光时断时续晃过她的全身。在风暴的肆虐中,海伦关严了窗帘,摆好了枕头,拉平了床单,并在克拉丽莎发烫的鼻孔和前额周围涂了一些薄荷油。

"你太好了!"克拉丽莎喘着气说,"乱成一团了!"

她试图对掉落在地板上散得到处都是的白色的内衣裤表示歉意。仅仅短暂的一会儿她又睁开了一只眼睛,看了看重又变得整洁的房间。

"现在好了。"她喘着气说。

海伦走了出来;隐约地,隐约地她感到一种对达洛维太太的怜爱。她甚至抑制不住对她人品的尊敬,还有她那种,即使晕成那样仍然想保持卧室整洁的愿望。而她的睡衣提在膝盖上面。

风暴相当突然地停止了肆虐。这发生在下午茶的时候;狂风在到达预计的高潮以后就开始减小,逐渐消失。这时的航船不再上下簸动,而重又开始平稳行驶。那单调的上下忽悠的感觉,不绝于耳的风声突然都不见了,晚餐时大家坐在一起都感到身上轻松了许多。险情消除了,人情又开始抬头,就像在一条长长隧道的尽头开始显露光亮一样。

"该我了吧。"雷德利老远对雷切尔喊道。

"胡说!"海伦厉声说,但他们蹒跚地走上梯子。在依然令人窒息的风中他们的精神为之一振,灰色的混沌中若隐若现闪现出许多黄金般的亮点。世界立刻有了形状;他们不再是虚空中飞行的原子,而是在黑色海涛中乘风破浪的航船。气流和空间都被消除,世界像漂浮在木盆中的一只苹果,曾一度无所依归的人们的思想,再次在往日的信仰中找到了自我。

在甲板上转了两圈并挨了不少风的嘴巴子以后,他们看见了一个闪着金光的水手的脸。看着看着,他们看到一个完整的太阳般的黄色光环;过了一会儿,它又被行进中的云彩遮挡住,随后完全消失了。然而,天气在第二天早餐时分变得异常晴朗,水波尽管还比较大,却是蓝色的,在一段充满地狱般奇特幻觉的经历之后,大家再次见到茶具和大块的面包时,都感到异常兴奋。

然而,理查德和克拉丽莎仍然没有起床。她甚至还没有试图坐起来,而他站在一边,已穿好了马甲和裤子。他摇了摇头,随后又躺下。在他的头脑里,他仍然在一个上下颠簸的舞台上。在下午四点多钟他醒来时,看见日光以绝佳的角度穿过红色长毛绒窗帘和他的灰色呢裤。外面的寻常世界滑进了他的头脑。等他穿好衣服,他又俨然是一位英国的绅士了。

他站在妻子旁边。她抓住他的衣服翻领把他拉到近前,吻他,并久久地搂着他不肯松开。

"去呼吸呼吸新鲜空气吧,迪克,"她说,"你看上去有点儿累。……你的气味真好闻!……注意对那位女士有礼貌。她对我那么好。"

然后达洛维太太就把头转到了枕头另一侧,虽然有气无力,但是仍然坚强。

理查德看见海伦正在边用餐边和她的内弟谈话,桌上摆着两盘蛋糕和光滑的面包与黄油。

"你看上去病得不轻呢!"她一看见他便招呼说,"来吧,喝点儿茶。"

他看着那移动茶杯的手说,手真美。

"我听说你对我的妻子很友好,"他说,"她有一段时间难受极了。你进来给她倒了香槟。你难受得不厉害吗？"

"我？噢，我有二十年不难受了——晕船，我说的是。"

"恢复期有三个阶段，我常这么说，"威洛比插进来和蔼地说，"牛奶阶段，面包黄油阶段，和烤牛肉阶段。我应该说，你现在处在面包黄油阶段。"他把盘子递给他。

"现在，我建议你喝一杯酽茶，然后在甲板上散一小会儿步；到晚饭时你就会喊着要牛肉了。"说完他笑着请二位原谅，他要去忙了，然后就离开了。

"他真了不起！"理查德说，"干什么都胸有成竹。"

"是啊，"海伦说，"他总是那样。"

"他干的是大事业，"理查德继续说，"他不会和轮船一起停止，我说。我们要在议会里看见他，噢，我说错了。我们议会缺少的就是这种类型的人——做事情的人。"

但是海伦对她的内弟并不特别感兴趣。

"我猜你还在头疼，是吗？"她问道，又倒了一杯茶。

"嗯，是还有点疼，"理查德说，"想到世界上多少人都是他们自己身体的奴隶，真让人惭愧。你知道吗，我永远都得在茶炊上搁上茶壶才能工作。其实我平时不喝茶，但是我必须感到如果我想喝就有才行。"

"这可不好。"海伦说。

"是啊，熬夜会使人短寿；但是我觉得，安布罗斯太太，这是我们政治家在上任伊始就必须考虑决定的事情。我们得夜以继日，否则——"

"就一败涂地了！"海伦嬉笑着说。

"你要是执意这样看待我们，那也没办法，安布罗斯太太，"他抗议说，"我可以问问你是怎么打发时间的吗？看——哲学书吗?"(他看见了那本黑皮书)"形而上学和钓鱼!"他大声念道。"如果我能再生一次,我相信我一定要钻研其中的一科。"他开始翻书。

"'那么,善,是不确定的,'"他读着,"看到还有人在研究它,真让人高兴!'目前据我所知,只有一位道德学家,亨利·西德格威克教授,清楚地分析并说明了这个问题①。'这是在我小的时候我们经常谈论的一类事情。我还记得曾经和杜菲②——现在是印度大臣——一直争论到早晨五点钟。围着那些修道院踱来踱去,直到我们感到已不能再入睡,就去开车兜风。至于我们是不是得到了任何结论——那是另外的事情。但是,争论是最重要的。生活里这样的事情总是让人难忘,记忆犹新。这就是哲学家,学者。"他继续说,"他们是传递火炬的人,让指引我们生活的光亮永不熄灭。政治家还不至于盲目到你说的那种地步,安布罗斯太太。"

"当然,怎么会呢?"海伦说,"但是你能记得你的妻子要加糖吗?"

她拿起托盘就走了,去找达洛维太太。

理查德把一条围巾在脖子上绕了两圈,然后在甲板上艰难地走着。他的皮肤因为经常在暗的房间里而变得又白又嫩,在新鲜的空气中,他全身都觉得刺痛。他感到自己无疑到了人生的巅峰。他眼睛里闪烁着骄傲的光芒,在甲板上毅然挺立,任风拍打。他稍稍低着头,走遍船上每一个角落,迈步登高,并且遇

---

① 海伦念的书是剑桥哲学教授 G.E.摩尔所著的《道德原理》;他的观点对吴尔夫社交圈里的人影响很大。这里说的亨利·西德格威克教授是剑桥的一位道德教授。
② 从1905年到1910年任印度大臣的人其实是洛德·莫利(1838—1923)。

上了强风。他和一个人撞了个满怀。一时间他没有看清撞上的是谁。"抱歉。""抱歉。"是雷切尔在道歉。他们都笑了,风太大不好说话。她打开了她的房门,走进了房中的平静。为了和她说话,理查德有必要也跟进来。一时间他们被一阵旋风包围了;报纸和纸片绕着他们飞舞起来,门关上后,他们笑着跌坐在椅子上,理查德坐在了巴赫上。

"天呀!好厉害的风暴!"他叫着说。

"很有意思,不是吗?"雷切尔说。显然,斗争和风暴使她做了一个她所缺少的决定;她脸颊红红的,头发低垂。

"噢,多有意思!"他叫道,"我坐上什么了?这是你的房间吗?太有意思了!"

"那儿——坐在那里。"她命令说。柯珀又滑落了。

"再次见到你真高兴,"理查德说,"好像有几年没见了。《柯珀书信》?……巴赫?……《呼啸山庄》?……这里是你反省世界的地方吗,然后炮制一些问题来询问可怜的政治家?在我晕船的间隔期间,我对我们的谈话想了很多很多。我向你保证,你使我思索了不少问题。"

"我让你思索了不少问题?!可是,为什么?"

"我们是多么孤独的冰山,温雷克小姐!我们交流的多么有限!我有多少事情想告诉你——想听到你的意见。你读过伯克①的书吗?"

"伯克?"她重复说,"伯克是谁?"

"没有?那好,我得记住送给你一本。是《法国革命书信

---

① 埃德蒙·伯克(1729—1797),美国政治家、演说家,下文提到的《法国革命书信集》和《美国起义》都是他的作品。

集》还是《美国起义》？——我怎么记不清了？"他说着在一个小本子上记了些什么。"你看完以后要写信告诉我你的想法。缄默——疏远——这就是现代的生活结果！现在，说说你自己。你的兴趣和职业是什么？我猜想你一定是个有强烈兴趣的人。我敢肯定！上帝！我想到我们生活的时代，它的多种机会和可能性，还有那么多要人去做并从中得到享受的事情——为什么我们只有一个生命而不是十个？但是，你自己的事情都有些什么呢？"

"你看，我不过是个女人。"雷切尔说。

"我知道——我知道。"理查德说，他仰起头，用手揉着眼睛。

"做一个女人多么奇怪！一个年轻美丽的女人，"他简捷地继续说，"可以把整个世界踩在脚下。确实是这样，温雷克小姐。你有无法估计的力量——不论是行善或作恶。没有什么你不能做——"他突然停住了。

"什么？"雷切尔问。

"你有美貌。"他说。轮船颠簸了一下。雷切尔的身体稍微向前欠了欠。理查德趁机抱住她亲吻。他紧紧地搂着她，热烈地吻着她，使她感到了他的身体的坚硬和贴在她脸上的他面颊的棱角。她倒在了椅子上，她的心怦怦乱跳，每一次跳动都向她的眼睛送去黑色的波浪。他用双手紧抱着头。

"你引诱我。"他说。声音像是在恐吓，又像是被吓坏了。他们都在发抖。雷切尔站起来走了出去。她的头冰冷，双膝在发抖，情感引起的身体疼痛是如此强烈，她只能让自己压在狂跳的心上。她靠在船舷的栏杆上，逐渐恢复了意识，身体和内心的寒冷正在向她袭来。远处，在波浪之间，黑色和白色的海鸟正在冲浪。它们乘着浪尖,动作优美地时而升起,时而落下,对一切都不可思议地漠然。

"你们是平和的。"她说。觉得自己也变得平和了,与此同时又感到一阵奇怪的狂喜。生活中似乎存在着无数她永远料想不到的可能性。她靠在栏杆上俯视着翻滚的灰色海水,这时的阳光正好洒在浪尖上,她一直观看到自己完全平静下来。不管怎么说,发生的事情太神奇了。

然而在吃晚饭的时候,她不但没有兴奋起来,反而很不舒服,就好像她和理查德一起看见了一点儿日常生活的隐私,因此他们互相都不愿意看对方。理查德曾用紧张的眼神向她瞟了一眼,就再没有看她。大家都严肃地端着架子,但是威洛比突然兴奋起来。

"达洛维先生的牛肉!"他高呼道,"在甲板上走完这一圈——现在你该到牛肉阶段了,达洛维!"

接着他讲起了布赖特①和迪斯累里②以及联盟政府③充满英雄气概的生动故事,这使得晚餐上在座的各位都显得渺小了许多。晚饭后,海伦在摇摆的大灯下面与雷切尔独坐,她苍白的脸色再次使海伦感到,她一定发生了什么事情。

"你看起来好像很疲倦。你困吗?"她问道。

"不困——,"雷切尔说,"噢,对,我是有点困。"

海伦劝她上床休息,她就去了,并不曾再见到理查德。她一

---

① 约翰·布赖特(1811—1889),英格兰反对英国谷物法的领导者之一。
② 本杰明·迪斯累里(1804—1881),英国比肯斯菲尔德的第一伯爵,政治家兼小说家。
③ 影射1846年至1865年间的英国政局,当时的政党意识淡漠,大臣们的思想经常受非党人士的左右。

定很困,因为她很快就入睡了,但是在睡了一两个小时没有做梦以后,她开始做梦了。她梦见自己正沿一条长长的隧道走着,越走隧道越窄,她双手能同时触到两边湿漉漉的砖墙。最后,眼前豁然出现一个地窖;她这才发现自己被困在里面了,不论她转向哪个方向,眼前都是砖墙,还有一个独自蹲在地板上嘴里叽里咕噜说个不停的畸形小男人,他带着长钉子。他的脸上满是麻子,而且像一个动物的脸。在他身后的墙上,湿气集中起来变成了小水滴,向下滑动。她一动不动冰冷地躺在那里,像死了一样,直到她突然在床上猛烈翻身以摆脱极大的痛苦,并"噢!"的一声醒了过来。

  光线使她看到了熟悉的东西:她的衣服,从椅子上滑落到地上;白色闪光的水瓶;但是恐惧并没有马上消失。她觉得有人在追她,于是她起身锁上了房门。一个声音在为她吟哦;一双眼睛在追寻着她。整整一夜高大的野蛮的人在船上不停骚扰;他们扭打着走进过道,并停下来在她的门上嗅来嗅去。她再也睡不着了。

第 六 章

"这是生活的悲剧——我总是这么说!"达洛维太太说,"开始了的事情就必须结束它。但是,我不能让它就这样结束,如果你同意。"现在是早上,风平浪静,大船再次在一处离岸不远的地方抛了锚。

她穿着她的长皮毛外套,面纱围在她的头上,那几个气派的大皮箱又一次撂在了甲板上,似乎重复着几天以前的场面。

"你认为我们还会在伦敦见面吗?"雷德利揶揄地问,"等你一到那儿,恐怕就把我忘光了。"

他指着岸上的一个小海湾,现在他们能看到那里一棵一棵的树和在风中摇摆的枝丫。

"你说话真够尖刻的!"她笑着说。"雷切尔已经说好来看我——你们一回去就来,"她说,紧紧搂着雷切尔的手臂,"现在——你还有什么说的!"

她用一支银色的铅笔在《劝导》的扉页上写上自己的名字和地址,并且把这本书递给雷切尔。水手正忙着搬行李,人们开始围拢来。其中有船长科博尔德、格赖克先生、威洛比、海伦,还有一个穿一件蓝色运动衫的满讨人喜欢的人。

"噢,时间到了,"克拉丽莎说,"那么,再见了。我真喜欢你们。"她一边吻着雷切尔,一边含糊地小声说。在周围的人的敦促下,理查德也和雷切尔握了握手;他用僵直的目光盯着她看了一秒钟,然后就跟着妻子下船去了。

小船离开轮船向岸边驶去,雷德利、雷切尔和海伦都把身体探出栏杆外,久久地凝望着。达洛维太太转回身来挥了挥手;小船变得越来越小,直到它不再上下颠簸,并且看不见了;惟一能看到的是两个清晰的背影。

"好了,结束了,"一段长久沉默之后雷德利说,"我们永远也不会再见到他们了。"他又补充说,然后他转身回去继续看书。他们感到一种空虚的忧郁;他们心里知道一切都结束了,他们永远地分手了,这种知觉所带来的忧郁是他们的相识给他们带来的喜悦所远远难以抵偿的。甚至在大船重新开动以后,他们能感觉到其他的风景和声音正在开始代替达洛维夫妇,这种感觉让他们感到很不愉快,所以他们尽量抵制它。因为这样也能使他们被淡忘。

这时,柴利太太在楼下也在用几乎同样的办法扫去梳妆台上凋谢的玫瑰花瓣,海伦正急着在宾客去了以后,把一切恢复原状。雷切尔明显的消沉和无精打采使她成为了一个容易上当的人,海伦也的确给她设了一个圈套。她现在相当肯定地感觉到,确有一些事情发生了。而且,她觉得自己和雷切尔形同陌路的时间已经够长了;她希望知道这女孩究竟是怎样一个女人,这当然也部分地是因为雷切尔总显出不希望被理解的样子。因此当她们离开栏杆的时候,她说:"别练琴了,来,和我聊聊天。"就把她领到洒满阳光的甲板上,她在那一溜椅子中挑选了两个阴凉的。雷切尔漠然地跟着她。满脑子想的是理查德、发生的如此奇怪的事情,以及过去她一直没有明确意识到的万种情思。海伦还是先从老生常谈开始,可她说的话雷切尔几乎一句也没听进去。安布罗斯太太安置好了她的刺绣架,把丝线头儿在嘴里抿了一下,纫上针,然后就靠在椅背上,凝视着海平线。

"你喜欢那两个人吗?"海伦随便地问。

"喜欢。"她茫然地回答。

"你和那先生谈话了,是吗?"

有一分钟时间她没说话。

"他吻了我。"她说。音调竟没有任何变化。

海伦吓了一跳,看着她,却看不出她的心思。

"什——是吗。"她说。顿了一顿,她又接着说:"我就知道他是那种人。"

"什么人?"雷切尔问。

"浮夸、感情用事。"

"可我喜欢他。"雷切尔说。

"你对这事确实不介意吗?"

自从海伦认识雷切尔以来,她第一次看到她的眼睛这般明亮。

"我确实介意,"她激动地说,"我做梦了。我不能入睡。"

"告诉我发生了什么。"海伦说。在她听雷切尔说话的时候,她得尽力阻止自己嘴唇的抽动。而她的话又来得那么突然,那么严肃,丝毫没有可笑之处。

"我们谈论了政治。他告诉我他在什么地方为穷人做了事情。我问他各种问题。他把他自己的生活经历告诉了我。前天,在暴风雨过后,他来看我。然后这事情就发生了,相当突然。他吻了我。我不知道为什么。"她说这些的时候,脸上泛起红晕。"我非常激动,"她继续说,"但是我当时并没有意识到这一点,直到——"她停住了,眼前又出现了那个矮胖的男人,"我吓坏了。"

从她的眼神看,她再一次被吓坏了。海伦确实不知说什么好了。从她所了解的一点点关于雷切尔的成长过程中,她相信雷切尔对男女之事一无所知。带着她对女人而不是对男人的羞怯,她不愿意简单地解释那是怎么一回事。因此她想了另一个办法,那就是淡化这件事。

"噢,是这样,"她说,"他是个笨蛋,如果我是你,就不再想这件事。"

"不行,"雷切尔说,直挺挺地坐着,"我不能那样。我要整天整夜地考虑这件事,直到我确实弄明白那到底是什么意思为止。"

"你不是读过书吗?"海伦尝试性地问。

"《柯珀书信》——那一类的书。父亲给我和两个姑妈买的。"

一个男人,把自己的女儿带大,可如今女儿已经二十四岁却丝毫不懂得男女之事,反而被一个吻给吓坏了。海伦真想问问她对这样一个男人有什么看法,可话到嘴边她又咽了回去。她切实感到雷切尔使她自己陷于不可思议的可笑境地。

"你认识的男人不多,是吗?"她问道。

"帕波先生。"雷切尔带有几分讽刺地说。

"没有人想要娶你?"

"没有。"她天真地回答说。

从她说的话中,海伦的本能反应是,雷切尔当然该深入思考这种事情,这可能对她有所帮助。

"你不用害怕,"她说,"这是世界上最最平常的事情。男人想要吻你,就像他们想要娶你一样。可惜的是这些事情不成比例。这就像你看到有人吃饭咂吧嘴,吐痰,或者,简单说,任何让人有所触动的小事情。"

雷切尔似乎对这些话并不在意。

"告诉我,"她突然说,"那些在皮卡迪利大街上游荡的是些什么人?"

"皮卡迪利大街上?她们是卖淫的妓女。"海伦说。

"太可怕了——太让人恶心了。"雷切尔狠狠地说,好像把海伦也包括在可恨之列了。

"是的,"海伦说,"但是——"

"我确实喜欢他,"雷切尔低声说,好像跟她自己说话,"我想和他说话;我想要知道他在做些什么。在兰开夏的女人——"

当她回忆他们的谈话的时候,就像记起了很多理查德讨人喜欢的地方,很多他们所尝试的友谊的美妙之处,以及很多他们的分手的痛苦。

她感伤的神态海伦看得清清楚楚。

"你看,"她说,"你必须面对现实:如果你想和男人交朋友,就必须冒一定的风险。但是,"她继续说,突然微微笑了笑,"我个人认为,那是值得的,我并不介意别人吻我;我的嫉妒心是相当强的,我认为。尽管达洛维先生吻了你却没有吻我;"她接着说,"可我仍然觉得他很无聊。"

然而,雷切尔并没有像海伦想象的那样还以微笑或者反驳她。这时,雷切尔的头脑在快速地运转着,不连贯而痛苦地运转着。海伦的话像是推倒了久久立在那里的一面大墙,但是射进来的光线却是冰冷的。她呆呆地坐了半天以后,突然喊道:"这就是我不能独自一人走路的原因!"

这股光线使她第一次看到自己像是一个生活在笼子里的爬行动物,被人小心地拎着在高墙之间走着,一会儿拐弯,一会儿又进入黑暗,使她永远变得愚昧和残缺——她的生命,她惟一的机会——千言万语和百般行动,对她都变得很平常。

"我恨男人!因为男人是禽兽!"她喊道。

"可我记得你说你喜欢他,不是吗?"海伦说。

"我是喜欢他,我喜欢他吻我。"她回答说,就好像这样说能使她的问题变得更复杂。

海伦吃惊地看到,她的震惊和她的问题都是那样的真实,但是,除了继续谈话她又想不出别的减轻困难的方法。她想好好和外甥女谈一谈,让她明白为什么这个相当迟钝、殷勤、嘴巧的政治家会给她留下这样深刻的印象。因为,这对于二十四岁的她来说,显然是不正常的。

"你也很喜欢达洛维太太?"她问。

她说话的时候看见雷切尔脸红了;因为她记起了她说的好些蠢话,另外,她还忽然感到她对这个高雅的女人并不够礼貌,因为达洛维太太总说她爱她的丈夫。

"她是个不错的女人,只是太没有头脑了,"海伦继续说,"我真没见过说话这样没水平的人!叽叽喳喳,叽叽喳喳——又是鱼,又是希腊语字母——从来不听别人的一句话——还有什么如何抚养孩子的白痴理论——我任何时候都宁愿和她丈夫谈话。他尽管很傲气,但是他至少清楚自己在说什么。"

理查德和克拉丽莎的魅力在一瞬间开始褪色了。原来他们并不怎么奇妙,至少,在成年人的眼里是这样。

"要想知道一个人是什么样还真不容易。"雷切尔说,海伦这时高兴地看到,她说话开始自然了。"我看我是受骗了。"

这在海伦看来自然没有什么疑问,但是她还是控制住自己,大声说:"人需要做一些尝试。"

"他们真的不错。"雷切尔说。"特别有意思。"她试着回忆理查德对她说的把世界想象成活的东西的说法,排水管是神经系统,破旧的房子是患病的皮肤。她记起了他的暗语——统一——想象,还想起了杯子中聚合的气泡,记得他当时说的是他的姐妹和金丝雀,少年时代和父亲,她的小天地忽然间奇迹般地扩大了。

"但不是所有的人都使你感兴趣,是吗?"安布罗斯太太问道。

雷切尔解释说,大多数人迄今对她来说还不过是些符号;但是当他们和其他人谈话时,他们就不再是符号了,而成为——"我可以永远地听他们说下去!"她大声。并且忽然跳了起来,飞快地跑下楼去,一会儿便拿着一本大厚的红书上来了。

"《名人录》①,"她说着把书放在海伦的膝头翻着,"这书里面简单介绍了一些人的生平——例如:'罗兰·贝尔爵士:生于一八五二年,父母均来自莫弗特;在拉格比受教育;成为第一批海军工程师;一八七八年与T·菲什威克的女儿结婚;参加了贝专纳兰远征,番号一八八四八五(荣誉提及)。所在俱乐部:"联合服务","海军及军事"。娱乐:热衷于冰壶运动。'"

雷切尔坐在海伦脚边的甲板上,继续翻着书,读着银行家、作家、职员、水手、外科医生、法官、教授、政治家、编辑、慈善家、

---

① 于1849年首次出版的一部名人传录,1882年吴尔夫的父亲参与主编了另一部类似的书《国家名人大辞典》。

商人、女演员等的传记,以及他们属于哪个俱乐部,在哪儿生活,喜欢什么游戏,拥有多少地产。

她聚精会神地埋头读着。

而海伦则开始了她的刺绣,一边还想着她们刚才谈话的内容。她得出的结论是,如果可能的话,她非常希望给她的外甥女讲讲人应该怎样生活。或者,按她的话说,怎样做一个明理的人。她认为,把政治和喜爱亲吻的政治家混为一谈其中必有蹊跷。并且,长辈有义务对这种事提供帮助。

"我承认,"她说,"人是很有趣的;但是——"雷切尔把手指夹在书页之间,抬起头来认真地听她说。

"但是我希望你应该善于区别,"她把话补充完,"要知道,这是一件糟糕的事情,我说的是与一个——怎么说呢——一个二等人这样亲密,就像达洛维夫妇这样的人,你以后会发现。"

"但是,人怎样才能知道这些呢?"雷切尔问道。

"我很难确切地告诉你,"海伦在思索片刻以后坦白地回答,"你得自己去发现。但是要认真,并且——你干吗不叫我海伦呢?"她补充说。"'舅母'是个讨厌的名字。我从来不喜欢我自己的舅母。"

"我很乐意叫你海伦。"雷切尔回答说。

"你是不是认为我缺乏同情心?"

雷切尔所回顾的一些东西海伦当然难以理解;这些东西主要产生于她们之间在年龄上将近二十岁的差距,正是它使得安布罗斯太太在此件事中显得太滑稽,太冷酷。

"没有啊,"她回答说,"当然,有些事情你不清楚。"

"不错,"海伦表示同意,"所以你现在可以继续做你的事情,并且成为一个有自主行为能力的人。"她又补充说。

她的那种对自我的看法,把自己视为一件真实的永存的东西,不同于其他东西,不与任何东西相融,就像海或者风一样,吹进了雷切尔的头脑;现在她对生活的态度变得异常冲动。

"我能——能自主,"她结巴着说,"哪怕有你,有达洛维夫妇,帕波先生,我的父亲,我姑妈,哪怕所有这些人?"她把手在政治家和军人的页面上一扫。

"哪怕有所有这些人。"海伦坚定地回答说。她然后放下针,开始解释一个在她们谈话时在她的头脑中产生的计划。她觉得,雷切尔与其这样等着大船漫游到亚马逊的某个亚热带乌烟瘴气的港口,人们在那儿不得不整天呆在室内摇着扇子打蚊虫,还不如更明智地和他们一起在海滨的他们的那个别墅里一起度过秋季,还可以享受安布罗斯太太拿手的——"不管怎么说,雷切尔,"她把话题转开说,"固执地认为我们之间有二十岁的年龄差距就不能像正常人一样交流,这是很愚蠢的。"

"我当然不这样认为;因为我们彼此喜欢。"雷切尔说。

"是啊。"安布罗斯太太表示同意。

这一事实,以及其他的一些事实,在她们这二十分钟的谈话中给弄明白了,尽管她们说不清是怎么弄明白的。

不管她们是怎么达成的共识,总之一两天以后,她们便一本正经地推选安布罗斯太太去和威洛比交涉。她发现他正坐在房间里工作,拿着一支粗壮的蓝铅笔自信地在一摞一摞的薄纸上写着什么。他的左边和右边都是信纸,还有不少塞得满满的大信封。在他的头顶上面挂着一张女人头像的照片。由于坐在伦敦摄影师的照相机前需要绝对的静止不动,这使她的嘴唇带上了有几分古怪的皱褶,而且,由于同样的原因,她的眼睛也好像透露出她对整个照相的过程的耻笑。但无论如何,这是一张有个性的、生动的女人脸。毫无疑问,如果她能够看到威洛比的眼睛,她一定会转过身去大笑不止。但是,当他抬起头来看她的时候,他深深地叹了口气。在他的脑子里,代表他业绩的那家在赫尔的大工厂,就像一座夜晚闪闪发光的大山;航船正在正点穿过海洋,几个地点的连接形成了一个坚实的工业基础,这一切都是为了她;他把他的成功摆在她的脚下;并且总是盘算着如何教育女儿才能使黛丽莎满意。他是一个雄心勃勃的男人;并且,海伦想,尽管当她活着的时候,他一直对她很粗暴,他现在却相信她正从天堂望着他,并且在启发着他的良知。

安布罗斯太太首先道扰,然后她问他是否愿意听她的一个计划。他愿不愿意在他们登陆时让他的女儿也一起上岸,而不再带她到亚马逊去?"我们将尽最大努力照顾好她,"她补充说,"而且这是我们真诚的希望。"

威洛比显出十分严肃的表情,并小心地把纸搁在一旁。

"她是一个好女孩,"他认真地说,"她们很相像吗?"——他朝黛丽莎的相片扭过头去叹气说。海伦看了一眼那张在伦敦摄影师面前有嘴角褶皱的黛丽莎的照片。它给了她一种人性的提示,使她产生了某种分享一些玩笑的强烈欲望。

"她是我的仅有的一切,"威洛比叹了口气说,"我们一年一年地过日子,从不谈论这些事情——"他顿住了。"但这是个不错的主意。生活太难了。"

海伦很同情他,在他的肩膀上轻拍了拍。但是在她的内弟向她流露感情时,她感到很不舒服,她只好用赞扬雷切尔来掩饰,并且解释她为什么认为她的计划是个好计划。

"是啊,"当她说完以后,威洛比点头说,"社会现实决定一切。我一定落伍很多了。我只好同意,因为她一定也希望如此。

另外,我当然完全相信你们。……你看,海伦,"他继续说,显出几分神秘的样子,"我想完全按照她母亲的愿望把她带大。我不赞成那些时髦的观点——不比你更赞成,对吗?她是个很好,很文静的女孩,酷爱音乐——当然少一点音乐也无大碍。但是音乐给她快乐,而且我们在里士满的生活也很安逸。我倒是也希望她开始接触更多的人。等我返航回家时,我再来接她。我正在盘算在伦敦租一幢房子,把里士满的房子留给我的姐妹;让她接触一些人,这在我看来对她是好事。我开始意识到,"他继续说着,并把身子探过来,"这些都是为了聚会,海伦。这是把事情做得最接近愿望的惟一办法。关于这些我和达洛维夫妇也谈过了。这样看来,我当然希望雷切尔能多参与一些事情。有一定程度的参与就可以了——晚餐,适当参加一些晚会。我同意,人的需要应该得到满足。在所有这些方面雷切尔对我有莫大的帮助。因此,"他最后结论说,"如果我们能够(从商业角度)安排好这次旅行,如果你确有帮助我的女儿的办法,让她见见世面——她现在很害羞——使她真正成为一个女人,一个她母亲所希望的女人,我当然很乐意。"在话音结束的同时,他又朝那照片转过头去。

尽管海伦带着真诚的爱看待威洛比的女儿,威洛比的自私却仍然丝毫没有减少。但是这更坚定了她希望与这女孩呆在一起的决心,哪怕她不得不提供一整套妇女在优雅方面的修炼课程。她在说到这些的时候,她几乎忍不住笑——雷切尔,英国贵妇人!——并且,当她离开的时候,她对这位如此无知的父亲也难以掩饰她的震惊。

雷切尔在得知这个消息以后,显示出的兴奋远不及海伦的想象。她一会儿激动,一会儿又怀疑。脑海里是一条在热带的太阳中的大河,河水忽儿是蓝色,忽儿是黄色,河上有明亮的水鸟穿来穿去,它一会儿在月亮光下变得白茫茫一片,一会儿又藏在浓郁的阴影中,盘根错节的河岸上绿树和轻舟相对而出。海伦向她保证说,他们那里也有一条河。于是她又觉得舍不得她的父亲。那感情似乎也是真的,但是海伦最后还是占了上风,尽管当她最终说服雷切尔以后,她自己也感到满腹困惑,她一阵又一阵地为自己的一时冲动感到后悔,这一时的冲动使她把自己和另外一个人的命运紧紧地连在了一起。

第 七 章

从远处看,"欧佛洛绪涅"显得很小。从那些大航船的甲板上有人会用望远镜观看这条船,其中有的说它是一条流浪的船,有的说它是一条货船,还有的说它是一条甲板上人畜混杂的可怜的小蒸汽客船,船上达洛维夫妇、安布罗斯夫妇,以及温雷克父女等人就像昆虫一样被他们嘲笑,一是由于他们太小了,另外还由于看不清楚,因为只有功能强大的望远镜才能分辨出他们究竟是生物还是只不过是绳索上的大疙瘩。那么有学问的帕波先生被误以为是一只鸬鹚,然后又被说成是一头奶牛。确实,到了晚上,当大厅里跳起华尔兹舞的时候,当有天赋的旅客吟诵起诗篇的时候,那艘小轮船——远远在黑色的波浪中缩成几个小光点,其中有一个高高在桅杆顶端——在那些跳舞跳得头脑发热坐下休息的人看来,似乎变得既神秘又值得注意。它变成了一艘夜行的航船——人生的孤独的象征,引起古怪的遐想和深切的同情。

而它就这么不停地航行,不分白天黑夜,沿着它自己的方向,直到有一天破晓时分,前方出现了陆地。这时它就会失去它那影子般的外表,首先变得像巨大的罅隙,山一般巨大;然后它的颜色变成灰色和紫色,接着,它又像白色的整体逐渐散开;然后,随着轮船的进一步靠近,就像逐渐增加着放大倍数的望远镜中所见,它变成房屋和街道①。九点钟,"欧佛洛绪涅"在一个大海湾的中间找到它的位置;它落了锚;很快地,就好像它是一个躺着等待检查的巨人,许多小船蜂拥到它身边。它大声叫喊了;人们跳到它身上;它的甲板被脚步震撼着。这孤独的小岛骤然间被从四下侵入,并且在沉寂了四个星期以后再次听到人声竟使它感到迷惑。安布罗斯太太自己有意不注意这些侵扰。当装有邮件袋子的小船向他们开过来时,她的脸有些苍白了。专心致志的读信竟然使她没有意识到自己已离开了"欧佛洛绪涅",并且,当那轮船提高声音,像与小牛分开的一头母牛一样吼叫了三声的时候,她也没有丝毫的感伤。

"孩子们都好!"她欣喜地叫道。帕波先生坐在她对面的口袋上,膝盖上包着毯子。"太好了。"他说。而对于中止航行意味着前景的彻底改变的雷切尔来说,如此快速的靠岸给她带来的苦恼使她来不及弄明白孩子们究竟好什么,又为什么太好了。海伦继续看着信。

小船被每一个浪都推得出奇的高,并缓慢地靠近了一片月牙状的白沙滩。沙滩后面是一条深绿色的山谷,两侧有清晰的山峦。在右边,山丘的斜坡上有棕色房顶的白色房子,像一只只趴窝的海鸟,有一定间隔的柏树用黑色条纹把山丘分成一条一条的。半中腰染着红色,顶上却是光秃的山峰,像挺立的塔尖,半隐着它后面的另一个塔尖。时间尚早,全幅景象精致而空蒙;天空的蓝色与树木和草地的绿色对比既强烈又协调。当他们靠得更近,可以看清细节的时候,对陆地以及它的那些不同颜色、

---

① 作者此处有意模仿《格列佛游记》的第一章。

不同形状的极小的生命体的感受,对于在海上生活了四个星期的人来说,是深刻的,并且足以使他们沉默。

"三百多年了。"沉思良久以后帕波先生说。

由于没有人问他"什么?"他只好拿出一个药瓶,吃了一个药片。他没说出口的信息是,三百年前曾经有五艘伊丽莎白女王的三桅帆船开到"欧佛洛绪涅"现在漂浮的地方抛锚。另外,还有同样数量的西班牙大帆船半搁浅在岸边,船上没有人,因为这个国家仍然是一片面纱后面的处女地。蹚过水面,英国水手带走了大批银块、亚麻、香柏木材、镶着翡翠的金制的耶稣受难像。而当西班牙人从酒中醒来见此情景,一场战斗就打响了,双方先是在沙滩上打得天昏地暗,然后又打进水里。西班牙人因被这神奇土地上的水果撑得肥头大耳,成批的被打死;而那些因海上生活变得黝黑,因缺少修饰变得胡子拉碴的强壮的英国水手,他们有着钢筋般的肌肉,贪婪的毒牙,和渴望黄金的利爪,他们杀死伤员,把快死的丢进大海,很快,土著人对他们产生了迷信的崇拜。他们达成一个方案:搜罗女人;生养孩子。一切似乎都是为英帝国的扩张服务;如果在查理一世时期也有理查德·达洛维这样的人,那么地图的这一块将必定是红色而不是现在的可憎的绿色。但是,那个时代政治家的头脑一定缺乏想象的火花,因此,仅仅为了几千英镑和几千个人,那本来可以成为燎原大火的火花就熄灭了。从内地来了印第安人,他们带着精制的毒药,赤裸的身体,和油漆的偶像;从海上来了复仇的西班牙人和贪婪的葡萄牙人;置身于所有这些敌人之中(尽管气候特别好,地球的物产也很丰富),英国人还是缩小并消失得无影无踪了。在十七世纪中叶的某时刻,一条孤单的炮舰发现它的机会便在晚上溜了出来,船上载着所有大英帝国的殖民地的遗留物,几个男人,几个女人,也许还有十几个忧郁的孩子。然后,英国的历史就断然否认对这里的一切有任何了解。出于不知是何原因,文明的中心向南转移了四百或五百英里,而今的圣特玛丽娜和三百年前相比,并未增大。至于它的居民,更是欢乐的结晶,因为葡萄牙父亲娶了印度母亲,生出的孩子又与西班牙人通婚。尽管他们耕地用的犁还是来自曼彻斯特,但是他们用他们自己的绵羊皮制作衣服,用他们自己的蚕丝纺制丝绸,并且用他们自己的杉木做家具;因此在艺术和工业方面,它仍然和英国伊丽莎白女王时期相似。①

最近十年英国人跨越重洋到海外寻找小块殖民地的原因并不是可以简单描述清楚的,并且可能永远不会写进历史书里。除了先进的交通设备,和平,贸易兴旺等原因之外,还有一个原因,就是英国虽然有上个世纪的辉煌,有数量巨大的石雕作品,有彩色玻璃,以及色彩丰富的棕色油画可以奉献给前来观光旅游的人们,但它仍然不满足。当然,这种猎奇心态导致的行动是非常有限的,仅仅集中在少数富有的人身上。此种活动实际上发端于一些男教师,是他们来到一些流浪的汽船上充当大副,提供到南美洲的航线。他们又及时赶回来上夏季学期的课程,并大讲特讲海上生活的壮丽和艰苦、船长的幽默、晚上和黎明的奇观,以及海外那些吸引外人的神奇之处,这些描述有的甚至印成书籍。整个国家都极尽渲染之能事,把它说成比意大利还要大,

---

① 作者此处是对15世纪末为争夺巴西的殖民统治权而进行的战争的一番简单描述。西班牙和葡萄牙都声称对巴西拥有统治权。但实际上是葡萄牙在此统治了近四百年,1578年至1640年间由于放松统治西班牙才乘虚而入。在此期间几位英国冒险家也曾试图征服该地,但未成功。上文所说地图颜色等语即对此而发。

比希腊还要高贵。另外,他们说那里的土著人有着特殊的美丽,身材高大,皮肤黝黑,热情,并且擅长刀枪。那地方似乎到处充满了新奇和美丽,为了证实他们的话,他们拿出了那里妇女围在头上的手帕,以及很原始的涂有鲜明绿色和蓝色的雕刻作品。渐渐地,和一切时尚的传播一样,这一时尚也传播开来;一座古老的庙宇很快就变成一个宾馆,一些著名的汽船也为了便利旅游者而改变了航线。

然而奇怪的是,海伦·安布罗斯的哥哥在几年以前就被家人很不满意地送出来挑战命运,就是要他远离(此时此地也已如此流行的)赛马。他经常在阳台上凭栏远眺那些有英国教师作大副的汽船驶进海湾。他们总算挣够了度假的盘缠,并且厌倦了那个地方。他于是想到在山坡上建造别墅,供他的妹妹使用。而关于新大陆的那些传闻,说那里的天空永远晴朗,从来没有雾等等,她也时常有所耳闻。也早就略有心动,因而当他们有那么一个机会,考虑到国外哪里度冬假最好时,这里似乎理所当然成了首选之地。她因此接受了威洛比提供的免费搭乘的机会,把孩子们交给他们的祖父母照料,以便专心做好她要做的事情。

他们在一辆马车上找到了位子,拉车的是一匹长尾巴的马,两耳之间有一小块白毛。车上坐着安布罗斯夫妇、帕波先生,还有自从离开港口就一直烦躁不安的雷切尔。随着他们在山坡上越走越高,天也变得越来越热。马车沿着道路进入了城镇,男人们好像在敲打着铜器叫着"水",几辆马车把道路堵住了,有人在挥着鞭子咒骂着把它们赶开,妇女们都赤着脚,头上顶着篮子;残疾人急切地显示着身体的残疾;马车又进入一片葱绿的田野,但并不是地球所能显示的最好的绿色。大树的阴凉遮住了除道路中心的所有部分；一条山溪，它的水是那样浅，流速又是那样快，使它的流动就像一根绷紧的绳子，沿着河岸滑动。他们爬得更高了，雷德利和雷切尔宁可下车步行。然后马车驶入了一条石头铺砌的弯弯的小巷，帕波先生举起他的手杖默默地指着一丛灌木，在稀少的叶子之中开着一朵有很多卷的紫色的花；在一阵摇摆的慢跑中，旅途的最后一段终于结束了。

别墅是一幢宽敞的白色的房子，它就像大多数大陆的房子一样，在英国人看来脆弱，摇摇晃晃，并且琐碎得可笑，它不大像是一个人睡觉的地方，倒像是花园里的一座宝塔。花园显得急需园丁的护理，灌木丛挥舞的枝条挡住了路径，一撮一撮被土地隔开的草片，数都能数清楚。在阳台前面的圆形空场上摆着两只破裂的花瓶，其中低垂着几朵红色的花，中间是一个石头喷泉，但此时被阳光烤干了。圆形的花园后面接着是一个长形花园，园丁的剪子几乎从未到过这里，除非偶尔之间他想给自己的心上人剪几朵鲜花。几棵大树的阴凉洒满了园子，排成一排的圆形的灌木丛开着蜡一样的花。一座铺着平整草坪的花园，它被厚厚篱笆和凸起的鲜艳的花坛划分开来，那花就像是我们英国人养在室内的，它肯定和它周围的秃山不十分协调。这里没有需要封闭起来的丑陋，从别墅的窗户望去，穿过一个半山坡种着橄榄树的山脊，就可以直接看到大海。

整个地方的粗鄙使柴利太太十分震惊。窗户上连遮挡阳光的百叶窗都没有，更不用说阳光下有任何家具了。站在空荡荡的石头大厅里，看着那华丽宽阔却又布满裂纹而且并没有地毯的楼梯，她更进一步断定这里必有老鼠出没，也许大得像家里的狮子狗一样。她还断定，如果走路用的力气大一点，都有可能把地板踩穿。至于热水——她对这个问题的勘查更使她张口结舌。

"可怜的人儿!"她向前来迎接他们的面带菜色的西班牙女仆(她身后还跟着一群猪和母鸡)嘟囔着说,"难怪你看起来简直不像是个人!"女仆玛丽亚行了一个优美的西班牙礼接受了她的评价。在柴利看来,她宁愿现在他们还呆在那艘英国轮船上,但她很清楚她的职责需要她留下来。

他们安顿了下来,并且作好了每天的日程安排。剩下的问题就是帕波先生要不要留下来,也住在安布罗斯别墅里。在航船尚未靠岸的前几天,她们曾努力试图用亚马逊河的美丽说服他。

"那条美丽的溪流!"海伦说,她那凝视的目光好像她眼前就是一个大瀑布,"我自己都很想和你同行,威洛比——但是不行。想想太阳落山,月亮升起——我相信那些颜色是想象不出的。"

"那里有野孔雀。"雷切尔附和着说。

"还有水里的奇妙动物。"海伦肯定地说。

"说不定还能发现什么新的爬行动物。"雷切尔接着说。

"那里还肯定将开始一场革命,有人告诉我。"海伦坚定地说。

而这些引诱之词的效果显然被雷德利冲淡一些,他在想了想帕波的状况后,大声叹气说,"可怜的家伙!"心里暗暗反感着女人的不礼貌。

然而帕波还是留下来了,在开始的六天时间里还显得满意,在那些家具稀少的起居室里用一台显微镜和一个笔记本消磨时间,然而在第七天的晚上,当他们在餐厅就座以后,他显得异常不安。餐桌就摆在两扇长长的窗户之间,窗户按海伦的要求没有挂窗帘。在这个季节,夜幕的降临快得像一把刀子,山下的城镇神奇地在圆形和线形的亮点中跳了出来。白天从来看不清的大楼在晚上显现了出来,而从海上汽船游动的灯光判断,大海好像在陆地的上面荡漾。这样的景色就和伦敦餐馆里的乐队有着同样的功能,只是它有沉默的背景。威廉·帕波仔细观察着这景色;然后他戴上眼镜沉思。

"我看出左边的那一块。"他开口说,用他的叉子指点着一块被几排亮点包围着的一个方形区域。

"我想他们应该会煮蔬菜。"他补充说。

"那是个宾馆?"海伦问。

"以前是个庙宇。"帕波先生说。

当天再没有说更多的话。但是第二天,帕波先生中午散步回来以后便静静地站在海伦面前,她正坐在阳台上看书。

"我在那里订了个房间。"他说。

"你要走?"海伦吃惊地问。

"大概——是这样,"他回答,"私人厨师都不会做蔬菜。"

知道他不喜欢老被人询问,她自己也是如此,海伦就不再多问了。但是她心里仍然有某种不安的怀疑,威廉似乎在隐藏着什么痛楚。一想到她自己的话,她丈夫的话,还有雷切尔的话,她就感到痛心,脸红。她真想大喊,"别走,威廉;把话说清楚!"并且,她还想在午餐上提起这个话题,如果威廉在午餐上不是显得特别不可理解和冷淡的话。他用叉子尖挑起一些色拉,那动作就像是用草杈挑干草,并检查着其中的石头粒,和可能的细菌。

"要是你都死于伤寒,可没有我的责任!"他狠狠地说。

"要是你死于无聊,我也没有责任。"海伦应声回敬道。

她忽然想起来她还一直没有问他是否恋爱过。他们的关系发展使他们距离这个话题越来越远,而不是越来越近。因此她情不自禁地认为,他,威廉·帕波,带着他所有的学识、显微镜、笔记本、他的真诚与友善,但是灵魂深处却很无聊,他这样地离开对她倒是一种解脱。她同时也情不自禁地对友谊就这样结束感到伤心,尽管这样她的别墅会空一些,更舒服一些。因此她开始思索,人是否只能了解别人所思考的问题,但绝对不可能真正达到他思考的深度。

第 八 章

就像许多年都过去了一样,以后的几个月也就这么过去了,其中并没有什么特别的事件,然而,如果突然闯进来看看,那么这几个月或这些年也会与其他时间有不同的地方。过去的三个月使他们进入了三月初。天气确实信守了它的诺言,从冬季到初春的季节变化也不甚明显。因此海伦,当她手拿一支钢笔坐在起居室里写着什么的时候,她能够敞着窗户,尽管身边炉火里的木柴烧得正旺。山下面,大海依然是蔚蓝色,房顶依然是棕色和白色,而这一天正在飞快地过去。在房间里已感到黄昏的临近,那本来大而空旷的房间这时显得更大更空了。她自己的形象,那在膝头上放着一摞纸写字的样子,也都带上了只有大小而缺少细节的特征,因为那随着木柴的枝杈奔走的火焰,一阵阵吞噬着绿色的小火苗,总是时亮时暗地燃烧,并且发出断断续续的光亮,照着她的脸和灰浆抹砌的墙面。墙上没有相片,但是到处可见开着大朵鲜花的高大植物映衬着墙壁。至于掉落在裸露的地板上和散堆在大桌子上的那些书籍,只有在这时的光线下才能看清它们的轮廓。

安布罗斯太太正在写一封很长的信。开头写的是"亲爱的伯纳德",信中描述了在过去的三个月里在圣格瓦索的别墅都发生了什么,例如,他们曾和英国领事共进晚餐,还曾被带上一艘西班牙军舰,并且观看了许多狂欢队伍和宗教的节日的盛况,它们是那样好看,以至于安布罗斯太太不明白为什么他们没有都变成罗马天主教徒,如果人们必须有宗教信仰的话。他们好几次外出远足,当然,走的距离并不太远。即使只为了看看房子周围的鲜花盛开的树木,以及大海和土地的令人惊叹的颜色,来这里也是值得的。这里的土地,不是棕色的,而是红色、紫色、绿色的。"你不会相信,"她接着写道,"这里的所有颜色都和英格兰不一样。"的确,她是在用一种虚伪的笔触描写一个糟糕的小岛,现在笔锋又转到在角落里生长的冷峻的藏红花和一簇簇紫罗兰,它们在角落里舒适地生长着,不时得到面色红润头戴围巾的老园丁的照料。见到游人,他们总是谦卑地触摸他们的帽檐并快速地闪开道路。接下来,她开始嘲笑那些岛民。伦敦大选骚乱的谣言一直传到了他们这里。"这简直不可思议,"她继续写道,"似乎人人都对阿斯奎斯①当选了还是奥斯汀·张伯伦②落选了十分感兴趣,并且,在你们宣讲政治把嗓子都喊哑了的时候,那些真正想办好事的人却只能挨饿,或者嘲笑他们。说你什么时候鼓动过健在的艺术家?能拿来他最好的作品了吗?为什么你们这样丑,这样奴性十足?在这里,仆人也是人。他们以平等的地位和人交谈。根据我所知,这里没有贵族。"

也许正是因为提到了贵族,这使她想起了理查德·达洛维和雷切尔,她开始用同样的笔触描写她的外甥女。

---

① 阿斯奎斯(1852—1928),牛津的第一伯爵,曾出任自由党的首相(1908—1916)。
② 奥斯汀·张伯伦(1863—1937),英国国库大臣(1903—1905),可能是因为此二人都反对妇女拥有选举权,所以才被作者相提并论。

"倒霉的命运使我担负起照管一个女孩的任务,"她写道,"因为我从来不能和女人相处很好,也不能和她们有什么来往。但是,我现在必须收回我对她们说过的一些难听话。如果她们受到适当的教育,我看不出她们为什么不能和男人一样出色——一样令人满意,我的意思是,尽管,男人和女人当然是很不同的。而问题是,究竟应该怎样教育她们。现在的教育方法在我看来很糟糕。这个女孩,虽然已经二十四岁,却从来没听说过男人需要女人的这类事情。并且,直到我向她解释之前,她还不知道孩子是怎么出生的。她在其他方面的无知也同样严重。"(这里最好不再引用安布罗斯太太的原话)……"完全是这样。在我看来,就这么把一个女孩带大不仅仅愚蠢,而且是犯罪。更不用说这对她们的危害,这就是女人为什么处在她们现在样子的原因——她们没有变得更糟倒真是奇迹。我把教育、点化她视为己任,到现在为止,尽管她还仍然常抱有偏见,并有夸大的倾向,她已经差不多是一个正常人了。让人变得无知的做法,当然只能适得其反,这样当她们开始理解事理时,就会把这些事情看得太严重。我的内弟真应该得到一个深刻的教训——可他根本不想接受这样的教训。我现在倒真诚地希望有一个年轻的男人能来帮助我;某一个男人,我的意思是,能公开地来和她谈一谈,并向她证明她的关于生活的那些想法是怎样的荒谬。然而不幸的是,这样的一个男人就像这样一个女人同样稀少。在英国的殖民地当然就更一个也找不到了;艺术家、商人、园艺家们很愚蠢,很平常,并且爱调情……"她停了下来,手里攥着钢笔看了看炉火,其中的木柴即将烧尽,暮色降临,她很难再写下去了。另外,在将近晚饭的时候,整个房子也躁动起来;她可以听到隔壁的餐厅里盘子的碰撞声,以及柴利用粗鄙的英语指使西班牙的女孩怎么放盘子的叫喊声。钟声响了;她站起身来,在门口碰见了雷德利和雷切尔,他们便一起走进餐厅。

三个月的时光对雷德利或雷切尔的外貌几乎没有什么影响;然而一个细心的观察者也许会发现,这女孩子比以前更沉稳,更自信了。她的皮肤颜色变深了,她的眼睛显然更明亮了,并且她能够仔细听哪怕她很不赞同的事情了。晚饭在沉默中开始,对于这些相处已久的人们,这已经很自然。后来,雷德利倚在胳膊肘上注视着窗户说,这真是个可爱的夜晚。

"是啊,"海伦接着说道,"春天来了。"一边看着山下的灯火。她用西班牙语问玛丽亚,这里的宾馆是不是有客满的时候。玛丽亚骄傲地告诉她说,在高峰时期这里连买鸡蛋都很困难——店主会不问价格,不惜代价地从英国人那里得到它们。

"海湾那儿有一艘英国的汽船,"雷切尔看着下面三点呈三角形的灯光说,"这条船今早晨就来了。"

"那我们大概可以指望收到几封信,或者接我们回去了。"海伦说。

不知什么原因,一说到信,雷德利总是嘟嘟囔囔地不高兴,晚饭的后半段就在夫妻之间的口角中过去了,争论的中心是他是否已经被整个文明的世界彻底遗忘。

"从上一批来信看,"海伦说,"就该敲打你。有人邀请你演讲,有人给你提供学位,还有个傻女人一个劲赞扬你,不仅说你的书好,还说你的人也好——她居然说你简直就是雪莱;如果雪莱活到五十五岁,并蓄一些胡须的话,一定和你一样。说实在的,雷德利,我认为你是我所知道的最势利的男人,"她说完从桌边站起身来,"我能对你说的已经都说了。"

回到炉火边找到自己没写完的信,海伦又补充了几句,然后她宣布说她现在要去送信了——雷德利得去取他自己的——还有雷切尔呢?

"我相信你一定写信给你姑妈了吧?早就该写了。"

海伦和雷切尔都穿上外套,戴上帽子,并邀请雷德利与她们同去,他坚决地拒绝了,还说有雷切尔他就成了傻瓜,对此海伦当然不能同意,这时她们正转身准备下山去。他却站在炉火旁边照着镜子,把自己脸上的表情弄得不再像一个躲清闲的教授,倒像一个正在战场观战的司令,或者正看着火舌舔着自己脚趾的烈士。

海伦跳过来一把抓住了他的胡子。

"我难道是傻瓜吗?"她问。

"放开我,海伦。"

"我是傻瓜吗?"她重复了一遍。

"可恶的女人!"他叫喊着亲吻她。

"好吧,就把你留给你的虚荣。"海伦一边说着一边和雷切尔走出门去。

这是个美丽的傍晚,尽管星星正在出现,仍然有足够的光线看到路面很远的地方。信箱就在一条道路和小巷相交的路口的一面黄色的高墙上,海伦把信丢进信箱,便转身往回走。

"不,先别回去,"雷切尔说着抓住了她的胳膊,"我们去看看生活。你答应过的。"

"看生活"是她们的习惯说法,是指天黑了以后在镇上闲逛。圣特玛丽娜的社交生活在灯光下几乎毫不间断地继续着,而且它在晚上的温暖和来自各种花卉的芬芳中同样是愉快的。年轻的姑娘,头发整齐地盘成发髻,耳朵后面插一朵红花,坐在门口的台阶上,或者在阳台上探出身子,下面的街上年轻的小伙子们走来走去,他们有时高声互致问候,有时停下来说一句打情骂俏的玩笑。从敞开的窗户可以看到商人们在结一天的账,还可以看到老太太把水罐从一个架子倒到另一个架子。街上到处是人,大部分是男人,他们一边走一边互相交换着他们对世事的看法,或是在街角的酒桌旁边聚在一起,一个瘸腿老人正在拨弄着他手中吉他的琴弦,旁边一个可怜的女孩正在排水槽下唱着热情的歌。这引发了两位英国妇女的一些友好的好奇心,但是没有人注意她们。

海伦继续漫步着,观察着穿着破旧衣衫的各种不同的人,他们看起来是那样不经心,而又那样自然,那样满足。

"想一想伦敦宫廷林阴路①今晚的景象!"她激动地说。"今天是三月十五日。也许有宫廷仪式。"她想到了站在春天的冷风中等着看一眼宏大的马车经过的人群。"即使不下雨,也够冷的,"她说,"首先会有一些兜售明信片的人;接着是手拿圆形硬纸盒的可怜的女店员;然后是穿着燕尾服的银行职员;再有——就是许多裁缝。南肯辛顿来的人在一辆租来的马车里;官员们不时训斥一两声;另一边的伯爵们,身后允许站一个男仆;公爵们身后允许站两个男仆;皇家公爵——据我所知——可以站三个;而国王呢,我看他想让站几个,就站几个。人们对此只能景仰!"

而远在这里,从英格兰来的人们似乎个个在身形上都要像棋盘上的国王和王后,马和兵,他们的差别就这样的奇特,景仰也是这样的明显而又含蓄。

她们不得不分开,以便于挤过人群。

---

① 即从将军门到白金汉宫的林阴路,英国皇家礼宾活动多在此进行。

"他们相信上帝。"当她们再次会合的时候,雷切尔说。她指的是那群人中的一些;因为她记起来在小路的岔路口立着一个十字架,上面还有淌着血的基督的塑像,还有在一个罗马天主教堂里的难以解释的神秘宗教仪式。

"我们将永远无法理解!"她叹着气说。

她们走了一段路,现在已经入夜了,在道路前方不远的左侧,她们看到一扇大铁门。

"你是不是想一直走进这家旅馆去?"海伦问道。

雷切尔推了一下那扇大门;它居然开了。附近看不见一个人。考虑到在这个国家一切都算不上什么秘密,她们便径直走了进去。先是一条两边有树的笔直大道,接着,树突然没有了,路也拐了个弯,这时她们发现了自己站在一座大的方形建筑面前。原来她们走过的是围绕着那宾馆的宽阔空地,它距离宾馆的窗户不过几英尺远。一排长窗户几乎开到了地面,而且全都没有窗帘,里面全亮着明晃晃的电灯,她们可以看清屋里的一切。每扇窗户所展示的都是宾馆生活的不同的侧面。她们站到窗户之间分隔墙的阴影中,向里面窥视,这才知道自己正好站在餐厅的外面。里面有人正在打扫;一个服务员正把一条腿跨在桌子角上吃着一串葡萄。隔壁是厨房,有人正在洗盘子;身穿白衣的厨师正把手伸进大锅里,服务员正在晚餐,一边贪婪地大嚼着碎肉,一边用面包屑把最后一点肉汁也蘸干净。她们又往前走,前面是一片灌木丛,她们差点迷了路,但又突然发现自己站在了客厅的窗外。这里,刚刚美餐完的女士和先生们都躺在深深的扶手椅里,偶尔交谈上一两句,手上随意翻着杂志。一个瘦女人正在钢琴上痴迷地弹奏着。

"尼罗客船是什么,查尔斯?"她们清楚地听到一个寡妇的声音问她的儿子,她就坐在靠窗户的一把扶手椅里。

只能听清这些,儿子回答的声音被嘈杂的声音吞没了。

"这里面都是些老人。"雷切尔小声说。

她们继续前行,在另一扇窗户中看见两位敞着衬衫的绅士正和两位年轻女士一起打台球。

"他拧我的胳膊!"那体态丰满的年轻姑娘叫起来,她的球没有打中。

"我说,你们俩别再闹了。"另一个红脸的年轻男人斥责他们说,他是记分员。

"小心,别让他们看见我们。"海伦悄声说,并用手碰了碰雷切尔,她的头无所顾忌地几乎伸到了窗户中间。

转过墙脚,她们来到了宾馆最大的房间的窗外,它有四扇窗户,是休闲室,实际上是一个大厅。墙上挂着一些盔甲和当地的刺绣,屋里摆着一些睡椅,几个屏风遮挡着几个舒适的角落,这房间不像其他的那么正式,它显然是供年轻人享用的。罗德里格斯老先生,一看就是这宾馆的经理,正站在走廊里离门口很近的地方观察着室内的情景——绅士们懒洋洋地坐在椅子里,年轻夫妇边喝咖啡边聊天,房间中央的牌桌上有人正在打牌,牌桌被上方的华丽的吊灯照得通亮。看到这儿,他暗自庆幸自己的成功,是他的勤奋使得只有一些罐子和架子的冰冷的石头房间变成了整个宾馆里最舒适的休息室。这宾馆已经客满,这又一次验证了他的生财之道:宾馆如果没有休息室就很难兴旺起来。

房间里的人或两个一对,或四个一组,他们可能本来就相互熟悉,但也可能是房间的非正式的环境使他们彼此能自由接触。从敞开的窗户里传出来不很均衡的嗡嗡声,听起来就像在黄昏时分被关在围栏里的一群绵羊的声音。打牌的人占据了前景的中心位置。

海伦和雷切尔观看了他们半天,却没有听清他们说的一句话。海伦仔细地看着其中的一个男子。他很瘦,年龄大概和她自己相仿,只是苍白一些,她只能看到他的侧面,和他相对而坐的是一个俏丽的女搭档,显然是英国人。

突然,不知是何原因,几个词突然奇怪地从嘈杂中分离出来,清晰地飞进她们的耳朵:——"你还需要多实践,瓦灵顿小姐;勇气和实践——两者缺一不可。"

"胡格赫灵·埃利奥特!果然是他!"海伦高声叫了起来。随之她马上把头埋了下去,因为在她叫喊的时候他抬起头往这边看了一眼。游戏又继续了几分钟,然后被一张推进来的轮椅打断了,轮椅上坐着一个体态丰满的老太太,她来到桌边停了一会儿说:——"今晚的运气怎么样,苏珊?"

"所有的好运气都在我们一边。"那位一直背对着窗户的年轻人转了过来。他似乎相当壮实,头发又厚又密。

"运气,黑韦特先生?"他的搭档,一位戴眼镜的中年女士说,"我向你保证,佩利太太,我们的胜利不是靠运气,完全靠我们精湛的技术。"

"除非我早早上床,否则我就根本无法入睡了。"可以听到佩利太太的话音,那好像是她对要带走苏珊所作的解释,苏珊也随即站起身来,推着轮椅走了出去。

"他们会找到人来接替我的位置的。"她笑着说。但是她错了。余下的人并没有再找其他人接替。一个年轻人用纸牌搭起房子来。在搭到第三层倒塌了以后,他们就散了,各自朝不同方向走去。

黑韦特先生转过脸来面朝窗户。她们可以看到他眼镜后面大大的眼睛；他的肤色粉红，嘴唇上的胡须刮得精光；这张脸在平常的人中间，似乎是一张生动的脸。他径直地朝她们走过来，但是他的眼睛注视的却不是这两个偷听者，而是那收拢在一边的窗帘后面的某一点。

"困了吗？"他问。

海伦和雷切尔这才吃惊地意识到，可能就在她们的身边坐着一个她们一直未觉察的人。阴影中隐约可以看见两条腿。一个忧郁的声音从她们前面传出来。

"外面有两个女人。"那声音说。

石子路上一阵细碎的脚步声。两位女士逃之夭夭。她们不停地跑着，直到她们确信没有人能再透过黑暗看到她们；远远的，宾馆成了一个方形的阴影，上面并排着一些红色的窟窿。

第 九 章

一个小时过去了,那宾馆一层房间的灯光开始变暗,里面几乎没有人了,而像小盒子一样的楼上的灯光却一一亮了起来。大约有四、五十人正在准备就寝。楼上水壶放在地板上的声音和瓷器碰撞的声音都能听得清清楚楚,因为这座宾馆每个房子之间的墙壁并没有一般人想象的那么厚,于是艾伦小姐,刚才打桥牌的那位年长的女士,决定用手指关节敲墙示警。她认为那些墙不过是些假型板,把一个大房间分成许多小房间。她灰色衬裙滑落在地上,而她正弯着腰,用她那如果不是可爱,至少也是洁白的手指叠着衣服,然后把她的头发编成辫子,又把父亲留给她的大金表拿出来上足了发条。接着,她打开了一本华兹华斯全集。她现在读着其中《序曲》①,这是因为,她在国外的时候总是读"序曲",另外也因为,她已经决定写一个短篇的《英国文学入门——从八世纪的古代英史诗到斯温伯恩②》——其中有

---

① 威廉·华兹华斯(1770—1850),英国浪漫主义诗人,《序曲》是他的自传体诗集,共有十五卷。
② 查尔斯·斯温伯恩(1837—1909),英国诗人、剧作家兼批评家。1865年出版《阿塔兰忒在卡吕冬》等,一举成名。评论文章主要有《研究文集》和《论莎士比亚》等。

一段提到华兹华斯。她被第五部深深吸引,偶尔停下来用铅笔做着笔记。她头顶上忽然传来靴子落在地板上的声音,一只接着另一只,她抬起头来,开始思考。那是谁的靴子呢,她禁不住想。然后她又清楚地听到隔壁衣服的窸窣声——一个女人,正在把衣服放在墙边,紧接着又是一阵嗡嗡的声音,就像是梳头时发出的。她实在无法把注意力集中在《序曲》上。出声的是苏珊·瓦灵顿的吗?然而她还是强迫自己看完了这一部分。她于是把一个书签夹在书页之间,满意地叹了口气,关掉了电灯。

隔壁房间里的情况就大不一样了,尽管房间的形状像一个一个的蛋箱,是完全一样的。在艾伦小姐读书的时候,苏珊·瓦灵顿正在梳头。随着岁月推移,这一时刻变得神圣,所有家务活动中最神圣的时刻就是女人之间谈论爱情,但是现在瓦灵顿小姐是独自一人,无法谈话;所以她惟一能做的就是观看自己。她对着镜子用极其深情的目光看着自己的脸,又把头转过来,转过去,让她那长长的头发也跟着甩来甩去。然后,她又退后一两步,严肃地审视着她自己。

"我挺漂亮的,"她评判说,"不仅仅是好看而已——或许,"她又靠近了一点,"没错——多数人都会说我长得够俊的。"

确实,她心里正在考虑着阿瑟·文宁会对她如何评价。她对于他的感觉无疑是非常奇特的。她不肯承认自己爱着他,或者想要嫁给他,但是私下里她又无时无刻不在猜测着他对自己的看法,并且拿他们今天一起做的事情和昨天相比较。

"他虽然没有邀请我去玩,但是他跟我一起走进了大厅。"她回忆着,总结着这个晚上。她已经三十岁了,然而由于家里的姐妹多,又是个偏远乡村的牧师家庭,她到现在还没有订婚。自信的时刻往往又是伤感的时刻,据说她经常跳上床,拼命乱抓自己的头发,感到和别人相比自己受到轻视。她是一个身材高大,体形很好的女人,尽管她两侧面颊上的那片红色太显眼,但是她那深深的焦虑表情却给了她另一种美丽。

她正要拉开被单睡觉的时候,忽然喊道:"噢,我差点儿忘了。"她说着朝书桌走去。那里放着一个棕色的大本子,封皮上印着年份,就是今年。她开始用她那像一个成熟孩子一样的难看的方形字体在本子上写起来,年复一年,她每天都坚持记日记,尽管她很少回过头来看自己的日记。

"上午——和休·埃利奥特太太谈家乡邻居的事。她知道曼恩一家;还知道赛尔比·卡洛威一家。世界多么小! 就像她一样。给佩利婶婶读了《阿波比历险记》①的一章。下午——和珀罗特先生和伊夫林·M打了草地网球。不喜欢P先生,对她的印象是,他当然还聪明,但不是'相当'聪明。去他们的吧。天气特别好,风景美极了。对于很难看到树木的状况开始习惯了,尽管一开始总觉得光秃秃的。晚饭后打了桥牌。埃婶婶很高兴,尽管她说还有些痛。记住:询问湿床单是怎么回事。"

她跪下祷告了一会儿,然后上床躺下,舒服地用毛毯裹紧身体,几分钟以后她的呼吸就表明她已经睡着了。她的呼吸中带着深沉平稳的叹息和忧郁,就像整夜蜷卧在长长的草地上的一头奶牛的呼吸。

如果对下一个房间粗略观看,能看到的不外乎是从被单上凸出来的一个鼻子。眼睛如果对黑暗更适应了一些,还可看到一些光亮,因为几扇窗户都敞开着,显示着一块一块方形的灰色天空,上面还闪着点点星光,这样就可以看到一个细瘦的身影,

---

① 作者杜撰的小说名,以表示佩利太太喜爱浮浅的小说。

出奇的像一个死人。此人正是威廉·帕波,他也睡着了。三十六号,三十七号,三十八号——这三个房间里住的是三个葡萄牙生意人,大概也睡着了,因为其中传出节奏与一只大钟滴答响声相似的呼噜声。三十九号房间处在角落上,在过道的尽头。但是,尽管已经是深夜——楼下隐约传来"一点"的钟声——从门下面射出的一线光亮表明,这里还有人不曾入睡。

"你搞得太晚了,休!"一个女人躺在床上说,声音带着几分愠怒和焦虑。她的丈夫正在刷牙,因此片刻的时间没有回答。

"你早该睡了,"他回答说,"我和瑟恩伯里聊一会儿。"

"但是你知道,我等你的时候从来睡不着。"她说。

他不做声了。然后又说,"那好吧,我们关灯。"他们沉默了。

走廊深处传来微弱但十分刺耳的电铃声。那是佩利老太太醒来了。她感到饥饿,却又找不到眼镜,就按了铃,想叫她的侍女给她找饼干盒子。侍女应声而来,即使在这个时刻,她头上还围着头巾,她还是毕恭毕敬。走廊又陷入沉寂。楼下到处漆黑、寂静;但是在楼上的一间屋子里,仍然有灯光,它就是艾伦小姐房间的上面,地板上曾重重摔过两只靴子的那一间,这里住的绅士就是几小时以前在窗帘的阴影中露出腿来的那个人。此人深深坐在一把扶手椅里,他正在蜡烛光下读着吉本[①]的《罗马帝国衰亡史》第三卷。他一边读,一边偶尔下意识地把手中香烟的烟灰弹进烟灰缸,并时时翻着书页,那些壮丽的句子也随之通过他宽敞的眉毛列着队井然有序地进入他的大脑。这个过程可能

[①] 爱德华·吉本(1737—1794),英国伟大的历史学家,《罗马帝国衰亡史》的作者。

进行了一个小时或更长时间,似乎是直到整个军团都转移到了驻地以后,门才打开了。一个身体略显粗壮年轻的人光着一双大脚走了进来。

"噢,赫斯特,有句话我忘记说了——"

"两分钟。"赫斯特说,并伸出一个手指。

他仔细地把那段的最后一个单词也收进脑海。

"你忘记说什么啦?"他这才问道。

"你认为你对感情的付出够不够?"黑韦特先生问。他又忘了他想要说的话。

在对完美无瑕的吉本研读良苦以后,赫斯特先生对他朋友的问题感到有几分好笑。他把书放在一旁开始考虑。

"我看,你的头脑实在可以说是混乱得不可思议,"他评论说,"感情?那不就是我们的最高付出吗?我们把爱放在其中,所有其余的都在下面。"他一边说一边用左手表示一座金字塔的顶端,并用右手表示它的地基。

"但是你下床来找我,肯定不是为了问这个。"他又严肃地补充说。

"我下床来,"黑韦特含糊地说,"就是想和你聊聊。"

"那我就脱衣服了。"赫斯特说。他把衣裤全脱掉,只剩下一件衬衫,来到水盆边。这时赫斯特先生再不能用他的才智打动任何人,但是他那寒伧的年轻而丑陋的身体却不免打动人,他是那么瘦,在他弯腰的时候,可以清楚地看到他的颈和肩膀之间每块骨头的凹凸不平。

"我对女人感兴趣。"黑韦特说,他坐在床上把下巴放在膝盖上,对脱掉衣服的赫斯特先生并不注意。

"她们真愚蠢,"赫斯特说,"你坐在我的睡衣上了。"

"我想她们是够愚蠢的?"黑韦特像是在自言自语。

"关于这一点不可能有两种见解,我想,"赫斯特说着在房间里轻快地跳着,"除非你爱上了——那个胖女人瓦灵顿小姐。是吗?"他询问道。

"不是一个胖女人——是所有的胖女人。"黑韦特叹息说。

"可我今天晚上看到的女人都不胖。"赫斯特说,并借机让黑韦特给他剪脚指甲。

"讲讲她们。"黑韦特请求说。

"你知道我不会描述事情!"赫斯特说,"她们和其他女人也没什么两样,我想。女人都差不多。"

"不,这就是我们俩的分歧之处,"黑韦特说,"我认为任何事物都是不同的。世上没有两个人是一样的,哪怕一丁点。就说你和我吧。"

"过去我也这样想,"赫斯特说,"但是现在,我认为他们只是类型不同而已。别拿我们俩打比方——还是说这个宾馆里的人吧。你画几个圈就可以把他们全圈进去,准保没有一个会跑出圈外。"

"你还不如杀一只母鸡,更跑不出圈。"黑韦特低声嘟哝说。

"胡格赫灵·埃利奥特先生,胡格赫灵·埃利奥特太太,艾伦小姐,瑟恩伯里先生和太太——一个圈,"赫斯特继续说,"瓦灵顿小姐,阿瑟·文宁先生,珀罗特先生,伊夫林·M,另一个圈;所有的当地人一个圈,最后你和我两个人一个圈。"

"我们的圈里就只有我们两人吗?"黑韦特问。

"怕是就我们俩,"赫斯特说,"你老想往外跑,但是跑不出去。你就是因为老想跑才把事情搞得一团糟。"

"我可不是一只呆在圆圈里的母鸡,"黑韦特说,"我是一只栖在树顶上的鸽子。"

"我怀疑这是否就是他们说的向内翻的脚指甲？"赫斯特说，观看着他左脚的大脚趾。

"我从一个树枝跳到另一个树枝，"黑韦特继续说，"世界真美好。"他躺回到床上，头枕着胳膊。

"我怀疑，像你这样地茫然下去，是否真有什么好处。"赫斯特看着他说。"缺乏持续性——这是你最奇怪的地方，"他继续说，"都二十七岁的人了，将近三十了，你还是没有任何结论。老太太的聚会仍然会让你像三岁的孩子一样激动不已。"

黑韦特看着这个清瘦的年轻人陷入了沉思，他正默默地把剪下来的碎脚指甲扫进壁炉里。

"我尊重你，赫斯特。"他说。

"我羡慕你——在某些方面，"赫斯特说，"第一：你不思考问题的本领；第二：人们喜欢你超过喜欢我。女人更喜欢你，我想。"

"我想这大概不应该是最重要的吧？"黑韦特说。他现在平躺在床上，抬起一只手在他身体上面挥着，似乎在画圆圈。

"这当然是最重要的，"赫斯特说，"但这还不算是困难。真正困难的应该是，找到合适的目标，不是吗？"

"在你的圈子里难道就没有一只母鸡？"黑韦特问。

"连个鬼也没有。"赫斯特回答说。

尽管他们彼此认识已有三年的时间，赫斯特还从来没有真正听说过黑韦特恋爱的故事。尽管在一般的谈话中，他只是理所当然地认为他已经不知道恋爱过多少次了。但是在私下谈话里，这种看法就有差错了。事实上，他有足够的钱，根本用不着工作，并且由于他与校方不和，他在剑桥上了两个学期以后就离开了。从那以后他就一直行无定所,这使他的生活在许多方面显得奇怪,而在这些方面他的朋友们的生活却是很平常的。

"我看不见你的圈子——真的看不见,"黑韦特继续说,"我看到一个像陀螺一样旋转的东西,一会儿出来,一会儿进去——和其他东西碰撞着——从一侧猛冲到另一侧——收集着数字——数字越来越多,直到整个圈子都充满了数字。它们不停地旋转——转到远处——转到边缘上——看不见了。"

他用手指在床罩的边缘上显示着华尔兹舞的旋转,然后就掉了下去,掉进永恒。

"你能在这个宾馆里独自沉思三个星期吗?"在短暂的沉默之后赫斯特问。

黑韦特继续想了想。

"事实上,一个人从来不是独自的,也从来不是有人陪伴的。"他总结说。

"什么意思?"赫斯特问。

"意思?噢,就说泡泡吧——气儿——还是叫什么?你看不见我的泡泡;我也看不见你的;我们所看见的对方不过是一个斑点,就像那火焰中间的灯芯一样。火焰到处跟着我们;但它确实不是我们自己,只是我们的某种感觉;世界是短暂的,或者说主要是人短暂;所有的人。"

"那你一定是个很不错的、多虑的泡泡!"赫斯特说。

"假定我的泡泡能进入另一个人的泡泡——"

"然后一起爆炸?"赫斯特说。

"然后——然后——然后——"黑韦特思考着,好像在自言自语,"它将成为一个博大精深的世界。"他说着把双臂完全伸展开,就好像即使这样也无法拥抱缥缈的宇宙,因为,当他与赫斯特在一起时,他总是感到异常的血腥和茫然。

"我并不认为你愚蠢得和我过去差不多,黑韦特,"赫斯特说,"你并不知道你在说什么,但你却总是在说。"

"那你在这里感到愉快吗?"黑韦特问道。

"总体上说——愉快,"赫斯特回答说,"我喜欢观察人。喜欢观察事物。这个国家是惊人地美丽。你注意到今晚的山顶变成了黄色吗?我们真应该带着午餐到外面好好过一天。你正在发胖,这很令人讨厌。"他指着黑韦特光着的小腿说。

"我们来一次远足吧,"黑韦特激动地说,"把宾馆所有的人都叫上。我们雇几只驴子并且——"

"噢,天哪!"赫斯特说,"别往下说了!我已经看见瓦灵顿小姐、艾伦小姐和埃利奥特太太在石头上蹲着,并且叫着'多有趣!'的样子了。"

"我们还要叫上文宁和珀罗特、默加特罗伊小姐——以及所有我们能说上话的人,"黑韦特继续说,"那个戴眼镜的像个小蚂蚱一样的老头儿叫什么——帕波?——让帕波带路。"

"喔,上帝,要是那样的话你连驴子都找不到。"赫斯特说。

"我得记个笔记,"黑韦特慢慢地把脚伸到地板上,"赫斯特跟随瓦灵顿小姐;帕波一人在前骑一头白色的驴子;食物大家分头携带——还要不要再雇一头骡子?还有那些老女人——佩利太太,太好了!——她也可以携带一份。"

"这就是你不对了,"赫斯特说,"把少女和老太太混为一谈。"

"你认为这次远足要花多长时间。赫斯特?"黑韦特问道。

"恐怕需要十二到十六个小时,我估计,"赫斯特说,"第一次尝试总要多费些时间。"

"需要良好的组织。"黑韦特说。他现在正轻轻地绕着房间踱步,一会儿停下来翻翻桌子上的书。那些书在桌上堆得像山一样。

"我们还需要一些诗,"他分析说,"不要吉本,绝对不要;你有《现代爱情》①或者约翰·多恩②的诗吗?要知道,我估计当人们观赏风景看腻了的时候,给他们朗读一些难懂的东西,效果一定不错。"

"佩利太太肯定喜欢。"赫斯特说。

"当然,佩利太太能欣赏它,"黑韦特说,"年老的女士不再继续读诗了——这真是我所知道的最伤感的事情。听听,多么精彩:

> 这是我的心声
> 作为探求生活奥秘的人
> 终于可以
> 清楚而确切地诉说。
> 然而——爱过以后留下什么?
> 阴沉的空虚,
> 长久的离愁,
> 直到帷幕落。③

我敢说,佩利太太是我们中间惟一能真正理解这诗篇的人。"

"我们可以问问她,"赫斯特说,"黑韦特,你要是睡觉,请把

---

① 诗集,英国作家梅瑞狄斯所作,发表于1860年。
② 约翰·多恩(1571—1631),英国玄学派诗人。他擅长把激情与机智的辩论融为一体,对17世纪以及20世纪的作家影响巨大。
③ 引自托马斯·哈代的诗。

我的窗帘拉上。月光是最让我沮丧的东西。"

黑韦特在腋下夹了一本托马斯·哈代的诗集,退了出来。这两个年轻人的房间紧挨着;很快,他们就在各自的床上睡着了。

从黑韦特吹灭蜡烛之后到一清早一个忧郁的西班牙男孩起床观看宾馆周围的荒芜,中间有几个小时的宁静。这期间几乎可以听见上百上深沉的呼吸,因而不管多么清醒、多么不安的人,在这么多熟睡的人中间也很难不入睡。从窗户往外看,看见的只有黑暗。在处于阴影中的这半个世界里,所有的人都困倦,而空荡荡的街道两侧的几盏摇曳的路灯则标志着这里是一个建造起城市的地方。在皮卡迪利,红色和黄色的车辆正挤作一团;车上华贵女士的摇摆也随之停止;但是在这里的黑暗中,一只猫头鹰从一棵树飞到另一棵树;当微风提起树枝的时候,月亮的光辉就像是一个火炬。待到所有的人都醒来的时候,那些野外的动物就离开了,老虎、牝鹿,以及在黑暗中来到水池喝水的大象。夜晚在山丘和森林中刮过的风要比在白天的更纯洁,更清新;而被黑暗隐去了细节的地球,比起被道路和田野划分的彩色的地球更神秘。这阴柔的美存在了六个小时的时间,然后,随着东方渐渐发白,地面重又浮现出来,道路出现,炊烟升起,人们开始活跃起来。太阳光照在圣特玛丽娜宾馆的窗户上,直到窗帘被拉开,钟声敲响,通知整幢大楼,早餐时间到了。

早餐刚一结束,女士们就像往常一样散布在大厅各个角落,拿起报纸又放下。

"你今天想做什么?"瓦灵顿小姐无意中和埃利奥特太太走到了一起,便随意问道。

埃利奥特太太是剑桥先生胡格赫灵的妻子。她是个身材矮小的女人,脸上的表情一向是哀怨的。她的眼睛总是从一处移到另一处,好像从来未感到有任何东西能使她的目光愉快地停留片刻。

"我想把艾玛婶婶叫出来,到镇上看看,"苏珊说,"她还什么也没看呢。"

"我看,在她的那个年龄,算是活跃的了,"埃利奥特太太说,"离开自己温暖的家千里迢迢来到这里。"

"是啊,我们一直对她说,她会死在船上的,"苏珊回答说,"她就出生在一条船上。"她又补充道。

"在以前,"埃利奥特太太说,"好多人都出生在船上。我对这可怜的女人总是很同情!我们有多少怨言!"她摇了摇头说。她的眼睛在桌子附近扫视,然后又换了个话题说,"荷兰的可怜的小女王!报社记者实际上,可以这么说,都冲到她的卧房门口了!"

"你说的是荷兰的女王吗?"艾伦小姐用愉快的声音问,一边翻着《泰晤士报》,寻找国外部分。

"我总是非常羡慕那些生活在如此荒凉的乡村的人们。"她说。

"这可太奇怪了!"埃利奥特太太说,"我觉得荒凉的乡村最压抑。"

"那你在这里恐怕不会很高兴,艾伦小姐。"苏珊说。

"正相反,"艾伦小姐说,"我非常喜欢山。"她远远地看到送《泰晤士报》的人来了,就迎了出去。

"现在,我得找到我丈夫。"埃利奥特太太说着开始不安地东张西望。

"我也得去看看我婶婶了。"瓦灵顿小姐说,她们都要担负起一天的使命,就分手了。

至于说外国的床单不结实,他们自己的又粗糙,不论这样的比较是不是轻薄和无知的证明,有一点是毫无疑问的:就是英国人对于在这里读到的新闻,恐怕和从街上一个艺人的表演中获得的启发一样,并不把它视为真正的新闻。一对十分可敬的老人在观看了长长的报纸目录以后,认为其中除了标题之外,并没有更多值得一读的内容。

"十五日大辩论的消息今天应该到了。"瑟恩伯里太太低声说。而瑟恩伯里先生,不但衣冠楚楚,十分整洁,而且脸上还涂有腮红,那红色涂在他那张英俊而苍老的脸上,就像在一个饱经岁月侵蚀的老木雕上残留的漆皮。他从眼镜上面看到了艾伦小姐拿着一份新来的《泰晤士报》。

这对老夫妇于是坐在扶手椅里静等。

"啊,黑韦特先生来了,"瑟恩伯里太太说,"黑韦特先生,"她继续说,"来,和我们坐一会儿。我正在告诉我的丈夫你是怎么提醒我想起了我亲爱的朋友——玛丽·乌姆普雷比。她是个很可爱的女人,我向你保证。她种养了很多玫瑰。我们过去经常去她那里做客。"

"没有年轻人能容忍别人把自己比作一个老处女。"瑟恩伯里先生说。

"恰恰相反,"黑韦特先生说,"我认为用另外一个人来比喻一个人,是对他的一种恭维。但是,你说乌姆普雷比小姐——她为什么种玫瑰?"

"哦,可怜的人,"瑟恩伯里太太说,"说来话长。她经历的事情太惨了。有一次我甚至认为,她要不是为了她的花园,恐怕早就失去理智了。土壤首先就给她找了好多麻烦——还算因祸得福;她每天起早贪黑——一年四季如此。还要提防很多糟蹋玫瑰的动物。但是她成功了。她干什么都能成功。她是勇敢的象征。"她深深地叹了口气,结束了谈话。

"我没注意到我把报纸都垄断了。"艾伦小姐说着走过来。

"我们急着想看大辩论的消息。"瑟恩伯里太太说,代表她的丈夫把报纸接过来。

"一个人要是没有儿子在海军服役,就很难意识到这辩论多么有趣。尽管我对什么都感兴趣;我也有儿子在军队服役;还有一个儿子是联合会①的发言人——我的亲爱的!"

"赫斯特肯定知道他,我想。"黑韦特说。

"赫斯特先生的脸真有趣,"瑟恩伯里太太说,"但是我感觉只有特别聪明的人才能和他谈话。不是吗,威廉?"她询问说,因为瑟恩伯里先生不知在嘟囔着什么。

"他们把报纸印得一团糟。"瑟恩伯里先生说。他现在已读到报告的第二栏,这一栏像抽筋了似的,其中讲到爱尔兰方面三个星期以前就在西敏寺争吵着海军的效率问题,但是有一两段看不清,过了这两段以后,印刷又清楚了。

"你看完了吗?"瑟恩伯里太太问艾伦小姐。

"没有,不好意思,我只看了克里特岛的新发现②。"艾伦小姐说。

"噢,但是我倒宁愿付出更多去认识过去的历史!"瑟恩伯里太太高声说。"既然我们老年人比较孤单——我们这是在度第二次蜜月——我真希望能再上一次学。不管怎么说,我们的

---

① 这里指的是剑桥大学的一个辩论协会,是学生会组织。
② 克里特岛,位于地中海东部,属希腊。当时在这里发现了一座古城遗址。

今天是建立在过去的基础上的,不是吗,黑韦特先生? 我的当兵的儿子说,从汉尼拔①身上仍然可以学到很多东西呢。一个人应该知道的东西太多了。按一般人的习惯,我读报纸也是先从辩论大题目开始。然后,总是不等我看完,门就开了——我们是一大家子人——所以总也没有时间充分考虑过去的事情,或分析其对我们现在的影响。但是你却从头看了一遍,艾伦小姐。"

"当我想到希腊人的时候,我把他们想象成裸体的黑人,"艾伦小姐说,"这当然是不符合事实的,我肯定。"

"你说呢,赫斯特先生?"瑟恩伯里太太问道,她看到那枯瘦的年轻人就站在旁边,"我肯定你什么书都看过。"

"我给自己规定,只看板球和犯罪学,"赫斯特说,"对上层社会人士来说,"他又继续说,"最糟的事莫过于亲戚朋友从不会在铁路事故中死亡。"

瑟恩伯里先生甩开报纸,并把眼镜猛地一摆。报纸落在他们中间,大家的眼光都集中到它上面。

"进展不顺利,是吗?"他的妻子焦虑地问。

黑韦特捡起一张来读着,"一位女士昨天在西敏寺的街上走,在一幢抛弃的房子的窗户中看到一只猫。饿得厉害——"

"不管怎样,我退出。"瑟恩伯里先生生气地打断他说。

"猫经常被人遗忘。"艾伦小姐评论说。

"记住,威廉,我们的首相对此避而不答。"瑟恩伯里太太说。

"布朗茨博利的伊雷斯·派克的乔舒亚·哈里斯先生在他八十岁时有了一个儿子。"赫斯特说。

---

① 汉尼拔,生于约公元前247年,迦太基的将军、政治家。

"……那挨饿的小生灵,工人们注意了它好几天,救了它,但是——天哪!它把那人的手咬烂了!"

"饿疯了,我想是。"艾伦小姐说。

"你们都忘记了在国外的一大优点,"胡格赫灵·埃利奥特先生说,他也加入了谈话,"就是可以看法语新闻,看完就和没看一样。"

埃利奥特先生对埃及古语有精深的研究,但他对此总是避而不谈,他引用的法语都那么的深奥,使人怀疑他是否还会说一般的法语。他对法语有着深厚的感情。

"来吗?"他问两位年轻人,"我们应该在天还不太热以前开始。"

"我劝你千万别在太阳底下走,休①。"他的妻子恳求说,并递给他一个方方的包裹,里面装着半只鸡和一些葡萄干。

"黑韦特是我们的气压计,"埃利奥特先生说,"要是我真的会溶化,那肯定也是在他溶化了以后。"确实,如果像他那么精瘦的肋骨溶化了哪怕一点点,那大骨头就都光秃秃的了。现在,剩下的都是女士了,她们围着地板上的《泰晤士报》。艾伦小姐看了看父亲的手表。

"差十分钟十一点了。"她说。

"要去干活了吗?"瑟恩伯里太太问。

"工作。"艾伦小姐回答道,然后就离开了。

"她真行!"看着那个穿着男式外衣的健壮背影,瑟恩伯里太太低声说。

"我敢肯定她曾经过过艰难日子。"埃利奥特太太叹着

---

① 胡格赫灵的爱称。

气说。

"噢,现在就够艰难的,"瑟恩伯里太太说,"未婚的女人——挣钱谋生——这是各种生活中最艰难的一种。"

"可她似乎还挺快活。"埃利奥特太太说。

"这一定很有趣,"瑟恩伯里太太说,"我羡慕她的知识。"

"但那并不是女人所需要的。"埃利奥特太太说。

"可我认为那是许多女人所希望的,"瑟恩伯里太太感叹说,"我总觉得,像这样的女人,现在比以前更多了。就在前几天,哈利·雷斯布里奇爵士还告诉我海军招兵如何困难——其中部分的原因是他们的牙不好,真的。而我还听见年轻的女士相当公开地谈论——"

"可怕,真可怕!"埃利奥特太太喊道,"可以这么说,孩子是女人生活的王冠。我很清楚没有孩子意味着什么。"她叹口气,不再往下说了。

"但是我们也不能太苛刻,"瑟恩伯里太太说,"自从我成年以后,情况有这么大的变化。"

"但是母性绝对没有变。"埃利奥特太太说。

"在某些方面,我们能从孩子那儿学到很多,"瑟恩伯里太太说,"我就从我自己的女儿那儿学到很多东西。"

"我相信胡格赫灵一定并不在乎孩子,"埃利奥特太太说,"但是,他有他的工作。"

"没有孩子的女人们能为其他人的孩子们做不少事情呢。"瑟恩伯里太太轻声地说。

"我画了很多画,"埃利奥特太太说,"但是那算不得什么职业。看到女孩开始超过自己,真让人困惑!顺其自然是很难的——真难!"

"难道没有什么别的地方——比如俱乐部什么的——你可以去吗?"瑟恩伯里太太问道。

"那太累人了,"埃利奥特太太说,"我看起来挺结实,那只是因为我的肤色还不错;但其实我一点不结实;作为十一个孩子中最小的,哪还有什么好。"

"一个母亲如果一开始就很尽心,"瑟恩伯里太太自信地说,"家里人口多一些或少一些就应该没有多大差别。再好的幼教也比不上哥哥姐姐教弟弟妹妹。我敢肯定这一点。因为在我自己孩子身上就看得很清楚。我大儿子拉尔夫,比如说——"

然而,埃利奥特太太对这位女士的经验并不在意,她的目光在大厅里来回搜寻。

"我母亲还有两次流产,我知道,"她突然说,"第一次是因为她遇到了一只跳舞熊①——真应该禁止养熊;第二次——说起来更可怕——在一次宴会上我们的厨师竟然生了孩子,我认为我胃口不好就与此有关。"

"比起坐月子来,流产可太糟糕了。"瑟恩伯里太太心不在焉地嘟囔说,扶了扶她的眼镜,并且捡起那张《泰晤士报》。埃利奥特太太起身悻悻地走开了。

瑟恩伯里太太浏览着报纸,她听到了代表千千万万人发表见解的人的声音,看到了她的一个表亲在迈恩黑德②与一个牧师结了婚——然后略过了喝醉的女人闹事,又略过了克利特岛出土的金器、军队的运动、晚饭、改革、火、愤怒的人、有学问的人

---

① 英国贵族曾经有养熊作为宠物的历史,它们间或出现在社交场合,甚至做一些表演。
② 英格兰一城市。

和仁慈的人等等。她于是回到楼上去写信。

那报纸就放在了一只钟的正下方,它和那只钟一起,似乎代表着变化着的世界的某种稳定性。珀罗特先生从旁边走过;文宁先生在那桌子旁边停留了一秒钟。佩利太太的轮椅经过这里,苏珊紧随其后。文宁先生又悠闲地跟在她的后面。一个葡萄牙军人家庭的一家几口经过这里,还有带着吵闹的孩子和得到信任的保姆;他们的穿着表明,他们不但起得晚,而且卧室零乱。随着正午的临近,阳光开始笔直地照在房顶上,大苍蝇在嗡嗡地绕着一个个圆圈;加冰的饮料被拿在手中送上来;百叶窗被尖叫着拉上,一切都带上了黄色。现在,一个沉寂的大厅任凭这钟滴答作响,并且它还有四五个听众,那是几个昏昏欲睡的商人。有几个身穿白衣戴遮阳帽的人在门口出现,接着走了进来。夏天的炎热得到了承认,并被关在了外面。他们在阴凉中休息了片刻,就上楼去了。与此同时,那钟敲了一响,它发出的声音,开始轻柔,然后渐渐狂乱,接着就消失了。一阵安静。接着,上楼的那些人又下来了;瘸子来了,两脚同时跳着走路以防跌倒;整洁的小女孩来了,抓着保姆的手指;胖老人来了,仍然把风衣的扣子扣得严严实实。那钟声在花园里也响过了,从那里先后站起几个人影,慢慢走去午餐,因为又到了该吃饭的时候。即使在正午,那里也有水池、大块阴凉等避暑的地方,两三位来客可以在此躺着工作,或者安心地谈话。

由于天气热,午餐通常比较沉默,人们在相互观察的时候,如果看到什么新面孔,他们就会大胆猜测那是谁,做什么工作。佩利太太尽管年岁已大大超过七十,腿上还有残疾,却还是对午餐和她的有怪癖的伙伴很欣赏。她和苏珊坐在一张小桌子旁边。

"我真不想说她是干什么的!"她暗自笑着说,同时看着一个高个子女人,她穿着显眼的白色衣服,脸颊凹陷,浓妆艳抹,她总是晚到,并总是由一个衣着破旧的女人陪着。苏珊听了她的话脸红了,真不知道她的婶婶为什么说这种话。

午餐有条不紊地进行着,直到七道菜都只剩下了一些残渣,大家把最后一道水果当做玩具,一边剥着,一边切着,就像一个孩子在破坏一株雏菊,把花瓣一片一片揪掉。这些食物就像灭火器,扑灭着炎热的天气残留在人的精神中的哪怕一点火焰。然而,饭后苏珊坐在她的房间里,脑子里一遍又一遍地转着那位文宁先生在花园里来找了她的可爱的情景。她已经在那里坐了足足半个小时,给她的婶婶大声念故事。男人和女人们寻求着不致被他人注意的容身角落,并且可以不夸张地说,在从两点到四点的这段时间里,宾馆里只有肉体,没有灵魂。这时如果突然出现火情,或某人有生命危险,需要英雄主义的一些东西,那结果将是灾难性的,幸而悲剧总在饥饿的时刻到来。在将近四点钟的时候,人们的精神才开始回来舔舐他们的身体,就像火舌舔着大块的黑煤。佩利太太感到打哈欠时没有必要把她那没有牙的嘴张得那么大,尽管旁边并没有人,而埃利奥特太太正从镜子中观察她那张可爱的红红的脸。

半小时以后,大家把睡意驱赶得差不多了,就来到大厅相聚,佩利太太说她要喝茶。

"你也喜欢茶,不是吗?"她邀请埃利奥特太太说,她丈夫外出仍然未归,她请她一起品尝一种特殊的茶,并且是在一张她特意安放在树下的桌子上。

"一个小银器在这个国家要走很远呢。"她暗自笑着说。

她叫苏珊回去再拿一个杯子。

"他们这里的饼干真是好极了，"她看着满满一盘子饼干说，"不是甜饼干，我不喜欢甜的——是淡饼干。你最近又画了什么吗？"

"噢，只画了很少几笔，"埃利奥特太太说，声音比平常说话声更大，"但是在牛津郡画过以后，在这里就困难了。那里有那么多的树，而这里的光线这样强。有些人很欣赏它，我知道，但是我觉得它很烦人。"

"我真的不需要做饭，苏珊，"当她的外甥女回来时，佩利太太说，"我得麻烦你挪动我一下。"所有的东西都需要挪动。最后老太太被放在阳光可以斑驳地洒在她身上的地方，这样看上去她就好像是网里的一条鱼。苏珊倒了茶。当她正在说英国威尔特郡的天气也一样炎热的时候，忽然听见文宁先生的声音，询问他是否可以加入进来。

"总算找到一个不讨厌茶的年轻人，真是太好了，"佩利太太说，又恢复了她的幽默，"前几天我的一个外甥要喝一杯葡萄酒——在五点钟！我告诉他，他可以到附近的酒吧去喝，但是休想在我的客厅里。"

"我宁可不吃午餐也要喝茶，"文宁先生说，"一点儿不夸张。我两样都喜欢。"

文宁先生是一个黑发青年，大约三十二岁，对自己的风度不刻意追求，但充满信心，尽管在这一刻他显然有些激动。他的朋友珀罗特先生是一位律师，并且，由于珀罗特先生曾说过，要是不和文宁先生一道儿，他就哪儿也不去，因此当珀罗特先生为一个公司的事务来到了圣特玛丽娜时，文宁先生当然也应该来。他也是一位律师，但是他憎恨把人关在屋里看书的职业，因此喜欢上了飞行，关于这一点，他曾向苏珊吐露过。就在他开始严肃考虑这个问题,正在和一家大飞机制造商搭档的时候,他的寡母去世了。谈话漫无目的地继续着。当然,也谈到了这个地方的美丽和奇特,街道,人,以及数量众多的黄色野狗。

"你不认为这个国家对待狗的态度残酷得可怕吗?"佩利太太问道。

"要是我,就用枪把它们全打死。"文宁先生说。

"噢,但那是些很可爱的小狗。"苏珊说。

"可爱的小东西,"文宁先生说,"你看,假如你没有任何东西吃。"一大块蛋糕被颤颤巍巍地挑在刀尖上递给了苏珊。当她拿它的时候,她的手也跟着颤起来。

"我家里就有一条类似的很可爱的狗。"埃利奥特太太说。

"可我家的鹦鹉不能和狗相处,"佩利太太煞有介事地说,"我总在琢磨,要是我出国去了,它会不会有可能被一条狗逗乐。"

"你今天早晨走的不远吧,瓦灵顿小姐?"文宁先生问。

"天太热了。"她回答说。两人的谈话竟成了私下谈话,那是因为佩利太太耳背,而埃利奥特太太在自己的漫长的伤感史中又找到一条满身粗毛的板凳狗;这狗全身白色,只有一块黑斑点,是她的一个叔叔的,它后来竟自杀了。"动物确实也能自杀。"她叹了口气说,好像证明了一个痛苦的事实。

"我们今晚到镇上探索一番,好吗?"文宁先生建议道。

"可我的婶婶——"苏珊回答说。

"你应该请个假,"他说,"你总是一直为他人做事情。"

"但这是我的生活。"她一边说,一边把茶壶斟满。

"这不是生活,"他坚持说,"不是年轻人的生活。你能来吗?"

"我很想来。"她低声说。

就在这时候,埃利奥特太太抬起头喊起来,"喂,休!看那,他带着几个人回来了。"

"他肯定喜欢喝茶。"佩利太太说。

"苏珊,快去再拿几个杯子——那两个年轻人回来了。"

"我们正渴得很,想喝茶呢,"埃利奥特先生说,"你知道安布罗斯先生吗,希尔达?我们在山坡上巧遇了。"

"他硬把我拉到这里,"雷德利说,"我真应该说我很惭愧。我满身是土,脏得真够呛。"他指了指他的靴子,上面蒙了一层土,几乎变成了白色。在他衣服的纽扣眼上还低垂着一朵沮丧的花,就像在一扇门上的一只精疲力尽的动物,这些更衬托出他的身高和不整洁的效果。他被一一介绍给其他人。黑韦特先生和赫斯特先生搬来了椅子,大家再次开始用茶,苏珊把水像小瀑布似的从一个个壶斟到另一个,脸上总是高兴的样子,显示出能胜任长时间的工作。

"我妻子的哥哥,"雷德利向希尔达解释说,虽然她已记不得他是谁,"在这里有一幢房子,他把它借给了我们。我正在一块石头上坐着无所事事的时候,埃利奥特就像哑剧中的精灵一样出现在我面前。"

"我们的鸡咸死了,"黑韦特悲哀地对苏珊说,"香蕉也不如想象的潮润、鲜嫩。"

赫斯特已经在喝茶了。

"我们一直在骂你们,"雷德利在回答埃利奥特太太对他的妻子的礼貌的询问时回答说,"海伦告诉我,你们这些旅游者把所有的鸡蛋都吃光了。那东西也够扎眼的,"——他冲着那宾馆的方向努了努嘴,"我是说,它的奢侈令人恶心。我们在起居室里就和猪呆在一起。"

"吃的东西都不能和过去比了,我指的是价格,"佩利太太严肃地说,"除非去一所宾馆,哪里值得一去?"

"我经常想,"雷德利说,"要是呆在家里该有多好!所有的人都应该呆在家里。但是,当然,他们又不愿意。"

佩利太太对雷德利产生了某种反感,似乎他与她相识还不到五分钟就开始批判起她的习惯来了。

"我认为国外旅行很必要,"她说,"假如一个人已经了解了自己的国家的话。而这一点我相信我确实做到了。我认为人们在连肯特和多塞特①都没去过之前,就不应该出国——肯特啤酒花,多塞特的古老石头村庄。这里可没有能和它们相比的东西。"

"是的——我总是认为,一些人喜欢套间,另一些人却喜欢白垩山丘。"埃利奥特太太相当含糊地说。

赫斯特一直在吃着喝着,没有打断他们,现在他点燃了一支香烟,然后开口说:"噢,但是我们此时此刻却都相信,自然是一个错误。它本身很丑陋,惊人地不舒适,而且绝对地可怕。我不知道哪一个让我更害怕——一头奶牛还是一棵树。有一天晚上,我在田野里遇到一头奶牛。它看着我。说实在话,它让我的头发都变灰了。让动物在外面随意乱跑真是耻辱。"

"而那奶牛对他又怎么想?"文宁对苏珊咕哝着说,她在自己的头脑里已经快速做出判断:赫斯特先生是个可怕的年轻人,并且,实际地说,尽管他有聪明的气质,他实际上可能并没有阿瑟聪明。

---

① 英国的两个郡。

"大自然并不体谅坐骨神经,这难道不是怀尔德发现的事实吗?"胡格赫灵·埃利奥特询问道。他此时十分清楚赫斯特所拥有的学识和地位如何,并对他的能力产生了很高的评价。

但赫斯特却紧闭嘴唇,并不答复。

雷德利认为现在是告退的时候了。礼貌要求他向埃利奥特太太道谢,感谢她的好茶,并且挥着一只手补充说:"你一定得去我们那儿做客。"

他的挥手当然也包括对赫斯特和黑韦特,所以黑韦特回答说:"我非常乐意。"

茶会散了。从来没有对生活感觉到如此高兴的苏珊,正准备同阿瑟到镇上去散步,但是被佩利太太叫住了。她从书上看不明白"捉双拐"的游戏是怎么玩的,所以建议俩人坐下来研究一番,以消磨晚饭前的时光。

第 十 章

在安布罗斯太太对她的外甥女所作的承诺里包括：如果她留下来，她可以独自住在一个和大房子隔绝的宽敞房间里——在这里她可以弹琴、读书、考虑问题、跳出世界，这里既是一个堡垒，又是一个圣所。她知道，对于一个二十四岁的女孩来说，一个房间倒更像是一个世界。她的判断一点不错，雷切尔只要一关上房门，她就进入了一个充满魔力的地方，诗人在这里唱歌，所有的东西都变得无比和谐。有很多夜晚，在观察完宾馆的夜景以后，她都会独自坐在扶手椅里，读着有红色亮丽书皮的《易卜生选集》①。一本乐谱在钢琴上打开着，在地板上还不整齐地放着两大摞音乐书籍；而这一时刻，音乐被抛在了一边。

她的目光近乎严肃地集中在书页上，丝毫没有厌烦或心不在焉的神情，而她的呼吸，缓慢而镇定，表明她已全身心地投入了她头脑的工作之中。最后，她猛地合上书，往椅背上一靠，并做了一次深呼吸，这充分地表现出那种神奇力量的作用，那存在于从幻想世界到真实世界的转变中的神奇力量。

---

① 亨里克·易卜生（1828—1906），挪威戏剧家，他的揭示社会问题的戏剧影响广泛。

"我想要知道的是,"她大声说,"真相是什么?全部的真相究竟是什么?"这话她说的部分是自己,部分是她刚读过的剧本中的女主人公。由于整整两个小时她一直都在盯着铅字,外面的风景现在变得惊人的完美、清澈,而山丘上有人在用白色的液体洗橄榄树的树干。她感到自己顷刻间成了其中最生动的主角——在前景的中间的一尊英雄塑像,主宰着这全部景观。易卜生的戏剧总是使她处于这样的心境。一连几天她都不时扮演着角色,这自然已成了海伦的笑柄。现在,又轮到梅瑞狄斯,她又成了《十字街头的黛安娜》①中的黛安娜。然而,海伦知道,那并不是纯粹的表演,它往往会在人的身上产生一些变化。靠在椅背上的雷切尔由于久坐的直立姿势感到有点累了,就左右扭了扭,舒服地往下滑了滑。她通过对面家具上方的窗户向外看去(她的思绪逐渐离开了娜拉②,但她却在继续思考这本书向她揭示的思想,女人和她们的生活。)③

在这儿的三个月里,她实际上是对以前围着阴凉的花园无止境的散步所花费的时间,以及和她的两位姑妈闲谈所花费的时间,进行了大量的弥补。海伦也认为这是应该的。而安布罗斯太太又是首先不承认自己对她有任何影响的人,她不承认她自己的力量影响了任何人。她看到她变得不那么害羞了,并且不那么严肃了,这些都是好的,而她对导致这些变化的那些不管是突变因素也好,还是逐渐的摸索的结果也好,却连想都没有想过。她认为,话就是万灵的药方,谈论什么都行,只要是自由的,

---

① 梅瑞狄斯的小说,发表于1885年。
② 易卜生戏剧《玩偶之家》中的女主人公。
③ 在1920年版本中,从"靠在椅背上的雷切尔……"到"……她们的生活"这几句被删掉。

无准备的,坦诚的谈话;按她自己的经验,和男人谈话使一切变得自然。她并不赞成那种在很多男女家庭中被视为至高的无私和友善的谈话,认为那是建立在虚伪基础上的。她希望雷切尔学会思考,并因此提供给她一些书,并不主张她对巴赫、贝多芬或瓦格纳的过分依赖。然而,当安布罗斯太太向她建议笛福①、莫泊桑②或一些描述家庭生活的经典之作的时候,雷切尔却选择了现代书籍,有明亮的黄色封面的书籍,或者封面上有很多烫金的书籍,因为这与她的舅母的眼睛很相似,严厉、执拗、对很多在现代人看来无关紧要的事情不依不饶。而她对此也没介意。雷切尔读她自己选择的东西,并带着一个对写作完全陌生的人对文学的好奇,把词句看做是用一块一块木头做成的重要东西,它们有桌子或椅子一样的形状。就这样她得到了结论,这结论还会根据当天的活动内容改变,并且能按人的任何要求公平地重塑,然后总能留下一些细小的痕迹。

易卜生被另一本安布罗斯太太讨厌的小说代替了,其目的是把妇女的堕落平分在所有正直的肩膀上;这一目的似乎达到了,如果这位读者的不快是一种证明的话。她把书扔在一边,朝窗外望了望,转而离开窗户,又坐进一把扶手椅里。③

早上够热的,而读书活动使她的头脑收缩、膨胀,就像一只钟的发条,或正午的微小噪音,它似乎有一定的节奏,但是一般人找不出明确的原因。所有这些都很真实,很大,不以人的意志为转移;而过了一会儿以后,她开始伸出她的食指,并让它落在她椅子的扶手上,以便把她的一些意识勾回到她所在的地方。

---

① 丹尼尔·笛福(1660—1731),英国小说家。
② 莫泊桑(1850—1893),法国小说家。
③ 此段在1920年版本中被删掉。

紧接着她就征服了那在一个早晨,在世界的一角,自己竟坐在一个扶手椅里的不可言状的怪异感觉。是谁在房子里走动——把东西从一个地方搬到另一个地方?而生活,又是什么?那只是一束光,在表面闪了一下就消失了,就好像迟早她自己也会消失,尽管房间里的家具还会留下。她的消溶变得如此彻底,以至于她不能再抬起她的食指,她绝对安详地坐着,一直听着并看着一个地方。此处变得越来越奇怪。她被一种事物居然存在的恐惧征服了……她忘记自己还有需要抬起的手指……存在的事物是那样巨大,那样荒凉。……她继续久久地感知着这些巨大的物质,时钟仍然在广袤的沉默中滴答作响。

"进来。"她机械地说,因为大脑中的一根神经似乎被一阵持续不断的敲门声拨弄着。门十分缓慢地开了,一个高个子的人向她走过来,此人抓住她的胳膊说:

"我们对这个该如何处置?"

一个女人,手里拿着一张纸,突然闯进房间来;这太奇怪了,让雷切尔吃了一惊。

"我不知道该怎么回答,也不知道特伦斯·黑韦特是谁。"海伦继续说,声音像没有音调的鬼的声音。她把一封信放在雷切尔前,上面不可思议地写着:

> 亲爱的安布罗斯太太——我正在筹划一次野餐,时间是下星期五,去爬蒙蒂罗萨山;我们建议十一点半出发——如果天气好的话。爬山要花一定的时间,但是那里的景色十分迷人。如果你和温雷克小姐同意参加,那将是我极大的荣幸——你的真诚的,
>
> 特伦斯·黑韦特

雷切尔大声地读着信,以使自己相信它的内容。并由于同样的原因,她把手放在海伦的肩膀上。

"书——书——书,"海伦用她那心不在焉的口吻说,"还有新书——我不知道你在哪儿找到的……"

雷切尔又把那封信看了一遍,这次是默念的,每个字不再是缥缈的精灵,而变得十分确实;就像刺破云雾的山峰一样显露出来。

星期五——十一点半——温雷克小姐。血液开始在她的血管中沸腾;她觉得眼睛明亮起来。

"我们一定去。"她说,她的决定倒使海伦相当吃惊,"我们当然一定去"——事情就这样发生了,不但打消了担心发生顾虑的担心,而且还在包围着她们的薄雾中显得更为明亮。

"蒙蒂罗萨——就是那座山吧?"海伦说,"但是,黑韦特——是谁?是雷德利遇见的两个年轻人中的一个吗?我想也许是。但那又怎么样?也许这是最无聊的。"

她拿起信走了出去,因为送信的人还在等着她的回复。

几天前的一个晚上,在赫斯特先生的卧房里酝酿的聚会开始成型,这使黑韦特先生获得极大的满足,因为他还很少有机会显示他的实践能力;他还高兴地发现,这其实和他的性情是一致的。他的邀请受到了普遍欢迎,这是更加可喜的事情。因为发邀请的时候他并没有听从赫斯特的忠告,要他不发给特别无聊的人,他们不会来。

"毫无疑问,"他一边说,一边把一张签署着海伦·安布罗斯的小纸条卷来卷去,"人们把做大将军所需要的天赋吹嘘得太神了。我付出读一本现代诗集所需的一半的努力,就网罗了七八个异性,让她们在同一天的同一时刻集中到同一地点。除此以外,作将军还需要什么呢,赫斯特?惠灵顿①在滑铁卢战场上的所作所为也不过如此吧?这虽然像数一条路上的卵石数目一样,很乏味,但是并不困难。"

他正坐在他卧房里的一把扶手椅上,一条腿搭在扶手上,赫斯特坐在他对面写信。赫斯特马上指出,所有的困难还在后头呢。

"例如,这里面有两个你从来没见过的女人。假如其中一个有高山恐惧症,就像我妹妹,而另一个——"

"噢,女人都是为你来的,"黑韦特打断他说,"我邀请她们还不是为了你好。你需要的,赫斯特,你知道,是和你的年龄相仿的年轻女子交往。你不知道怎么与女人相处,这是一大缺点,想想吧,世界的一半是由女人组成的。"

赫斯特嘟囔着说他对这些很清楚。

然而,当黑韦特和赫斯特一起来到指定的集合地点时,黑韦特的自信多少受到了一点打击。他开始怀疑他究竟为了什么召集这些人,怀疑其中每一个人究竟期望从结识的其他人那里得到什么。

"奶牛,"他边思考边说,"在田野里会聚到一起;船也停泊在一起;而我们在无所事事的时候,也一样。但是我们为什么要这样?——这样做是为了阻止我们看到事情的本质。"(他在一条溪流边停下,并用他的拐杖搅着溪水,清清的水变得浑浊起来)"让城市、山峰和整个世界变得毫无意义,难道我们是真的相互敬爱,还是完全另一样,生活在永久的无常的状态,无知的状态,只不过从一个时刻跳跃到另一个时刻,从一

---

① 惠灵顿公爵(1769—1852),在滑铁卢战役(1815)战败拿破仑的英雄。

个世界跳跃到另一个世界?——总体上说,这就是我倾向的看法。"

他跳过溪流;赫斯特绕过去跟上他,并说自己已经很长时间不再寻找人的行为动机了。

又走了半英里以后,他们来到溪流旁边一片悬铃树深处的一栋粉红色的农舍附近,这就是他们选择的碰面的地方。这里正好处在一座拔地而起的山丘的背后,一个遮阴的地方。从悬铃树细细的树干之间,两位年轻的绅士可以看到一群驴子正在吃草,还有一个高个女子正在抚摸其中一头的鼻子,另外一个女人正跪在溪流边,双手撩着流水。

他们走进阴凉的地方,海伦看见他们,便伸出一只手。

"自我介绍一下,"她说,"我是安布罗斯太太。"

握手以后,她又说:"那是我的外甥女。"

雷切尔有些尴尬地走过来。她伸出手来,但又撤了回去。

"我的手湿。"她说。

他们几乎还没来得及寒暄,就有一辆马车开了过来。

驴子警觉地抬起头来,接着,又一辆马车也到了。小树林里很快就充满了人——埃利奥特夫妇,瑟恩伯里夫妇,文宁先生和苏珊,艾伦小姐,伊夫林·默加特罗伊,还有珀罗特先生。赫斯特先生声嘶力竭地扮演着牧羊犬的角色。不时借助几句稍带挖苦的拉丁文,他总算把这群动物拢到了一起,并用自己的肩膀协助女士们骑上驴子。"有一点黑韦特没说清楚,"他大声说,"就是我们必须在正午前接近山顶。"他说这话时正在帮助一位年轻的女士骑上驴子,她叫伊夫林·默加特罗伊。她轻得简直像气泡一样,戴着一顶宽边的帽子,上面有一根羽毛低垂下来,她全身穿着白色衣服,看起来像领导查尔斯一世的保皇党部队进行战斗①的一位勇敢的女将领。

"和我一起骑吧。"她命令说;赫斯特飞身骑上一头骡子,他二人走在了最前面,大队也随之浩浩荡荡出发了。

"你不要叫我默加特罗伊小姐。我讨厌这个名字,"她说,"我的名字叫伊夫林。你叫什么?"

"圣约翰。"他说。

"我喜欢这名字,"伊夫林说,"你的朋友叫什么?"

"他的名字的开头字母是 R.S.T.,我们都叫他和尚②。"赫斯特说。

"噢,你真是太聪明了。"她说。

"哪条路?给我一根树枝。我们跑起来吧。"

她用树枝猛地抽了驴子一鞭,就跑到前面去了。伊夫林·默加特罗伊的整个浪漫的一生几乎可以用她自己的话最好地概括,"叫我伊夫林,我就叫你圣约翰。"这话从她嘴里说出来只有一点点挑逗的味道——叫她绰号就可以了——尽管已经有许多年轻男士郑重表示不能这样称呼,可她依然我行我素。由于她的驴子一溜小跑,她现在不得不一个人独自在前了,因为到开始上坡的时候,山脊的小径变得很狭窄,并且有很多石头。旅行队蜿蜒而上,像一条毛毛虫,其中点缀着女士的白色遮阳伞和男士的巴拿马草帽。在一处山路特别陡峭的地方,伊夫林·默加特罗伊忽然跳下马来。她把缰绳扔给带路的本地男孩,并且叫圣约翰·赫斯特也下来。他们的动作使其他人都以为该休息了,于是纷纷下马。

---

① 在1642年至1646年的英国内战期间,该保皇党人曾保护国王,反对国会军队。

② 赫斯特所说的"开头字母"和"和尚"都很含糊,似仅仅为取悦伊夫林。

"考虑到我上马的困难,"艾伦小姐对跟在她后面的埃利奥特太太说,"我看不出任何需要下马的理由。"

"这些小驴子皮实得很呢,对吗①?"埃利奥特太太用当地语问那个低着头的向导。

"花,"海伦说着弯腰采了几朵那到处盛开的可爱的小花,"你拧一下它的叶子然后闻一闻。"她说着把一朵花放在艾伦小姐的膝上。

"我们以前见过面吗?"艾伦小姐看着她问。

"就当见过吧。"海伦笑着说,刚才的相互见面比较仓促,没有人给她们互相介绍。

"多么通情达理啊!"埃利奥特太太说,"人总是喜欢这样——但不幸的是,这不行。"

"怎么不行?"海伦说,"任何事情都是可能的。谁知道在黄昏前会发生什么?"她继续说着,嘲笑着那种事事循规蹈矩的女人的胆怯,好像在她们眼里,连不用正餐,或者餐桌比原来的位置移动了一英寸,都会让她们惊惶失措。

他们越爬越高,与世界分离了。而世界,当他们转身往回看时,已变得平静如画,成了一些绿色和灰色的小方块。

"那城镇真小。"雷切尔说,用一只手就把圣特玛丽娜和它的郊区全部遮住了。大海天衣无缝地填满了海岸的所有岬角,并在交界处留下一条白道,星星点点的几艘轮船在一片蓝色中一动不动。海面还斑斑驳驳地染着一些紫色和绿色,在它和天空的交界处,一条银线闪闪发光。空气十分清澈,四周一片寂静,仅能听到蚂蚱的刺耳的叫声和蜜蜂的嗡嗡声,那声音在它们

---

① 原文为法语。

飞过身边时突然增大,然后就消失了。队伍在山腰的一个采石场停留了片刻,大家坐下歇息。

"太清晰了!"圣约翰感叹说,看着那一个又一个的海岬。

伊夫林·M小姐坐在他旁边,用手支撑着下巴。她看着眼前的景色脸上露出得意的神色。

"你认为加里波第①曾经来过这里吗?"她问赫斯特先生。噢,如果她就是加里波第的新娘,那将怎样!如果,这不是一个野餐聚会,而是爱国者的一次聚会,而她也像其他人一样,穿着红衬衫,匍匐在一群冷面的男人中间,她静静地趴在草地上,用枪瞄准山下的小角楼,她的眼睛穿透硝烟仔细搜寻!她这样想着,一只脚却不由得乱动起来,她不禁大声慨叹:"我们过的真不能算是生活,你说呢?"

"那你认为什么才算是生活?"圣约翰问。

"斗争——革命,"她说,仍然凝望着那被捣毁的城市,"你只喜欢书,我知道。"

"你错了。"圣约翰说。

"你解释清楚。"她命令说,因为身边并没有可用于瞄准的枪,她只好转向了另一种战斗。

"我喜欢什么?人。"他说。

"哦,我感到很吃惊!"她高声说,"你看起来非常严肃。让我们交个朋友,这样可以彻底了解对方。我讨厌处处小心谨慎的人,你呢?"

但是圣约翰显然是个很小心的人,她从他突然收缩的嘴唇

---

① 吉塞普·加里波第(1807—1882),意大利爱国主义者,游击战专家,1836年至1848年曾在南美过流亡生活。

上也看出了这一点,他并无心向一位年轻的女士透露他的全部内心。"驴正在啃我的帽子。"他说着便起身去拿草帽,而没有正面回答她。伊夫林的脸略微红了一下,然后不很耐烦地转向了珀罗特先生,是珀罗特先生把她扶到她的位子上的。

"下完了蛋,就该吃煎蛋了。"胡格赫灵·埃利奥特用纯正的法语说,提示大家现在该继续上路了。

正午时分,赫斯特预料到的骄阳开始烘烤大地。他们登得越高,看到的天空就越大,最后,山变得像地球的一个小帐篷,衬着一片无比宽广的蓝色背景。英国人都陷入了沉默;而走在队伍旁边的那个土著人却突然咿咿呀呀哼起古怪的小调来,并且一个一个地和他们开玩笑。山路变得更加陡峭,每个人都把眼睛紧盯着前面的驴子和在驴背上摇曳的弓着身子的人。他们感受到的紧张情绪已经超出于这样一个娱乐性的聚会应有的程度;黑韦特听到有几个人开始抱怨了。

"在这么热的天出来郊游恐怕有点不明智。"埃利奥特太太低声对艾伦小姐说。

但艾伦小姐却回答说:"我早就决心要爬到山顶。"她不是说着玩儿的,尽管她身材高大,关节也不灵活,又不善骑驴子,但是由于她的假期比较少,她要充分利用它。

这个精力旺盛的白衣女士骑在最前面;她不知怎的对一个多叶的树枝有了兴趣,就把它编成花环套在帽子上。他们继续默默地又攀登了几分钟。

"山顶的景色肯定美极了。"黑韦特在鞍子上扭回身来微笑着鼓励大家说。雷切尔的目光正巧和他对视了一下,并也微笑了。大家又继续奋力攀登,没有人说话,只听见驴蹄踩在尽是石头的山路上的嘚嘚声。接着他们看到伊夫林下了驴,珀罗特先生站在她旁边,那姿势就像一个站在议会广场上的政治家,向前伸出他那石头手臂。在他俩的左边不远处有一段低矮的残墙,那是伊丽莎白女王时期遗留下来的瞭望台。

"我有点儿坚持不住了。"埃利奥特太太向瑟恩伯里太太坦白说。而片刻之后,大家就都登上了山顶,美丽景色带来的兴奋使人顾不上回答她。一个接一个他们满怀激动地登上了山顶的平坦处。眼前出现的是无比广阔的空间——灰色的土地连着森林,森林连着山脉,山脉又连着天空,南美洲的无垠的天空。一条河在平原上蜿蜒流过,和陆地一样的平,并且也似乎一样的静。如此广阔的空间使人在最初一瞬间甚至感到惊异。他们觉得自己非常渺小,有好一阵工夫大家都没有说话。后来伊夫林喊道:"壮丽!"她说着抓住了她身边的一只手。那恰巧是艾伦小姐的手。

"北方——南方——东方——西方。"艾伦小姐一边说,一边朝各个方向微微点头。

黑韦特仍走在前面不远处,他看着他的客人们,那神气好像在表白带他们来这里的功劳。他饶有兴致地观察着这些人,他们奇怪地站成一排,身体稍微前倾,风把他们的衣服吹得紧紧贴在身上,使他们的身体轮廓像裸体塑像一样显露出来。一时间,这些人站在这巨大的基座上,变得既陌生而高贵,但是片刻之后他们便散开了。他忽然感到该找找吃的东西放在哪儿了。赫斯特前来帮助他,大家开始一个一个地传递着鸡肉和面包。

当圣约翰递给海伦她的小包时,她看着他的脸说:"你还记得——两个女人吗?"

他认真地看了看她。

"我记得。"他回答说。

"啊,你们就是那两个女人!"黑韦特激动地说,看看海伦,又看看雷切尔。

"是你们那儿的灯光把我们吸引过去了,"海伦说,"我们看见你们玩牌,但是我们一点不知道自己也被人看见了。"

"简直像一出戏里的故事。"雷切尔说。

"赫斯特说不出你们长什么样子。"黑韦特说。

如果看见了海伦却不知道对她说点什么,那当然就太奇怪了。

胡格赫灵·埃利奥特戴上他的眼镜凑了过来。

"这大概是我听说过的最可怕的事情了,"他一边,一边撕着一只鸡腿,"被别人看着,自己却不知道。这时他一定会觉得自己有什么见不得人的事情被看到了——比如说在汉孙式马车里观看自己的舌头。"

现在大家都不再观看风景了,他们围着午餐篮子坐成了一个圆圈。

"汉孙式马车里的那些小镜子确实有点神奇魅力呢,"瑟恩伯里太太说,"当一个人仅仅只能看到自己的一小部分时,它看起来变得那样不同。"

"我们不久就很难再见到汉孙式马车了,"埃利奥特太太说,"还有四轮出租马车——我敢说,在牛津现在都几乎见不到四轮出租马车了。"

"我真不知道那些马现在怎样了。"苏珊说。

"马肉苹果派。"阿瑟说。

"现在也到了马应该绝灭的时候了,"赫斯特说,"它们不但奇丑无比,而且还十分邪恶。"

然而在苏珊的成长环境里,马一直被说成是上帝的造物中最高贵的,因此她不能同意这种说法;而且,文宁虽然一向认为赫斯特是一头难以理喻的驴子,但是出于礼貌,他还是继续谈话。

"当人们看到我们从飞机上摔下来的时候,他们就会念及过去的好处了,我想。"他冷冷地说。

"你坐过飞机吗?"瑟恩伯里老先生问,并举起他的眼镜看着他。

"我想会坐的,将来某一天。"阿瑟说。

他们于是讨论起飞机来。瑟恩伯里太太提出一个观点,她像演讲似的说,飞机在战争中至关重要,并说英国在这方面已经大大落后了。"如果我是个年轻小伙子,"她说,"我肯定够格。"看着这位身着灰色上衣和裙子的矮小的老太太,手里还拿着三明治,却在想象自己是一个年轻的飞机驾驶员,并因此眼睛里闪烁出热情的火花,真是蛮奇怪的。然而不知为什么,谈话进行到这里似乎不那么顺畅了,大家谈论的都是关于饮料、食盐和风景。突然,靠着那堵残墙坐着的艾伦小姐放下了手上的三明治,从她的脖子里拣出了什么东西,并且说,"我好像被小动物包围了。"的确如此,大家对这一发现都很感兴趣。一群蚂蚁正在残墙的石头缝里和一堆小土粒一起像溪水一样流下来——是那种浑身闪光的很大的棕色蚂蚁。她抓住一只放在手背上让海伦观看。

"它们不会咬人吧?"海伦问。

"它们不咬人,但是它们会大批蜂拥到食物上。"艾伦小姐说,于是大家立即采取措施转移了蚂蚁的路线。依照黑韦特的建议,他们采用了现代战争中反侵略的战术。用台布代表被入侵的国家,并且围着它用篮子设置路障,用酒瓶子建立碉堡,用面包构筑起防御工事,并在食盐上挖战壕。当一只蚂蚁跨过战壕的时候,它受到一阵面包屑炮火的猛烈袭击,直到苏珊说,这太残酷了,并且用战利品把那些勇敢的精灵大大奖励了一番。这个游戏消除了大家的拘谨,有人甚至变得异常胆大起来,比如珀罗特先生,本来很害羞,却一边说着,"请允许我。"一边把一只蚂蚁从伊夫林的领子里拿了出来。

"如果一只蚂蚁爬到了内衣和皮肤之间,"埃利奥特太太对瑟恩伯里太太机密地说,"那将不是什么好玩的事情。"

喧闹声突然再次高涨起来,原来是一队蚂蚁从背后发现了缺口,攻上了台布。如果成功可以用噪声的高低来衡量的话,黑韦特的这个聚会无疑是大获成功了。然而他却无缘无故地变得十分压抑。

"他们太不能令人满意了;而且很可悲。"他想,一边在一定的距离之外观察着他的客人们,并一边收拾着盘子。他观察着所有的人,他们一会儿弯腰,一会儿围着台布蹒跚地走着,一会儿又互相打着手势。他们亲切而又谦虚,在许多方面十分可敬,甚至他们的满足感和表示客气的欲望都很可爱;然而他们又都是那样低劣,相互之间能达到何种程度的无味的残酷!瑟恩伯里太太,甜美但又在母性的自私中猥猥琐琐;埃利奥特太太,永远抱怨自己的运气;她的丈夫简直就是豆荚里的一粒豌豆;而苏珊——她没有什么个性,不知该归到哪一类;文宁诚实而野蛮得像个孩子;可怜的老瑟恩伯里不停地踱着步绕圈子。就像在作坊里拉磨的马;至于伊夫林,他认为越少研究她的性格越好。然而这是些有钱的人,世界的命运恰恰在他们手里,而不是其他人。要是把一个更活跃,更看重人生与美的人放在他们之中,如果他想要和他们分享而不是鞭笞他们,那他们会给他多大的痛苦,多少的浪费!"还有赫斯特。"他最后想到了他的朋友的人品;他正在埋头剥一只香蕉,前额上带着他那常见的皱眉头的隆起。"他又丑陋又邪恶。"想到圣约翰·赫斯特的丑陋和由此产生的局限,他对其他人的评价倒还客观了一些。这乃是他们的他不得不接受的缺陷。然后他看到了海伦,那是因为她的笑声引起了他的注意。她正在嘲笑艾伦小姐。"你在这么热的天还穿夹袄吗?"她说话的声调像是私下谈话。他非常欣赏她的长相,倒不是因为她有多美,主要是她的高大利落的身材,这使她像一个石头女人一样地与众不同;他又缓缓地把目光移向下一个人。他的眼睛落到雷切尔身上。她可以说是躲在大家的后面,头枕在一只胳膊上正休息;现在她头脑中的想法可能和黑韦特完全一样。她的眼睛相当悲伤但又漠然地看着她对面的人们。黑韦特跪着用膝盖走到她面前,手里拿着一块面包。

"你在看什么?"他问道。

她似乎吃了一惊,但却直接回答说:"人。"

第 十 一 章

他们一个接一个地站起来,伸着懒腰,用了不过一两分钟的时间就分成了两个组。其中一组由胡格赫灵·埃利奥特和瑟恩伯里太太主宰着,他们两个都看过类似的书,也能想到一块儿去;现正在忙着找出山下的一些地方,叫出它们的名字,并把它们和海军或陆军、政党、土著人或矿产等等信息挂起钩来——所有这些,他们说,都证明南美洲有着无限美好的未来。

伊夫林·M一边听着,一边用她那双明亮的蓝眼睛盯着预言家们。

"这真让人感到,这个男人多好!"她感叹说。

珀罗特先生看着那片平原回答说,有未来对于一个国家来说是一件好事。

"如果我是你,"伊夫林说着转向珀罗特并激动地把手套戴到手上,"我将拉起一支队伍,征服这里的一些好地方,并使它壮丽辉煌起来。为此你会需要女人。我倒希望生活从一开始就有它应有的样子——没有肮脏的东西——有的只是大厅和花园,优秀的男人和女人。但是你——你只关心法庭!"

"那么,没有漂亮的罩衫和糖果等等所有年轻女士喜爱的东西,你真的能满足吗?"珀罗特先生问道,在他的嘲讽口气中隐藏着一丝痛苦。

"我不是什么年轻的女士。"伊夫林脸红了;她咬着下唇。"因为我喜欢壮丽的事情,你就嘲笑我。现在为什么就没有像加里波第一样的男人?"她说。

"你看,"珀罗特先生说,"你不给我一点儿机会。你认为我们应该有好的开端。这很好。但我还是不大清楚——征服领土?它们不是都已经被征服了吗?"

"我说的不是任何具体的领土,"伊夫林解释说,"只不过是一种想法,你看不出来吗?我们过着如此的驯服的生活。我觉得你肯定有什么壮丽的事情。"

黑韦特看到珀罗特先生精明的脸上的疤痕和凹陷都感伤地放松了。他甚至能想象此时此刻在他的头脑中盘算的事情,并想到,他如果要求一个女人嫁给他,能不能获得成功,考虑他作律师的年收入不过五百英镑,没有多少私人财产,还有一个多病的妹妹要抚养。再有,珀罗特先生知道他自己"不怎么",按苏珊在日记里所说的,不怎么像一个绅士,因为他是利兹的一个杂货商的儿子,他的生活是从一个背在背上的篮子开始的,而现在,尽管他已基本上和一个生就的绅士无甚差别,但挑剔的眼光看到的是过于整洁的装束,和稍显拘束的举止,并且为人很干净,在使用刀叉的时候带着一丝难以形容的胆怯和精细,这可能是他年轻时很少看到肉,并且不需要小心处理的结果。

听凭兴之所至分开的两个小组现在又凑到了一起,他们都长久地望着山下,望着那被阳光烘烤热了的大地上的黄色和绿色区域。热空气在它们上面跳舞,使在平原上的一个村庄的那些房顶都看不清楚。即使在微风拂面的山顶上,也使人感到很热,而温度、食物、巨大的空间,以及其他一些莫名的原因使他们生产了某种快感和轻松舒适的睡意。他们之间的话都不多,却没有感到沉默的压抑。

"如果我们去看看那里在发生着什么,是不是很有意思?"阿瑟对苏珊说,他俩说着一起走开了,他们的离开当然给其余的人带来一些情感波动。

"一群怪人,不是吗?"阿瑟说,"我认为真不应该带他们到山顶来。但是我很高兴我们能来,真的!我觉得这是个不应错过的机会。"

"我不喜欢赫斯特先生,"苏珊答非所问地说,"我想他是挺聪明的,但是为什么聪明人就该如此——我觉得他还是不错的,确实。"她又改口说,本能地把不友好话咽了回去。

"赫斯特?噢,他是个有学问的人,"阿瑟冷淡地说,"但是他看起来并没有因此受益。你应该听听他和埃利奥特的谈话。我连听懂他们说什么都很困难……我的学业一向不好。"

说着这些,再加上一阵短暂的沉默,他们来到了一座小山丘,上面长着几棵细长的树。

"我们在这里坐一会儿,好吗?"阿瑟一边说,一边左右看着,"坐在树阴下面很不错——这儿的景致也好——"他们于是坐了下来,看着前方沉默了片刻。

"我有时候也确实羡慕那些聪明的小伙子,"阿瑟说,"但我想他们也曾经……"他没有说出下半句话。

"我真看不出你为什么羡慕他们。"苏珊表情严肃地说。

"一个人身上有时会发生奇怪的事情,"阿瑟说,"他的生活可能一直很顺利,经历也是一件事情接着另一件,就像平静而愉快的海上航行,让他觉得对一切都了如指掌了。但是,突然间他迷失了方向,一切都变得似乎和过去完全不一样了。就在今天,在那条小径上我走在你后面的时候,我似乎把一切都看得——"他停了下来,从地上连根拔起一棵小草。他一边抖着粘在草根上的泥土一边说——"具有了某种意义。是你让我感到了这种差异,"他急切地说,"我没有理由不告诉你。自从我认识你,我就一直有这感受……因为我爱你。"

即使在他们谈论一般话题的时候,他套近乎的举动已经使苏珊有所触动,这似乎已使她暴露了自己一些东西。而现在,面对树和天空,在这个话题似乎不可避免的时候,这番话却使她感到痛楚,因为以前还不曾有过男人这样的靠近她。

在他说话的时候,她紧张得一动不动,并且,在他说出那最后几个字的时候,她的心脏也跟着它们一个字一个字地跳动。她的手指搭在一块石头上,眼睛直视着下方平原上隆起的层层山峦。就这样,这种事情在她身上也发生了,有人向她求婚了。

阿瑟上下左右地打量着她;他脸上似乎有几分奇怪的扭曲。她感到呼吸都十分困难,因而难以回答他。

"你可能已经知道了。"他搂住了她;他们一次又一次地紧紧拥抱对方,嘴里含糊地说着什么。

"啊,"阿瑟感叹说,又坐回到草地上,"这是在我身上发生的最美妙的事情。"他看上去好像是在把梦中的事情和现实并列在一起。

长久的沉默。

"这是世界上最完美的事情。"苏珊轻轻地,但又无比神往地说。现在不仅有人向她求婚了,而且是阿瑟在向她求婚,她热恋的阿瑟。

在紧接着的沉默中,她紧紧抓住他的手,她向上帝祈祷着,祈祷她能成为他的好妻子。

"那珀罗特先生会怎么说呢?"她终于问道。

"那个亲爱的老家伙。"阿瑟说,现在,他的第一冲动既然结束了,他正十分轻松地深深沉浸在快乐和满足之中。"我们一定得好好善待他,苏珊。"

他告诉她珀罗特的生活怎么样困难,以及他是如何对阿瑟忠心耿耿。接着他又向她讲起他的母亲,一个寡妇,有很强的个性。接着苏珊也向他大致勾勒了她自己的家庭——特别讲到伊迪丝,她的妹妹,是她最喜爱的人,"当然除了你,阿瑟……阿瑟,"她继续说,"你最初爱上的是我的什么呢?"

"是在海上有一天晚餐时你衣服上的一个扣环,"阿瑟考虑了片刻以后说,"别的我都没注意——这真是一件怪事情!——你没有拿豌豆,因为我也没拿。"

从这一刻开始,他们的话题转向了一些更实际的感受,或者说,苏珊弄明白了阿瑟看重的是什么,并且承认自己所喜欢的也一样。他们将生活在伦敦,或许在苏珊家附近的乡下买一所别墅,因为她的家人一开始可能不习惯没有她。在最初的惊喜之余,她的脑子里现在想到了她的婚约将给她带来的各种各样的变化——加入已婚的女人行列将是一件多么可爱的事情——不再与那些比自己年龄小得多的女孩为伍——离开服侍一个老女人的孤独生活。偶尔之间她也被自己的如此幸运所陶醉,就深情地转向阿瑟表白着爱。

他们相互依偎着躺在那里,并没有意识到有人在注意他们。这时又有两个人出现在树林里,就在他们附近。"这儿凉快。"黑韦特的声音响起来,雷切尔却突然呆住了。他们看到一男一女躺在他们的脚下,来回翻滚着并紧紧拥抱在一起,这时他们慢慢松开了。那个男的坐了起来,这时他们才看清那女的是苏珊·瓦灵顿,她仍旧躺在地上,紧闭着双眼,脸上的那种痴醉的表情完全是无意识的。从这种表情中并看不出她是真的高兴,还是在承受某种痛苦。这时阿瑟又扑向她,像一只啜母奶的羔羊一样啜着她,黑韦特和雷切尔一言不发地走开了。

黑韦特感到十分不自在,而且有几分羞怯。

"我不喜欢他们那样。"沉默了片刻以后,雷切尔说。

"我觉得我也不喜欢。"黑韦特说。"我觉得——"但是他改变了思路,开始用平常的声音说,"然而,我们可以基本上确定,他们订婚了。你还认为他会去坐飞机,或者,她会制止他吗?"

但是雷切尔仍然很不安,她的思想还离不开他们刚才所看见的一幕。她没有回答黑韦特的问题,而是坚持自己的。

"爱情真是个奇怪的东西,不是吗,它让人心跳。"

"它是非常重要的东西,你看,"黑韦特回答说,"他们的生活将永远地改变了。"

"而且它还会让别人怜悯他们,"雷切尔继续说,就好像正在追随着她的感情,"我不认识他们俩,可是我差点儿大叫起来。真够蠢的,不是吗?"

"那不过是因为他们在热恋中,"黑韦特说,"是的,"他在片刻的考虑以后补充说,"那确实是一样非常可怜的东西,我同意。"

现在,当他们离开树林有一段距离,并来到了一小片很适合躺卧的圆形空地以后,他们坐了下来,那另一对情人给他们头脑中的冲击稍微减退了一些,尽管那令人紧张的视觉效果——那可能只是因观察角度所致——仍然伴随着他们。对于他们来说,在这一天的任何情感的压抑都是和其他任何一天的压抑有所不同的,因此这一天真正成了与众不同的一天,这仅仅是因为他们看到了另外一对处于生活转折点的人。

"这真像一个帐篷林立的大营地,"黑韦特说,眼睛注视着前方起伏的山峦,"又像一幅水彩画——你知道,水彩画干的时候会让画纸皱起来——很久以来我一直在想,那究竟像什么。"

他的眼睛变得梦幻一般,好像正在把事情分类对比。他还告诉雷切尔,那颜色就像一个蜗牛的绿色的肉。她坐在他旁边也望着山。当望的眼睛都开始发酸的时候,那景色似乎扩大了她的眼界,使它超出了正常的范围,她看着下面的地面,为自己有幸细细琢磨南美洲的这一块土地感到高兴;她看的是那样仔细,以至于其中的每一个土颗粒都变成一个世界,一个赋予她这无比神奇力量的世界。她把一片草叶弄弯,并把一只小虫子放在它顶端的缨上,她想象着这虫子是否意识到它的这种奇怪的冒险,然后又想到为什么她弄弯的是这一株草,而不是成千上万株草中的另一株。

"你还没告诉我你的名字呢,"黑韦特突然说,"是什么……温雷克小姐。我喜欢知道人的教名。"

"雷切尔。"她回答说。

"雷切尔,"他重复道,"我有一个姑姑也叫雷切尔,她曾把达米安神甫①的故事编成诗句。她是一个宗教的狂热者——那是她的成长环境造成的,不见生人,住在北安普敦郡。你有姑姑吗?"

"我就和她们住在一起。"雷切尔说。

"我想知道,她们现在在做什么?"黑韦特询问说。

---

① 约瑟夫·达米安(1840—1889),曾在麻风病区的莫洛凯群岛作牧师,后死于此病;他的事迹曾成为作家、诗人的写作素材。

"她们可能正在买羊毛。"雷切尔很肯定地说;并开始描述她们。"她们个子都不高,挺白,"她说,"很干净。我们生活在里士满。她们还有一条老狗,它只吃骨头里的骨髓……她们经常去教堂。她们的抽屉里总是整整齐齐。"但是说到这里,她开始感到自己描述人很困难。

"不知不觉就过了这么久,真不敢相信!"她喊道。

太阳在他们身后渐渐下落,两个长长的影子突然出现在他们前面的地上,一个飘逸,因为那是一条裙子,另一个静止,因为那是两条穿着裤子的腿。

"看来你们很自在啊!"海伦的声音在他们上面响起来。

"赫斯特。"黑韦特说,指着那像剪刀一样的影子;他转过身来抬头看着他们。

"我们这里有地方,大家都可以来。"他说。

当赫斯特舒服地坐下以后,他说:"你们祝福那对年轻的夫妇了吗?"

事情是这样的,在黑韦特和雷切尔离开后不久,海伦和赫斯特又来到同一地点看到了同样的情形。

"没有,我们没祝福他们,"黑韦特说,"他们似乎很开心。"

"很好,"赫斯特说,并撅起了他的嘴,"幸好我不必和他们中任何一个结婚——"

"我们深受感动。"黑韦特说。

"我料定你们会的,"赫斯特说,"是哪一种感动,和尚?你想到的是不朽的激情,还是把罗马天主教徒拒之门外的新生的男孩?我敢保证,"他对海伦说,"这二者不论哪一个都能使他感动。"

雷切尔被这种玩笑惊呆了,她感到这同样是针对他们两个人的,但是她却想不出机敏的应答。

"但是什么也感动不了赫斯特,"黑韦特笑着说;看样子他一点也不吃惊,"除非一个超限的数目爱上了一个有限的数目——我相信这种事情确实发生过,甚至在数学里发生过。"

"正相反,"赫斯特带着几分恼怒说,"我自认为我是一个真正的性情中人。"从他的严肃表情可以看出他是认真的;他当然在维护女性权益。

"顺便说一句,赫斯特,"黑韦特停顿了片刻以后说,"我要承认一件非常重要的事情。你的书——华兹华斯的诗,如果你还记得,那是我们临出发前我从你的书桌上拿的,我清楚记得把它放进了我的衣袋里——"

"现在不见了。"赫斯特替他把话补充完了。

"我考虑仍然还有一线希望,"黑韦特说着左右拍打着自己,"就是我根本就没有带它出来。"

"不,"赫斯特说,"它在这里。"他指指他的胸口。

"感谢上帝,"黑韦特呼喊道,"我再不用感到好像我要谋杀一个孩子了!"

"我认为你总是丢东西。"海伦评论说,若有所思地看着他。

"我不丢东西,"黑韦特说,"我只是老搁失了地方。这就是出航时赫斯特拒绝和我同住一个房间的原因。"

"你们是一起出来的吗?"海伦询问道。

"我建议,这次聚会的每一个人现在简单讲一讲自己的经历,"赫斯特坐直了身子说,"温雷克小姐,你先来;开始吧。"

雷切尔于是说,她二十四岁,是一轮船主人的女儿,她一直没有受过正规教育;喜欢弹钢琴,没有兄弟或姐妹,并且与姑姑一起住在里士满,她的母亲死了。

"下一个。"赫斯特把这些话记在心里以后说,他指了指黑韦特。

"我是一个英国绅士的儿子。二十七岁,"黑韦特开始说,"我的父亲是一个猎狐的大地主。在我十岁的时候,他死在了狩猎场。我还记得他的尸体被送回家的情景,好像是放在一块门板上,当时我正要下楼去吃茶点,我还注意到有果酱,我正琢磨着我能不能——"

"对,但是最好说事实。"赫斯特打断他说。

"我在温切斯特①和剑桥受过教育,过了一段时间以后我离开了那里。从那以后我做了很多事情——"

"职业?"

"没有——至少——"

"爱好?"

"文学。我正在写一篇小说。"

"兄弟姐妹?"

"三个姐妹,没有兄弟,还有母亲。"

"我们能听到的你就这些吗?"海伦说。她接着说她很老了——十月份就过了四十岁并且她的父亲是城市里的一个律师,后来破产了。她因此没有受过多少教育——他们居无定所,这儿住几天,那儿住几天——但是她的一个哥哥经常借书给她。

"如果我给你们把什么都讲清楚——"她停下来笑了笑。"那要很长时间呢,"她说,"我三十岁时结了婚,现在我有两个孩子。我的丈夫是一个学者。现在——该轮到你了。"她说着朝赫斯特点了点头。

---

① 著名公立大学。

"你说得太简单了。"他责怪她说。"我的名字叫圣约翰·阿拉里克·赫斯特。"他带着几分扬扬得意的语气开始了。"二十四岁,是教士西德尼·赫斯特的儿子,父亲是诺福克的大沃平的牧师。噢,我得过很多奖项——西敏寺的,剑桥的。我现在是剑桥的委员。听起来怪沉闷的,不是吗?父母双双健在(可惜)。两个兄弟和一个妹妹。我是个很有身份的青年。"他补充说。

"全英格兰最有身份的三个人,或者五个人之一。"黑韦特接着说。

"完全正确。"赫斯特说。

"这真有意思,"海伦沉默了片刻以后说,"但是当然我们都漏掉了最重要的问题。比如,我们是基督教徒吗?"

"我不是。""我不是。"两个年轻的绅士回答说。

"我是。"雷切尔说。

"那你相信个人的上帝吗?"赫斯特问道,并转身通过眼镜仔细看着她。

"我相信——我相信,"雷切尔结结巴巴地说,"我相信有一些事情我们不知道,并且世界可能瞬息发生变化,什么都可能出现。"

海伦听到这里大笑起来。"胡说八道,"她说,"你不是基督教徒。你从来没想过你是什么——还有许多其他问题,"她继续说,"尽管也许我们现在还不能问。"他们的谈话虽然十分随便,但大家还是都很难过地意识到,他们相互还是什么也不了解。

"重要的问题,"黑韦特若有所思地说,"确实有趣的问题。我怀疑是不是有人曾问过这样的问题。"

雷切尔,对于在那些互相非常了解的人之间都只有很少的话能说这一说法难以理解,就催促黑韦特说出他究竟是什么意思。

"我们是真的恋爱了吗?"她问道,"你的意思是这一类的问题吗?"

海伦又笑起她来,并善意地把一把一把的草缨子撒在她身上,觉得她真是又勇敢又愚蠢。

"噢,雷切尔,"她高声说,"这就像在你和他人所在的房子里有一只小狗——它把人的内衣裤都叼到大厅里。"

然而在他们面前,阳光中又再次奇异地出现了摇曳的影子,男人和女人的身影,纵贯大地。

"他们在那里!"埃利奥特太太呼喊道。她的声音里带着一丝愠怒的味道。"我们费了多大力气才找到你们。你们知道现在是什么时间了吗?"

埃利奥特太太和瑟恩伯里夫妇现在遇上了他们;埃利奥特太太正在看表,并且还开心地轻轻敲着表盘。黑韦特这时才想起,这本是一次他应该负责的聚会,他于是赶快领着大家回到瞭望塔那里,他们动身返回之前要在这里喝茶。一条鲜艳的深红色围巾在墙头上飘扬着,他们走过来时,珀罗特先生和伊夫林正在把它往一块石头上系。刚才的热浪已经过去,现在他们都坐在了阳光中而不是阴凉处,阳光的热度还是足以把他们的脸染成红色或黄色,并把他们下方大地的大半也染上了颜色。

"这茶真是天下无双!"瑟恩伯里太太端着杯子说。

"天下无双,"海伦也说,"你还记得吗,有一个男孩把干草切碎——"她用比平常更快的语速说,并且眼睛始终盯着瑟恩伯里太太,"并说那是茶叶,却挨了保姆好一顿骂——我真不明白,除非那保姆是个禽兽,把胡椒说成食盐不会带来任何实际的伤害,那有什么关系呢。你的保姆也是这样吗?"

说到这里苏珊也参加进来,坐在海伦的旁边。几分钟以后,文宁先生从另一个方向漫步过来。他的脸红红的,并乐于回答人们向他提出的任何问题。

"你们在那老人的坟墓里干了些什么?"他指着墙头上的那面红旗问道。

"我们想让他忘掉他在三百年前就死了这一不幸事件。"珀罗特先生说。

"噢,太可怕了——死了!"伊夫林喊道。

"死?"黑韦特说。"我不认为那有多么可怕。那也是很容易想象的。今天晚上你上床睡觉时,你这样合拢你的手——呼吸越来越慢——"他把双手紧紧抱在胸前并闭上眼睛,"现在,"他用更单调的声音嘟囔着说,"我将永远,永远不再移动。"他的身体就这样直直地在他们中间躺了一会儿,表示死了。

"你真能吓唬人,黑韦特先生!"瑟恩伯里太太高声叫起来。

"再给我们一点蛋糕!"阿瑟说。

"我向你保证,这里没有任何吓人东西。"黑韦特说着坐起来并伸手拿起蛋糕。

"这是很自然的事,"他又说,"有孩子的人们应该让孩子每个晚上都这样锻炼……我可并不是盼望死。"

"如果你是在暗示坟墓,"瑟恩伯里先生说,这大概是他第一次开口,"你有什么理由把那废墟称为一座坟墓?我也不同意认为它是英国伊丽莎白女王时期遗留的瞭望塔的说法,在这一点上我和你观点相同——而我同样也不相信从我们英国的白垩山丘上看到的环形土墩或者古坟是什么营地。古董商把什么都说成是营地。我总是问他们,很好,那我倒要问问,你认为我们的祖先在哪儿饲养他们的牛?在英格兰的所谓营地,按我对世界的理解,有一半不过是鱼塘或者农家庭院。那种认为人们不会把牛养在这样裸露、难以接近的地方的论点根本站不住脚,如果你想到那时人们的牛就是他们的资本,他的交易筹码,他女儿的嫁妆。没有牛他就是个农奴,是属于别人的人……"他眼神中的激情慢慢退去,并一边喘气一边咕哝了几句话作为结束语,这使他看上去出奇的老,出奇的孤独。

想和这位老绅士辩论的胡格赫灵·埃利奥特现在正巧不在。他正拿着一大块方棉布走过来,棉布上精细印制的鲜亮明快的图案使他的手显得很苍白。

"一件便宜货,"他宣布说,并把布放下,"我刚刚从一个戴耳环的高大男人那儿买的。很不错,是吗?它并不适合每一个人,当然,但是它对一个人正合适——不是吗,希尔达?——雷蒙德·帕里夫人。"

"雷蒙德·帕里夫人!"海伦和瑟恩伯里太太不约而同地叫起来。

她们相互看着对方,好像一直罩在她们脸上的薄雾被吹散了。

"啊——你也参加过那些美妙的聚会?"埃利奥特太太很感兴趣地问道。

她们眼前都出现了帕里夫人的那在千万里之外的客厅。它坐落在一片开阔水域的后面。以前没有联系没有故交的人们似乎被它吸纳到了一起,它也马上变得更加生动起来。也许她们曾在那儿同处一室,也许她们曾在楼梯上擦肩而过;但是她们所能做的不过是相互看上一眼,因为当时没有享受相识之乐的机会。驴子牵过来了,是到了该马上下山的时候了,因为夜幕来得很快,可能不等他们到家天就黑了。

于是,大家一一上驴,开始沿山路鱼贯而下。时而有一些简单的对话从一个人传到另一个人。有人先开个玩笑,大家就跟着笑起来;有些人还下驴步行了一段路程,并采了一些鲜花,使一些石头在他们前面蹦跳着滚下山去。

"你们学院里谁的拉丁文诗句写的最好,赫斯特?"埃利奥特先生突然回头问了一句。赫斯特先生回答说不知道。

真像土著人所说的一样,黄昏突然之间就降临了,两侧的空谷都变得漆黑,就连脚下的路也几乎看不清了,以至于在听到仍然走在坚实的大地上的驴蹄子声的时候,使人不由得感到吃惊。一个人开始沉默了,然后是另一个,不一会儿大家全都沉默了,他们的思想融入了那蓝蓝的空中。走夜路感觉似乎比白天短;很快他们就看见远在他们下方的城镇的灯光了。

突然一个人叫了一声,"啊!"

不一会儿又看见一个黄色的亮点从那平原上升起;它上升,暂停,然后像一朵花一样绽开了,接着又像雨一样落下去。

"焰火。"他们呼喊道。

另外一个更快速地升了上来;然后又是一个;他们几乎能听见它旋转、咆哮的声音。

"可能是万圣节什么的,我想。"一个声音说。两颗焰火在空中的急速上升和拥抱就像炽烈的恋人骤然腾起、结合,并引得万众瞩目,染白他们的脸。但是苏珊和阿瑟在下山的一路上都一言不发,并精确地保持着距离。

焰火变得稀疏,最后就完全停止了,余下路程几乎是在完全的黑暗中走完的,山在他们的背后像一个大阴影,路旁的灌木丛和树木是一些小阴影,投下一片一片的黑暗。大家在一片悬铃树下分手了,一个个匆匆跳上马车而去,甚至没有互道晚安,或仅仅含糊地咕哝了一声。

他们回到宾馆已经很晚了,因此,从回来以后到上床休息这段时间,大家几乎没有说话。但是赫斯特手里拿着一个衬领漫步走进黑韦特的房间。

"很好,黑韦特,"他一边打着巨大的呵欠一边说,"你是大获成功了,我看。"他又打了个呵欠。"但是你要小心,我们和那年轻女人不是一起登陆的……我确实不喜欢年轻的女人……"

黑韦特没有回答。他还没有完全从那几个小时的露天生活中摆脱出来。事实上,这次聚会的每一个人都在十分钟左右的时间里就睡着了,只有苏珊·瓦灵顿例外。有好长时间她躺在那里茫然地望着对面的墙出神,她紧握的手放在她的胸口上,蜡烛就在她的旁边燃烧。所有的清晰的想法都早已离开了她;她的心似乎膨胀到太阳一般大小,并且照亮了她的全身,它也像太阳一样稳定地放射着热流。

"我真高兴,我真高兴,我真高兴,"她重复着说,"我爱他们每一个人。我真高兴。"

第十二章

苏珊订婚的事情得到她家人的同意,并在宾馆里向那些关心此事的人进行了通报,——而此时在这个宾馆里的小社会已如同赫斯特先生的不可见的粉笔圈一样,分成了若干个圈子。按赫斯特的说法,订婚的事需要庆祝一番——野游吗?已经野游过了。那就来个舞会吧。舞会的优点是,它可以赶走晚上那易于变得乏味的漫长时光,避免即使是打桥牌也难免过早上床睡觉的问题。

站在大厅里那只被充填物填满的直立的豹子下面,两三个人很快就把这件事定了下来。伊夫林在地板上滑一两个舞步以后说,地板非常适合。老罗德里格斯先生告诉他们,有一个西班牙老头儿经常在婚礼上拉小提琴——好像拉的是龟步华尔兹;还有他的女儿,尽管看上去像煤斗一样黑,但在钢琴上也有同样好的表现。如果有人,不论是出于病态还是乖戾,在这一晚对坐姿难以忍受,希望旋转起来或看别人旋转,那会客室和台球房就是他们的了。黑韦特没少费口舌安抚外来的人。他将不考虑赫斯特的看不见的粉笔圈理论。尽管他受到一两次奚落,但最后还是让一班孤独丧气的男士都同意借这个机会相互诉诉衷肠,而他的那位态度暧昧的心上人也表示说,将在不久的将来再向他吐露她对他们的关系的态度。确实,从晚饭之后到上床之前的这两三个小时过得不能算愉快,这么多的人相当可惜地错过了交友的机会。

舞会定于星期五举行,正好是新人订婚的一周纪念日。这天的晚餐上黑韦特宣布说,他自己很满意。

"他们都来!"他告诉赫斯特。"帕波!"他叫起来,看见威廉·帕波腋下夹着一本小册子跟在送汤的服务员后面走进来,"我们正打算请你开球。"

"你们肯定是不打算睡觉了。"帕波回答说。

"你和艾伦小姐开一局。"黑韦特继续说,一边看着一张铅笔写的笔记。

帕波停住脚步,开始对圆圈舞、土风舞、莫利斯舞,以及四人舞等长篇大论起来,所有这些舞都比拙劣的华尔兹舞高贵得多,以及那冒充的波尔卡舞,它竟然成了在当代的流行趋势,把其他的舞都挤掉了,真是太不公平了——而服务员不得不轻轻地将他拉到在角落的座位上。

此时的餐厅出奇地有几分像一个农家庭院,到处撒着一些稻谷,一群明亮的白鸽子正在下落。所有的女士穿的都是以前不曾穿过的衣服,她们的头发也都是高高的波浪和发卷,一丝不苟,简直不像是头发,倒像是哥特教堂里的木雕。晚餐比往常进行得短一些,非正式一些,甚至连服务员都受到了那一片热烈气氛的影响。在距离敲响九点还有十分钟的时候,大家就开始向舞厅走去。大厅的家具都被搬空了,显得更加灯火辉煌,并用很多鲜花装饰了起来,因此带上了几分仙境般的绚丽和欢乐。

"就像满天星斗的晴朗夜空。"黑韦特低声说,四下看着空旷的房间。

"不管怎么说,是天国的地板。"伊夫林补充说,独自转了几个圈,又滑了两三步。

"这些窗帘怎么办?"赫斯特问,那些深红色的窗帘正遮挡着窗户,"现在外面是个美丽的夜晚。"

"是的,但是窗帘让人更有信心,"艾伦小姐说,"等大家跳得正起劲的时候,再把它们拉开。到时候还可以把窗户也打开一点……如果现在打开,老年人会觉得有风。"

她的好主意得到认同,大家都尊重她的意见。而就在他们谈话的时候,那几位乐师正在打开他们的乐器,小提琴的声音一次又一次响起,附和着钢琴的单音,调校着音高。一切都准备就绪了。

暂停了几分钟以后,父亲、女儿,还有吹号的女婿,轰然奏响了第一序曲。就像地洞中的老鼠一样,人头立刻在走廊里出现了。又是一阵合奏;然后这三只乐器就昂然地奏响了悠扬的华尔兹舞曲。整个大厅好像立即充满了水。在片刻的犹豫之后,第一对舞伴,然后是第二对,跳进了水中,顺着那一个又一个的漩涡翩翩起舞。舞蹈者有规律的刷刷的旋转就像一个个打着旋的水池。大厅渐渐变得越来越热。羊皮手套的气味与强烈的花香混合在一起。那些漩涡似乎越转越快,直到乐曲演奏进入高潮,然后戛然而止,圆圈也随之被打碎。舞伴们分手向不同的方向走开,仅剩下一排紧贴墙边的老年人,地板上散落着小饰物、手绢或花朵。暂停了片刻之后,音乐又响起来,漩涡又旋转了,一对对的舞伴又围着它转了起来,直到音乐又停止,圆圈又散开。

这种情况重复了大约五次以后,像一个滴水嘴一样靠着窗框站着的赫斯特看到了海伦·安布罗斯和雷切尔站在走廊里。

那里的人很多,她们几乎动不了,他只看到海伦的一个肩膀,瞥见雷切尔的头转了一下,就认出了她们。他向她们走过去;她们像看到了救星一样和他打招呼。

"我们正在受折磨。"海伦说。

"这就是我想象中的地狱。"雷切尔说。她的眼睛十分明亮,并且看上去有几分迷惑。

黑韦特和跳得十分卖力的艾伦小姐停下来欢迎新来的人。

"这里很不错,"黑韦特说,"可是安布罗斯先生在哪儿?"

"他在看希腊抒情诗,"海伦说,"一个四十岁的已婚女人可以参加十月份的舞会吗? 我不能光站着。"她似乎是在对黑韦特说,于是双双消失在人群中。

"我们也来吧。"赫斯特对雷切尔说,并且他坚决地拉起她的胳膊肘。雷切尔虽不是舞蹈家,但是因为有音乐的节奏感,所以很能跳舞,但问题是赫斯特并没有什么乐感,在剑桥的那些跳舞课只教会了他几个生硬的旋转动作,没有赋予任何精神。跳了一圈以后他们就发现相互难以配合;他们的姿势不但不协调,而且根本转不起来,更糟糕的是,还时常和别人撞到一起。

"我们别跳了吧?"赫斯特说。雷切尔从他的表情看他好像很生气。

他们俩迂回着来到角落的座位,从这里他们观察了一下大厅。它仍然正在沸腾着,充满蓝色和黄的波浪,其中夹杂着黑色的条纹,那是绅士们的晚礼服。

"令人惊讶的景色。"赫斯特评论说。

"你在伦敦常跳舞吗?"他俩的呼吸都很急促,并且都有点激动,尽管他们各自根本不想表现出任何兴奋。

"不经常。你呢?"

"我那儿的人每逢圣诞节都跳舞。"

"这地板太糟糕了。"雷切尔说。赫斯特没回答她那老一套的抱怨。他沉默地盯着那些跳舞的人。几分钟的沉默,这对雷切尔来说十分难耐,不得已她又说了一句到晚上如何美丽的套话。赫斯特很不客气地打断了她。

"你前些天说的关于基督教和没有受过教育的话都是胡说的吗?"他问。

"那基本上是真的,"她回答说,"但是我钢琴弹得很好,"她说,"我想,比这房间里其他任何一个人都好。你是全英格兰最有身份的人,是吗?"她腼腆地问。

"在最有身份的三分之一以内。"他纠正说。

这时海伦旋转着经过这里,给雷切尔的腿上扇过一阵风来。

"她长得很美。"赫斯特评论说。

他们又陷入沉默。雷切尔想知道他是否认为她也还好看;而圣约翰考虑的却是和一个没有生活经验的女孩谈话的巨大的困难。雷切尔显然从来没想过或感受过或看到过任何东西,并且,她可能很聪明,也可能和所有在座的其他人一样。然而讥笑却在他的脑子里油然而生——"你不知道怎么与女人相处。"于是他决心利用这个机会。晚礼衣服在她的身上使她带上了几分飘飘欲仙的神采,跟她说话也显得十分浪漫,并引起人们和她谈话的欲望,而这却使得他很恼怒,因为他不知道怎么开始。他瞟了她一眼,她看来似乎离他非常遥远,难以捉摸,并且年轻、贞洁。他叹了一口气,然后开始说:

"关于书的问题。你读过些什么书?只是莎士比亚和《圣经》吗?"

"我没有读过多少经典作品。"雷切尔回答说;并对他那扬扬得意并带几分怪异的态度感到有些恼怒,他的男性的广博学识使得她对自己的能力报谦虚的看法。

"你是不是要告诉我,你已经长到二十四岁了,还没有读过吉本的书呢?"他问道。

"对,我没有读过。"她回答道。

"我的上帝①!"他呼喊道,伸起他的双手。"那你必须从明天开始。我给你我的那一套。我想要知道的是——"他挑剔地看着她。"你知道,我的问题是,一个人真的能和你谈话吗?你的头脑是否和其他女性的头脑一样?你在我看来好像比和你同龄的男人年轻得多。"

雷切尔看着他,没有说话。

"说到吉本,"他继续说,"你觉得能欣赏他吗?这是个测试,当然。预测女人是非常困难的,"他继续说,"我的意思是,不容易分清楚她们到底多少是由于缺乏训练,多少是本来无此能力。我自己并看不出任何你看不懂的理由——只是感觉到你的生活直到现在几乎虚度了——现在你走进了一条鳄鱼,我想,带着你披散的长长的头发。"

音乐又开始了。赫斯特的眼睛在大厅里搜寻着,寻找安布罗斯太太。根据世间最友善的估计,他还是觉得她们之间的关系不很好。

"我将非常乐意借书给你,"他说,扣好他的手套,并从他的位子上站起身来,"现在我要走了。"

他起身后径直离开了她。

雷切尔左右看着。她感到自己就像在聚会上的一个孩子一

---

① 原文为法语。

样,被陌生的人包围了,那是一些充满敌意的脸,鹰钩鼻子和充满嘲笑的冷淡的眼睛。她正站在一扇窗户边,她猛地推了它,然后迈了出来,走进了花园。她的眼眶里满是愤怒的眼泪。

"诅咒那个男人!"她喊道,这是部分借用了海伦常说的"诅咒他的傲慢!"

她站在地上一块苍白的亮区中央,那块方形亮光正好是从她刚才推开的窗户中射出来,照在草地上的。黑魆魆的大树的影子耸立在她面前。她直直地站着,看着它们,愤怒和激动使她微微发抖。她能听到身后舞蹈者的脚步和摇摆的声音,以及有节奏的华尔兹舞曲。

"这些树。"她大声说。难道树能替代圣约翰·赫斯特吗?她将是一个远离文明的波斯的公主,独自在山间骑马而行,并且让她的女人在晚上为她歌唱,远离所有这些,远离这些冲突,这些男人和女人——阴影中出现了一个形状;一点点红色的亮光在黑色的天空中高高燃烧。

"是温雷克小姐吗?"说话的人是黑韦特,他正看着她,"你不是在和赫斯特跳舞吗?"

"他让我狂怒不已!"她愤怒地喊道,"没有任何人有傲慢的权利!"

"傲慢?"黑韦特重复说,并吃惊地从嘴上拿下他的雪茄,"赫斯特——傲慢?"

"傲慢地——"雷切尔突然停住没有说下去。她的确不很清楚她为什么这样生气。她努力使自己清醒。

"噢,那么,"她补充说,眼前出现了海伦和她的嘲讽的表情,"我敢说我是一个笨蛋。"她正要回到舞厅里来,但是黑韦特拦住了她。

"请向我解释清楚,"他说,"我觉得赫斯特肯定不想伤害你。"

当雷切尔试着想解释时,她又觉得十分困难。她说不出为什么她发现自己走进了一条鳄鱼,带着自己披散的长长的头发的这幅图景十分荒谬,十分可怕;也说不出为什么赫斯特的自命不凡和经验不但让她反感,而且觉得可怕——就像一扇门在她的脸前面砰然关闭。她在黑韦特旁边的平台上一边来回踱步一边痛苦地说:"说也无用;我们反正不能呆在一起;我们不能理解对方;我们只会越来越糟。"

出于男女交往的本能,黑韦特表示对她的归纳不以为然,说这样的归纳使他厌烦,并且在他看来很不真实。然而他了解赫斯特,所以他相当精确地猜测到发生了什么,并且,尽管他内心感到有几分好笑,但还是认为雷切尔不应该把这件事藏在脑子里,妨碍她自己对生活原有的看法。

"现在你恨他,"他说,"可这是错误的。可怜的老赫斯特——他无法改变他的为人。确实,温雷克小姐,他确实尽力了;他是在恭维你——他想——他想——"他实在抑制不住,笑了起来。

雷切尔的情绪也突然转变,并且跟着笑起来。她看到赫斯特身上,也许还有她自己身上的一些荒谬的东西。

"这是他的交朋友的方法,我想,"她笑着说,"那好——我也做好我的一半。我就这么对他说'你不但长得丑,而且头脑冷漠,赫斯特先生——'"

"听听,听听!"黑韦特叫起来,"这是对待他的好办法。你看,温雷克小姐,你得体谅赫斯特。可以这么说,他的一辈子都是在镜子前面度过的,在一个装饰得很讲究的房间里,挂的是日本绘画，摆的是可爱的老式桌椅，只有一个地方有颜色，你知道，在应该有的地方，——我认为是在窗户之间，——他就坐在那儿，脚随意地跷着，好几个小时地谈论着上帝的哲学，他的肝脏和心脏，以及他朋友的心脏。它们都破碎了。在舞厅里你不可能期望他有上佳的表现。他想要的是一个舒适，有烟，男性的地方，他在这里可以伸展双腿，并且仅仅说他想说的事情。对于我来说，我觉得这很沉闷。但是我也确实尊重这样的人。他们都是十分认真的。他们确实非常严肃地对待严肃的事情。"

对赫斯特生活方式的介绍使雷切尔非常感兴趣，使她几乎忘记了心里对他的反感，反而使崇拜的心情复苏了。

"那他们确实很聪明，是吗？"她问道。

"当然。根据大脑的思考，我认为他前些天说的话是对的；他们是英格兰最聪明的人。但是——你应该多和他接触，"他补充说，"他所达到的境界是远远无人企及的。他希望一些人嘲笑他……他竟说起你没有经验！可怜的赫斯特！"

他们在谈话时一直在沿着平台踱步，现在那黑暗的窗帘一个接一个被看不见的手拉开了，从窗户射出的光有规律地映在草地上，形成一排光格子。他们停下来往一间客厅里看，忽然发现帕波先生独自趴在一张桌子写着什么。

"帕波在写信给他的婶婶，"黑韦特说，"她一定是个很了不起的老太太，八十五岁了，他告诉我，他还带她到新弗里斯特步行旅游……帕波！"他喊道，并轻轻敲着窗户，"去做你的事。艾伦小姐在等着你呢。"

当他们来到舞厅的窗下时，那些人轻盈的舞步以及轻快的旋律的诱惑再也难以抵挡。

"我们也来吧？"黑韦特说，于是他们紧紧拉起手来跳着优美的舞步进入了那大舞池。尽管这仅仅是他们第二次相遇;他们在第一次相遇中看到那一男一女亲吻的场面,而在第二次相遇时黑韦特先生发现了一个生气的年轻女孩是多么像一个孩子。因此,当他们携起手来翩翩起舞的时候,他们感到比平常更放松。

时近午夜,舞会进入了高潮。服务员们站在窗外偷看;外面花园里星星点点地坐着一些出来乘凉的伴侣。瑟恩伯里太太和埃利奥特太太并排坐在一棵棕榈树下,手里拿着扇子、手绢,她们的胸针、领针都被满脸通红的侍女拿下来了,搁在她们的腿上。她们偶尔之间交换一两句话。

"高兴的瓦灵顿小姐看上去很高兴。"埃利奥特太太说;她们都笑了笑;又都叹了口气。

"他很有个性。"瑟恩伯里太太说,她指的是阿瑟。

"人人都想有个性,"埃利奥特太太说,"既然那个年轻小伙子那么聪明。"她又说,并向赫斯特点了点头,他正挽着艾伦小姐的手臂走过来了。

"他看起来不很强壮,"瑟恩伯里太太说,"肤色也不是太好——我帮你撕掉它吧?"她问道,因为雷切尔停了下来,她注意到自己后面拖着一个长长的东西。

"我看你们在这里很自在吧?"黑韦特问这两位女士。

"这是一个我很熟悉的位置!"瑟恩伯里太太微笑着说。"我介绍过五个女孩进入社交界——并且她们都爱上了跳舞!你也爱跳舞吗,温雷克小姐?"她问道,用慈母般的眼光看着雷切尔。"我记得我在你这年龄时就很喜欢。那时我是怎么央告我的母亲让我留下来——但是可怜那些母亲们——但是我也可怜她们的女儿!"

她冲着雷切尔微笑了，这微笑既有几分怜悯又很热切。

"他们似乎找到很多共同语言，"埃利奥特太太说，深情地看着这对远去的年轻人的背影，"在野餐上你注意到了吗，他是惟一能让她说话的人。"

"她的父亲是一个很有趣的人，"瑟恩伯里太太说，"他的船运生意是全赫尔数一数二的。还记得吗，在上一次选举中，他对阿斯丘斯先生的有力的回答。这样一个有实际经验的人居然还是一个强硬的贸易保护主义者，这真是有趣。"

她喜欢讨论政治，胜过喜欢讨论人，但是埃利奥特太太却只喜欢以不太抽象的形式谈论帝国。

"我听到从英格兰传来的一些关于老鼠的可怕传闻，"她说，"我的一个姻亲姐姐，住在诺里奇，告诉我说现在买家禽相当不安全。因为瘟疫——你知道。这种瘟疫先感染老鼠，又通过老鼠感染其他动物。"

"那地方当局就没采取什么措施？"瑟恩伯里太太问。

"这一点她没有说。但是她提到了有教养的人们的态度——他们应该知道多一些——他们都无动于衷。当然，我的那个姻亲姐姐是一个积极的现代女性，总是收集奇闻轶事，你知道——属于那种令人羡慕的一类女性，尽管有人也许感觉不到，至少我就感觉不到——但是她因此有铁的纪律。"

埃利奥特太太说到了她自己考虑入微的问题，于是叹了一口气。

"一张很生动的脸。"瑟恩伯里太太说，一边看着伊夫林·M。她在离她们不远的地方停下，正在把一朵猩红色的花紧紧地别在胸前。可那花怎么也呆不住，她作了一个很不耐烦的手势，就把它插进了她的同伴的纽扣眼里。他是一个高个子的忧郁少年,他像骑士收到心上人的信物一样接受了这个礼物。

"眼不见为净。"埃利奥特太太说着开始观看那在黄色灯光下起舞的人流,尽管其中的人她几乎一个也叫不出名字,说不出特点。没过多一会儿,海伦从人流中钻了出来,搬着一张空椅子向她们走过来。

"我可以坐在你们这里吗?"她微笑着并喘着气问。"我真觉得我应该对我自己有几分羞愧,"她继续说着坐了下来,"我这么大年龄。"

现在,她的美貌因脸上的红润和活力而越发显著了,这使那两位女士都感觉到了一股要抚摸她的欲望。

"可我确实很开心,"她喘着气说,"锻炼——真不可思议!"

"我总是听人说,如果会跳舞,那再没有比跳舞更好的活动了。"瑟恩伯里太太说,并微笑地看着她。

海伦微微摇晃了起来,就好像她是坐在钢丝上。

"我可以一直跳下去!"她说。"他们更应该让自己放开!"她喊道。"他们应该尽情地跳跃、摇摆。看哪!他们跳得多拘谨!"

"你见过那些神奇的俄国舞蹈家吗?"埃利奥特太太问道。但是海伦看到她的舞伴回来了,就轻盈地站起身来。她们的眼光一直追着她绕了半个舞厅,因为她们实在很欣赏她,尽管她们也觉得她这样的年龄跳舞的确有点特别。

舞伴离开海伦不一会儿,圣约翰·赫斯特就走过来找她,其实他一直在寻找机会。

"你不介意和我一起到外面坐一会儿吧?"他问道,"我不大会跳舞。"他领着海伦来到一个有两把扶手椅的角落,这里还有不易被人看到的优点。他们坐了下来,起初一段时间海伦的心里还想着跳舞,因此没说话。

"太有趣了!"她终于说道。"她对自己的身体形态怎么看呢?"这句话是由出现在他们面前的一位女士引发的,她靠在一个粗壮的、白胖的脸上镶着一对圆圆的眼睛的男人手臂上摇摇摆摆地走着。她确实需要一些支持,因为她的身体很胖,又束得很紧,使人感觉她的上身遥遥领先于她的双脚,而她的双脚,由于那盖过脚踝的紧身裙的约束,又只能迈小碎步。那裙子本身是由一块鲜艳的黄色缎子做成的,上面斑斑点点地有一些蓝色和绿色的圆,像是模仿孔雀胸部的图案。在她那像城堡一样隆起的发型的顶端,插着一根紫色的羽毛,短短的脖子上环绕着一条黑丝绒带子,上面嵌着几颗宝石,两只戴着长手套的胖墩墩的胳膊上各紧紧地嵌着一个金色的手镯。她的脸可以不恰当但形象地称为小猪脸,被一层厚粉涂得有红有白。

圣约翰并不能和海伦一起发笑。

"她让我觉得恶心,"他声明说,"整个形象让我恶心……再想想这种人的头脑——这种人的感情。你难道不同意吗?"

"我总是发誓说永远不再参加任何形式的聚会,"海伦回答说,"可我总是违背誓言。"

她靠在椅背上,又发笑地看着那男青年。她能看出他肯定很生气,也许还稍微有一点激动。

"然而,"他说,又恢复他那扬扬得意的音调,"依我看人还真得下决心面对现实。"

"什么现实?"

"可与之谈话的人,在全世界也超不过五个。"

海伦脸上的红晕和火花渐渐退去,她看起来又变得像往常一样安详、机敏了。

"五个?"她反问道,"要我说,不止五个人。"

"那你太幸运了,"赫斯特说,"也许是我太不幸了。"他沉默着。

"你是不是认为我是个很难相处的人?"他严肃地问道。

"大部分聪明的人在年轻时都这样。"海伦回答说。

"我当然就更是了——绝顶聪明,"赫斯特说,"我比黑韦特聪明无数倍。将来完全有可能,"他继续用他那种奇特的非个人的口吻说,"我将成为惟一举足轻重的人物。那就和聪明完全是两回事了,尽管还不能指望我的家人也认清这一点。"他痛苦地补充说。

这时海伦觉得应当追问一句,就问:"你觉得和家人相处很困难吗?"

"难以忍受……他们希望我成为贵族,或成为名人。我来这里的部分原因就是为了解决这个问题。是该解决的时候了。我要么必须当律师,要么必须留在剑桥。当然,两者各有各的缺点,但是多数意见显然是支持我留在剑桥。就是这事情!"他冲着挤满人的舞厅挥了挥手。"令人厌恶。我也很懂得感情的伟大力量。当然,我不是很容易受感动的,不像黑韦特那么容易。我很喜爱一些人。我想,例如,我的母亲就有很多值得称道的地方,尽管她在很多方面都很可悲……我在剑桥当然应该不折不扣地成为那里最最重要的人物,但是还另外有一些原因使我畏惧剑桥——"他突然停住了。

"你是不是觉得我无聊得难以忍受?"他问道。他又神奇地从一个向朋友表白的朋友变成了一个在聚会上的普通年轻人了。

"毫不,"海伦说,"我非常喜欢听你说话。"

"你简直不能想象,"他几乎是感情冲动地说,"发现某个人可以谈话和没有人可谈话的差别!我第一眼看到你就觉得你也许能理解我。我非常喜欢黑韦特,但是他没有像我那么深邃的思想。你是我所见到的惟一一个能从我所说的话中精确体味我的思想的女人。"

下一个舞又开始了;乐曲是《霍夫曼的传说》①中的船歌,海伦的脚禁不住跟着拍子动起来;但她又觉得在受到如此的恭维以后不宜起身便去;更何况,她不但很开心,而且确实感到自豪,她被他的真诚的自负吸引住了。她猜想他一定不快活,而且像女性一般地希望得到信心。

"我已经老了。"她叹气说。

"但奇怪的是,我根本不觉得你老,"他回答说,"我觉得我们好像是完全同样的年龄。而且——"说到这里他犹豫了一下,并瞥了她一眼,似乎从她的脸上得到了勇气,"我感到和你谈话就像和一个男人谈话一样自如——谈论关于两性之间的问题;关于……还有……"

尽管他口气很肯定,在他说出那最后两个词的时候,脸上还是微微泛起了红晕。

她立刻用笑声和响亮的回答打消了他的顾虑,"这正是我希望的!"

他用十分真诚的眼光看着她,他鼻子和嘴唇上的被扭曲的线条第一次放松了。

"感谢上帝!"他激动地说,"现在我们能像文明人一样坦诚相见了。"

---

① 此歌由法国作曲家奥芬巴赫(1819—1880)所作。

显然,一道通常不可逾越的壁垒垮掉了,两人之间现在可以谈论的男女之间的话题,或死亡的阴影,这通常是只有当医生在场的时候才能谈论的。过了不到五分钟,他就开始给她讲起他的历史。这是个很长的话题,因为其中充满极其精细琐碎的事件,由这个话题又引出了对道德体系建立的讨论,并引出若干十分有趣的话题,这些话题甚至在这个舞厅里也不得不压低声音讨论,以免被那些凸胸鸽般的女士或华贵的商人偶然听去,并继而命令他们离开这里。当他们快要结束谈话时,或者更精确地说,是海伦从自己的偶尔一走神中感到他们已经在这里很久了,赫斯特站起身来大声说,"所以,这个谜是没有任何原因的!"

"除了我们是英国人以外,没有其他原因。"她回答说。

她挽起他的胳膊,两人一起穿过了舞厅,在旋转的人流之间躲闪着,寻找着进路。这些人现在已经明显地散乱不堪,在挑剔的批评者眼中他们已绝非可爱的形象。交友活动带来的兴奋和长久的谈话使他俩感到几分饥饿,于是他们来到餐厅寻找食物,这里现在已经坐满了在分开的桌子上吃东西的人。在走廊里,他们遇见了雷切尔,她正要和阿瑟·文宁回跳舞厅去。她面色红润,看上去很高兴,而且海伦很吃惊地发现,她在这种状态下显然比一般女人更有魅力。以前她还从没有这样明白地意识到这一点。

"开心吗?"当他们停住脚步时她问道。

"温雷克小姐,"阿瑟替她回答道,"刚才坦白说,她从没有想到跳舞可以是这样有趣的。"

"是的!"雷切尔应声说,"我完全改变了我对生活的看法!"

"说得好!"海伦嘲笑着说。他们走过去了。

"那是雷切尔的典型特征,"她说,"她大约每隔一天改变一次对生活的看法。你知道吗,我相信只有你是我希望找的人,"说着他们坐了下来,"帮助我完成对她的教育。她实际上几乎等于是在一个尼姑庵长大的。她的父亲太荒唐。我一直在尽我的力所能及——但是我太老了,又是个女人。你为什么不和她谈谈话——向她说明事理——对她说,我的意思是,你和我所说的事情?"

"今天晚上已经尝试过了,"圣约翰说,"我相信那是不很成功的。她在我看来是那么年轻,没有经验。但是我答应借给她吉本的书。"

"还不完全是吉本的问题,"海伦思考着说,"是人生奥秘,我想——你明白我的意思吗?人们在做什么,实际感受又是什么,而他们又为何通常总试图隐蔽?没有什么可害怕的。这比假装的敷衍更美丽得多——也永远更有趣——更好,我应该说,和这些比起来。"

她说着冲他们附近的一张桌子使了个眼色,那里有两个年轻女孩正在和两个小伙子彼此大声笑骂,他们的对话中充满了狡黠的暗示,拐弯抹角地影射着喜欢的东西,好像是一双袜子,或一双大腿。其中一个女孩卖弄风情地挥着一把扇子,在那里故作惊讶。那场面令人很不快,其中的部分原因是那两个女孩显然相互充满敌意。

"但是,到了我这年龄,"海伦叹了一口气说,"我就会想,从长远看来,一个人不管做什么事情关系都不大;人总会走他自己的路——没有什么能够影响他。"她冲着晚餐的人们点了点头。

但是圣约翰不同意。他说他认为一个人确实会因为一个不同的观点,或者一本书什么的,发生很大的改变,并且说,现在的当务之急是对女人的教化。他有时甚至认为一切事情都和教育有关。

这时在舞厅里,舞蹈者们正在围成一个一个的正方形,准备跳方块舞①。阿瑟和雷切尔,苏珊和黑韦特,艾伦小姐和胡格赫灵·埃利奥特无意中到了一个组里。

艾伦小姐看了看手表。

"一点半了,"她说,"我明天一定得写完亚历山大·蒲柏②。"

"蒲柏!"埃利奥特先生不由得嗤之以鼻,"谁还读蒲柏,我倒想知道。看他的书?——不,不,艾伦小姐;听我一句话吧,你跳舞对世界所作的贡献远远大于写书。"这正是埃利奥特先生的一个虚伪之处:世上没有什么比跳舞更开心——世上也没有什么比文学更乏味。他因此才十分委屈地讨好年轻人,并向他们证明,毫无疑问,尽管他娶了一个笨妻子,并且自己也被学识弄得弯腰驼背,憔悴不堪,但他的活力还和他们之中最年轻的人不相上下。

"这是一个面包和黄油的问题,"艾伦小姐平静地说,"然而,似乎有人希望我写。"她端起姿势并指着一个方形的黑青了的脚趾。

"黑韦特先生,你给我鞠躬吧。"大家马上看出来,只有艾伦小姐对这种舞蹈的跳法最了解。

方块舞完了以后是华尔兹;华尔兹完了是波尔卡;接着,糟糕的事情发生了;原来一直很规律地每休息五分钟就响起的音乐突然再也不响了。那位大黑眼睛的女乐手开始用一块丝绸布

---

① 一种四对舞伴合跳的舞。
② 亚历山大·蒲柏(1688—1744),英国 18 世纪前期最重要的讽刺诗人。本书前面曾提到艾伦在写英国文学史。

包起她的小提琴,那男的也小心翼翼地把他的号放进箱子里。人们围在他们周围用英语、法语、西班牙语请求再跳最后一个舞,就一个;时间还早。但是那位弹钢琴的老人只是看了一下手表,摇了摇头。他竖起他的衣服领子,并拿出一块红丝巾,说也奇怪,它好像立即改变了他的欢乐的外表。几位音乐家都变得苍白而困倦,又厌烦又懒散,好像他们的最高愿望就是冷肉和啤酒,然后立即上床睡觉。

雷切尔也是恳求了他们继续演奏的人之一。当他们拒绝以后,她就开始翻动在钢琴上躺着的乐谱。大部分乐谱的封面都有彩印,是一些浪漫的风景画——船夫骑着一弯新月;几个修女在修道院的铁窗后面向外窥视;或是披散头发的年轻女郎正用手枪瞄准着星星。她还记得,最让他们跳得起劲的,是那种对逝去的恋情的无尽追悔和青春的无邪的感召力。可怕的悲伤总是把跳舞者和他们过去的快乐分开来。

"难怪他们对演奏这个变得如此厌倦,"她说着哼了一两句乐谱,"这简直是圣歌的调子,但弹得很快,是瓦格纳和贝多芬的节拍。"

"你会弹吗?你能弹一曲吗?不管什么,只要我们能跳舞!"舞厅里的人都转而把希望寄托在她身上,她不得不同意。在很快弹完了她记得的有限的舞曲之后,她弹起了莫扎特的一首奏鸣曲。

"这哪里是舞曲啊?"有人在钢琴边停下来问。

"是舞曲,"她回答说,并使劲地点着头,"找准步点。"对音乐的信心使她大胆地改编着强弱的变化,简化节奏。海伦明白了她的用意,一把抓住了艾伦小姐的胳膊,开始围着舞厅旋转起来,她时而步履轻盈,时而快速旋转,时而轻快地左顾右盼,就像一个在草地上欢蹦乱跳的孩子。

"这是不会跳舞的人跳的舞!"她高喊道。音乐又变成了一个小步舞曲;圣约翰首先突然以不可思议的速度跳起来,一会儿左脚跳跳,一会儿右脚跳跳;音乐美妙、流畅;黑韦特晃着胳膊并撩起晚礼服的燕尾,也跳起来,动作像是模仿一个印度的少女在酋长面前的妖娆梦幻般的舞姿。音乐又变成了进行曲;艾伦小姐拉起裙,向刚刚订婚的新人深深鞠了一躬。而他们的脚一踏上节奏,他们就变得完全陶醉了。雷切尔没有丝毫停顿地从莫扎特切换到英国的古老狩猎歌,再切换到颂歌,再到圣歌。因为按她的看法,任何好的曲调,只要稍加修饰,就可以变成适宜跳舞的曲子。不一会儿,大厅里的所有人都或结对或单独地跳了起来。帕波先生正灵巧地作着一套步态生硬的模仿花样滑冰的动作,他在这项运动上曾得过地区的冠军;而瑟恩伯里太太则一边回忆一边试着跳一种古老的乡村舞蹈,那是她以前在多塞特郡看她父亲的房客跳过的。至于埃利奥特夫妇,他们正跨着大步环绕大厅,使其他的舞蹈者都望而却步。可以听到有些人在说,舞会成了胡闹;但其他人说,这是整个晚上最令人愉快的部分。

"现在跳大圆圈舞!"黑韦特呼喊道。一个大圆圈很快就围起来,大家手拉着手一边喊着《你可认识约翰·皮尔》①,一边转起圈来,并且越转越快,越转越快,直到不能再快了。这时,那大圆圈上的一个环节——瑟恩伯里太太——蹦断了,这使得其余的人都向舞厅的四面八方倒下去,有的趴在了地板上,有的撞到椅子上,还有的似乎找到了更为合适的地方,倒在了别人的

---

① 这是约翰·皮尔的朋友格雷夫斯于1820年创作的一首流行歌曲。

怀里。

就在大家从忙乱中站起来,且喘息未定的时候,他们忽然第一次感到,电灯光似乎变暗了,许多双眼睛本能地转向了窗户。是的——黎明到来了。就在他们跳舞的过程中,黑夜过去了,曙光出现了。外面的山峦显得十分清纯而遥远;露珠在草上闪闪发光,天空微微显出蓝色,只有东方是淡黄或粉红的颜色。跳舞的人们都挤到窗前,并推开了窗户,很多只脚伸了出来,迈进草地。

"可怜的灯光是多么愚蠢!"伊夫林·默加特罗伊女士用一种十分压抑的语调说。"还有我们自己;这并不协调。"这话是对的;凌乱的头发,还有绿色和黄色的宝石,它们在半小时以前看起来还那么喜庆,现在却变得庸俗、懒散。年长女士的肤色难看得可怕,并且,好像是出于有意,很多冰冷的目光都投向了她们,于是她们开始道晚安并回卧室去了。

雷切尔的听众尽管都走了,可她还继续弹奏。她从约翰·皮尔弹奏到巴赫,这是她此时此刻最强烈的情感寄托。这时,那些从花园回来的年轻人们又陆续回到了钢琴旁边,在那些一度被冷落的镀金椅子上坐下来,房间里已经很亮,有人关掉了电灯。他们坐着,听着,神经渐渐平和下来;发热发酸的嘴唇,不停地说话赔笑的后遗症,都舒展了。他们非常安静地坐着,就好像他们正看到浩瀚的空中出现了一个接一个的线格和柱列构成的巨大建筑。然后他们又看到自己和自己的生活,还看到整个人类的高雅生活,都在音乐的节奏下进行着。他们感到自己更崇高了,并且,当雷切尔停止演奏的时候,他们只想睡觉,其他什么也不想了。

苏珊站起身来。"我感到这是我一生中最高兴的一个夜晚!"她激动地说。"我太爱音乐了,"她向雷切尔道谢说,"它似乎能表达出一个人所说不出的一切。"雷切尔带有几分拘谨地笑了笑,她深情的目光从一个人移到另一个人,好像要说些什么,但又找不到适当的言辞。"你们都是那么的可爱——太好了。"她说。她也该回去休息了。

和一般聚会一样,这次聚会就这样匆匆结束了,海伦和雷切尔穿着斗篷站在门口,正在等一辆马车。

"我估计你们等不来马车了吧?"圣约翰出来看见了她们,问道,"就在这里睡觉吧。"

"噢,不行,"海伦说,"我们步行回去吧。"

"我们也一同去可以吗?"黑韦特问。"我们睡不着。这么好的早晨怎么能想象冲着洗脸池躺在床上!——你们是住在那里吗?"他们开始沿街走去,他伸出手指着山腰的一幢白色和绿色相间的别墅问道,它似乎正闭着眼睛。

"那里不是还亮着灯吧?"海伦焦急地问。

"不,那是太阳。"圣约翰说。那里的每扇窗户上都有一个金色的亮点。

"我担心的是我的丈夫,会不会还在读希腊语,"她说,"他最近一直在编辑希腊抒情诗。"

他们穿过城镇,拐上了陡峭的山路,它已显示得清清楚楚,尽管仍然藏在阴影里。部分地因为疲倦,部分地由于早晨的阳光抑制了他们,他们几乎没说话,只是在意地呼吸着清新的空气,它似乎和正午的空气属于不同的两个状态。接着他们来到了一堵黄色的高墙下面,那儿有一条通入小巷的岔路,海伦开始辞谢两个年轻的人。

"你们走得够远的了,"她说,"回去休息吧。"

但是他俩似乎还不想离开。

"让我们在这里坐一会儿,"黑韦特说着脱下他的上衣,铺在地上,"让我们坐下来想一想。"他们坐了下来,看着远处的海湾;海面很平静,海水微微泛起涟漪,正在染上一些绿色和蓝色的条纹。现在还看不到帆船,但是有一艘汽船正抛锚在海湾里,在薄雾中看起来像鬼怪似的;它忽然怪叫了一声,然后一切又陷入沉寂。

雷切尔正忙着捡起一块一块的灰色小石头,收集起来建造成一个小纪念碑;她很安静并很小心地做着这件事。

"就这样,你改变了对生活的看法,雷切尔?"海伦问。

雷切尔摆上另外一块石头,并打了个呵欠。"我不记得了,"她说,"我觉得我像一条在海底生活的鱼。"她又打了个呵欠。在场的这些人谁也没有力量在这个早晨把她从那海底惊吓出来,她甚至对赫斯特先生也异常熟悉起来。

"我的大脑,正相反,"赫斯特说,"正处于一种异常活跃的状态。"他用他喜爱的姿势坐着:双手抱着双腿,下巴放在膝盖头上。"任何事情我都能看透——绝对所有的事情。生活对我来说再没有任何神秘。"他坚信地说,但似乎并不等别人回答。尽管他们坐得那么近,并且觉得相互很熟悉,可他们对于对方来说似乎都不过是个阴影而已。

"而下面那里所有将要入睡的人们,"黑韦特似乎是在梦幻中说,"所想的事情又是如此的不同,——瓦灵顿小姐,我想,现在一定在跪着;埃利奥特一定有点儿吃惊,他们并不经常喘不过气来,并且他们都想尽快入睡;还有那整夜与伊夫林跳舞的可怜的干瘦的小伙子;他是把花放到水里然后问他自己,'这就是爱吗?'——还有可怜的珀罗特,我敢说,他根本睡不着觉,而且正在读他喜爱的希腊文书籍聊以自慰——还有其他人——不,赫斯特,"他振奋起来,"我觉得这太不简单了。"

"我有一把钥匙。"赫斯特神秘地说。他的下巴仍然搁在他的膝头上,两眼直直地盯着前方。

接着是一阵沉默。然后海伦站起身来并向他们道晚安。"但是,"她又说,"别忘了来看我们。"

他们挥手互致晚安后就分手了,但是这两个年轻人并没直接回宾馆;而是在街上漫步了一会儿,在这期间他们几乎没有说话,并且只字未提那两个女人的名字,而她们在很大程度上,正是他们所思想的内容。他们并不希望交换他们的印象。他们及时赶回宾馆吃早餐。

第十三章

别墅有许多房间,但是有一间却有它自己的特点,它的门总是关着,并且从没有音乐或笑声从中传出。别墅里的人都隐约感到那扇门后面定有什么故事,但究竟是什么却没有一个人知晓,他们只能凭自己的所知去猜想,他们知道,如果走过那扇门,它一定是关着的,如果他们发出一些声音,里面的安布罗斯先生就会受到打扰。因此也就自然想到有的事情是该做的,有的事情是不该做的,这样一来,别墅里的生活就变得,比起假定安布罗斯先生不编辑那些希腊抒情诗,而是四处闲逛,挨家串门,显得更和谐,更连贯。事实上,每个人都想到,如果能遵守某些规则,例如准时,安静,做好饭菜,以及完成好其他一些小责任,重见天日的抒情诗就会满意地接二连三来到世界上,因此,他们也都分享到了学者生活的那种持续性。然而不幸的是,由于年龄、知识水平、性别这些东西总会在人和人之间设置一个又一个障碍,安布罗斯先生在他的房间里所研究的内容,距离即使离他最近的人,也有千万里之遥,而在这个家庭里面离他最近的人,又不可避免地是一个女人。他独自一人长时间孜孜不倦坐在白色的书堆里,就像空荡荡的教堂里的一尊偶像,所不同的只是他的手时不时从一页书移到另一页。四周一片寂静,除了偶尔的一两声咳嗽,使他把烟斗从嘴上拿下来一会儿。随着他一步步深入到诗人的内心深处,他的座椅周围也被越来越多的书包围起来,它们躺在地板上,只有非常小心翼翼的步伐才能迈过它们。这使得他的来客通常只停留在书圈之外跟他讲话。

就在那个跳了一夜舞回来的早上,雷切尔进入了她的舅舅的房间,她大声招呼了他两次"雷德利舅舅,"他才有所反应。

他慢慢抬起目光从眼镜上面看着她。

"什么事?"他问道。

"我想借一本书,"她回答说,"吉本的《罗马帝国衰亡史》。我可以看看吗?"

她看到她的舅舅脸上的纹路针对她这个问题进行了重组。在她说这话以前,它们是像面具一般平滑的。

"请再说一遍。"她的舅舅说,也许是因为他没听清,也许是因为他不理解。

她又把刚才的话重复了一遍,脸微微红了。

"吉本!你为什么想要看他的书?"他问道。

"有人劝我看看。"雷切尔结结巴巴地说。

"但是我旅行的时候并没有带十八世纪各式各样的历史书籍啊!"她舅舅说道,"吉本!知道吗,至少有十大卷。"

于是雷切尔只好说抱歉打扰,并转身要离去。

"别走!"她舅舅止住了她。他放下烟斗,把手里的书放到一边,然后站起来,用一只手臂搂着她,领她慢慢围着房间转。"柏拉图,"他说着把手放在一排小的黑色封面的书的第一本上,"隔壁还有乔罗克速写画集①,是我带错了。还有索福克勒斯②、斯威福特等。我想你一定不喜欢德国人的东西。法国的呢,你能读法文吗?你应该看看巴尔扎克。然后我们还有华兹华斯和柯尔律治③、蒲柏、约翰逊、艾迪生④、雪莱和济慈。一个接着一个。马洛⑤的书怎么在这里?我想是柴利太太放的。但是如果你看不懂希腊语,那看别的又有什么用呢?说到底,只要你看过希腊语,你就再不需要看其他东西,那纯粹是浪费时间——纯粹浪费时间。"说到这里,他一半像是在自言自语,还不停地快速挥舞着手;他们又回到了地板上的书堆附近,停住了脚步。

"那么,"他问道,"你要选哪一本?"

"巴尔扎克,"雷切尔说,"还有,你有《美国革命书信集》吗,雷德利舅舅?"

"《美国革命书信集》?"他反问道。并又机敏地看了她一眼。"在跳舞的时候另一个年轻人推荐的?"

"是达洛维先生。"她承认说。

"天啊!"他把头一扬,想起他和达洛维先生的往事。

她随意给自己选择了一本书,然后给她舅舅看,舅舅见是《贝姨》⑥,就建议说,如果她看了觉得太无聊,就扔到一边。当

---

① 该速写画集在 1830 年代首见于《新运动杂志》。
② 索福克勒斯(公元前 496—前 406),古希腊悲剧作家。
③ 泰勒·柯尔律治(1772—1834),19 世纪初最有影响的英国浪漫主义诗人。主要作品有《忽必烈汗》《古舟子咏》等。
④ 约瑟夫·艾迪生(1673—1719),英国散文家、剧作家、诗人。
⑤ 克利斯朵夫·马洛(1564—1593),英国剧作家。和莎士比亚同年出生,其作品曾对莎士比亚产生一定的影响。
⑥ 巴尔扎克《人间喜剧》之一部。

她要离开的时候,他问她在舞会上是否很开心,然后他又想知道人们在舞会上都做了些什么,因为他自己还是三十五年前参加过一个舞会,只记得世上再没有别的事情比那更无聊,更愚蠢的了。他们真的觉得在小提琴的一声声的尖叫中一圈又一圈的旋转很有趣吗?他们谈话吗,谈的是正经的事情吗,如果是这样,他们为什么不能在更合理的情况下谈呢?至于他自己——他只是叹了口气,并指着那使他绞尽脑汁的场面,然而,尽管他在叹气,他的表情却显得如此的满足,以至于他的外甥女认为是该离开他的时候了。亲吻了她之后他让她走了,并希望她到时候再来,倒不是她认为非学希腊语不可的时候,而是到她想归还那法国小说的时候,那时他将推荐一些更合适她的东西给她。

由于人们生活的这几个房间本身具有给人以某种类似第一次见面时人的面貌所产生的震撼,雷切尔在下楼的时候走得很慢,她忘记了舞会,完全沉浸在对舅舅,对那些书的遐想中,以及对他那古怪生活,那使他完全莫名其妙,但又显然使他感到满意的生活的遐想中。这时她的眼睛被大厅里的一个有她的名字的留言吸引住了。上面的字迹小而刚劲,是她没有见过的,它没上款,只是这样写道:

　　——依照我的承诺,特送来吉本的第一卷。我个人对现代作品没什么可说的,但是等我看完魏德金德①以后,我将送来给你。多恩呢?你读过韦伯斯特②一类作家的作品吗?我真羡慕你第一次读他们。经过昨天整整一晚上,现已完全精疲力尽。你呢?

---

① 魏德金德(1864—1918),德国剧作家,作品多描写性与社会世俗的对抗。
② 韦伯斯特(1580—1625),英国悲剧作家。

下面的落款是圣约翰·赫斯特的名字的几个缩写字母：St. A. H.。赫斯特先生还能记得她，并且这样快地实现了他的诺言，这使她感到非常高兴。

离午餐的时间还有一个小时，雷切尔一手拿着吉本，一手拿着巴尔扎克出了大门，并在山丘的斜坡上在橄榄树之间有些泥泞的小路上溜达着。天气对于爬山来说有点太热，但是沿着山谷的河边有一条铺满绿草的小径。在这个人口主要集中在镇里的地方，不要走很长时间就看不到现代文明的痕迹了，她偶尔路过一两处农舍，那儿有女人在院子里整理一些红色的根；或在半山腰上胳膊肘撑着头趴在地上的小男孩，周围是一群黑色的气味强烈的山羊。除了底部有一线细流，那条河基本上是一条深深的有黄色石头的干河沟。在河岸上长的树就是海伦曾经提到过的；仅仅看看它们就不虚此行。四月时节使它们绽出了新芽，并且在它们的光滑的绿色叶子之间开着大朵大朵的花，它们那厚厚的像蜡一样的美丽花瓣，有的是乳脂色，有的是粉红色，还有的是深红色。然而，处在那种通常并无明确起因的狂喜之中，以及把整个的江山和天空都收进怀抱的时刻，她实际上只是在走，并没有看这一切。同时，夜晚开始侵入白日。她的耳边又嗡嗡响起了她昨晚弹奏的曲子；她于是唱了起来，歌唱使她越走越快。她没有明确的意识要往哪个方向走，周围树和其他景色不过是一些绿色和蓝色团块，其中偶尔出现一块不同颜色的天空。昨晚所看到的人们的脸庞又在她眼前浮现出来；他们的声音又在她的耳边响起；她停止了唱歌，并开始说话，说同样的事情或者不同的事情，还有她自己发明的可能会有人说起的事情。穿着一件长丝绸裙子在那些陌生人中间的限制使这样独行异乎寻常地令人激动。黑韦特、赫斯特、文宁先生、艾伦小姐、音乐、光、花园里黑暗的树影、黎明,——她一边走着,这些印象一边在她的头脑中澎湃,在目前的使她有机会做她想做的事情的情况下,前一天晚上的狂乱场面甚至显得比当时更加生动了。

她就这样走着,要不是有一棵树妨碍了她的去路,她可能真要一直走到彻底迷失方向为止,这棵树尽管并不长在她的去路上,但却像它的树枝碰到了她的脸一样,使她停了下来。这是一棵很平常的树,但是在她看来它是那样奇特,简直是世界上独一无二的。它中间的树干是黑色的,树枝分散地伸向四方,使那从它们之间射到地上的不规则的光亮是那样的清晰,就像它在那一瞬间是从地面下射出来的。看到了这她将一生永记的情景,以及那将持续她一生的瞬间以后,这棵就又变成一棵与其他的树别无二致的普通树了,她也因此可以坐在树阴底下,采摘那长在树下的带有细细的叶子的小花。她把它们在地上摆成一排,花对着花,梗对着梗,为它们的独行而爱抚着它们。地球上所有的花,甚至所有的卵石,都有它们的自己的生活和故事,并给人带来那本是它们的同伴的孩子的感受。抬头望去,她看见起伏的山峦像强有力的鞭子一样浪迹天空。她望着远处苍白的天空,以及那暴露在太阳光下的光秃秃的山顶。刚才她坐下时,她把那两本书摞在她脚下的地上,现在她低头看见它们躺在那里,它们在草中是那样的方方正正,一支高高长起的草弯下腰去在吉本的书的光滑棕色封面上轻拂,蓝色的巴尔扎克躺在赤裸的阳光中。想到现在打开读上一段定然是出奇的体验,她于是翻开了那历史书并读了起来——

在他统治的初期,他的将军们曾试图征服埃塞俄比亚和阿拉伯费利克斯。他们在那片热带地区向南行进了约一千英里,但炎热的气候很快击退了这批侵略者,保护住了那些居住在荒野地区从不好战的土著人。……欧洲北部诸国价值甚微,几乎不值得花费人力、物力去占领。日耳曼的大片森林和沼泽地带住满了一个宁死也不愿丧失自由的强悍的野蛮民族。①

从来没有过这样生动,这样美丽的言辞——阿拉伯费利克斯——埃塞俄比亚。然而其他的也毫不逊色:强悍的野蛮民族、森林、沼泽。所有这些似乎正走在一条回到世界开端的大路上,大路两侧有各个国家所有历史时期的人们居住的街道,只要沿着这条大路走去,过去的所有知识就都将是她的了,而这部世界之书一直翻回到历史的第一页。这就是她掩卷而发的兴奋之情——这本书所能为她打开的知识之门。一阵轻风吹来,书的扉页发出沙沙的声音并合了起来。她于是站起身来继续往前走。渐渐地,她的思绪清晰起来,并开始考虑这种升华的起源,它是由两方面原因形成的,并可以归结到赫斯特先生和黑韦特先生两个人身上。现在对他们的任何清晰的分析都不大可能,原因是在他们周围的那层神奇的迷雾。她不能像推理那些思维规律和自己相同的人们一样去推理他们。对他们两个人的不断思索使她产生了一种身体上的快乐,就像她在冥想高高挂在太阳上的美妙事物的时候一样。他们似乎使生活中的一切都放射出光芒;书上的词语也光芒四射。她感觉到了一丝她十分不愿面对的疑虑,她很欢迎一次旅行,并跌倒在草地上,只为了分散自己的注意力。但是不一会儿,它又集中到了一起。她无意识地越走越快,试图把自己的头脑甩到身后;然而此时她发现自己来到了一座小山丘上,它在那条河的上面,并可以纵览山谷。她

---

① 语出爱德华·吉本所著《罗马帝国衰亡史》的第 1 章,见商务印书馆《罗马帝国衰亡史》,1997 年版。

不能再在若干个想法之间变幻不定了,必须理清楚其中最突出的一个,于是一阵忧郁代替了原有的兴奋。她双膝一弯,坐在了地上,两眼茫然地望着前方。忽然,她注意到一只黄色的大蝴蝶,它落在一块扁平的小石头上,正在缓慢地一开一合扇动着它的翅膀。

"坠入爱河是什么样子?"她问道;一段长久的沉默以后,那成形了的每一个词又似乎乱挤着拥进了一片未知的大海。在蝴蝶翅膀的催眠作用下,在对生活的可怕的可能性思索之中,她继续坐了更长的时间。当蝴蝶飞走的时候,她站起身来,腋下夹着那两本书,开始往回走,就像一个做好了战斗准备的战士。

第 十 四 章

那一天的太阳落山时分,这宾馆还是像往常一样,用星星点点的电灯光迎接着傍晚的到来。从晚饭后到上床前的时间本来就很难打发,而自从前一天晚上的舞会以后,这段时间更是被难以排遣的懒散、空虚笼罩着。赫斯特和黑韦特正在大厅中央的长椅上躺着,身边放着咖啡杯,手指间夹着香烟。当然,这个晚上对他们来说就更是百无聊赖了,女人们的穿着糟糕透顶,男人们一个个俗不可耐。更有甚者,在半小时前送信来的时候,居然没有这两个年轻人的一封信。实际上,其他所有的人都收到了从英格兰来的两三封厚厚的信,他们现在都正忙着读信。这更加重了他俩的难堪,以至于赫斯特竟然刻薄地说,他们是正在吃食的动物。他说,他们都这么沉静,让他想起了动物园里的狮子房,那些狮子在爪子里正捧着生肉的时候,也这么沉静。受到这个比喻的启发,他更进一步拿他们和河马、金丝鸟、猪、鹦鹉等等比较起来,后来竟把他们比作一群趴在一只已经腐烂了的绵羊尸体上的令人恶心的爬行动物。偶尔传来的断断续续的声音——哪怕是一声咳嗽,一声难听的喘息或清喉咙,或一声自言自语的发问——他说那全都像是当你在狮子房里的时候听到的它们啃骨头的动静。然而这些比喻并没有引起黑韦特的兴趣,他在对大厅漫不经心地环顾了一圈以后,目光就停留在一件陈列物上。它上面装着许多当地的土长矛,它们经过精心地安排,因此你不管从哪个方向接近它,都有矛尖正对着你。他显然已经忘却了周围的环境;因此,赫斯特既然觉察到他的头脑现在是一片完全的空白,便更仔细地把自己的注意力集中到了周围的人身上。然而,他们离得太远,很难听清他们正在说什么,但是从他们的手势和表情上推断关于他们的一些事情使他很着迷。

瑟恩伯里太太收到一大堆信。她现在完全沉浸在其中了。每当她看完一页,就递给她丈夫,或是把看到的几个片断连成一串,用在喉咙里打转的声音说给他。"伊夫的信上说乔治去了格拉斯科。'他觉得和查德伯恩先生特别合得来,我们希望邀他一起过圣诞节,但是我不希望让贝蒂和阿尔弗雷德离得太远(不,当然不),尽管在这样的热天很难想象冷的滋味……埃莉诺和罗杰坐着新马车过来……埃莉诺当然又长大了,我最后一次见她还是在冬天。她现在给宝宝吃三种营养奶,我相信这是明智的(我也相信),这样夜晚会更安生些……我仍然掉头发。我在枕头上总是发现很多头发!但是我听到托蒂·哈尔·格林的消息很受鼓舞……穆丽尔在托基①跳舞跳得简直入迷了。不管怎么说,她正在准备表演她的拿手戏。'……赫伯特只写了一两句话——这么忙,可怜的家伙!对了!玛格丽特说,'可怜的老费尔班克太太在本月八号死了,死在观察室里,相当突然,当时身边只有一个侍女,她就想不到扶她起来,否则他们认为她可能不至于死,但是医生说她随时有死的危险,值得庆幸的是,她死在屋子里,而不是在大街上(我也这样认为)。鸽子的数目增

---

① 加拿大城市。

长得很可怕,就像五年前兔子的数目增长的速度一样……'"当她念信的时候,她的丈夫微微点着头,表示出很坚定的赞同。

在不远的地方,艾伦小姐也正在读她的信。那些信似乎不很令人愉快,这可以从她那张端正的大脸上的刚毅严肃表情中看出来。当她读完了以后,就把它们一一装回信封里。她脸上的那些显示出忧心和责任心的皱纹,使她显得更像一个年长的男人,而不是一个女人。那些信给她带来了新西兰去年的水果歉收的新闻,这可是件大事。因为惟一的兄弟休伯德在那儿经营一个水果农场,如果今年再歉收,那他就肯定将放弃那农场回英格兰去。那他们又能拿他怎么样呢?对于她这样一个十五年来习惯于准点上课,按时批改作业的文学老师来说,这次出来旅行成了一种奢侈活动,而不是理所应当的美好假期了。她的妹妹艾米莉也是一个教师,她来信说:"尽管我相信休伯德这一次会更理智一些,但我想我们还是应该做好准备。"然后她又用她特有的多情的笔触继续讲她正在湖区享受一段很愉快的时光。"那些湖在这个时节真是漂亮极了。我很少见到这样早就改换了季节的树木。我们一连好几天都在外面午餐。老艾莉斯还像以前一样年轻,并且十分动情地问到每一个人。日子过得飞快,新学期马上要开始了。我个人认为,政治前景不好,但我又不想破坏埃伦的热情。劳埃德·乔治①接受了议案,但到目前为止,很多人也接受了。我们仍旧在原地踏步,只是我相信自己看错了。但无论如何,我们自己的事情总算能自己做了……梅瑞狄斯显然缺乏 W. W. 身上的那种人们喜爱的性格,不是吗?"她说

---

① 劳埃德·乔治(1863—1945),英国政治家,曾任财政大臣和工党首相。下文提到的他所接受的议案是指关于妇女获得选举权的议案。

到这里结束了这个话题,转而继续讨论艾伦小姐在她的前一封信里提到的英国文学的一些问题。

离艾伦小姐不远,在一个有一片棕榈树遮挡着的半隐蔽的长椅上,阿瑟和苏珊正在读着对方的来信。满是威尔特①的年轻女曲棍球手的粗重字体的信躺在阿瑟的双膝上,而苏珊解读的则是几封字体缜密的很少超过一页纸的信,其中大部分都洋溢着诙谐友好的春风。

"我真希望胡钦森先生能喜欢我,阿瑟。"她抬起头说。

"你亲爱的夫洛是谁?"阿瑟问。

"夫洛·格雷夫斯——我告诉过你的那个女孩,和可怕的文森特先生订婚了,"苏珊回答说,"胡钦森先生结婚了吗?"她问道。

她的头脑已经开始打算着向她那些朋友提出的友好计划,或者说是个宏大的计划——也是个简单的计划——他们都结婚——马上——她一回去就立即结婚。结婚,那是正确的选择,惟一的选择,每一个她认识的人都会为她提供的选择;并且她思绪的大部分都在跟踪每一种不愉快的实例,孤独、病痛、失败、不安、怪癖、半途而废、当众讲话,以及那种对男人,并尤其对那些想要结婚,正在试着结婚,却没有成功的女人的怜悯。如果,在她目前她肯定会成功的情况下,这些症状在结婚以后仍然出现,那她只好把它们归因于那不愉快的自然法则了,正是它宣布了世上只有一个阿瑟·文宁,并且能与他结婚的也只有一个苏珊。当然,她的理论有得到她自己的实际情况完全支持的优点。迄今她在家里已经有两三年微微感到不快乐了,而这样一次和她

---

① 威尔特郡,英国英格兰郡名。

的自私的老婶婶的旅行,只是因为她负担了全部费用,就把她当做了既是同伴又是仆人,而这正是她在人们心目中典型的形象。然而,她刚一订婚,佩利太太立即本能地对她表现出了尊敬,当苏珊像往常一样跪下给她系鞋带时,她居然表示拒绝;并且,在让苏珊陪了一个小时以后,她还有由衷感谢的表示,而以往她习惯地自认为有权要她陪两三个小时。正因为此,她预感到将来的生活要比她以前所习惯的安逸得多,而这变化已经使她对周围人的温暖感情大大增加了。

自从佩利太太不能自己系鞋带,甚或连看都看不见自己的鞋带,至今已有二十年了,她的脚在她眼前消失的时间和她丈夫离开人世的时间几乎正好吻合,她丈夫是个生意人。他死后不久,佩利太太就开始发胖。她是一个自私、独立的老妇人,拥有可观的收入,她把这些钱都花在了她房产的保养上,其中一处在兰开斯特盖特①保养这幢房子需要七个仆人和一个杂工,另一处在萨里郡,那里还有一个花园和一辆四轮双座轻便浏览马车。苏珊的婚约使她免除了生活中的一大焦虑——她的儿子克里斯托弗与他的表妹的"纠缠"。现在,既然这一习以为常的话题被移开了,她感觉到一丝低落的情绪,并且对苏珊的看法比往常有所改变。她决定送给她一份体面的结婚礼物,一张两百英镑的支票,或者两百五十英镑,再或者,可能的话——这要取决于园丁和亨特装修起居室的花销——三百英镑。

当下她正在仔细琢磨着这问题,盘算一些数目字,她坐在一张轮椅上,身边放着一张摆满纸牌的桌子。她摆着摆着,纸牌好像没有了头绪,但她并没有呼唤苏珊前来帮助她,因为她估计苏

---

① 伦敦的一个大公寓区,从这里可以俯瞰肯辛顿花园。

珊正和阿瑟忙碌着。

"她期望得到我的一份厚礼当然是应该的,"她想,漫不经心地看着那豹子的后腿,"并且毫无疑问,她一定在期望!谁和钱有仇?年轻人是很自私的。如果我要死了,除了戴金斯,谁也不会想念我。而她也能从我的遗嘱中得到安慰!当然,我没有理由抱怨……我仍然过得不错……我不是任何人的负担……我对许许多多的事情都非常喜欢,尽管我的腿不行了。"

虽然稍感压抑,她还是继续想到了她所认识的人中绝无仅有的完全不自私的人,或者说是不爱钱的人。在她看来,这些人在某种程度上比常人都高一等,是她情愿承认比自己境界更高尚的人。这种人仅仅有两个。一个人是她的兄弟,他就在她的眼前溺水而死,另一个是个女孩,她最要好的朋友,她在生第一个孩子的时候死去。这些事情发生在大约五十年前。

"他们不该死,"她想道,"可他们死了——而我们这些自私的老东西还活着。"她的眼睛湿润了;她为他们感到深深的惋惜,对他们的年轻和美貌感到一种崇敬,并且为她自己感到羞耻;然而她的眼泪并没掉落下来;她从那无数的小说中打开了一本,这些书是她过去时常评论的,要么好,要么不好;要么不好不坏,要么奇妙无比。"我真不知道人们怎么会想象这些事情。"她会这样说着摘下眼镜,用她那周围显出白圈的昏花的老眼往上看着。

就在那豹子标本的后面,埃利奥特先生正在和帕波先生下棋。显然他正处在劣势,因为帕波先生的眼睛几乎从不离开棋盘,而埃利奥特先生却坦然地靠在椅背上并不时和一个昨晚刚来的高大潇洒的绅士交谈着,他的头简直像一只有智力的公羊的头。在例行的寒暄以后,他们正在发现他们共同认识的一些人,这也正是他们第一眼看到对方形象时就明显感到的。

"是啊,老特鲁菲德,"埃利奥特先生说,"他有一个儿子在牛津。我经常和他们在一起。他家是一幢可爱的英王詹姆士一世风格的老式房子。有几幅美丽的格勒兹①的油画——这老男孩的地窖里还收藏着一两幅荷兰油画,再有就是大摞大摞的印刷品。噢,那里的尘土!他是个守财奴,你知道。他的儿子娶了平韦尔斯爵士的女儿。他们家,我也知道。收集癖似乎是世传的。这家伙收集扣环——肯定是人鞋子上的扣环,而且是在一五八〇到一六六〇年间使用过的;我说的年代不一定对,但这回事是不错的。真正的收藏家都有那么股说不清的狂热。可在其他方面,他却像一个短角牛饲养员一样冷静,而他也正巧是这么个饲养员。整个平韦尔斯家族,你大概也知道,都有他们自己的怪癖。莫德女士,比如说——"他说到这里停住了,因为轮到他走棋了——"莫德女士害怕猫,害怕牧师,还害怕长着很大的门牙的人。我就曾听见过她隔着桌子呼喊说,'不要张嘴,史密斯小姐;你的牙黄得像胡萝卜!'是隔着桌子,我再说一遍。对于我来说,她总是彬彬有礼的。她爱好文学,喜欢在她的客厅里款待像我们这样的人,但是不要提牧师,甚至也不能提主教,不,连大主教都不能提,她的声音就像一只雄火鸡。我听说那是因为家庭世仇——和查尔斯一世统治时期一位祖先做的什么事情有关。不错,"他继续说,一边应付着一再受到的将军,"我总是喜欢了解一些我们时髦的年轻人的祖母们的事情。依我估计,她

---

① 格勒兹(1725—1805),法国感伤派画家。是以感伤和说教轶事作为绘画题材的创始者。

们一定保留着我们所赞赏的十八世纪的一切,并且具有对于大多数人来说,特别干净的美德。我说的可不是那种带侮辱性地冲着巴博洛老太太说她很干净的那种干净。希尔达,"他对妻子说,"你认为这位老太太一生洗过几次澡?"

"我实在难以回答,休,"埃利奥特太太嗤笑着说,"但是,从她即使是在最炎热的八月也穿着紫褐色的丝绒衣裙的情况看,好像看不出来。"

"帕波,你赢了,"埃利奥特先生说,"我的棋艺比我所记得的还要差。"他十分平静地接受了自己的失败,因为他确实更想聊天。

他把椅子拉到新来的威尔弗雷德·弗拉欣先生旁边。

"这些都是你的吗?"他指着他们面前的一个箱子问道。其中有许多闪亮的十字架、宝石、小块刺绣、土著艺术品,吸引着旁观者。

"赝品,全是赝品,"弗拉欣先生简短地说,"你看这块小地毯,是很不坏的。"他说着从他们的脚边拣起一块小地毯,"不古旧,当然,但是图案设计还是蛮传统的。艾莉斯,给我你的胸针用一下。看看老工艺和新的之间的差别。"

一位正在全神贯注看书的女士解下她的胸针并把它递给了她的丈夫。在整个动作过程中她连头都没有抬一下,也没有注意到正在试图给她鞠躬的埃利奥特先生。如果她真的听了他们谈话,她可能会对巴博洛老太太,她的婶婶的那个话题感到好笑,但是她确实很忘情,继续看着她的书。

那钟像准备咳嗽的老人一样,先喘息了几分钟,然后打响了九点。这声音稍微打扰了几个睡意渐浓的商人,几个政府官员,以及几个躺在椅子上的富绅,他们有的在聊天,有的在吸烟,还有的在半闭着眼睛盘算着自己的事情;声音使他们的眼睑瞬间抬了起来,但是紧接着又垂了下去。他们就像刚刚饱餐完了的鳄鱼;对世界的未来,他们没有丝毫的焦虑。而在这平静明亮的大厅里惟一不安的东西是一只大蛾子,它从一个灯飞向另一个灯,并时而在梳理整齐的头发上嗖嗖地盘旋,引得几个年轻的女士紧张地举起手来并呼喊,"谁来把它打死!"

由于在专心想自己的事情,黑韦特和赫斯特都很长时间没说话。

当时钟打响时,赫斯特说:"啊,他们该活动了。"他看他们抬起上身,看看周围,又躺了下去。"我最憎恶的,"他结论说,"是女人的胸脯。想想吧,假如你是文宁,并且要和苏珊一起上床!但最令人不齿的是,他们根本什么也感觉不到——就像我在洗热水澡时一样。他们太粗野、太荒谬了,他们让人完全无法忍受!"

说完这番话,并没有得到黑韦特的任何答复,他继而开始考虑自己的事,考虑科学,剑桥,律师职位,并想到海伦,海伦对他怎么想?他努力想着,直到感到几分困倦,就低着头睡去了。

突然,黑韦特叫醒了他。

"你是怎么知道你的感觉的,赫斯特?"

"你坠入情网了吗?"赫斯特戴上他的眼镜问。

"别胡说。"黑韦特回答说。

"好吧,让我坐起来考虑考虑,"赫斯特说,"一个人确实应该这样。要是这些人都能想事情,那这世界就会比我们现在所居住的好多啦。你是在试着想吗?"

这确实是黑韦特在过去的半小时里一直在做的事情,但是他现在感到赫斯特没有丝毫的同情心。

"我想去散散步。"他说。

"别忘了我们昨晚上没有睡觉。"赫斯特说着打了一个巨大的呵欠。

黑韦特站起来,伸了个懒腰。

"我想出去呼吸点新鲜空气。"他说。

整个晚上他一直被一种异样的感情骚扰着,使他无法沿着一条思路考虑问题。这就像在他正兴致勃勃地和人谈话的时候却被人插进来打断了一样。他再也不能继续完成谈话,这使他在这里坐得越久就越渴望完成它。由于被打断的谈话是他和雷切尔的谈话,他不得不反复问他自己,他为什么会有这种感受,以及为什么他还想继续与她的谈话。赫斯特会简单地说,他爱上了她。可是他并不爱她。难道爱是这样开始的吗,愿意继续和某人谈话?不,它在他身上总是与明确的身体冲动相联系的,而这他还丝毫未感觉到,他甚至一点不觉得她的身体有任何吸引人的地方。当然,她也有一些不寻常的东西——她年轻、天真、爱打听,他们彼此之间的坦诚是超乎寻常的。他一直觉得和女孩谈话是很有趣的事情,这当然肯定是他为什么希望继续和她谈话的原因;而昨天晚上,在那么多的人和混乱当中,他只是刚刚开始和她的谈话。她现在正在做什么?也许正躺在沙发上看着天花板。他能想象到她的那样子,而海伦则坐在一把扶手椅上,双手放在扶手上,就像这样——她那两只大大的眼睛看着前方——哦,当然,她们谈话,谈跳舞。但是,假定雷切尔一两天之内就要走了,假定她的旅行就此结束,假定她的父亲乘着自己的汽船已到达海湾抛了锚,——他几乎什么都不知道,这太让人难以忍受了。他因此才忽然问道,"你是怎么知道你的感觉的,赫斯特?"以此阻止自己继续想下去。

但是赫斯特并没能帮助他,而其他人的无目的的运动和未知的生活更使他心烦意乱,他因此才向往空旷的黑暗。他走出大厅门外时第一眼看见的是安布罗斯别墅的灯光。当他从那一片灯光中分辨出一点显然高高在上无疑是那别墅的灯光的时候,他的顾虑消除了。似乎在那一片混乱中立刻有了小小的稳定性。头脑中没有任何明确的意向,他随意地向右拐弯,穿过镇子并来到道路尽头的墙边,他于是停了下来。可以听到海潮的声音。深蓝色的山影伸入浅蓝色的天空。没有月亮,但是有无数的星星,周围像波浪般起伏的大地上也到处闪着灯光。他曾想到回去,但是安布罗斯别墅的原来的单一的光亮现在却变成了三点分开的灯光,这诱使他继续前行。他总可以确认一下雷切尔是否还在那里。他加快了脚步,不久便来到了那花园的铁门外,他推开了它。刹那间,别墅的轮廓清晰地展现在他的眼前,那门廊上细细的廊柱的影子像刀痕一样划在被微微照亮的碎石台地上。他犹豫了。从房子后边传来有人在拨弄铁罐的声音。往近前走去;台地上的灯光表明,别墅的起居室是在这一侧。他在墙角处距离灯光最近的地方停住了脚步,墙上藤蔓的叶子轻轻拂着他的脸。片刻之后,他听到一个人的声音;但似乎不是在谈话,从声音的连贯性判断,那是在大声朗读着什么。他爬得更靠近了一点;并把藤蔓的叶子都抓到一起,以免它们在他的耳边沙沙作响。那可能是雷切尔的声音。他走出阴影,来到光亮中,终于相当清晰地听到了一个句子。

"在那里我们从一八六〇年生活到一八九五年,那是我的父母一生中最高兴的十几年。一八六二年,我的弟弟莫里斯出生,使父母异常高兴,似乎他注定要给所有知道他的人带来快乐。"①

那声音逐渐加快,而且声调也稍微升高进入结论,就好像这些话是一个章节的结尾。黑韦特缩回到阴影中。长久的沉默。他只能听到挪动椅子的声音。他正要离开返回,突然在窗前出现了两个人影,离他不到六英尺远。

"当然,那就是莫里斯·菲尔丁,曾和你母亲订婚的人。"这是海伦的声音。她若有所思地看着昏暗的花园说,显然她对那一片黑暗和她所说的话有同样多的思考。

"母亲?"雷切尔说。黑韦特的心猛然一跳,他注意到,她的声音尽管很低,却充满惊异。

"你不知道吗?"海伦问。

"我从来不知道还有另外一个人。"雷切尔回答说。她虽显然很吃惊,但她们说话的声音却既不高亢也不冲动,因为她们正面对着清凉黑暗的夜晚在说话。

"爱她的人比我所知的其他任何人都多,"海伦说,"她有那么一种魅力——那真是她的一种享受。她并不十分美丽,但是——我在昨晚跳舞的时候还想到她。她和什么样的人都相处得来,并且都能把他们弄得——神魂颠倒。"

海伦这时似乎正在回顾过去,在选择适当的词语,把黛丽莎和自从黛丽莎死后自己所认识的其他人做着比较。

"我不知道她是怎么做到这一切的。"她继续说,然后停了下来,一阵长长的沉默,只听见一只小猫头鹰的声音一会儿在这里,一会儿在那里响起,就好像它在花园里从这棵树飞到那

---

① 莫里斯曾经是雷切尔的母亲的未婚夫,此段话应是他的哥哥所写。

棵树。

"这和我的露西和卡蒂姑妈说的完全一样,"最后雷切尔说,"她们总是说她很伤感、很善良。"

"那又究竟是为什么,在她活着的时候,她们却总是责骂她?"海伦说。她的声音轻得就像要融入大海的波浪。

"假如明天我死了……"她开始说。

这没有说完的句子在黑韦特听来有一种非凡的美和超脱,而且神秘异常,就好像是在睡梦中说出的。

"不,雷切尔,"海伦的声音继续说道,"我们不能去花园里散步;那里太潮湿的——肯定特别潮湿;另外,我还至少看见过十几只蟾蜍。"

"蟾蜍?那不过是些石头,海伦。来吧。还是外面好。有花香。"雷切尔说。

黑韦特又往后退了几步。他的心猛烈地跳动起来。显然雷切尔是想把海伦拉到台地上来,而海伦不肯。两个人开始扭在一起,一边恳求,一边抵抗,还能听到她们俩的笑声。接着,出现了一个男人的形象。黑韦特没听清他们说了几句什么。一会儿,他们都进里屋去了;他只听见门闩刺耳的声音;然后便是死一般的沉寂,并且所有的灯也都关掉了。

他转回身去,而手里还仍然揉搓着刚才他从墙上揪下来的一把叶子。他感到一种异样的快乐和放松;在宾馆的那个舞会以后,一切是这样的平稳、平和。不管他是否爱着她们,其实他并不爱她们,不爱,但是她们都生活着,这就很好。

在原地站了一两分钟以后,他开始向大门走去。在他身体运动的同时,兴奋的情绪,以及对生活的浪漫和丰富多彩的感悟,都拥进了他的大脑。他大声吟诵着一首诗,但却记不清词了,于是只好断断续续说着破碎的诗句,除了词的美丽以外,根本没有任何意思。他关上大门,然后左右摇摆着朝山下跑去,嘴里还一边胡乱呼喊着任何出现在头脑中的东西。"我在这里,"他一边有节奏地喊着,双脚一边跟着一左一右地跳着,"像一头冲进丛林的大象,一路走去,树枝被剥得精光(他说着猛地抓住路边的枝条),嘶叫着数不清的词语,它们关乎数不清的事情,一边往山下跑,一边对自己胡言乱语,说的是道路和叶子,灯光和女人——来到黑暗中的女人——说的是雷切尔,是雷切尔。"他停下来深深吸了一口气。夜晚好像是个庞然大物,好客,尽管漆黑一片;似乎有什么东西在港口移动,然后移动到了海上。他执着地凝视着,直到黑暗使他感到眩晕。然后,他又飞快地走了起来,嘴里仍然低声地自言自语。"我应该上床睡觉,打呼噜并且做梦,做梦,做梦。梦和现实,梦和现实,梦和现实。"他在大街上一面走一面重复着,几乎不知道自己在说什么,直到他来到大门前。他在门口停留了片刻,镇定了一下情绪,这才推门进去。

他的眼睛被晃得难以睁开,他的双手冰冷,他的头脑激动不已却又半睡半醒。大厅里的一切都和他离开的时候完全一样,只是现在空荡荡的。那些椅子都被转得相互面对面,以方便坐在上边的人们交谈,茶几上还放着几只空杯子,地板上散落着几张报纸。当他关上门的时候,他感到自己像是被关进了一个方盒子里面,并且立刻缩小了很多。一切都很明亮、很小。他在那长桌子边停留了片刻,想找到他曾经想看的那张报纸,但是他的思想仍然被黑夜和新鲜空气占据着,使他难以用心思索那究竟是哪张报纸,他是在哪儿看到它的。

正当他胡乱地在报纸中摸索的时候,他眼角的余光中突然出现一个人影,正在下楼。他同时听见了裙子发出的窸窸窣窣的声音,他感到大吃一惊;伊夫林·M向他走过来。她走到跟前后就用手按住了他正要从桌上拿起的那份报纸,并且说:"你正是我要找的谈话伙伴。"她的声音带有金属声,并不好听,但眼睛却非常明亮,并且一直目不转睛地盯着他。

"和我谈话?"他反问道,"可是我已经睡着一大半了。"

"但是我认为你比大多数人都更善于理解。"她回答说,接着就在一张大皮革椅子旁边的一把小椅子上坐了下来,使得黑韦特不得不也坐在她的旁边。

"那么?"他说。他毫不掩饰地打了个呵欠,并点燃了一支香烟。他简直不能相信发生在他身上的事情。"谈什么呢?"

"你是确实富于同情心,还是只不过是装出来的?"她问道。

"这得你来评定,"他回答说,"我会很有兴趣听的,我想。"他仍然感到十分麻木;并且,她好像太靠近他了。

"谁都会很有兴趣的!"她不耐烦地喊道,"你的朋友赫斯特先生也很有兴趣,我敢说。但是,我真正相信的是你。你一定有个很好的姐妹,我猜想。"她停顿了片刻,随意拨弄着膝头闪光的小金属饰片,然后好像下了决心似的,她开始说,"无论如何,我请问你的忠告。你有没有进入过一种你连自己的头脑都搞不清楚的状态?这就是我现在的状态。你知道,昨晚跳舞的时候,雷蒙德·奥利弗——就是那个黑黑的看起来像有印度血统的高个子男孩,但是他说他确实没有——怎么说呢,我和他一起在外面坐了一阵,他和我谈了关于他自己的一切,他在家里如何不快,他如何不愿意来这里。他们使他操起了毫无人性的采矿生意。他说是毫无人性地——我也相当喜欢这样说,我知道;但是这并不重要。我是为他感觉到非常遗憾,没人能不对他感到遗憾,当他要求我同意让他吻我时,我同意了。我看不出那有任何不好,你说不是吗?然而,今天早上他对我说,他认为我的意思不只是一个吻就完了,还说我不是那种随意让人亲吻的人。于是我们又谈啊谈啊……我敢说我很愚蠢,但是人们都禁不住喜欢使自己感到遗憾的人。我确实非常喜欢他——"她停了片刻,"所以我向他半真半假地许了愿,你知道,还有阿尔弗雷德·珀罗特。"

"噢,珀罗特。"黑韦特说。

"我们是在前几天的那次野餐会上相互认识的,"她继续说,"他看上去那样孤独,特别是在阿瑟跟苏珊走了以后,让人不能不猜测他的头脑里在想什么。因此,就在你们观看那废墟的时候,我和他谈了相当长的时间,他告诉我关于他生活的一切,他的奋斗,以及奋斗得如何艰苦。你知道吗,他是生长在一家杂货商的店里,小时候经常挎着大包挨家挨户送货?这使我非常感兴趣,因为我经常说,只要你有真本事,你的出身实际上无关紧要。他还告诉我,他有个瘫痪的妹妹。可怜的女孩,谁都能想象出她受到多大的考验,尽管他显然对她非常尽心。我必须承认我确实赞赏那样的人!我并不期望你也赞赏,因为你是这样聪明。就这样,我们昨天晚上一起坐在花园里,我实在抑制不住地猜想他可能要说什么,我只能稍稍安慰他,并告诉他我确实很在乎——我确实——只不过,还有雷蒙德·奥利弗。我想要你告诉我的就是,一个人能同时爱两个人吗,能还是不能?"

她沉默了,用手托着下巴坐在那里,样子十分专心,好像确实面临一个需要在他们之间讨论的现实问题。

"我认为这要看你是什么样的人。"黑韦特说,并看着她。她个子小而且很漂亮,也许有二十八或二十九岁,但是尽管她很活跃,棱角分明,但这些除了表明她精力充沛、身体健康以外,并不能清楚地表明其他任何东西。

"你是谁,你做什么;你看,这些我都一无所知。"他继续说。

"我正要说这些呢,"伊夫林·M说,仍旧用双手撑着下巴并专心地看着前方,"我是一个母亲的女儿,但是没有父亲,如果这使你感兴趣的话,"她说,"这尽管不是什么好事情,但是在乡下经常发生。母亲是一个农夫的女儿,而父亲却很有钱——一个大家族里的年轻人。他从来没把事情直接挑明——也没有和她结婚——尽管他给了我们不少钱。他的家人不会答应他。我可怜的父亲!我禁不住喜欢他。当然,母亲也不是那种能让他把事情挑明的女人。他在战场上阵亡了。我相信他很受人崇拜。他们说,大队大队的士兵都不顾战事,在战场上围在他的身边痛哭。我真希望我能了解他。母亲的生命希望一下子给打碎了。世界——"她握紧了拳头。"噢,那样一个女人能让人们感到可怕!"她说着转向黑韦特。

"就这样,"她说,"你还想了解更多关于我的事情吗?"

"可是你,"他问了,"谁照看你呢?"

"主要是我照看了我自己,"她笑着说,"我有很好的朋友。我确实喜欢交朋友!这也是麻烦所在。如果你喜欢上了两个人,都喜爱得无以复加,说不清对哪个更喜欢,那究竟该怎么办呢?"

"要是我,我会继续喜欢他们——静等事态发展。干吗不这样?"

"但是,人必须选择一个,"伊夫林说,"要么就是你不相信诸如婚姻一类的事情?你看——这不公平,我告诉了你一切,可你却什么也没说。也许你和你的朋友一样——"她怀疑地看了他,"也许你不喜欢我?"

"我不了解你。"黑韦特说。

"我第一眼看见一个人的时候我就知道我是否喜欢他!我知道在第一天的晚饭上我就喜欢上你了。噢,上帝,"她不耐烦地继续说,"人要是都心里有什么就说什么,将省去多大的麻烦!我就是这样做的。我抑制不住。"

"但是你难道没发现这会导致麻烦?"黑韦特问道。

"那是别人的不对,"她回答说,"他们总是把它扯到爱情上,我认为。"

"所以你才一个接一个地受人之约。"黑韦特说。

"我不承认我受人之约的次数比其他女人都多。"伊夫林说,但口气并不很坚定。

"五次,六次,十次?"黑韦特冒昧地问。

看来伊夫林似乎想说十次是比较接近正确的数字,但它也还算不上是真正很高的数目。

"我看你一定以为我是个胡乱调情的女人,"她抗议说,"但是如果你真那么想,我也不在乎。仅仅因为对男人感兴趣,愿意交朋友,像和女人谈话一样地和男人谈话,就被人说成调情。"

"但是,默加特罗伊小姐——"

"我希望你叫我伊夫林。"她打断他说。

"在十次受人之约以后,你是不是真正感到男人也和女人一样?"

"真正,真正,——我就讨厌这个词!它总是被假正经挂在嘴上,"伊夫林叫着说,"我倒真正认为他们应该那样。这简直太让人失望了。每次我想,它大概不会发生,可每次都偏偏发生。"

"对友谊的追求,"黑韦特说,"一出喜剧的标题。"

"你太可怕了,"她叫道,"对什么也不真在乎。你是第二个赫斯特先生。"

"好吧,"黑韦特说,"那就让我们好好考虑考虑。让我们考虑考虑——"他说到这儿停住了,因为他一时想不起他们究竟该考虑什么。他对她这个人的兴趣大大超过对她故事的兴趣,在她说话的过程中,他的麻木的感觉消失了,取而代之的是一种喜欢、怜悯和怀疑的混合感觉。"你对奥利弗和珀罗特两个人都答应婚约了吗?"他终于说。

"不是确切答应,"伊夫林说,"我不能下决心我到底最喜欢谁。噢,我真憎恨现代的生活!"她脱口说道。"伊丽莎白一世时期人们的生活一定比现在轻松得多!前几天那次在山上我就感到,我真希望做一个殖民者,砍树盖房,制定法律等等,远比和那些仅仅把我当做一位漂亮的年轻的女士的人们胡混有意思多了。尽管我不是。可我确实可能做一番事业。"她沉思了约有一分钟的时间,然后说:"我现在心里正好想到,也许阿尔弗雷德·珀罗特不行。他不很强壮,是吗?"

"也许他不能砍倒一棵树,"黑韦特说,"你从来没认真喜欢过任何人吗?"他问道。

"我喜欢的人太多了,但并不想和他们结婚,"她说,"我想我是太挑剔了。我这一辈子都想找一个我要仰视才看得见,高大、强健的出色男人。大多数男人都那么矮小。"

"你说的出色是什么意思?"黑韦特问道,"人不都是——差不多那个样吗?"

伊夫林感到有些迷惑。

"我们并不是通过衡量人的质量而喜欢上他的,"他试图解释说,"而是,整个这个人让我们喜欢,"——他划着了一根火柴——"就像这样。"他指着那火焰说。

"我明白你的意思,"她说,"但是我不同意。我很清楚我为什么喜欢某人,并且我自认为我很少出错。现在我就认为你比较出色;但是决非赫斯特先生。"

黑韦特摇了摇头。

"他远不及你无私,富于同情心,高大,善解人意。"伊夫林继续说道。

黑韦特沉默地吸着香烟。

"可我讨厌砍树盖房子。"他说。

"我不是在和你调情,尽管我想你也许认为我是!"伊夫林厉声说道。"如果我曾想到你会把我看瘪了,我绝不会来找你!"她的眼眶里充满了眼泪。

"你从来不调情吗?"他问道。

"当然不,"她抗议说,"难道我没告诉过你吗?我想交朋友;我想结交比我更高大更高尚的人,如果他们和我一同坠入情网,那也不是我的错;我并不希望这样;我讨厌这样。"

黑韦特看到,再继续谈话似乎已经没有意义,因为显然伊夫林并没有任何由衷的谈吐,而只不过是在他面前树立自己的形象,为的是某种她不愿透露的原因,也许是不快乐,也许是不安。他已经很疲倦,而一位面色苍白的侍者又不时地走到房间的中央,有所暗示地看着他们。

"他们要关灯了,"他说,"我的忠告是,你应该明天一早就告诉奥利弗和珀罗特,你并不想和他们中的任何一位结婚。我肯定你不想。如果你又改变主意了,你还可以随时告诉他们。他们都是很理智的人;会理解你的。这样所有的麻烦就都没有了。"他说着站起身来。

但是伊夫林没有动。她坐在那里抬起头,用她那明亮热切的眼睛盯着他,他从那目光的深处看出一丝失望,或者是不满。

"晚安。"他说。

"可是我还有许多话想要对你说呢,"她说,"并且我会说的,在适当的时候。你现在一定要睡觉了吗?"

"是的,"黑韦特说,"我已经睡着一半了。"他说着离开了大厅,丢下她一个人坐在那里。

"为什么她们不愿意为人诚实?"他一边上楼,一边咕哝着对自己说。为什么不同的人之间的关系是这样不能令人满意,这样支离破碎,这样危险?为什么对另一个人的出于本能怜悯而说出的话语往往被本能地仔细猜测,而且往往有被彻底粉碎的危险?伊夫林真正想和他说的是什么?她被一个人留在大厅里的感受如何?当他沿着走廊向他的房间走去的时候,生活的神秘和不真实,甚至一个人自己思想的神秘和不真实,控制了他的神思。走廊的灯光很暗,但仍然足以使他看清一个身穿明亮的白色长晨衣的人影在他前面迅速地移动,从一个房间穿过到另一个房间,那是一个女人的身影。

第十五章

　　如果说，人们午夜在旅馆中偶然相见相识，也算一种缘分的话，那么，不管这种缘分有多么轻微，多么不明确，它比起连接前辈们的那种一日夫妻白头到老的缘分来，至少有一个优点。这种缘分尽管也许很轻微，但却生气勃勃，而且实实在在，其原因不过仅仅在于相识的双方手里都掌握着结束这缘分的主动权。所以一旦分手，这缘分也就没有维持的必要了，只有个别强烈希望继续保持关系的人属于例外。然而，当两个人结婚多年以后，他们便会对彼此身体的存在变得毫无意识，因而他们的行动像是单独的，他们说话也并不期待对方答复，总的来说，他们就好像是在享受独处的种种好处却又非孤身一人。雷德利和海伦的共同生活就已经达到了这一阶段，因此，有时候其中之一往往不得不费神回想某个意见究竟是说过还是仅仅想过，究竟是确已达成共识还是仅仅为梦中所见。两三天后的一个下午的四点钟左右，安布罗斯太太正站在屋里梳头，她的丈夫在那房门开向她的房间的化妆室里正开着水龙头哗哗地放水——他正在洗脸——透过水声，不时地有"就这样年复一年地继续；我希望，我真希望，我希望我能结束这一切"的感叹声传进她的耳朵，但她并未在意。

"是一根白色的? 还是其实是褐色的?"她嘴里轻轻叨唠着,仔细端详着她褐色头发中的一根光泽似有所不同的头发;并把它择出来,放在梳妆台上。她正在挑剔着她自己的长相,或更确切地说,欣赏着自己的长相,站在离镜子一定的距离以外,用极度的骄傲和忧郁的目光看自己的脸,这时她的丈夫在门口出现了,他穿着衬衫,袒胸露怀,脸被毛巾遮住了一半。

"你经常说我什么都注意不到。"他说。

"那你告诉我,这是不是一根白头发?"她说着把那根头发放在他的手上。

"你的头上没有一根白头发。"他大声说。

"唉,"她感叹说,"我现在开始怀疑了,雷德利。"并弯下腰来,把头放在他的眼前让他检查;但是得到的却是他在她头发分界线上的轻轻一吻,于是夫妻二人嘴里随意说着什么开始在房间里走动。

在说了一阵第三者绝对听不懂的话之后,海伦问道:"你说的是什么?"

"雷切尔——你应该随时注意雷切尔。"他相当认真地说。海伦一边继续梳她的头,一边抬起头来看着他,他说的有道理。

"年轻的绅士不会没有目的而关心年轻女子的教育的。"他评论说。

"啊,赫斯特。"海伦说。

"赫斯特,还有黑韦特,他们在我看来都一样——都是一脸疙瘩,"他回答说,"他建议她读吉本。你知道吗?"

海伦对此并不知晓,但由于她不甘心自己在观察力方面输给丈夫,便淡淡地说:"什么事也不会让我吃惊的。哪怕是我们在舞会上遇到的那个可怕的飞毛腿——哪怕是达洛维先生——

哪怕是——"

"我看还是小心为妙,"雷德利说,"还有威洛比,记住——威洛比。"他指着一封信说。

海伦叹了口气看着放在她梳妆台上的一个信封。没错,是威洛比,短小、面无表情,永远逗笑;是个能使整个大陆不再有秘密的人,他在信中询问他的女儿的社交礼仪和道德修养——希望她不再是个无聊的人,并要求他们在下一条船(如果她乘坐这条船的话)一到港就立即带她来见他——接着是一些显然压抑着的充满感激和热情的言辞,然后是将近半页纸讲他自己的事情:他如何赢得了那些可怜的土著人的心,他们正在罢工,拒绝给我装船,但最后他还是用慷慨激昂英国的誓言说服了他们。"我现在正穿着没系扣子的衬衫从舷窗伸出头去,那些叫花子也知道该散开了。"

"如果特丽萨能和威洛比结婚,"她一边说一边用发卡翻着信纸,"那我看不出雷切尔有什么不能的。"

但这时雷德利却岔开话题,开始抱怨如何洗衬衫的问题,说这不知怎的使得胡格赫灵·埃利奥特成了来访的常客;这个无聊的、学究式的干巴老头。但是他又不能指着门口吩咐他出去。实际上,他们见的人是太多了。等等,等等;然后谈话又变成了夫妻间的轻柔含混的唠叨,直到他们决定到楼下去吃茶点。

下楼的时候,海伦注意到的第一件事情是门口停的一辆车,车上只见粉脂钗裙和在帽檐边颤动的装饰羽毛。还没等她来到大厅,就听见西班牙女服务员用很不标准的怪异发音念出两个名字。瑟恩伯里夫人和威尔弗雷德·弗拉欣夫人先后走进大厅。

"威尔弗雷德·弗拉欣夫人,"瑟恩伯里夫人挥了挥手说,

"我们共同的朋友雷蒙德·帕里夫人的朋友。"

弗拉欣夫人和她热烈地握手。她也许有四十岁上下,气质高雅,身材丰腴挺拔,虽然身高还不及把她送来的马车。

她正视着海伦的脸说:"你的别墅真美。"

她的脸非常生动,眼睛直盯着你,除了自然显露出的轩昂气质之外,同时还略带几分腼腆。瑟恩伯里夫人扮演着中间人的角色,用精湛的日常话语把事情一一安排得十分圆满。

"我冒昧了,安布罗斯先生,"她说,"我已经保证说你一定会赏光向弗拉欣夫人介绍你的经验。我相信这里的人没有一个能赶得上你对这个国家的了解。没有一个人有你这样的长途漫步的神奇经历。没有一个人,我相信,有你这样丰富的百科知识。威尔弗雷德·弗拉欣先生是一位收藏家。他已经发现了一些珍品。我的意思并不是说,那些农民多么有艺术修养——当然,在过去——"

"不提过去——说现在的事情,"弗拉欣夫人忽然打断她说,"我的意思是说,如果他肯听我的话,就不要说过去。"

安布罗斯夫妇住在伦敦多年,对很多人都多少有所了解,至少也听说过名字。海伦对弗拉欣夫妇有所耳闻。弗拉欣先生开着一家古家具店;他经常对人说他不结婚,因为太多的女人都是红面颊;说他不住独门独院的房子,因为大部分房子的楼梯太狭窄,说他不吃肉,因为许多动物在宰杀的时候会流血。后来他却娶了一个脾气古怪的贵族太太,她显然并不白,而且像是吃肉的,还强迫他做所有他最讨厌做的事情——现在,这就是那个女人了。海伦感兴趣地看了看她。这时他们来到门外,茶点摆在院子里的一棵树下面,弗拉欣夫人开始自便拿起草莓酱。她说话的时候,身体会不由自主地奇怪扭动,使她帽子上的金丝雀色的羽毛也不住地颤动着。她那矮小的身材,漂亮的装束,勃勃的生气以及鲜红的嘴唇和面颊一起构成了一种鲜明的特点,那是在她之前的若干代祖先的良好素质的结晶。

"凡是超过二十年以上的事物都不会令我感兴趣,"她继续说,"发霉的老画,脏破的旧书,有人硬把这些东西放在博物馆里,这些东西只配付之一炬。"

"我完全同意,"海伦一边笑着一边说,"可惜,我丈夫却把他的生命耗费在发掘一些任何人都不会想要的手稿上。"雷德利惊异的满面怒容倒使她感到好笑。

"伦敦有一个叫约翰①的奇才,他画的画比前人的都好。"弗拉欣夫人继续说,"他的画让我激动,可任何老画都不能。"

"但是他的画也会变老的啊。"瑟恩伯里太太插话说。

"到那时我就把它们全烧掉。我要把这写进我的遗嘱里。"弗拉欣夫人说。

"弗拉欣夫人住在奇林戈雷,那里的房子是全英格兰最漂亮最古老的。"瑟恩伯里太太向大厅里其他的人介绍说。

"要是我有别的去处,我明天就把它烧掉。"弗拉欣夫人大笑着说。她的笑声像傻瓜的嚎叫,吓人而毫无趣味。

"对任何明智的人来说,这套大房子有什么用处?"她问道。"要是你天黑以后下楼去,黑色的甲虫会爬满你一身,而且电灯永远都不亮。要是你拧开热水龙头,从水管里出来的是蜘蛛,你该怎么办?"她用眼睛注视海伦问道。

---

① 奥古斯塔斯·约翰(1878—1961),英国壁画、版画和肖像画家,其肖像画有力地刻画出政界和艺术界许多人物的性格。

安布罗斯夫人笑着耸了耸肩膀。

"那才是我喜欢的地方。"弗拉欣夫人说。冲着她的别墅点了点头。"在花园庭院里的一小栋别墅。我曾经在爱尔兰有过一座别墅。早晨睡在床上用脚趾头就可以摘到窗外的玫瑰色的花。"

"那园丁呢,他们不吓一跳吗?"瑟恩伯里太太问。

"没有园丁,"弗拉欣夫人笑嘻嘻地说,"除了我和一个没牙的老太太以外,没有别人。你知道,爱尔兰的穷人在二十岁的时候就开始掉牙了。但是你休想让政治家们理解这一点。阿瑟·贝尔福①就不理解。"

雷德利叹了口气说,他不指望任何人理解任何事情,尤其是政治家。

"不过,"他又说,"我发现特别老的人也有一个好处——就是除了吃饭和消化以外,其他任何事情对他们都不当紧。我所能提出的全部要求就是,让我一个人在孤独中消磨时光。显然,这个世界正在以其应有的速度走向——地狱,而我所能做的就是安详地坐在那里,尽可能地苟延残喘。"他嘟囔着说,带着忧郁的眼神把果酱抹在他的面包片上,因为他感到这个孤傲的女士显然丝毫没有同情心。

"我丈夫爱说这样一句话,但我总是反驳他,"瑟恩伯里太太甜甜地说,"男人!你活着不是为了女人还能为什么!"

"真应该好好读读《谈情录》②。"雷德利严厉地说。

"《谈情录》?"弗拉欣夫人叫道,"是拉丁文还是希腊文写

---

① 阿瑟·贝尔福(1848—1930),英国保守党首相(1902—1905)。
② 希腊哲学家柏拉图的作品,涉及性爱和男性同性恋。

的？告诉我,有没有好的译本?"

"没有,"雷德利说,"你得学希腊文。"

弗拉欣夫人叫起来:"啊,啊,啊!我宁可在路边砸石子。我总是羡慕那些砸石子的人,戴着护目镜,整天坐在那些小石堆上。和打扫禽舍或者喂牛比起来,我觉得砸石头真是好多了呢——"

这时雷切尔从下面的花园走过来,手中拿着一本书。

"那是什么书?"雷德利在和她握了手以后问道。

"是吉本。"雷切尔说着,坐了下来。

"《罗马帝国衰亡史》?"瑟恩伯里太太说,"那是本极好的书,我知道。我亲爱的父亲没少跟我们引用其中的句子。结果是,我们都决心永远不看这本书。"

"历史学家吉本吗?"弗拉欣夫人说。"我的很多美好时光都是伴随它度过的呢。记得我们以前经常睡在床上看他的书,就是在本该睡觉的时候,真的。可以这么说,是攻读一本了不起的大书——那种每一页都分两栏的大书,而且是在黑夜里——就着从门缝射进来的一点光亮。还有蛾子——那种黄色的大蛾子,还有可怕的金龟子。我的妹妹路易莎要开着窗户,而我要关上;我们俩每天晚上都为窗子争执不休。你见过在夜色中死去的蛾子吗?"她问道。

谈话被打断了。黑韦特和赫斯特出现在客厅的窗前,并向茶点桌走来。

雷切尔的心跳猛然加快了。现在对任何事物都使她感到一种异样的紧张;就好像它们都在揭示什么事情。但她还是用十分平常的口气和他们打招呼。

"请原谅。"赫斯特说着从刚刚坐下的椅子上站了起来。他走进客厅,然后拿着一个坐垫走了回来,并仔细地放在他坐过的椅子上。

"风湿症。"他说着重又在椅子上坐下来。

"是跳舞的结果?"海伦问道。

"无论什么时候,我只要一累,就犯风湿性症。"赫斯特说,并猛地弯他的手腕,"我听得见骨头碴摩擦的声音!"

雷切尔看着他。她觉得可笑,但又觉得可敬;要是这样的事情可能的话:她的上半个脸在笑,而下半个脸却在抑制笑。

黑韦特捡起放在地上的书。

"你喜欢吗?"他小声地问。

"不,我不喜欢。"她回答说。整个下午她一直都在试图看这本书。但是,她起初看到的文采不知什么原因全不见了,尽管她还是竭力一直读着,但是却抓不住任何读到的意思。

"它总是绕啊绕啊,就像一卷油布。"她赌气说。显然她这话是说给黑韦特一个人听的,但是赫斯特应声问道:"你这是什么意思?"

她立刻对自己的话感到一丝惭愧。因为,她很难用严肃的批评表明她的见解。

"从写作风格上说,那无疑是所有风格中最完美的,"他继续说,"每一个句子都是尽善尽美的,睿智的——"

"形体丑陋,思想恶心,"她忿忿地想,已不是再考虑吉本的风格了,"是啊,思路敏捷,严密,顽强。"她看着他的大脑袋——额头占去了不成比例的一大部分——然后看着他那率直、严肃的眼睛。

"我对你算是绝望了。"他说。他说的虽然并不经意,但她听的却认真了。她觉得,仅仅因为她碰巧不喜欢吉本的风格,似乎她作为人的价值也降低了。现在其他人都在谈论弗拉欣夫人应该游览的村子。

"我也绝望了，"她激烈地回敬说，"你为什么总是仅仅凭人的头脑判断人？"

"我看，你和我的老处女姨妈的想法差不多。"圣约翰用他那轻松的口气说。这口气不能不令人恼怒，因为它总是使谈话的对方显得过分笨拙，过分认真。"好好的，亲爱的女士——我想，现在金斯利先生①和我的姨母都已经腐朽了。"

"人不读某一本书仍然可以是个非常好的人。"她坚持说。话音显得又愚蠢又单纯，使她立即陷于受嘲笑的境地。

"我说过不是这样吗？"赫斯特皱了皱眉毛反问道。

这时，瑟恩伯里太太出乎意料地插了进来，一方面可能因为她一直把平和事态视为己任，另一方面也因为她早就想和赫斯特先生搭讪，她觉得年轻人都像是她的儿子。

"我一生中经常和像你姨母一样的人生活在一起，赫斯特先生。"她说着在椅子中往前欠了欠身。她的褐色的松鼠般的眼睛比平时更亮了。"他们从来没有听说过吉本。他们关心的仅仅是他们的野鸡和农民。他们是些出色的男人，骑在马背上的时候显得神气十足。而在战乱时期，他们也不能不骑马，我想。你尽可以用你不喜欢的话说他们——说他们是动物，没教养；他们自己不读书，也不希望别人读书，但他们是世界上最好、最善良的人！我要是讲出一些故事来，一定会让你们吃惊。你们永远猜不到那就发生在国内的浪漫传奇。他们简直就是一

---

① 金斯利（1819—1875），英国诗人、小说家。上文"好好的，亲爱的女士"出自他的诗《道别 C. E. G.》。

群,在我看来,会再一次孕育出莎士比亚来的人,如果他真的能再生的话。那些在白垩山丘中的老房子——"

"我的姨妈,"赫斯特打断她说,"在东兰贝斯区的社会底层的穷人中间度过一生。我刚才说起她,是因为她总是试图贬低被她称之为'知识分子'的人,我觉得这正像温雷克小姐所说的,现在这种观点正流行。如果你很聪明,那好,没有二话,你肯定没有同情心,难以理解人,不懂爱——一切真正重要的品德你都没有。啊,基督徒!你是最狂妄的,最自负的,最伪善的!"他继续说,"当然,我是第一个承认你们的乡绅们的伟大德行的。至少,他们对自己的感情也许是非常坦率的,而我们不是。我的父亲在诺福克,是一位牧师,他说在乡下几乎没有一个乡绅不——"

"还是说吉本怎么样?"黑韦特打断他说。所有人脸上的严肃神情都松弛了下来。

"我想,你会觉得他单调。但是,你知道——"他翻开书,开始寻找段落大声朗读,很快就找到一段他认为很适合的段落。然而,对于雷德利来说,世上再没有什么比听别人大声念东西更使他厌烦的了。况且,他本来对女士的服饰和行为举止十分挑剔。在结识弗拉欣夫人的十五分钟内,他已经肯定,她帽子上的橘黄色的羽毛和她的肤色很不相称,她讲话的声音太高,她跷二郎腿,并且,当他看到黑韦特向她让香烟时她竟接受了的时候,他终于跳了起来,嘴里叫着什么"吸烟室"离开了他们。他的离开显然使弗拉欣夫人更放宽心了。她一边吞云吐雾,并高高跷起二郎腿,一边细细地盘查着海伦,以摸清她对她们共同的朋友雷蒙德·帕里夫人的性格、人品的看法。通过一系列策略的问题,她使她得出结论:帕里夫人的年纪不小了,长得不漂亮,好打扮——一个傲慢无理的恶妇;一句话,见识她是件很有趣的事情,因为你见识的是一个奇人。但是,海伦本人对可怜的帕里先生倒是蛮同情的。她认为他是被关在楼下,和一箱箱的珠宝做伴;而他的夫人却独自享用会客厅。"现在我知道人们会对她说什么了——当然,这也是她自己造成的——"说到这儿,弗拉欣夫人激动地插话说:"她是我的大表姐!你继续说,继续说!"

弗拉欣夫人行将起身离开的时候,她显然为新结识的朋友感到高兴。在走回马车的路上,她提出了两三个约会或郊游的计划,或者是邀海伦去看她们新买的东西。她把所有这些都包括在了一个不十分明确但却十分盛情的邀请里。

海伦在转身返回花园的时候,想起了雷德利的警告,她的脚步犹豫了起来。这时她看见雷切尔正坐在赫斯特和黑韦特中间。但这并不能使她得出什么结论来,因为黑韦特仍然在高声念着吉本,而雷切尔的所有表情表明她不过是一只贝壳,从黑韦特口中潮水般涌出的言辞只是在她的耳畔冲刷着,就像海水冲刷着岩石棱角上的一个贝壳。

黑韦特的声音十分动听。当他念到章节末尾的时候,便停了下来。大家都默不作声。

"我敬慕上流阶级!"赫斯特在沉默了片刻之后大声说,"他们竟然如此的不慎重。我们中恐怕没有人敢做出那个女子的举动。"

"我喜欢的是,"海伦说着坐了下来,"那整体的美丽组合。裸体的弗拉欣夫人肯定是极出色的,可穿上衣服以后——就像她穿的那样,就显然变得很可笑了。"

"是的,"赫斯特说,一丝失望的阴影从他的脸上掠过,"我的体重有生以来从来没有超过十英石①,"他说,"这和我的身高相比,真是荒唐,实际上,自从我们来到这里以后我的体重还下降了。我敢说这就是我得风湿症的原因。"他说着又一次猛弯他的手腕,这回海伦听到了骨头碾轧的声音。她禁不住笑起来。

"这不是什么可笑的事情,我告诉你,"他严肃地说,"我母亲就是慢性风湿病,已经病弱不堪,而我自己也一直在等着有人告诉我,我也患了心脏病。风湿症最后总是殃及心脏。"

"看在上帝的分上,赫斯特,"黑韦特反驳说,"你简直成了八十岁的残废老头了。要照你那么说,我还有一个得癌症死了的姨母呢,可是我从来不考虑什么癌症的事情。——"他说着把座椅向后翘起,使它的仅仅两条后腿着地,并来回晃着。"有没有人想去散散步?"他问道。"屋后面有一条绝好的小路。顺着它可以一直走到一个悬崖边上,前边就是大海。那里的石头是红的,海水清澈见底。前几天我在那儿看到一幅图景,真是太壮观了——大约有二十多条半透明的水母,粉红色的,托着长长的触须,在波浪中起伏。"

"你肯定那不是美人鱼?"赫斯特问,"这天气爬山,太热了。"他看了看海伦,她也没有兴趣。

"是,太热了。"海伦附和说。

短暂的沉默。

"我想去。"雷切尔突然说。

"她是无论如何都会那么说的。"在黑韦特和雷切尔双双离开以后,海伦对自己说。现在,海伦被独自留下和圣约翰呆在一起,这显然正合圣约翰的意。

---

① 英制重量单位,一英石约等于3.6公斤。

尽管他可能很满意,但是他常有拿不定哪个话题更有谈论价值的毛病,这使他沉默了一段时间。他呆呆地坐在那里,盯着地上的一根熄灭了的火柴头,而海伦所想的——从她的眼神看来——是和目前情景不大相关的事情。

最后圣约翰终于骂道,"可恶!一切都可恶!每个人都可恶!"随后他又补充说,"在剑桥总有可以谈话的人。"

"在剑桥总有可以谈话的人。"海伦心不在焉并十分押韵地重复着说。随后她似乎突然醒悟过来说,"对了,你拿定主意去哪儿了吗,去剑桥还是当律师?"

他撅了撅嘴唇,并没有马上答复,因为海伦仍然有些漫不经心。她所想的是雷切尔,想她可能会爱上这两个青年中的哪一个。现在,坐在赫斯特的对面她想,"他真丑。真遗憾,他们长得都这么丑。"

她所指的人当中并不包括黑韦特;她想到的是她所知道的那些聪明、诚实、有趣的男青年,而黑韦特正是这种人的典型代表,她在想,有思想有学识的人的身体会不会被其思想和学识损坏,这样他们才能达到极高的境界,从那里俯视人寰的时候,看到的不外乎是一群在平面上蠕动的老鼠。

"将来会怎样?"她朦胧地想着,似乎看到真的有一群男人越发变得像赫斯特,有一群女人越发变得像雷切尔。"噢,不——"她心里呼喊着瞟了他一眼。"没有人愿意和你结婚。那好,看来这个民族的未来是掌握在苏珊和阿瑟的手中了;但是不——这太可怕了。农场工人的未来;不——这不应该是英国人,俄罗斯人或中国人还差不多。"顺着这条思路她怎么也想不明白,最后圣约翰打断了她的思路。他说:"我想你一定知道贝内特。他是世界上最伟大的人。"

"贝内特?"她问道。圣约翰的心情稍微放松了一点,他说话的口气也不显得那么唐突了。他解释说,贝内特住在离剑桥六英里的一个老磨坊里。按圣约翰的话说,此人生活在完美之中,十分孤独,十分简朴,一生关注的总是万物的真谛,他总是乐于与人交谈;尽管他的思想是最伟大的,他为人却非常的谦虚。

"难道你不觉得,"圣约翰做完他的描述以后说,"那一类的事情使得这一类的事情变得淡薄了吗?在下午茶上你注意到可怜的黑韦特如何改变话题了吗?看出他们以为我要说些不合时宜的话而如何准备群起而攻之吗?这算不得什么。如果贝内特在那儿的话,他会要么把自己想说的话一股脑说出来,要么拂袖而去。但是在这里,有一些糟糕的倾向阻碍着这种性格的发展——我说的是贝内特性格。这种倾向就是——欺侮人。你觉得我是受气包吗?"

海伦没有回答。他又继续说:"我就是,十足的受气包。这真是太可耻了。然而,对我来说更糟糕的是,我又是如此的嫉妒。我嫉妒每一个人。看到别人做事比我强,我就忍受不了——哪怕是极其荒谬的事情——比如侍者能稳稳端起满满的托盘——或者阿瑟得到苏珊的爱。我希望人们喜欢我,可他们不喜欢。这大概跟我的长相有一定的关系。"他继续说,"但是,说我有犹太血统可纯粹是胡说——实际上我们住在诺福克的赫斯特的赫斯特堡里已至少有三个世纪了。像你这样的人活着一定很痛快——人见人爱。"

"我可以明确告诉你,并不痛快。"海伦笑着说。

"肯定痛快,"赫斯特仍坚持说,"首先,你是我所见过的最漂亮的女子;第二,你的性格又是那么出奇的好。"

如果赫斯特不是在看着他的茶杯而是看着海伦的脸,那他一定会看到她的脸红了。这一部分是由于兴奋,一部分是由于她对这个一直十分丑陋、单纯,并且还将继续这样下去的年轻人的怜爱。她同情了他,因为她估计他可能真的很苦;并且对他很感兴趣,因为他说的很多话在她看来都十分真实。她很欣赏年轻人的观念,但同时感到自己被拘禁了。似乎她的天性即将冲出牢笼,进入一个更多彩,更非人格化的世界,这世界她几乎唾手可得,她回到房间里,拿出她的绣品来。可是他对刺绣毫无兴趣;甚至连看也没看它一眼。

"至于温雷克小姐,"他接着说,"啊,对了,我们还是直呼其名吧。圣约翰和海伦,雷切尔和特伦斯。雷切尔到底喜欢什么?她有推理吗,她有感觉吗,她不仅仅是一个脚凳吗?"

"噢,不。"海伦十分坚决地说。从她在下午茶上的观察看来,她开始怀疑赫斯特是否是教育雷切尔最合适的人。她已开始越来越对她的外甥女感兴趣,而且喜爱她了;当然,她身上还有很多东西让她讨厌,有些东西让她觉得可笑;但她对她整体上的感觉是,如果她还算不上一个人的话,那至少是一个正在尝试人生的生命,有时不太走运,但是她有某种力量,有相当的感觉;而在她自己内心深处,她感到自己和雷切尔有某种不可言喻却又无法了断的性关系。"她初看上去思想不明确,但她是有自己的主见的。"她说,好像在刚才的瞬间停顿中她把她整个评估了一番。

她的刺绣仍是她的思考对象。它的设计十分复杂,而颜色安排欠周密。这些使得她和他的谈话不大连贯起来。随着她眯起眼睛仔细品味它的整体的效果,她已准备全身心投入那丝绸和彩线的世界中去了。于是她对圣约翰的下一句话随口应道:"嗯……嗯,下次我要约她和我一起去散步。"

也许是对她这分心的举动有几分不满,他不再说话,细细观察着海伦的举动。

"你真是太幸福了。"他最后终于说。

"是吗?"海伦停住了针,问道。

"你结了婚,我的意思是。"圣约翰说。

"是啊。"海伦说着又缓慢地拉出针来。

"有孩子吗?"圣约翰又问。

"有,"海伦又一次停住了针说,"可我不知道我有什么幸福。"她突然笑了起来,仔细地打量他的脸。一阵沉默。

"在我们之间有一道深渊。"圣约翰说。他的声音就像发自岩石深处的一个洞穴。"你比我简单得多。女人当然都这样。这是个麻烦。人们永远都不知道女人是怎么思想的。也许你一直在想'啊,多么病态的一个青年!'"

海伦坐在那儿,手里拿着绣花针,看着他。从她坐的位置她看到,他的脑袋正好处在背后的一株金字塔形的木兰树的黑色树冠中间。而她自己——为了做针线活一只脚跷在另一把椅子的横掌上,胳膊肘向外拐着——倒有几分早先妇女的某种编织自己命运的圣洁气概。而这圣洁气概至今还在许多妇女身上体现出来,尤其体现在她们刷洗或做针线活的姿势上。圣约翰仍旧看着她。

"我想,你在生活中一定从不抱怨什么。"他忽然说。

"倒是我把雷德利惯坏了。"海伦想了想说。

"我打算问你一句话,没有任何目的。——你喜欢我吗?"

她停顿了片刻回答说:"当然。"

"感谢上帝!"他喊道。"这太好了。你看。"他感情充沛地继续说,"我希望你喜欢我超过我所见过的任何其他人。"

"包括那五个哲学家吗?"海伦笑着问道,仍然快速而坚定地一针一针绣着,"和我说说他们吧。"

赫斯特虽然并没有心思谈论他们,但是,当他开始考虑他们的时候,他发觉自己放松了,坚强了。远在世界的另一个角落,在他们居住的烟雾缭绕的房间里以及灰暗的中世纪情调的庭院中,他们的形象依然出众——他们是一群谈话随便,使人感到轻松的人——在感情的细腻方面,这里的人们无一能和他们同日而语。他们给予他的东西是所有女人——甚至包括海伦——所不能给与的。在对他们进行一番思考的精神准备之后,他开始询问安布罗斯夫人她自己的情况。他究竟是应该继续留在剑桥,还是应该当律师?他自己对这两者的思想总是一会儿一变,拿不定主意。海伦认真地听着。最后,她不加任何掩饰地提出了自己的看法。

"离开剑桥,去当律师。"她说。他强烈要求她说明她的理由。

"我想这样你会更多地享受伦敦。"她说。这似乎并不是一个很充分的原因,但是,她认为它足够充分了。她看着他衬着背后开花的木兰树丛的身影。这情景似乎很奇特。也许是因为那厚重的蜡一般的花瓣如此平滑,难以描述,并且他的脸——他已经把帽子甩在一边,露出褶褶巴巴的头发,他把眼镜拿在手里,使鼻梁两侧显出两个红色的压痕——显得既愁容满面,又咄咄逼人。那木兰树长得很漂亮,树冠很大;在她坐在那谈话的过程中,她一直在注意那树丛的明暗色块,树叶子的形状,以及那大白花是如何坐落在绿色中间的。她仅只是下意识地注意到这些,但它无疑已经成为他们谈话的一部分了。她放下手里的针线,开始在园子里来回走,赫斯特也站起身来,在她旁边和她一起走。他感到不安,尴尬,而且满腹心事。他们谁都没有说话。

太阳开始西沉,山峦好像发生了变化,其中所有的实际物质都不存在了,变得像仅仅是由一团团浓郁的蓝色薄雾所组成。边缘带着卷曲的驼鸟毛的火烈鸟般的红云分列在天空的不同的高度上。城镇的屋顶好像比平时更低了;在屋顶之间的松柏显得更黑了,而屋顶本身却显出褐色或白色。和平常的傍晚一样,下面的每一声叫喊或钟声都能听得清清楚楚。

圣约翰突然停下来了。

"那好,你可得对你的话负责,"他说,"我决定了,就去当律师。"

他的言词非常严肃,几乎充满感情;在又一阵踌躇之后,它再一次唤回了海伦。

"我不怀疑,你的决定是英明的,"她温和地说,握了握他伸出的手,"你将成为一个了不起的人,我相信。"

接着,就像是提醒他留意眼前的风景似的,她把他的手在眼前画了一个大圈。这个大圈从海边一直扫过平原、山川,到达城镇的屋顶,又跨过层叠的山峦到达那栋别墅,以及那里的庭院和木兰树。最后他们站到了一起,赫斯特的手落在了她的另一侧。

第十六章

　　黑韦特和雷切尔来到海边峭壁上的一个地方已经很久了，从这儿往下看，不时可以看到跃出海面的水母和海豚。往另一方向看去，广袤葱郁的陆地显现一种无论怎样延伸也和英格兰迥然不同的景象；在那里，村庄和山丘都有名字，山峦的最远处和地平线相接的地方，经常不是融入淡淡的薄雾就是现出蓝蓝的一条，那其实都是大海；而这里的陆地无论你怎么远眺，也还是无穷无尽的陆地，突兀成峰的陆地，聚石成险的陆地，辽阔得延伸再延伸的陆地，就像广阔无边的海底。它被白天和黑夜分成黑白相间的条块，又被边界分割成不同的地区，四海闻名的城市在此建立起来，那里的人也由浑身黢黑的野人变成了文明的白人，然后又变成黢黑的野人。或许，正是由于他二人的英国血统使他们对这种前景感到事不关己或充满敌意，因此他们只往这边看了一眼就转过头去看大海了；并且从此以后，他们一直都看着海。大海，尽管看上去像一个薄薄的波光粼粼的平面，似乎永远不会有愤怒的波涛，最终还是缩小了自己，那美丽无瑕的颜色也终究成为淡灰色，打着漩通过了狭窄的海峡，并在冲撞巨大的花岗岩石的时候发抖、破碎。这片海水正是要流经泰晤士河口的海水；而泰晤士的河水清洗着伦敦城的根基。

在黑韦特心头掠过的就是这样一些事情,因而当他们站在峭壁边上的时候,他说的第一句话就是——"我真想回英格兰!"

雷切尔枕着胳膊躺在地上,并用另一只手分开崖边上的高高的草丛,以便看得更清楚。海水很平静;波澜在崖下轻轻地摇着,海水清澈得可以看清海底的红色石头。此情此景早在世界出现的时候就存在,并且一直原样保留至今。也许从来没有船只或人的身体打扰过那片水面。不知哪来的一股冲动,她决心搅乱那里恒久的平静,她找了一块最大的卵石,把它扔了下去。随着卵石的撞击水面,涟漪一圈一圈地扩展开来。黑韦特也低头向下看去。

"太妙了。"他在涟漪逐渐散去的时候说,这一点新颖变化使他觉得很新奇。他也丢下一颗卵石。几乎听不到任何声音。

"但是,回英格兰,"雷切尔一面注视着前方,一面用一种沉思的口吻低声问道,"你回英格兰想要做什么?"

"主要是我的朋友,"他回答说,"一些人们日常做的事情。"

他可以注视着雷切尔又不被她发觉。她仍然专注于海水,以及水下不深处受它冲刷的岩石所共同传达的信息。他注意到她身穿一件纯棉的深蓝色的裙子,又软又薄,十分贴身,因而显出了她身体的形状。那是一个年轻的女人尚未发育完全的身体,有棱角,有凹陷,然而丝毫没有走形,因此显得很有韵味,甚至很讨人喜欢。黑韦特又抬起眼睛看她的头,这时她已摘掉了帽子。她把脸枕在一只手上,望着下面的大海,双唇微微张开着。她的全副表情就像一个孩子在专心致志地观察着一条游过清晰的红石头的鱼。不过,她的二十四岁的年龄还是给了她一种矜持的神态。她那只放在地上的手,手指略微弯曲,显然是一只漂亮的巧手。那指甲方方、不肯安分的手指俨然是音乐家的手指。黑韦特带有几分痛苦地感到,她的身体并非不美,但实在是很迷人。这时,她突然抬起头来,眼睛充满了热情和激动。

"你写小说吗?"她问道。

有片刻的时间他不能做出回答。他在努力克制着伸出双臂拥抱她的欲望。

"噢,是的,"他说,"我是说,我想写小说。"

她的灰色的大眼睛并不肯离开他的脸。

"小说,"她重复说,"你干吗写小说呢?你应该写音乐。作曲,知道吗。"——她把眼睛移开了,当她的大脑开始思考的时候,她似乎变得不那么迷人了,脸上起了某种变化——"音乐处理事情是直接的,一下子就能把该说的都说清。要是用话来说,在我看好像太——"她说到这儿停住了,在地上蹭了蹭她的手指——"隔靴搔痒了。今天下午我在读吉本的时候,我简直是可怕地、可憎地、可恨地厌烦透顶了!"她说着自己先笑了一声,黑韦特也跟着笑了起来。

"那我可不再借书给你了。"他说。

"你说,"雷切尔继续说,"为什么我只能在你面前嘲笑赫斯特先生,却不能当着他的面笑话他?在下午茶上我真算服了,倒不是为他的长相——而是他的头脑。"她用双手在空中划一个圆。她宽慰地感到,自己与黑韦特谈起话来是多么轻松,那些能把友情的面纱撕破的棘刺和棱角都磨平了。

"要我说,"黑韦特说,"这是一件永远让我感到吃惊的事情。"这时他变得十分镇定自若。他甚至点燃了一支香烟,一边抽一边体味她的话,并且自己也感到宽慰和愉快。

"说起女人——甚至受过很好的教育、很有能力的女人——对男人的看法,"他继续说,"我相信,我们对你们一定应拥有某种控制力,就像我们对马的控制力一样。在女人的眼里,我们一定比实际大三倍,否则她们是不会服从我们的。根据这一推理,我完全可以相信,即使真的把选举权给了你,你也不会拿它做任何事情。"他若有所思地看着她。她看上去是那样光滑,那样敏感,那样年轻。"我敢说,你们至少要经过六代人的磨练才可能有足够勇气走进法庭或办公室。想一想一般的男人是多么的逞强好胜,"他接着说,"一般的工作努力、有一定事业心的律师或生意人,他们要养家糊口,要有一定的社会地位。还要,当然,把他们的女儿们嫁给儿子们;那些儿子也必须受教育,必须考虑养家糊口的问题,于是开始了新一轮的循环。在这中间,女人一直是在幕后……你难道真认为选举权对你有什么用处吗?"

"选举?"雷切尔重复说。她首先需要在头脑中想象一下把一张小纸塞进一个箱子里的情景,这才似乎能理解他的问题,他们对视了片刻,都对这个问题感到一丝荒唐,于是都笑了。

"不,我不需要,"她说,"我只会弹钢琴……男人真的是你说的那样吗?"她问道,又回到问题中她感兴趣的那一部分。"可是我并不害怕你。"她很坦然地看着他说。

"噢,我当然不一样啦,"黑韦特回答说,"我是个在一年里生产出六七百个我自己的人。并且,感谢上帝,也没有人把小说家当回事。再说,一个人如果真的被很多人看得很重——开始有约会,有办公室,并有了头衔,有很多人慕名写信给他等等,那他的职业一定就变成苦差事了。我不嫉妒这些人,尽管我时而有这种想法——多么惊人的和谐!男人观念构成的世界多么奇妙——法官,公务员,军队,海军,议会,市长——我们造就了一个什么样的世界!再看看赫斯特。我敢保证,"他说,"自从我们来到这儿以后,没有一天他不在讨论究竟是留在剑桥还是当律师的问题。这是他的事业——他的神圣的事业。并且,如果我都听他说了二十遍,他的母亲和姐妹们肯定听他说过五百遍了。你能想象家庭主教团吗?就是姐妹被叫出去喂兔子,因为圣约翰必须独享学习的房间,——'圣约翰的工作','圣约翰要人端茶来'你知道这类事情吗?难怪圣约翰认为那是顶顶重要的事情。当然他的确也是。他要挣钱糊口。可他的姐妹——"他说到这里叹了口气。"没有人把她当回事,可怜的人儿。她只能喂兔子。"

"是啊,"雷切尔说,"我喂了二十四年的兔子了,但现在看起来有点儿奇怪。"她若有所思地说,而黑韦特在一阵信口开河,同时也本能地采纳一些妇女的观点之后,认为她现在该谈论她自己了,这是他所希望的,这样他们可以相互了解。

她默默地回想着自己过去的生活。

"你是怎样生活的?"他问道。

她仍然在默想。当她想到她的生活时,她觉得它好像是被四餐分成了四个部分。这些部分的划分是绝对严格的,而每天的活动内容则必须适应这四个部分。这就是她在回首自己生活的时候所想到的。

"九点钟早餐;一点钟午餐;五点钟下午茶;八点钟晚餐。"她说。

"那好,"黑韦特说,"那你上午做些什么?"

"我要弹好几个小时的钢琴。"

"午餐以后呢?"

"和我的一个姑妈一起去买东西。或去看什么人,或者留个条子,或者做我们应该做的事情——龙头可能漏水。她们经常去看穷人——腿瘸了的老女佣,想得到就医票的女人①。我也经常自己在公园里散步。下午茶以后通常有些人来拜访;夏天时我们就坐在花园里,或者玩槌球;要是冬天,我就大声念故事,她们边听边干事儿;在晚饭以后我弹钢琴,她们写信。要是我父亲在家,那他会请一些朋友来吃晚饭。我们还看戏,大约每月一次。偶尔我们也去外面吃饭;有时我还去参加在伦敦的舞会,但回来的时候总是很困难。我们经常遇见的人都是家人,要么就是老朋友。其他人我们见得并不多,只有牧师、帕波先生,还有亨特。父亲一回来,他通常喜欢安静,因为他在赫尔的工作很辛苦。我的两个姑妈身体并不很好。家务事要是事事都做好,也要花很多时间呢。我们的用人总是偷懒,因此我的露西姑妈要在厨房里做好多事,我的克莱拉姑妈,我想,她上午主要是打扫客厅,整理布饰和银器。还有,我们的狗,叫尚迪。它还要锻炼,要洗澡、梳理。后来尚迪死了,但是克莱拉姑妈还有一只来自印度的老迈的美冠鹦鹉。我们家里的所有东西,"她感叹说,"都有来历!那些老家具,倒不是很旧,都是维多利亚式的,是原来母亲或父亲的家传,我想她们舍不得扔掉,尽管我们家里已经没有地方搁它们了。我们家是一幢挺不错的房子,"她继续说,"除了有点儿黑以外——我指的是有点儿暗。"这时她眼前出现了家里的起居室;那是一个很大的长方形房间,朝向花园有一面方形的窗

---

① 当时英国有些医院为穷人提供免费医疗。但需要申请,排队,领取就医票后方可就医。

户。靠墙摆着几张绿色的长毛绒面的椅子；还有一个布满雕刻的书柜，柜门是玻璃的；还有那给人的整体印象是褪色的沙发布的大沙发，再有就是大片褪了色的绿色空间，和一个装着毛线针织品的篮子，外面老吊着一些毛线。墙上挂着几幅意大利早期摄影家的杰作，上面威尼斯的桥和瑞典瀑布的景色说明着家人多年前曾有过的经历。还有一两幅父辈和祖母辈的肖像，和一幅约翰·斯图亚特·米尔根据瓦特的绘画创作的雕版画。这是一个没有明显特征的房间，既非典型、直白地可怕，又非执着、艺术地高雅，而且还确实很不舒适。雷切尔从这幅熟悉的图景中唤回了自己。

"可你对这没有兴趣的。"她抬起头来说。

"我的上帝！"黑韦特呼喊道，"我的生活还从来没有像现在这样有意义过。"她于是感到，在她回忆里士满的时候，他的眼睛一刻也没有离开过她的脸。这使她激动异常。

"往下说，请接着说，"他恳求说，"让我们设想一下，比如，今天是星期三，你们正在午餐。你坐在那儿，你露西姑妈坐在那儿，克莱拉姑妈在这儿。"他一边说一边在草地上放了三个卵石。

"克莱拉姑妈切羊头。"雷切尔继续说。她的目光集中在那几颗卵石上。"在我面前摆的是一个十分难看的黄色瓷器，我们叫它食品台，上面放着三个盘子，一个盛饼干，一个盛黄油，一个盛奶酪。还有一个菜锅。再有就是那个女佣，叫布兰奇。因为她的鼻子老是不通气儿。我们谈话——哦，对了，露西姑妈下午要去沃尔沃斯，所以我们的午餐吃得比较快。然后她走了，还拿了一个紫色袋子和一个黑皮的笔记本。我的克莱拉姑妈在星期三下午要在我们的客厅里召开女友俱乐部①聚会,所以我就牵着狗出来了。我一直沿着里士满的山路走去,走进公园。那是四月十八日——和今天的日子一样,在英格兰是春天。地面相当潮湿。但是我穿过马路来到草地上,我和狗一起往前走,我还一边唱歌,当我独自一人的时候,我总是唱歌。直到我们来到一个地方。在晴朗的日子里,从这里你可以看到整个伦敦城。哈姆普斯特德教堂的塔尖在那里,西敏寺大教堂在那里,还有很多工厂的烟囱。伦敦的较低地区上空通常笼罩着一层薄雾;但是在伦敦有雾的时候,公园的上空通常却是蓝色的。那是任气球穿越,飞向赫林汉姆②的一片自由空间。它们通常是白色或黄色的。再有,就是周围的气味,很好闻,如果——在这里——那个看门人在他的小屋子里烧木头的话。我可以准确地告诉你怎么从一个地方到另一个地方去,以及你将经过的每一棵树是什么样子,在哪儿应该过马路。你知道,我小的时候,总在那里玩耍。那里春天很美,但是最好的还是秋天,你能听到呦呦鹿鸣。在天色变暗的时候,我开始沿原路返回,这时你已看不大清楚来往的行人;他们从你身边匆匆而过,你甚至还来不及看清他们的脸——但这是我喜欢的——没有人知道你到底在做什么——"

"但是你得回来吃下午茶,不是吗?"黑韦特问道。

"下午茶?噢,对了。那是在五点钟。我说我做了些什么,我的姑妈也说她们做了些什么,或许会有人来拜访:比如,亨特

---

① 与英格兰教会相关的一个女佣福利组织,成立于1874年,其成员一般反对女权运动。
② 爱德华七世时代(1901—1910)是英国氢气球最流行的时期,1901年在伦敦成立的气球俱乐部经常在赫林汉姆召开会议。

太太。她是个瘸腿的老太太。有八个孩子,或者说她曾经有过八个孩子;于是我们就问起他们。他们现在在世界各地;于是我们又问到底在哪儿。他们有的病了,有的正处在霍乱流行区内,还有的在一年有五个月下雨的地方。亨特太太,"她微笑着说,"还有一个儿子,被一头熊搂住憋死了。"

她说到这里停了下来。她看着黑韦特,想看他是否也像自己一样对此感到好笑。他果然也笑了。但是她觉得有必要道歉,说她自己说得太多了。

"你永远也想象不到我对你说的话多么感兴趣。"他回答说。确实,他的香烟已经燃尽,他又点燃了一支。

"你为什么那么感兴趣呢?"她问道。

"一部分是因为你是个女人。"他回答说。当他说这话时,一向无人注目的雷切尔突然变成了一个令人喜爱、给人愉悦的娇滴滴的女孩,她突然间不再无忧无虑,而是充满了自我意识。她甚至立刻感到了自己的孤单和受人瞩目,对此她和圣约翰·赫斯特都有同感。她正准备要反唇相讥,以使他们彼此之间产生痛苦和隔阂,并说明感情的重要性不是语言可以说清楚的;就在这当儿黑韦特却把她的思路引向了另一个方向。

"我经常走在这样一些大街上,那儿的居民像排好队似的住在街道两旁,房子一幢挨一幢,全一模一样。我真想知道其中的女人们究竟在做什么,"他说,"你只要想一想:现在是二十世纪初,而就在几年以前,女人们还不能独自迈出家门,不能发表意见。人类有史以来的几千年,她们的事务一直是在幕后进行,过着这种奇特而沉默的、难得展现的生活。当然,我们也总在写女人——虐待她们,或嘲笑她们,或崇拜她们;但其中却没有一点是出自女人之手的。我相信,我们至今仍然对她们一无所知,不论是她们的生活,她们的感受,还是她们究竟想做什么。对于一个男人,他对此能得到的惟一可信的依据只能来自与他恋爱的年轻女性。但是,对于四十岁女人,未婚的女人,工作女性,开店并带孩子的女人,以及像你姑妈或瑟恩伯里太太、艾伦小姐一样的女人——对于她们的生活,我们还是一无所知。她们不会告诉你。这或许是因为她们害怕,或许是因为她们自有对待男人的办法。广泛提出的都是男人的看法,你知道。再想想一列火车:十五节车厢都是为抽烟的男人设的。这难道不让你热血沸腾吗?如果我是一个女人,我就要给男人当头一棒,让他们清醒清醒。你们难道不经常嘲笑我们吗?不觉得这是一个大骗局吗?你,我指的是你自己——对这些怎么看?"

他所提出的这些他很想知道的问题,使他们的谈话真正有意义的问题,难住了她;他似乎是在一步一步的施加压力,以使这个问题越发显得重要。她要花一些时间来思考如何回答,而在她思考的过程中,她的头脑一直在回顾她自己二十四年的生命历程,她的思想一会儿跳到这儿,一会儿跳到那儿——她的姑妈,她的母亲,她的父亲;最后她的思想集中在了她的姑妈和父亲身上,她于是开始试着描述他们给她留下的印象。

她们都非常害怕她的父亲。他是家里的一股阴暗而巨大的力量,她们都是通过他的力量依附于外部世界的,而这外部世界又是通过每天早上的《泰晤士报》展示在她们面前。但是,这家里的真正生活却又有一些相当不同的东西。它是独立于温雷克先生之外存在的,并且总是对他隐蔽着自己。他对她们很和善,但也不乏傲慢。她总是理所当然地认为,父亲的那种建立在理想的等级体系上的观点是正确的:有些人的生命就是比另一些人的更高贵。但是她真的相信这些吗?黑韦特的话让她深思。

像很多人一样,她总是顺从她的父亲,但是真正影响她的却是她的姑妈;是她的姑妈们在家里精心编织的规规矩矩的生活。她们虽然不像父亲那么了不起,但却更自然,更真实。而她的所有的不快也都是针对她们的:那一天四餐的世界是她们维持的,而且还要准时,要用人必须在十点半钟站在楼梯口,这些她都仔细观察过,并恨不得把它打得粉碎。想到这里,她抬起头来说:"我们也还有些很美好的东西——在里士满,就在此时此刻,她们一定正在做一些美好的事情,也许她们完全错了。但是其中总还有一些美好的东西,"她重复着说,"而且,一切都进行得那么无意识,那么有条不紊。并且,她们是有感情的。她们对有人死去确实很在意。老处女们总是有很多事情要做,我也不很清楚她们究竟在做些什么。不过是我和她们一起生活的感受罢了。但这是非常真实的。"

她又开始回想她们的那些短途出行,拖着已经不灵便的腿去沃尔沃斯,去看一些女佣;不是为这就是为那召开会议;出于对友谊,出于爱好和习惯,以及执着的无私奉献,她们看到自己付出的那一点点慈善之举开花,结果。而在她看来,这一切就像飘落的砂粒,虽然微乎其微却能日积月累,并终于聚成稳固的团块,形成一大片背景。当她思考这些的时候,黑韦特一直看着她。

"你觉得高兴吗?"他问道。

本来,她的思想又沉醉到另外一些事情里,可他的话把她拉回到不寻常的自我意识之中。

"又高兴,又不高兴。"她回答说。"你不会有这种感受——一个年轻女人的感受。"她两眼直直地盯着他。"有恐怖,有极大的痛苦。"她说着继续紧盯着他的脸,好像在检查他是否有一丝笑意。

"我完全相信。"他说。他对她的凝视回报以绝对的真诚。

"有女人在街上逛。"她说。

"妓女?"

"一个男人吻了其中一个。"

他点了点头。

"你从来没听说过吗?"

她摇了头。

"因此。"她欲说又止。眼前那生活的巨大空间是没有任何人窥测过的。她说的所有那些关于她父亲、她姑妈,以及她如何在里士满公园散步、她们从一刻到另一刻都在做些什么,都不过仅仅是附在其表面的东西。黑韦特正看着她。他会不会要求她把这也说出来? 他为什么坐得这样近,并且如此注意她? 为什么他们不停止这种无为的寻觅和巨大的痛苦? 为什么他们不简单地相互亲吻对方? 她很想吻他。但她又不断地在继续寻找辞令。

"女孩比男孩更孤独。没有人注意她们在做什么。没有人对她们有什么期望。除非她长得很漂亮,否则没有人会听你说什么……我倒是喜欢这样,"她又重重地补上最后这一句,似乎这种记忆使她很高兴,"我喜欢一个人在里士满公园散步、唱歌,保持那种哪怕连任何一个鬼都和我无关的感觉。我喜欢看事情发展——就像那天晚上我们看见你而你没看见我们一样——我喜欢这种自由的感受——它就像是风,或者海。"她一挥手做了一个奇怪的姿势,然后便转而观看大海了。它仍旧是蓝色的,跳动着延伸到她目力所能及的远方,但是照在它上面的光却比较黄,而云层正呈现出火烈鸟的红色。

当她说话的时候,黑韦特感到了一股强烈的消沉。显然她永远不会对某一个人投以比其他人更多的关注;她显然对他相当冷淡;他们似乎曾经很近,但后来又分开得很远很远;而她那表明他们分离的手势又是那么奇特而美丽。

"胡说,"他突然地说,"你喜欢人。对很多人也不乏倾慕。你排斥赫斯特的原因只不过是他不赏识你。"

她沉默了片刻。然后她说:"你说的可能是对的。我当然喜欢人——我曾经见过的每一个人我几乎都喜欢。"

她转过身来看着黑韦特,目光显得友好而挑剔。他长得很英俊,那或许是他总是有充足的牛肉充腹,总能呼吸的新鲜的空气所致。他的头很大;眼睛也很大;目光尽管很尖利,却时常显得疏散;他的嘴唇十分敏感。他给人的印象可能是充满热情,精力充沛的一个人,还可能经常会感情用事,骤然表现得既宽容又苛求。他前额的宽度表明了他的思维能力。雷切尔对他的饶有兴致的观察从她的话语中就可以听得出来。

"你写什么小说?"她问道。

"我想写一篇关于沉默的小说,"他说,"关于人们不愿说的事情。但是难度很大。"他叹了口气。"但是跟你说这也没用,你不会在意的。"他继续说。他那看着她的目光变得几乎严厉。"没有人在意。你看小说的目的无非是想知道作者是个什么样的人,如果你认识作者,那你就想看看他把哪些朋友写进了小说里。而至于那小说本身,它的整个构思,它观察事物的角度,对事物的体味,及其与并置事物的关系等等,一百万个人中间也难得有一个人注意。而我却时常想,难道世界上还有比这更值得做的事情吗?那些人,"他指指宾馆说,"总是在想得到他们得不到的东西。但是,写作却给人一种非凡的满足感,哪怕你只是想尝试写作。你刚才说得很对:人并不想自己成为事物,人只想要观察它们。"

在他转而凝视大海的时候,他所说的那种满足浮现在他的脸上。

现在轮到雷切尔感到压抑了。在他谈论写作的时候,他突然变得非常超脱。他可能从来就没有在意过什么人;他的所有那些想了解她、接近她的欲望,那对她产生巨大压力甚至使她感到痛苦的欲望,顷刻间完全消失了。

"你是个好作家吗?"她问道。

"是的,"他说,"当然,我不是一流的作家;而是顶好的二流作家;和萨克雷①差不多,可以这么说。"

雷切尔感到吃惊。使她感到吃惊的一件事是,萨克雷竟被称为二流的作家。再有就是,她无法再拓宽视野,找到当今在世的更伟大的作家,或者如果真有哪一个她知道的能称得上是伟大的作家,那就是他的自负让她感到吃惊了。他变得越来越遥远。

"我的另一部小说,"黑韦特继续说,"写的是一个沉迷于理想的年轻的人——想当绅士的理想。他想方设法滞留在剑桥,一年要花一百英镑。他有一件大衣;曾经是一件很好的大衣。但是他的裤子却不怎么好。就这样,他到了伦敦。因为一次早间的造访瑟彭泰恩银行,他打入了上流社会。但他却不得不说谎——我的构思是,你知道,表现他的灵魂逐渐堕落——他自称是在德文郡区②某个大地产商的儿子。与此同时他的大衣却变

---

① 威廉·萨克雷(1811—1863),英国小说家,作品影响广泛。
② 英格兰西南部的郡。

得越来越旧;而那条裤子,他更是几乎穿都不敢再穿了。你能想象这个可怜的人吗,在豪华的晚会上放荡几天以后,就开始担心他的行头——一回家就把它挂在床头,一会儿拿到亮处看看,一会儿放在暗处瞧瞧,盘算着它还能不能为他再多挺几天,或者说,为他们再多挺几天。他的头脑中还曾经转过自杀的念头。他有个朋友,一个以卖小鸟为生的人,他在阿克斯布里奇附近田野里放网捕鸟。他们可以说都是学者,他们俩。我认识几个这种可怜的忍饥挨饿的学者,一边就着一条鲱鱼喝黑啤酒,一边大谈亚里士多德。那也是挺时髦的生活,我得多说几句,以展示出我的主人公在各种情况下的形象。有一次,他有幸制服了西奥·宾厄姆·宾丽女士受惊的坐骑,她是保皇党贵族的大家闺秀。我还要描写我曾经去过的一个宴会——都是些时髦的知识分子,你知道,总喜欢把最近出的新书摆在书桌上的人。他们在聚会,在河上聚会,是那种可以游戏的聚会。构思故事并不困难;困难的是把人物一一归位——不能顾此失彼,就像西奥女士。她自然是悲剧性的结局了,可怜的女人。按我的计划,这本书要有深刻而肮脏的波澜壮阔的结尾。由于她父亲的干预,她和我的主人公结了婚,他们一起住在克罗伊登①郊外的一所舒适的小别墅里,他在镇上开了一家房产代理事务所。但是他不能成功地做一个真正的绅士。这是故事有趣的一部分。你估计这样的书是你想看的吗?"他询问道,"还是你更喜欢我的斯图亚特悲剧,"他没有等她回答,继续说,"我想说明的是,过去确有一些很美的东西,但在平庸的历史小说家笔下,被他们糟糕的写作习惯完全破坏掉了。月亮被写成天空的总督。人们把马刺

---

① 英格兰东南部城市,在大伦敦郡的南部。

戳向他们的马,等等。我要把人写得和我们一模一样。这样写的优点是,让故事不受现代写作时尚的干扰,这样可以使他们比我们今天的人更鲜明,并且更抽象。"

雷切尔一直全神贯注地听着,但是仍有几分迷惑不解。他们都默默地坐着,各自想着心事。

"我和赫斯特不一样,"黑韦特在沉默了一阵以后,若有所思地说,"我在人的脚下看不到粉笔圈。我有时真希望能看到。那似乎是非常复杂,令人费解的。你得不出任何判断;而且越来越难于判断。你感觉到了吗?而当一个人丝毫不知道另一个人的感受的时候,我们就都两眼漆黑了。我们都在努力发现,但是,你还能想象得出比一个人对另一个人的看法更滑稽可笑的事情吗?人们总是认为自己知道了;其实什么也不知道。"

他一边说着这些,一边用一只胳膊肘支着头,摆弄草地上的那几颗石子,它们刚才被用来表示正在午餐的雷切尔和她的姑妈。他在自言自语,也在对雷切尔倾诉。他演绎人的欲望,它带来的是警觉,他搂住她;说一些拐弯抹角的话;明确说明他的感受。他所说的完全违背他的本意;他知道那都是于她很重要的事情;他能够从围绕在他们周围的空气中感受到这一点;但是,他什么也没有说;只是继续摆着石子。

"我喜欢你;你也喜欢我吗?"雷切尔突然说。

"我非常喜欢你。"黑韦特如释重负般地回答说,似乎有人出乎意料地给了他一个机会说他想说的话。他停止了移动卵石。

"我叫你雷切尔,你叫我特伦斯可以吗?"他问道。

"特伦斯,"雷切尔重复说,"特伦斯——这名字好像猫头鹰的叫声。"

她突然兴奋地抬起头来,在高兴地瞪大眼睛看特伦斯的时候,她无意中看到他们背后的天空的变化。蔚蓝色的天空此时像褪了色,显出一种更淡雅、更美妙的蓝色;云是粉红色的,离得很远,并且堆成一团;傍晚的宁静取代了南方下午的炎热,而他们正是在那炎热中开始散步的。

"肯定很晚了!"她喊道。

将近八点钟了。

"但是八点钟在这里算不得什么,不是吗?"特伦斯回答,两人说着站起身来往回走。他们沿着一条两旁是橄榄树的山间小路加快了下行的脚步。

他们感到彼此更加亲密了,因为他们都很清楚八点钟在里士满意味着什么。特伦斯走在前面,因为小路不允许他们并排行走。

"我写小说想要做的,和你弹钢琴想要做的很相似,我认为,"他一边回过头冲着雷切尔一边说,"我们想弄清楚藏在事物后面的是什么,不是吗?——就说下面的那些灯光吧,"他继续说,"你看,它们是散开的。我感到事物对于我来说就像灯光一样……我想把他们联系起来。你见过焰火的图案吗?……我也想编织这样的图案。你呢,是不是也想?"

现在他们走上了大路,可以并排行走了。

"在我弹钢琴的时候?不,音乐不一样……但是我能明白你的意思。"他们试着找出一些理论,并让他们的理论相吻合。由于黑韦特不懂音乐知识,雷切尔不时拿起他的拐棍在薄薄的白色沙土上一边画一边解释巴赫是怎么写赋格曲的。

"我的音乐天赋,"当他又一次停下来听她解释完了以后,边走边说,"都被家乡的乡村风琴师给埋没了,他发明了一套符号系统,用来教我。其结果是,我永远没有机会接触真正的调子。我的母亲认为音乐不是男孩子学的,说它缺少男人气概;她希望我捕捉老鼠和鸟——那在乡下是最糟的谋生手段。我们住在德文郡。那是世界上最可爱的地方。只不过——不论在什么时候,养育孩子都是挺难的。我很希望你认识我的姐妹……噢,你到家了——"他说着帮她推开房门。他们沉默了片刻。她不好请他进去,也不好说她希望他们再见面;她不知道说什么好,因此她什么也没有说就走进门去,很快就消失了。刚一不见了雷切尔,黑韦特就感到过去的不快又回来了,而且甚至比以前更强烈。他们的话谈了一半就中断了,他正要开始说他想要说的事情。再说,他们又相互表白了些什么呢?他在脑海中回忆着他们所说的话,一些随意的、不重要的话被说了又说,占据了所有的时间,一会儿把他们拉得很近很近,一会儿又把他们分隔得很远很远,最后却让他丝毫没有得到满足,对她的感情,以及她是什么样的人,他还是一无所知。谈话的收获究竟何在?谈话,谈话,还是谈话?

第十七章

由于正值高峰季节,从英格兰来的每艘轮船都会为圣特玛丽娜的海岸带来一些旅游者,他们都涌到这家宾馆来。安布罗斯夫妇的那幢可以使人短时间逃离宾馆喧闹的小别墅,就不但成了赫斯特和黑韦特乐于光顾的地方,而且埃利奥特夫妇、瑟恩伯里夫妇、弗拉欣夫妇、艾伦小姐以及伊夫林·默加特罗伊女士等等都经常前来,甚至有些他们很不熟悉,连名字都叫不上来的人们也来拜访。渐渐地,这两个住所之间有了某种固定的联系,人们称它们为大宾馆和小宾馆。因此,在一天的大多数时间里,其中一处的人们往往能猜测到另一处的人在做什么,他们还用"别墅"和"宾馆"这两个名字来分别称呼这两种不同的生活环境。萍水相逢的人们渐渐成了朋友,因而帕里夫人的客厅里原来靠一条纽带维系的常客,现在不可避免地变成了由多条纽带维系着,它们连接着英格兰的其他不同地区,并且这些联系起来的群体有时显得散漫软弱,有时又显得严厉尖刻。实际上,它们是缺少了有规律的英国生活的背景。在一个圆圆的月亮挂上树梢的晚上,伊夫林·默加特罗伊女士向海伦讲述了自己的生活故事。她告诉海伦她永久的友谊;以及另一件事情,仅仅因为一声叹息,一阵沉默,或一句不经意说出的话,可怜的埃利奥特太太就半含着眼泪离开了她的别墅。并发誓再也不见这个侮辱了她的冷酷无情的女人,并且确实,从那以后她们再也没见过面。而这一次重逢,似乎也没有必要重续旧情。

　　黑韦特确实可能在这宾馆中发现了一些他的大作"沉默,或者人们不说的事情"的有价值的素材。海伦和雷切尔都变得异常沉默。海伦发觉雷切尔有一些秘密,并且有意识地瞒着她,安布罗斯太太于是小心地尊重她的秘密,但从此以后,尽管非故意地,她们之间的关系出现了一些奇妙的变化。她们不再像以前一样对所有问题都有类似的看法,并且无话不谈,她们现在主要是对所见到的人评头论足,而她们甚至在谈论瑟恩伯里夫妇和埃利奥特夫妇的时候都能感到她们之间存在着秘密。一向很冷静并且不易感情用事的安布罗斯太太现在毫无疑问地感到了一丝悲观失望。她对个人的要求从来不高,这是因为她对命运的青睐,以及人的命由天作定的说法一向持怀疑态度;并且十分相信,这种想法在一定程度上是与确应得到好报的人们的想法相矛盾的。即使这个观点,她现在也准备放弃;取而代之的是:在混乱中脱颖而出,任何事情的发生都是无缘无故的,每个人都不过是在盲目和幻想中摸索罢了。她带着几分惬意地把这个观点用在她的侄女身上。并且随手拿出一封家信来,以此验证自己的观点:信上说的是好消息。但是,这和坏消息又有什么两样呢?谁敢保证她的两个孩子此刻没被汽车撞倒,已经死去?"这种事情在某些人身上发生过;难道就一定不会发生在我身上吗?"她争论说,她的脸上也呈现出那预感到的阴郁和悲伤。这些想法无论有多么认真,它们也无疑是由她的侄女混乱的思想所引起的。她的思想是那样的波动,那样快速地从快乐滑向绝望,以至于似乎需要一种稳定的观念与之抗衡,而这种观念自然应该是既黑暗又稳定的。也许安布罗斯太太抱有一种看法，就是如果朝这个方向引导谈话，她也许能发现雷切尔头脑中的一些想法。但这也很难说，因为雷切尔有时候对人们说的最糟糕的事情也表示同情，而有时候却拒绝听这样的事情，并用各种各样反应把海伦说了半截的话噎回去，比如大笑、饶舌、令人忍无可忍的嘲讽，或突然发怒，甚至还有她所谓的"陷在泥潭中的乌鸦发出的号叫"。

"没有这些可太困难了。"她肯定地说。

"什么太困难了？"海伦问。

"生活。"她回答，然后她们陷入了沉思。

对于生活如何太困难，海伦可能有她自己的看法，这就如同大约一小时后雷切尔对生活如何生动、绚丽多彩也有她自己的看法一样。在雷切尔的眼里，生活的生动和绚丽多彩使旁观者也感到欣喜。确实，按海伦的个人信条，她没有试图介入雷切尔的生活，尽管其中有不少使人沮丧的时刻，然而对于一个缺乏经验的人来说，本来可以很轻松地度过这些时刻而了解一切。雷切尔也许会因为自己没有选择而感到遗憾。所有这些思绪在海伦的头脑里汇成一种情感基调，她把它比作一条滑动的河流，水流越来越快，越来越快，向瀑布猛冲过去。她本能的反应是高喊"停下来！"但是，即使高喊"停下来！"真的有任何作用的话，她也会抑制自己不喊出来，因为她认为，最好应该让事物自然地发展。水向瀑布涌去是因为地球的形状使然。

一些迹象表明，雷切尔自己毫不怀疑有人在监视她，或者自己行为可能引起了人们的注意。但她并不清楚自己身上究竟发生了什么，她的思想和海伦所比喻的流动的河很相似。她很想见特伦斯。当他不在近旁时，她就不停地希望看见他；不见他对她来说是极大的痛苦;这极大的痛苦正由于他而整日困扰着她,但是她从不问自己这影响她生活的巨大力量究竟来自何方。她觉得这就像一棵在风的作用下不断深入土层的树在考虑风的后果一样,毫无意义。

自从他们一起散步以后,在两三个星期之内,已经有六七封他的信堆在她的抽屉里。她时常读它们,并会整上午整上午地沉浸在飘飘然的幸福之中;和她相比,窗外阳光下的大地对自己的色彩和温度的分析也相形见绌。在这种心态下,她的书读不下去,钢琴也弹不起来,她甚至连动一动的心情都没有。时间不知不觉地溜走了。在天色将晚时,窗外宾馆的灯光吸引了她的注意力。从特伦斯的窗户看进去,她看到的一点灯光进去又出来,来到他常坐的地方,他也许坐下来开始看书,也许正走来走去,把书一本一本地抽出来;现在,他又坐回到了他的椅上。她试着想象他正在考虑什么。那几点稳定的灯光表明着特伦斯所在的以及围绕着他移动的人们的几个房间。宾馆里的每一个人都有他们独特的浪漫故事和对他们两人的兴趣。他们不是寻常之辈。她把智慧归于埃利奥特太太,把美丽归于苏珊·瓦灵顿,把生气勃勃归于伊夫林·M,因为特伦斯跟他们说话了。消沉的特点就是思考不深入和强力的渗透。她的头脑就像窗外笼罩在云层下面黑暗中的大地,它正被狂风和冰雹鞭打着。她再度被动地坐在椅子上品尝着痛苦,海伦的那些捕风捉影或极度阴郁的话语像千万只飞镖刺痛着她,使她不禁要惊呼抗议生活的苦难。对于感情来说,好在当再也没有任何原因的时候,这种压抑的感情便会放松,生活又变得像往常一样继续着,她从中看出一个显著的特征,就像她观察树的所见。黑夜就像一条条的黑道子,把白天分割开;她真希望把所有的白天串接起来,形成一种持久连贯的感觉。尽管这种情绪或多或少是由于特伦斯的存在或对他的思念所引起,她却从来没有对自己说过她爱着他,也没有考虑过,如果她继续这样心事重重下去会发生什么后果。因此,只有海伦滑向瀑布的河流的想法才酷似她目前的处境,而且海伦时而感到的要大声呼叫,也有一定的道理。

处于她的这种奇特的没有任何分析的心绪中,她没有丝毫办法做出对自己的状况或心绪有所作用的计划。她把自己全交托给了事态的自然发展:一天不见他,第二天见到他,得到他的信总是一大惊喜。任何感到开始被人求爱的女人都会从一切哪怕仅仅给她一点点如何继续的启示中得到确切的办法;但是,从来不曾有人爱过雷切尔,她也没有爱过任何人。而且,从她读过的所有书中得出的爱的分析,从《呼啸山庄》到《人与超人》①到易卜生的戏剧,其中女主角的感受就是她此时此刻的感受。她感到,她的感情是没有名字的。

她经常遇见特伦斯。在他遇不上她的时候,他就会差人送一本书;其中加一封短信或者索要某一本书的便笺,因为说到底,他还是不能忽视与她的亲近。但有时他也会一连几天不写一封信。而当他们再度相见的时候,他们的见面不是带来令人振奋的快乐,就是让人感到绝望的剧痛。首先,他们的分手总是给人以突然的感觉,让他们俩都感到不满足;尽管他们对对方的心态一无所知,却承受着同样的感情困扰。

如果说雷切尔不了解她自己的感情的话,那么她更是完全不了解他的感情。一开始,他的一举一动都像是神;而当她逐步开始认识他以后,他仍然是万丈光芒的中心,而与这种美相关的

---

① 英国戏剧家萧伯纳的剧作,首次发表于1905年。

是一种神奇的力量,使她既大胆又充满自信。她有着她自己从不怀疑的情感和能力,而且这种毫不怀疑的深度是全世界前所未知的。当她思考他们的关系的时候,她总是并不在推理,而是确实有所见,她看见那代表特伦斯观点的一幅图画,它越过房间,来到她的旁边。这种房间的穿越产生了一种身体的震撼,但这震撼究竟意味着什么,她却不知道。

时间就这样带着表面的照人的光彩一天一天继续着。有信从英格兰来了,威洛比有信来了,一桩一件的小事日积月累,塑造出了一年的形状。从表面上看,品达的三首颂诗得到了改编,海伦的刺绣又扩大了大约五英寸,圣约翰也完成了一出剧作的前两场。他和雷切尔现在是很要好的朋友了,把自己的剧作大声读给她听,她对他的节奏韵律和运用形容词的技巧实在是感受至深,为自己是特伦斯的朋友感到自豪,并且设想他开始怀疑他是否不应该投入法律而投入文学。现在是深入思考和猛醒的时候了,这不仅局限于一对情侣,或几个人。

又到了一个星期日,这一点是除了雷切尔和那个西班牙侍女之外,别墅中所有的人都不愿注意。雷切尔仍然早早去了教堂,因为,按海伦的话说,她从来没有,也不肯找那个麻烦去考虑这个问题。自从他们领教了宾馆的服务以后,她每每去教堂总是期望在穿过花园或通过宾馆大厅时碰到一些快乐的事,尽管她能见到特伦斯或者和他的不论任何形式谈话的机会微乎其微。

由于宾馆的客人大多是英国人,在这里,星期天和星期三之间的区别就和在英格兰差不多;并且,这里的星期日也同英格兰一样,是分隔开悄无声息的黑暗鬼魂的或忏悔精神的工作日。英国人虽不能使阳光更亮,但是他们能通过一些奇妙的方法来减慢时间,淡化偶发事件,延长就餐时间,甚至能使女佣和男仆露出既厌烦又笑容可掬的表情。每个人身穿的最漂亮的衣服也增加着气氛;似乎所有的女士在就座时都要把浆得硬硬的裙子弄弯,所有的男士每呼吸一口气,他们的僵硬的衬衫前襟都会突然发出"噗"的一声。当时钟的指针将近十一点钟的时候,在这特别的星期天,各种各样的人就都往大厅汇拢来了,他们手里紧握着红皮的小书。在时针还差几分钟就指向十一点钟的时候,一个粗壮的身穿黑衣的人走进大厅。他带着满腹心事的表情穿过了大厅,对别人的致敬,尽管他看得很清楚,却似乎宁愿不回礼,并且走下通向大厅的楼梯,消失了。

"巴兹先生。"瑟恩伯里太太小声说。

于是聚集的人群就开始了都向那黑衣人走去的方向拥去。那些没有意思加入他们行列的人都用奇怪的眼光看着她们。这些人都小心翼翼地向楼梯走去,只有一个人例外,那就是弗拉欣夫人。她跑下楼来,又跑过大厅,气喘吁吁地加入了这群人的行列,在瑟恩伯里太太的耳边拼命小声问:"在哪儿,在哪儿?"

"我们都是去听讲的。"瑟恩伯里太太轻轻地说,人群开始两个两个地走下楼梯。雷切尔走在下楼人群的最前面。她没有看到特伦斯和赫斯特,其实他们走在人群的最后面,手里没有拿黑颜色的书,但是圣约翰的腋下夹着一本浅蓝色布封面的薄薄的书。

教堂是一个旧式的男僧小教堂。几百年来,它一直是人们做弥撒的清凉的场所,人们在这里冰冷的月光下忏悔,并且向一幅古老的棕色画像顶礼膜拜,像两旁神龛里的举着保佑平安的手的圣徒雕像顶礼膜拜。在从基督教到新教的转变过程中,曾有一段时间教堂被闲置不用,在这段时间里,这地方被用于存储油、酒、甲板椅等等；随着宾馆的繁荣，一些宗教团体又把它接管过来。现在，里面摆了很多漆得锃光瓦亮的黄色长凳和深红色脚凳；教堂有一个小讲坛，一只背上驮着《圣经》的黄铜制雄鹰；还有各式各样虔敬的女人送来难看的小方块地毯，以及用金线密实地绣着字母组合的长长的刺绣。

当信徒们走进去以后，他们就被从一架管风琴中发出的温和甜美的和弦包围住了，躲在一个厚毛呢帘子后面的威尔利特小姐，用不很坚定的手指弹出很强的和弦。那音乐的声音又如水波一般荡漾开，就像石头落在水里后散开的水波。这大约二十或二十五个信徒，首先鞠了一躬，然后正襟危坐，环顾周围。四周很安静，旁边的灯光看起来似乎比上面的更亮。人们互致着通常的鞠躬和微笑，他们都认出了对方。随着向他们读起的主的祷告声响起，那声音就像儿童开始了战斗，那些基督徒，他们中不少是在楼梯上才刚刚认识的，感伤地感觉到自己团结了，相互敬重了。那祷告声就像一只需要燃油的火炬，一股青烟似乎自动地升起，并使整个空间内充满无数在星期天早上提供各种服务的精灵。苏珊·瓦灵顿对这种姐妹间的亲情有特别的好感，当她用手捂住脸的时候，她看到的是被指缝分隔成一条一条的人的弯曲的后背。她的情感平静而均匀地升华，同时赞赏着自己和自己的生活。它们都是那样的安宁，那样的美好。然而，在创造了这样的和平气氛以后，巴兹先生突然翻到另一页并开始读一首圣诗。尽管他读的声调并没有变化，但情绪却被破坏了。

"给我仁慈，哦，上帝，"他读道，"因为人们到处找我并要吞噬我：他们每天都在征战，使我烦忧。……他们总是误解我的话：他们想做的就是邪恶地对待我。他们把人们聚到一起并自己也保持亲密……打掉他们的牙齿,哦,上帝,从他们的嘴里;重击狮子的颚骨,哦,上帝:让他们像平静的水流一样离去吧;当他们引弓射箭的时候,就把他们清除掉。"①

苏珊的经验中没有任何东西与之相应,并且她对语言也不感兴趣,因此她早就停止了对此类讲话的关注,尽管她还是机械地表现出尊重,就像对她所听过的许多李尔②的讲话一样。她的头脑仍然平静,而占据其中的其实是她对自己的天性的赞赏和对上帝的赞扬,那才是世界的庄严而满足一切的秩序。

然而,从其他大部分人,尤其是男人的脸上,她一眼就能看出,他们对这个突然闯入的糟老头感到很不自在。他们在听那个腰间缠着衣服,坐在沙漠之中一堆篝火旁黑黑的老人愤慨的胡言乱语的时候,显得更加世俗,更加吹毛求疵。这以后听到的是一阵翻书的声音,就好像他们都在教室里,然后他们读了一点《旧约》中关于打井的内容,这也像学校里的男学生,在合上法文书以后,就翻译一段《远征记》③。然后他们又翻到《新约》,看到了伤感而美丽的耶稣形象。当耶稣说话的时候,他们开始了另一番把他对生活的见解纳入自己生活的努力。但是,由于他们各自的不同,其中有一些人很现实,而有的则雄心勃勃,有的愚蠢,有的疯狂尝试,有的在恋爱,有的则除了舒服的感受之外早已没有了其他任何感受。他们在听耶稣的话时,所作所为是很不相同的。

从他们的脸上可以看出,他们在大部分时间里是不作任何

---

① 见《赞美诗》第16章第1、5、6节;《赞美诗》第18章第6节。
② 即李尔王,莎士比亚悲剧《李尔王》中的人物。
③ 古希腊作家色诺芬(约公元前431—前355?)所描写的一段他自己亲身经历的军事行动。

努力的。他们只是安歇在那里,接受着代表美德的言辞。这毫无疑问,就和一位缝纫女工把鲜亮而丑陋的图案作为美丽的东西织进她的垫子完全一样。

不知是出于什么原因,雷切尔今天并不像往常一样,立即坠入一片神奇情感冲动的迷雾之中,而是开始批判地聆听所讲的东西,尽管她对这些东西已经熟悉得几乎无法再考虑了。当他们不太规则地从祷告转到圣诗,从圣诗转到历史,又从历史转到诗歌,并且巴兹先生只顾他自己讲的时候,她感到非常的不快。这种不快就相当于强迫她坐下来听一段她既不喜欢,又演奏得非常糟糕的乐曲一样。她忐忑不安,乐队指挥的笨拙和冥顽不悟激怒了她,他总是把重音放错;并且观众的感觉迟钝也激怒了她,他们总是恭顺地表示欣赏,而且半闭着眼睛,撅着嘴唇,这种强制的严肃气氛更增加了她的愤怒。她周围的人都在装作感受他们从没有感受到的东西;在她头顶上的某个地方,飘动着一个他们都无法理解的思想,他们都在装着理解它,可它总是不等人们捕捉到它就溜走了。那是个美丽的思想,像蝴蝶一样美丽。世界向她展示的一个接一个教堂都是广阔、坚硬、阴冷的,而这种大错特错的努力和误解也在永久地持续着。这巨大的建筑,其中充满了无数的善男信女。在这里,他们看不清楚,不得不放弃了观察的努力,并再次坠入驯服的赞扬和默许,半闭着他们的眼睛,撅着他们的嘴。这种思想使她产生了一种身体上的不快,就像在看书的时候眼睛和书页之间总隔着一层薄雾一样。她尽最大努力想拨开这层薄雾,看到这宗教活动中值得崇拜的东西,但是失败了,巴兹先生的话误导着所传的信息,而她也总是被这声音误导着,这从人口中出来的喋喋不休的动物般的叫声像潮湿的叶子一样掉落在他的周围。她的努力使她感到疲惫和气馁。她于是不再听下去,并把眼光停留在旁边的一个女人的脸上,这是一个医院的护士,她那虔诚的全神贯注的表情似乎表明她得到了极大的满足。但是,仔细的观察使她相信,这个护士只是在像奴隶般地默认着,她所表现出的满足也丝毫不是来自于她内心的上帝的光辉形象。她究竟是如何感知那远在她自己的经验之外的任何东西的?像她这样一个女人,有着一张很普通的脸,红红的,圆圆的,上面布满了日常工作细小责任和细小不快所留下的痕迹,她那双蓝眼睛没有任何深沉或个性的目光,其形象也是特征模糊,毫不机敏,并且感觉迟钝? 她正恋恋不舍的,只是一些肤浅,表面光的东西,她正执着地追寻它,所以才从她那倔强的嘴上暴露了出来:她属于执着的偏执类型的人;没有力量能把她从她的美德以及她的美好信仰所迷恋的信仰分开。她就是个偏执类型的人,她敏感的一面已经皈依铁石,永远不再为经过眼前的新鲜与美丽所动。这位虔诚信徒的脸深深地印在了雷切尔的脑海里,留给她的印象是深度的恐惧。并且她从中突然悟出了,海伦和圣约翰都曾说过他们恨基督教的话,究竟意味着什么。现在,她带着只能用"狂躁"来形容的感情,抛弃了她曾经茫然相信的一切。

这时,巴兹先生讲到了第二课的一半。她看了看他。他是那种嘴唇柔软,态度和蔼可亲的人,他确实是一个很和善,很简朴的人,尽管并不聪明。其实,她并不情愿给任何人以如此的评价,她观察着他,把他视为所有他的布道所针对的邪恶的化身。

在教堂大厅的后面,弗拉欣太太、赫斯特和黑韦特正并排坐着,各自带着不同的心境。黑韦特正盯着教堂的屋顶,两条腿直直地伸向前方。因为他从来没有尝试过用这种宗教活动迎合他的任何感情或想法,他倒是可以没有任何阻碍地欣赏那美丽的语言。他的思想一开始被一些偶然的小事吸引着,比如坐在他前面的女人的头发,人们脸上的光泽等等,然后他被那听起来很壮丽的词句吸引住了,并逐渐不再注意其他的信徒了。但是,当他突然看到了雷切尔的时候,所有这一切想法就都从他的头脑中被赶走了,他现在只想着她。圣诗、祷告、连祷①,以及布道活动,在他听起来都成了时而暂停,时而又起,时而高,时而低的含糊吟唱。他一会儿盯着雷切尔,一会儿又看着天花板,但是他的表情所反映出的却不是他所看见的东西,而是他头脑中所想的事情。他的思想给他带来的痛苦几乎不亚于她的思想给她带来的。

在礼拜刚开始时,弗拉欣太太就发现自己带来的是一本《圣经》而不是祈祷书,而且发觉自己坐在了赫斯特旁边,她悄悄转头看了他一眼。他正专注地看他那本浅蓝色封皮的书。她看不清,就侧过身子来仔细看。赫斯特出于礼貌把书举到了她的面前,指了指第一行的希腊语诗歌,又指了指旁边的译文。

"那是什么?"她小声问道。

"萨福②,"他回答说,"是斯温伯恩编辑的最好的诗篇。"

弗拉欣太太不肯错过这样的机会。她利用连祷的时间囫囵读完了《阿芙洛狄忒颂诗》,并努力忍住了没有询问萨福是什么时候出生的,以及她还写了哪些值得一读的诗篇,并且努力使自己在连祷最后一句的时候跟了上来:"宽恕罪恶,身体复活,生命得到永恒。阿门。"

这时赫斯特拿出了一个信封,并在它的背面快速地写了几

---

① 通用祈祷书中牧师和信徒交替祷告、回答的部分。
② 萨福(Sappho),古希腊女诗人,生于大约公元前 7 世纪,下文提到的斯温伯恩的诗《阿芙洛狄忒颂诗》是萨福体诗。

个字。当巴兹先生登上讲坛的时候,他把信封夹在萨福的书页之间,并合上了书,他扶正自己的眼镜,仔细地端详着这位牧师。站在讲坛上,他显得很大,很胖;光线通过那浅绿色的一尘不染的窗玻璃射进来,使他的脸像一个白色的光溜溜的大鸡蛋。

他环顾了一下所有抬着头温和地仰视着自己的脸,其中尽管有些男人和女人看上去老得足以充当他的祖父祖母了,他仍旧严肃而庄重地宣讲着。礼拜活动的内涵在于,这些旅游者来到这个美丽的地方,虽然是来度假的,却对当地人有着某种义务。事实上,这和杂志上刊登一篇大众焦点话题的导向性论文的作用并无多少差别。带有某种讨好人的絮叨,其中一篇篇的文章标题不外乎传达着在不同的肤色之下所有的人是非常相像的这一信息,并介绍西班牙孩子们玩的游戏与伦敦街头的孩子们有多少差异,来表明这种相像,然后评论说,很多细小的差异对人确实有影响,尤其对土著人;事实上,巴兹先生的一个好朋友曾告诉过他,英国对印度这样一个大国的成功统治,就是因为我们在那里有严格的尊重当地人的规定;其结果是,小事情不一定真小,它可以和人性的美德联系起来,而这种美德正是我们当今最需要的;我们所处的这个探索和动荡的时代——我们虽然有了飞机和无线电报,但也遇到了很多我们的前人从不曾遇到过的问题,这些问题是任何一个稍有责任感的人都不会置之不理的。说到这里,巴兹先生变得更像一个牧师了,如果能这样说的话。在他说到所有这些都给诚实的耶稣基督增加了特殊的负担等一番话时,他的话音似乎带着某种真挚无邪的虚伪。现在人们想说的是,"噢,那个家伙——他是一个牧师。"我们希望他们说的是,"他是个好人。"——换句话说也就是,"他是我的兄弟。"他竭力劝说他们与现代人保持联系;他们必须对他们的多种多样的兴趣表示同情和支持,以此表明,不论他们发明了什么,有一个发明是永远不能替代的,它是真正的对于他们的父辈和他们自己都同样成功,同样辉煌的。最谦卑的或也有用,最不重要的或也有影响(说到这里,巴兹先生变得毫无疑问是个牧师了。而且他的话似乎是在对女人们说的;因为他的信徒中确实大部分是妇女,在这纯粹礼拜活动中,他也确实更善于为女人们分派任务)。他不再作更明确的说明,而是把话题一转,讲话的主题拓展到了结论部分。这时他深深呼吸了一口气,挺直了身体,——"当一滴水,与众分离,孤单地独自从云中落下并掉入汪洋大海的时候,它所改变的,科学家们告诉我们说,不仅仅是它所掉落的那一个小小的局部,而是所有的、无数的水滴所构成的整个世界的水系,以及整个地球的生态,和千千万万的海洋生物的生活,并最终改变世上所有在海边谋生的男男女女的生活——而这一切变化都是由一滴水所引发,它就如同阵雨时偶然掉落下来的千万颗水滴。我们虽然说是偶然掉落,但是我们很清楚,地球的物产没有它们就不可能丰硕——我们身边的各种新奇事物与此是同样的道理。我们将一个词或者一举一动放进宇宙,从而改变它;是的,这是一个庄严的想法,改变它,不是向好的方面就是向坏的方面。不是一时,也不是一地,而是整个人类,直到永远。"他扫视四周的冷峻的目光似乎是在阻止掌声;然后,他接着用同一口气但是不同的语调说,——"现在面对圣父……"

他祝福了他们。然后,随着庄严的和弦再次从帘子后面的风琴响起,人们发出窸窣之声并且开始摸索着,十分不自然而小心地向门口走去。在走上楼梯一半,正当外部世界的嘈杂和另一个世界的阴森和天籁相互碰撞的时刻,雷切尔感到一只手搭在了她的肩上。

"温雷克小姐,"只听到弗拉欣太太的声音小声说,"留下来吃午饭。这可真是忧郁的一天。他们连一块牛排也不给。请务必留下来。"

说着她们来到了大厅,那里的小乐队仍然受到没有进教堂的人们投来的好奇而有礼貌的目光,尽管他们的着装已清楚地表明,他们对星期日去教堂的做法是一百个赞同的。雷切尔感到在这种特别的气氛中一分钟也呆不下去了。就在她正要说她得马上走了的时候,特伦斯被伊夫林·M拉着走过她面前。雷切尔于是很满意地说,这儿的人都很可敬,这话和弗拉欣太太请求她留下来所作的评论正相反。

"在海外的英国人!"她恶意地立即回敬了一句。"他们真可怕!来,我们不在这里等了,"她抓着雷切尔的手臂不放,"到我的房间去等。"

她忍受着她的无礼,从黑韦特、伊夫林、瑟恩伯里夫妇和埃利奥特夫妇面前经过。黑韦特向前迈了一步。

"午餐——"他说。

"温雷克小姐答应了与我一起吃午餐。"弗拉欣太太说,并拉着雷切尔重重地走上楼梯,就好像这些中产阶级的英格兰人要追她似的。她一步不停地一直走进自己的卧室并砰地关上了房门。

"现在,你觉得怎么样?"她稍微喘着气问。

雷切尔再也控制不住逐步积累起来的所有厌恶和恐怖,它们一下子爆发了出来。

"我觉得这是我所见过的最恶心的表演!"她怒吼道,"他们怎么能——他们怎么敢——你是什么意思——巴兹先生,医院的护士,老人,妓女,真叫人恶心——"

她把她所记得的片断都一股脑说了出来,而她太气愤了,一时竟无法说清她的感情,弗拉欣太太饶有兴致地看着她站在屋子当中,激动地指手画脚。

"继续,继续,接着说,"她笑着拍着手说,"听你说话很有意思!"

"可是你为什么要走?"雷切尔问道。

"自从我记事以来,我的每个星期日都是这样的。"弗拉欣太太咻咻地笑着说,似乎这就能解释清楚一切了。

雷切尔猛然转身来到窗前。她自己都不清楚究竟是什么使她如此激动;刚才在大厅里见到特伦斯,她就已经发蒙了,现在剩下的只有愤慨。她两眼直直地盯着她们自己的那在半山坡的别墅。这她最熟悉的景色现在通过方窗框看上去,也带上了几分异样。她看着看着,心情渐渐平静下来。她想起了自己正和一个自己并不很熟悉的人在一起,于是她转过身看了看弗拉欣太太。她仍然坐在床边上,抬着头,咧着嘴,露出了两排整齐而坚实的白牙齿。

"告诉我,"她说,"黑韦特先生和赫斯特先生,你最喜欢哪一个?"

"黑韦特先生。"雷切尔回答说,但是声音听起来不很自然。

"在教堂里看希腊文的是哪一个?"弗拉欣太太又问。

这可说不好,他们俩都有可能。于是弗拉欣太太描述起他们的特征,并且说他们两人都让她害怕,但是其中一个比另一个更让她害怕,这时雷切尔想找一张椅子坐下。这个房间显然是这家宾馆中最大、最豪华的。有许多扶手椅和长椅,上面都覆盖着棕色的荷兰呢椅罩,但是每张椅子上都放着一大块方形的黄色纸板,纸板上不是斑斑点点,就是横一道竖一道涂抹着鲜亮的油画颜料。

"这可不是你看的。"弗拉欣太太看到雷切尔搜寻的目光后,就喊着跳了起来,把画儿都一张张扣在了地板上。但是雷切尔还是拿起其中的一张,摆弄着观看。带着艺术家的派头儿,弗拉欣太太一个劲地问,"行了吗,行了吗?"

"这是一座山。"雷切尔回答说。显然,弗拉欣太太想表述的是挺拔的山峰横空出世的景象;你几乎还能看到土块随着旋风翻飞。

雷切尔看过一张,又拿起另一张。它们都体现着作者的某种奇异、坚毅的性格;并且都完美地表现出她那未经训练的手任凭一半点不成熟的想法驱使,在纸板上用画笔乱戳出来的一点山或树的影子;而它们也都在一定程度上体现出弗拉欣太太的某些特征。

"我看到事物在移动,"弗拉欣太太解释说,"就这样。"——她说着用手在空中横扫过一码的距离。然后,她拿起一张被雷切尔搁在一旁的纸板,在一个小凳上坐下,开始豪放地写意一个炭一般黑的树桩。在她大书特书,似乎正在用画笔代替语言和知音交谈的时候,雷切尔感到十分的不安,她看了看自己的周围。

"打开柜子,"在沉默了片刻之后,弗拉欣太太含糊不清地说,因为她的嘴里正叼着一支画笔,"看看里面。"

雷切尔正在犹豫的时候,弗拉欣太太已经冲了过来,嘴里仍旧叼着画笔,她猛地拉开柜门,并把大堆的围巾、布料、外套和刺绣品扔到床上。雷切尔摸了摸这些东西。弗拉欣太太又走过来,把一大堆胸针、耳环、手镯、缨穗和梳卡丢在布料中。然后她又回到凳子上,开始安静地作画。这一大堆东西颜色各异,有的暗,有的亮;它们在床罩上形成了一些奇特的线条簇和颜色簇,其中有几颗宝石的红色和孔雀羽毛的色彩,还有色泽鲜亮的龟甲梳子。

"女人们几百年前就穿戴这些东西,现在仍然穿戴着它们,"弗拉欣太太说,"我丈夫经常到处跑,就发现了这些;他们不懂这些东西的价值,所以我们没有花多少钱就弄到手了。我们准备把它们卖给在伦敦识货的女人们。"她说着暗自笑了,就好像她所想到的这些女士可笑的样子使她发笑。又画了几分钟以后,她突然放下画笔,目光紧紧盯住了雷切尔。

"我告诉你我想干什么,"她说,"我想往上走,亲眼看看一切。而不是和一些老侍女们傻呆在一起,就好像我们在英格兰的海滨一样。我想沿河溯流而上,看看土著人,看看他们的营地。这只不过要住十来天的帐篷而已。我丈夫就这样做了。我们晚上可以躺在树下休息,白天让人拉着在河上走,见到我们喜欢的地方就叫他们停下来。"她说着站起身来,用一根长长的金针一次次不停地扎着她的床,同时观察着雷切尔对她的建议有什么反应。

"我们需要组织起几个人来,"她继续说,"十个人就能雇用一艘汽艇。现在,你参加,阿姆劳斯太太也参加;还有,赫斯特先生和其他几位绅士也会参加吗? 我的笔呢?"

随着她对自己的建议不断添枝加叶,她越来越兴奋,坐在床边写下了一串人名,但是却没法不把人的名字都拼错。雷切尔也热情高涨,因为她确实对这个想法非常赞赏。她看到大河总是十分向往,并且特伦斯的名字更增添了这一活动的诱人前景,使它简直变得像梦境一般,美好得近乎不现实了。她尽力帮助弗拉欣太太提人名,并帮助她把人名拼写正确,还不停地用手指掐算着日子。弗拉欣太太想了解她提议的每个人的出身和爱好,自己也不时讲些关于艺术家们的身份、气质的神乎其神的故事,以及过去到过奇林戈利观光的同名字的人,尽管他们名字一样,又同样对埃及古生物学感兴趣,但却肯定不是同一人。就这样,不知不觉过去了很长时间。

最后,弗拉欣太太要找她的日记本以帮助记忆,光靠掐算手指的结果总是不令她满意。她把写字台的抽屉一个挨一个都拉开了又关上,接着就狂喊起来,"雅茅丝!雅茅丝!该诅咒的女人!要找她的时候,她总是不在!"

这时,午餐的锣声在这正午的狂乱之中响了起来。弗拉欣太太拼命地敲着她的钟。门被一个很端庄的奴仆推开了。她几乎像她的主妇一样体面。

"噢,雅茅丝,"弗拉欣太太说,"找到我的日记本;看一看,从现在算起十天以前都有些什么记录,再问问大厅的男招待,一条八个人的船在河上开一周,要多少船工,多少钱。你把所有问题问清楚,记在一张纸条上,然后放在我的梳妆台上。现在——"她用她那俏丽的食指指了指门,雷切尔就只得走在前面带路。

"还有,雅茅丝,"弗拉欣太太一边走一边回头吩咐说,"把那些东西都整理好,挂好,我的好孩子。不然弗拉欣先生要生气的。"

对所有这些,雅茅丝的回答只是,"好的,太太。"

当她们走进那长长的餐厅时,仍然能明显感受到星期日的气氛,尽管这种气氛稍微打了一点折扣。弗拉欣夫妇的桌子在窗户旁边,因此她能仔细观察进来的每一个人,她的好奇心似乎十分强烈。

"佩利老太太。"当一张轮椅缓慢地走过门口时,她小声说,后面推轮椅的是阿瑟。瑟恩伯里夫妇接着进来了。"那是个不错的女人。"她用胳膊肘轻轻碰了一下雷切尔,让她看艾伦小姐。"她叫什么名字?"这位浓妆艳抹的女士总是姗姗来迟,带着早有准备的微笑走进房间。就好像她是走上了舞台,而在弗拉欣太太的炯炯目光下,她可能也会感到一丝恐惧,这种目光表现出她对浓妆艳抹女士的坚决的敌视态度。接着来了两个被弗拉欣太太统称为赫斯特的年轻男子。他们坐在了他们的对面,楼梯口的另一侧。

弗拉欣先生对他夫人的态度是半欣赏半放任,他总是用温和、流畅的言辞回答她话语中的生硬和冷漠。在她一边忙碌一边抱怨的时候,他却向雷切尔描述一幅南美艺术史的简图。他很善于在安慰妻子的抱怨和转而谈他自己的话题之间迅速、平稳地转换。他也很懂得如何体面地进午餐,使它既不显得太单调,也不太亲密。他的这种处世哲学已经成型,因而他对雷切尔说,在这块大陆的地下深处蕴藏着奇珍异宝;而雷切尔的所见不过是在短途旅行中无意撷取的一点点花絮而已。他认为,很可能有巨大的神像雕刻在山麓的岩石上;有巨大的身影屹立在广袤的草原上,而这些地方只有土著人到过。在欧洲的艺术黎明之前,他相信曾有原始的猎手和教士就已经建造出了镶满巨大石板的神庙,他们用那些深色的石板和巨大的雪松树造就了上帝和动物的形象,以及那些强大的自然力的象征:水、空气,还有他们所居住的森林。世界上可能还有史前市镇,就像现在在希腊和亚洲的那些市镇一样,它建筑在万绿丛中的一片开阔地上,早期人类的成就都保存在那里。可是,没人去过那地方;其中的东西也几乎无人知晓。就这样,他展示着他的高深而美妙的理论,始终吸引着雷切尔的注意力。

她没注意到,黑韦特一直在楼梯口的另一侧不断地注视着她,只有在端着盘子的服务员从眼前匆匆经过时才间断一下。他有些心不在焉,并且,身边的赫斯特还发现,他的心情很不愉快,特别没好气儿。他们谈遍了所有的日常话题——政治的、文学的、闲聊的、基督教的。他们还谈起了今天的宗教活动。按黑韦特的话说,这里的宗教活动丝毫不比萨福逊色,因此使得赫斯特的异教态度格外暴露出来。那你干吗还跑到教堂去呢,他问,就是为了读几句萨福吗?赫斯特辩解说,他也听了布道的每一句话,如果黑韦特想得到证明,他可以整个重复一遍;并且,他去教堂的目的确实是想了解一些他的创造者的情况;而今天早上,多亏巴兹先生的帮助,他很成功地完成了这一使命,他受到的启发能让他写出三章有关英国文学的最精彩篇章,那也是对神的一种祈祷。

"我把我的灵感写在了我婶婶最近来的信的信封背面。"他说着从萨福的书页中抽出了那信封。

"那好,我听听上面都写了些什么。"黑韦特说,可能是讨论到文学话题,使他平静了几分。

"我亲爱的黑韦特,你难道希望我们俩被瑟恩伯里夫妇和埃利奥特夫妇之流的激怒的乌合之众赶出宾馆去?"赫斯特厉声问道。"最小声的耳语也足够让我后悔一辈子的。上帝!"他激动地说,"当世人都与如此可诅咒的白痴为伍的时候,还忙着写作干什么?说实在话,黑韦特,我奉劝你还是放弃文学的好。那有什么好?这些就是你的读者。"

他说着向四周的餐桌点点头。现在坐在这里就餐的都是各式各样的欧洲人,他们正在吃着,或者在大嚼特嚼着外国的鱼肉。黑韦特看着看着,变得比平常更加怒气冲冲。赫斯特也看着。他的目光落在雷切尔脸上,他向她鞠了一躬。

"我真希望雷切尔在爱着我,"他说,并把目光转向他面前的盘子,"和年轻女性的友谊是最糟糕的——她们会爱上一个人。"

黑韦特对他的话没有作任何回答,他不可思议地呆坐在那里。赫斯特对没听到任何答话似乎也不介意,因为他又回想起了巴兹先生,并重复起他的那段关于水滴的结语;黑韦特对此仍然没有什么反应,他只是撅起了他的嘴唇,挑选了一个无花果,然后很满足地回到自己的思想天地中去了,他在其中总是有很多思考题。午餐结束的时候,大家都起身离席,各自端着他们的咖啡杯来到大厅的各个角落。

黑韦特从他坐的在一棵棕榈树下的椅子上看到,雷切尔和弗拉欣夫妇走出了餐厅;他还看见她们四下张望,寻找椅子;然后向一个角落的三把椅子走去。这里她们可以继续私下谈话。弗拉欣先生的高谈阔论现在正进入高潮。他拿出了一张纸,一边继续谈话,一边在纸上画着什么。他看见雷切尔靠在椅背上,并用手指在纸上指指点点。黑韦特不大友好地拿弗拉欣先生的装束和他的举止做着比较。他穿一身在此炎热季节看来极为体面的衣服,但说话的态度却有几分轻浮,像一个非常会招揽顾客的售货员。然而,就在他坐在那儿观察他们的同时,他自己却被瑟恩伯里夫妇和艾伦小姐看中了,他们在徘徊了一两分钟后,就坐在了他的旁边;手里还端着杯子。他们是想请教他是否能告诉他们巴兹先生的一些情况。瑟恩伯里先生还是像往常一样,坐下以后一言不发,目光含糊地注视着前方。他会偶尔举起眼镜架到鼻子上,而且似乎要戴上它,但总是在经过短暂犹豫后,决定最好还是不戴,于是又把它放下来。在一阵讨论过后,两位女士得出了结论:毫无疑问,巴兹先生不是威廉·巴兹先生的儿子。大家沉默了一会儿。随后瑟恩伯里太太说,她至今在唱国歌的时候还不习惯把女王改成国王①。又是一阵沉默。然后艾伦小姐深沉地评论说,在国外上教堂总是给她一种参加一个水手葬礼的感觉。

然后是一阵长时间的沉默,它似乎预示着谈话的最终结束。而正在这时,一只仁慈小鸟落在了园子里,他们从所坐的地方正好可以看到它。那只鸟有喜鹊般大小,全身是金属般闪亮的蓝色羽毛。瑟恩伯里太太于是问道,如果我们那里所有的乌鸦都是蓝色的我们会不会喜欢它们——"你说呢,威廉?"她说着在她丈夫的膝盖上抚摸了一下。

"如果我们那里所有的乌鸦都是蓝色的。"他说着又举起了他的眼镜;并把它架在鼻梁上——"它们在威尔特郡就不能长久存活。"他肯定地说;然后又把眼镜拿了下来搁到身边。现在,这三个老年人都沉思地凝视着那只鸟,它也居然如此听话地在那里停留了很长的时间,因此他们可以一直看着它,不必再说话了。黑韦特正在考虑他是否借机前去弗拉欣夫妇那里,却看见赫斯特出现在他们的背后;他拉过一把椅子坐在雷切尔旁边,接着就开始俨然老朋友般地和她攀谈起来。黑韦特再也忍受不住了。他站起身,拿起帽子就冲了出去。

---

① 英国维多利亚女王(1837—1901)的王位由爱德华二世继承。

第 十 八 章

他看到的一切都令他厌恶。他恨蓝色和白色,恨它们的艳丽和分明,恨这南方的喧嚣声和炎热;眼前的景色在他眼里既冷漠又浪漫,就像舞台上用纸板做成的背景一样,而那山峦也不过是一个背衬着一块蓝布的屏风。尽管太阳光很炎热,他还是飞快地走着。

他从东面出了市镇,眼前有两条路,一条直通安布罗斯的别墅,另一条通往乡下,它最终到达平原上的一个村庄,但从这条路的两边还叉出许多小路,那是在土地潮湿的时候行人们留下的,这些小路穿过干旱的土地,通向原野上一座座孤零零的农舍,或是一些有钱土著人的别墅。黑韦特走上了其中一条小路,为的是躲避大路的不友好和炎热,大路上只要一有大车经过,就会扬起像一朵朵云彩般的尘土,使大群的飞虫都摇摇欲坠。车上拉的不是赶集的农民就是在大网子下挤作一团的火鸡,要么就是一对新人的双人床和黑木箱。

行走运动确实起到了洗刷一早上的满腔怒火的作用,但他还是觉得很难受。看来,很明显,雷切尔对他没有丝毫情分。她几乎看都不曾看他一眼,并且,她在跟弗拉欣先生交谈时表现出来的兴致就像跟他交谈的时候一样。最后,还有赫斯特的可恨的话语,像鞭子一样抽着他的心。他记起了他是在她和赫斯特谈话的时候离开的。现在她正在和他谈话,也许真的像他说的,她爱上他了。他把所有支持这种想法的证据都在脑子里转了一遍——她对赫斯特所写的东西突然产生兴趣,她引用他的话时一本正经的样子,或者只是半开玩笑的态度,她为他起的绰号"伟人",可能也确实有褒奖他的意思。如果他二人之间真的有了什么默契,那对他将意味着什么?

"见他妈的鬼!"他骂道,"我是真爱她吗?"而对此他只能做出一个回答:他当然爱着她,如果他知道什么是爱的话。自从他第一眼看见雷切尔,他就注意上她并被她吸引住了,并且越来越注意她,迷恋她,后来更是对她思念到了茶饭不思的地步。然而,在他思索他们的关系,就像溜进一个长长的宴席的时候,他又不时地问自己是不是真想要和她结婚?这可是个实实在在的问题,因为这种痛苦和折磨是难以忍受的,并且他必须得下决心,做出一个决定。一时间,他肯定自己不想和任何人结婚。被雷切尔激怒的事实成为了他憎恨婚姻的部分原因。很快,他头脑里出现了一幅两个人独坐在火边的图景,男的在看书,女的在缝纫。接着又出现第二幅图景。他看见了一个男人跳起来,向同伴道完晚安就匆匆离去,面带着那种偷情的人特有的神秘表情。两幅图像都令他很不愉快,但是更甚的还有第三幅图像,那是关于丈夫、妻子和朋友的;其中的夫妇瞥着眼睛互相看着,好像都在心安理得地听任一些事情发生、过去,而自己更深藏着真相。其他的图像——随着他激动地快速行走,它们便在他毫无意识或努力的情况下一幅幅地出现在他面前——就像白布上的一串照片。有一张上是面色倦怠的丈夫和妻子坐在那里,身边围着他们的孩子,很耐心,很容忍,并且很明智。但就是这样一幅照片也很讨厌。他试想着各种照片,来自他的朋友们的生活照片,他本来知道不少各个不同的婚姻家庭。但总是看见他们把自己关在生着火的温暖房间里。这时,他又开始想到未婚的人们,他看到他们活跃在无限的世界里;首先,他们和其他人一样,都站在同样的地位上,没有人保护,没有优势。这群朋友中的最具个性、最人性的特征就是,他们都是单身汉和未婚女;他发现,他最赞赏并且了解的女人都是未婚女人,这的确使他感到吃惊。婚姻对女人产生的影响比对男人的更恶劣。离开这些普通图像以后,他开始考虑他最近在宾馆观察过的这些人。在他观察苏珊和阿瑟,瑟恩伯里先生和太太,或者埃利奥特先生和太太的时候,他经常在头脑中转着这些问题。他看到订婚夫妇甜蜜的羞涩和惊喜是如何逐渐被头脑中的安逸和容忍所取代,好像他们已经度过了亲昵的偷情的冒险,该承担起自己的角色了。苏珊曾常常拿着一件毛衣追阿瑟,只因为他有一天无意中透露自己有一个弟弟死于肺炎。这场面使他觉得很好玩儿,但是如果把其中的人物换成特伦斯和雷切尔,那就不好玩儿了;并且,阿瑟把你叫到一个角落给你讲解飞机或飞行力学的热情也小得多。他们总归会相安无事的。接着,他又想到了结婚多年的夫妇。瑟恩伯里太太有了一个丈夫,这是事实。并且,总的看来,她还能让丈夫参与谈话,这是非常成功的。但是人们猜测不到他们私下里会相互说些什么。至于埃利奥特夫妇,也是一样,只是他们有时会在私下谈话时大吵大闹起来。他们有时还会在公共场合吵嘴,尽管这些争吵总是在妻子的并非真诚的让步中被痛苦地掩盖下来;她这是出于害怕舆论的影响,因为她比她的丈夫更愚蠢,所以不得不努力抓住他。他认为,毫无疑问,如果这些夫妇都分开,那这世界将会好得多。即使是他无比赞赏并深深尊重的安布罗斯夫妇,——尽管在他们之间有那么多的爱——难道他们的婚姻就不是一种妥协?她总是屈从他;她惯坏了他;她为他安排一切;她在哪儿都是真正的人,惟独对她丈夫不真实,对她的那些敢于和她丈夫作对的朋友也不真实。这真是她性格中的一个奇怪而可悲的缺点。这样看来,也许雷切尔那天晚上在花园里说的话是正确的,她说:"我们把自己最糟的一面都相互暴露出来——我们不能一起生活。"

不,雷切尔是完全错误的!他在听到她的观点之前,的确认为所有的论点似乎都是反对承担荒唐的婚姻责任的。而在他成为被追求者之后不久,他很快就转而变成了追求者。他在心里一边淡化着反对婚姻的种种借口,一边开始思索导致她说那句话的她的怪异的性格特点。她说的是真心话吗?对于一个可能和自己过一辈子的人,他当然应该了解其性格特点;作为一个小说家,现在就来看看她是个什么人吧。当他与她在一起的时候,他很难分析她的性格,因为他好像总是本能地什么都知道似的,但是当他和她分开的时候,他又觉得自己对她根本一无所知。她很年轻,但又不年轻;她缺乏自信心,但看人却看得很准。她总是高兴;但是究竟什么使她高兴?如果他们真的到了一起,所有的兴奋都已成过去,他们得一件一件地处理日常琐事,那将会怎样?他剖析自己的性格,有两点他看得很清楚:他非常的不遵守时间,并且不喜欢写应景的便函。据他了解,雷切尔是十分守时的,但他却记不得他是否曾见过她手里拿着钢笔的情景了。他接着想起了一次晚餐聚会,是在克鲁姆①吧,威尔森让她就座后就向她谈论起自由党。她想要说——当然,她对政治根本一

---

① 爱尔兰一城镇。

窍不通。但是不能否认,她这个人是很聪明的,并且很诚实。她的脾气不很稳定——这一点他注意到了——并且她不是家庭型的,她不是很随和的,她也不是很安静的,不是很美丽的,只除了穿某件衣服或在某种灯光下。而她突出的天赋是,她完全理解人们对她说的话;从来没有过像她这样好的谈话伙伴。你什么事情都可以说——任何事情都可以说,并且,她从来都不奴颜婢膝。想到这里他停了下来,因为他突然觉得他对她的了解比其他任何人都少。所有这些想法其实都已多次在他脑子里出现过;现在,他又回到了原来的满腹狐疑的状态。他不了解她,不知道她的感受是什么,也不知道他们是否能在一起生活,不知道他是否愿意和她结婚,但他还是爱着她。

假定他去找到她,对她说(他放慢了脚步并且开始大声说,好像雷切尔正在听他说话):"我崇拜你,但是我憎恨婚姻,我憎恨它的虚伪、它的安全、它的妥协,然而你却占据了我的思想,妨碍我的工作;你对此有何见教?"

他停下了脚步,靠着一棵树干,眼睛盯着那散落在干河床边上的几块石头,却不曾看见它们。在他眼前的是雷切尔清晰的脸,她的灰色的眼睛,她的头发、嘴;那是一张能看出许多东西的脸——平凡,失落,几乎没有什么特色,或许还带几分野性,热情激荡,近乎美丽,但这些在他的眼里总是一样的,因为她在看他或向他吐露感情的时候,总是绝对无拘无束的。她将如何回答?她会有何感受?她爱他吗?还是她对他根本没有任何好感,就像她对其他所有的人一样?而他自己,真的就像她那天下午所说,像风或海一样自由自在?"噢,你是自由的!"他带着想到她时的那种狂喜呼喊道,"并且我还将让你自由下去。我们将一起自由。我们将一起分享任何事情。我们的幸福将是举世无双的,我们的生活将是无比美好的。"他张开手臂,好像把她和整个世界都抱在自己的怀里。

他的身体滑落到了地上,头脑被她完全的占据了,他无暇再考虑婚姻,或冷静地分析她的天性,或他们一起生活的未来;并且,他很快就陷入了想见到她的巨大痛苦中。

第 十 九 章

其实,黑韦特大可不必因为担心赫斯特仍然在和雷切尔谈话而增加自己的痛苦。聚会很快就散了,弗拉欣夫妇朝一个方向走了,赫斯特朝另一个方向走了,大厅这里只剩下了雷切尔,她把弗拉欣画的几张图翻过来,掉过去,这种举动表明了她内心的不安和忐忑。她不知道自己是应该走还是留下,尽管弗拉欣太太已经命令她来吃下午茶。大厅里空荡荡的,只有威尔利特小姐还在风琴上对着一张圣歌的歌片,用手指弹着和弦;还有卡特夫妇,一对富裕的老人,他们不喜欢雷切尔,因为她的鞋带没有系好,她看上去也不够爽快,这使得他们产生了一些间接的联想,认为她也不会喜欢他们的。雷切尔如果看到他们,她是当然不会喜欢他们的,因为,最简单的原因就是,卡特先生的胡子是打了蜡的,而卡特太太又戴着手镯;并且他们显然是属于那一类不会喜欢她的人。但是,她自己的不安占据了她的整个身心,使她根本无暇细看,更无暇思考。

正当她翻着一本美国杂志滑溜溜的页面时,大厅的门被推开了,一束阳光照射进来,照在地板上,一个矮小的身影,就像被那束阳光追逐着,径直穿过房间,来到她的面前。

"怎么!是你在这里?"伊夫林叫道,"在午餐上我就瞥见你了;但你是不肯屈尊看我一眼的。"

这就是伊夫林的性格,不管在社交场上受到多少实际上的还是想象中的冷遇,她从来不会放弃对她想了解的人的追求,而且能持之以恒,最后一般总成功地了解这些人,说不定还能让他们喜欢上她。

她看了看周围。"我恨这个地方。我恨这些人,"她说,"可我想请你跟我来房间一趟,我很想和你聊聊。"

雷切尔正没有主意是去还是留下,伊夫林已搂住了她的腰,并拉着她走过大厅,上了楼梯。她们一边上楼梯,一步跨两个台阶,伊夫林一边拉着雷切尔的手,一边还断断续续地说着她一点不在乎别人怎么说。"一个人要是知道自己的权利,干吗还要在乎那个?让他们都见鬼去吧!这就是我对他们的态度!"

她处于很兴奋的状态,手臂上的肌肉都紧张地抽动着。她显然是在盼着赶快关上房门,把所有的事情都告诉雷切尔。果然,刚一进屋她就一屁股坐在床上问道:"你是不是觉得我疯了?"

对于思索别人头脑里在想什么,雷切尔并没有兴趣。她感兴趣的倒是丝毫不顾后果地说出自己在想什么。

"一定有人向你求婚了。"她说。

"你想到哪儿去了?"伊夫林叫起来,吃惊中还带着几分快乐,"难道我看起来像是有人求婚的样子吗?"

"当然,你的样子就像每天都有人求婚。"雷切尔回答说。

"但我觉得向我求婚的人没有向你求婚的多。"伊夫林不大自然地笑着说。

"从来没有人向我求过婚。"

"但是会有的——很多很多——这是世界上最容易不过的

事情——但是今天下午可确实没有。今天是——噢,是昏头了——可恨,可怕,让人恶心地昏头了!"

她站起身来到洗脸池边,开始用海绵沾着凉水擦脸;她的脸颊正在发烧。她转过身来,仍旧用海绵擦着脸,一边微微发抖一边用兴奋高亢的声音说:"阿尔弗雷德·珀罗特说,我已经答应了和他结婚;可我说我从来没答应过。辛克莱尔说,我要是不和他结婚,他就用枪自杀;我就对他说,'那你就自杀吧!'当然,他没有自杀——这种人是绝对不会的。今天下午辛克莱尔又缠着我要我给他一个明确的答复,还指责我和阿尔弗雷德·珀罗特调情,说我没心没肝,不过是一个塞壬①等等,说了一大堆有趣的话。最后我对他说,'好啦,辛克莱尔,你也说够了,现在让我走吧。'但这时他却抓住了我,拼命亲我——真是个让人恶心的禽兽——我现在还能感觉到他那胡子拉碴的脸,就在这儿——好像他说了那些话以后就有权无礼了似的!"

她用海绵在左侧的面颊上拼命地擦着。

"我还从来没见过一个可以和女人媲美的男人!"她高声说,"他们没有勇气,他们没有勇气,他们有的仅仅是兽欲和蛮力!难道有任何一个女人会像他那样——在男人已经说了对她没兴趣以后?我们的自尊心有多强;我们比起他们不知道好多少倍呢。"

她在房间里走着,并用一条毛巾揾着脸。这时她的眼泪正和脸上的冷水珠一起往下流淌。

"这太让我生气了。"她说着擦干了眼睛。

雷切尔坐在那里看着她。此时她想到的并不是伊夫林的处

---

① 希腊神话中用美妙的歌声迷惑水手,使他们丧生的女妖。

境;她只是觉得世界上充满了正在经受折磨的人。

"在这里只有一个男人让我确实喜欢,"伊夫林继续说,"特伦斯·黑韦特。他好像是个值得信赖的人。"

这句话让雷切尔打了个冷战;她的心似乎被一双冰冷的手压瘪了。

"为什么?"她问道,"你为什么觉得他值得信任?"

"我不知道,"伊夫林回答说,"难道你就没有过对某个人的感情吗?没有过你能肯定是对的感情吗?有一天晚上我和特伦斯长谈过。从那以后我就觉得我们确实是真正的朋友。在他身上有某种女性的东西——"她说到这儿沉默了一会儿,似乎在回忆特伦斯和她说过的亲密的话语,雷切尔从她那呆滞的目光中至少看出了这一点。

她想强迫自己问"他要和你订婚了吗?"但是这个问题太大了。况且,伊夫林很快又接着说起最好的男人都像女人,以及女人比男人更高贵——例如,我们绝对不能想象,像利拉赫·哈里森那样的女人会把她们想得多么坏,或对她们有什么卑鄙的举动。

"我真希望你认识她!"她喊道。

这时她平静了许多。她的脸已经擦干,目光也恢复了往常的敏锐和生动,并且她似乎已经忘记了阿尔弗雷德、辛克莱尔和她刚才的冲动。"利拉赫在德特福德路开办着一个女酒鬼之家,"她继续说道,"那完全是她创办的,由她经管的,其中大小事情全是她一手操办,现在它在这一行里是全英格兰规模最大的。你想象不到这些女人是什么样子的,——她们的家又是什么样子的。可是她却白天黑夜地和她们呆在一起。我经常去看她……这就是我们的关系……我们一起做事。你做什么事?"

她看雷切尔,带着一丝嘲弄的微笑问道。雷切尔对她的话几乎什么也没有听到,她的表情显得若有所失和惆怅。她对利拉赫·哈里森和她在德特福德路进行的工作,以及对伊夫林和她的风流情史都同样不喜欢。

"我玩玩琴。"她努力不动声色地说。

"那就是了!"伊夫林笑着说,"我们这些人都是除了玩什么也不做。这就是像利拉赫·哈里森这样的人为什么比我们更有价值的原因,也是她为什么如此忙碌的原因。但是我对玩感到厌倦了。"她一边说一边躺在了床上,双臂直伸过头顶。这样的姿势使她看上去比平时更小了。

"我要做一些事情。我有一个宏伟计划。告诉你,你必须参加。我肯定你有很大的能量,尽管你看上去好像是个应该一辈子呆在花园里的人。"她说着坐了起来,并且开始热情地讲述。"我在伦敦属于一个俱乐部,它每星期六活动,就叫作星期六俱乐部①。在那里我们谈论艺术,可是我讨厌谈论艺术——那有什么好谈的?而且其他那些人对艺术也都谈不出什么来。因此我要告诉他们说,我们谈论艺术已经谈得不少,应该换个话题了:谈论生活。引诱妇女卖淫问题,妇女选举权问题,劳动者健康保险问题等等。一旦我们决定什么是我们需要做的,我们就可以为它成立一个我们自己的社团……我敢肯定,如果我们大家拿出主人翁的姿态来决定这些事情,那就可以不再靠警察或者地方长官了,我们就能制止——卖淫,"——她在说最后一个难听的词时降低了声音——"而且不出六个月。我的意思

---

① 吴尔夫的姐姐瓦尼萨曾于1905年开办过一个讨论性质的俱乐部,名为"星期五俱乐部"。

是，男人和女人都应该参与这些事情。我们应该走上皮卡迪利街头对这种可怜人说：'你看，事情是这样的，我一点也不比你高贵，我也不想装做比你高贵。但是，你明明知道你现在正做的事情是可耻的，而我不希望你做可耻的事情，因为，在皮肤之下，你我都是一样的。所以，如果你做可耻的事情，它实际上和我也有关系。'这话是巴兹先生今天早上说的，但是他说的很对，尽管你们聪明人——你也是个聪明人，对吗？——并不相信它。"

当伊夫林开始说话的时候——连她自己都经常感到遗憾的是——她的思绪总是滚滚而来，使她根本无暇听取旁人的想法。她停顿了还不够喘口气的时间，就又接着说起来。

"我真不明白，星期六俱乐部的人为什么不做点真正有意义的事情。当然，这需要有人组织，需要有人投入毕生的精力，但我准备好了要做这件事。我的观点是，我们应该首先考虑人的事情，让那些抽象的思想先靠边站。这就是利拉赫不对的地方——如果说她有什么不对的话——她把戒酒的事情放到了第一位，而把女人放到了后面。现在有一点我非常明确，"她继续说道，"我不是什么知识分子，也不是什么艺术家，但是我是个有情感的人。"她从床上溜下来，坐到了地板上，抬起头看着雷切尔。她仔细地端详着她这张脸，就好像要读出什么在它后面隐藏的东西。她把手放在雷切尔的膝头。

"作一个人是最最重要的，不是吗？"她继续说，"真正的人，不管赫斯特先生会说什么。你是真正的人吗？"

和特伦斯一样，雷切尔也觉得伊夫林向她靠得太近了，并感到这样的近距离使她产生了某种激动，尽管那也是很让人讨厌的。对方并没有给她留时间来回答这个问题，因为伊夫林接着又提出了另一个问题，"你真的相信什么东西吗？"

为了躲开这双明亮的蓝眼睛的追寻,并且让她少安毋躁,雷切尔推开了自己坐的椅子并大声回答说:"我什么都相信!"随即她开始触摸各种东西:桌子上的书、相片、叶子上长着可怕硬毛的花,它是种在窗台上的一个大陶花盆里。

"我相信床,相信相片,相信花盆,相信阳台,太阳,弗拉欣太太等等,等等。"她继续说,仍旧漫不经意,说着一些发自内心深处一般人不会说的事情。"但是我不相信上帝,我不相信巴兹先生,也不相信那位医院护士。还不相信——"她拿起一个镜框看着,没有说完后半截话。

"那是我的母亲。"伊夫林说,仍旧坐在地板上双手抱着膝盖,并充满好奇地看着雷切尔。

雷切尔盯着照片考虑一会儿,然后用低沉的语调说,"还有,我不大相信她。"

默加特罗伊太太显现出一种魂不守舍的样子;她跪在一张椅子上,把她的那只波美拉尼亚竖耳狗紧紧贴在她的脸颊上,出神的目光好像在那狗身上寻求着保护。

"那是我的父亲。"伊夫林说,因为那个镜框里有两张相片。第二张相片上的是一个英俊的军人,身材魁梧,留着浓密的小胡子;他的手扶在他的战刀柄上;和伊夫林绝对有几分相像。

"就是因为他们,"伊夫林说,"我才渴望帮助其他的女人。你一定听说过我的事,是吗?他们没有结婚,你知道;所以我并不是什么完人。但我并不因此感到惭愧。不管怎么说,他们是相爱的,这就比大多数谈论父母的话题都更重要。"

雷切尔拿着那镜框坐在了床上,她比较着这两张照片上的人——按伊夫林的话说,曾经相爱的一男一女。对此,她的兴趣远远超过伊夫林又再度提起的不幸妇女的利益的话题。她的目光再一次从其中一个人移到另一个人。

"在你看来,"当伊夫林又有片刻沉默的时候,她连忙问道,"相爱是怎么回事?"

"你从来没有恋爱过吗?"伊夫林问道。"噢,当然没有——其实只需要看你一眼就能看出这一点,"她补充说,并陷入了沉思,"我其实热恋过一次。"她说。并开始回忆,她的眼神失去了平时的明亮和生气,而显现出一种脉脉的温情。"那真像在天堂一样!——但是好景不长,而且最糟糕的是,并不是因为我的原因。这是关键。"

接着她又谈起了阿尔弗雷德和辛克莱尔,并假装征求雷切尔的意见。但她其实并不真想听她的意见;她只想和她亲近。当她看到雷切尔坐在床上仍然在看那相片的时候,她终于明白雷切尔根本没在考虑她。那她在考虑什么呢?伊夫林被生活中进出的小火花折磨着,她的生活就是设法接近他人,但又经常遭到拒绝。陷于沉默之后,她开始打量起她的客人,她的鞋子,她的袜子,她头上的发梳,她的短衣服上的所有的细节,好像抓住了每个细节她就可以更清楚地了解其中的生命。

雷切尔最后终于放下照片。她走到窗前说,"这太奇怪了。人们谈论爱情就像谈论宗教一样,没完没了。"

"所以我希望你坐下来和我谈谈。"伊夫林有点不耐烦地说。

但是雷切尔却打开了那两扇细长的窗户,并朝下面的花园望着。

"那儿就是我们第一天晚上迷路的地方,"她说,"一定是在那些灌木丛里。"

"他们在那树丛里杀鸡,"伊夫林说,"用刀把它们的头剁下来——恶心！还是告诉我——"

"——我是想了解一下这个宾馆。"雷切尔打断了她的话。她回过头来看着伊夫林,她还坐在地板上。

"可它和别的宾馆并没有什么两样啊。"伊夫林回答说。

这话倒是不假,然而在雷切尔的眼里,这里的每个房间,每一条走廊,甚至每一把椅子都有自己的特别之处。但她不能在一个地方呆得更久了,就慢慢地向门口走去。

"你这是做什么?"伊夫林问道,"你总是让我觉得你有不肯说出的心事……说出来吧！"

雷切尔对这个问题仍然没有回答。但她的手在门柄上停住了;她好像突然记起了什么一吐为快的声明。

"我想你一定会嫁给他们中的一个的。"她说着转动门柄,走出来后又关上了房门。她缓步沿着走廊前行,并用手划着身边的墙。她并没有想好要去哪里,因而只是沿着走廊信步而行。最后来到一个过道,前方只有一扇窗户和一个阳台。从阳台朝下望去,她这才发现,这里是厨房的晒台,自己看到了宾馆生活的另一面。一些小灌木丛像迷宫一样把这一区域和宾馆分割开来,地面是裸露的,而且到处是废旧罐头盒,很多灌木上面都搭着尚未晾干的毛巾、围裙等等。身穿白衫的服务员不时出出进进,往一个大垃圾堆上扔垃圾。两个身穿棉布服的高大女人正坐在一条长凳上,面前摆着几个沾满血污的铝盘子,她们腿上架着黄颜色的宰好了的家禽,正在给它们去毛,还一边闲聊着。突然,一只鸡扑打着翅膀半飞半跑地蹿了过来,另一个年龄总有八十上下的老太太,尽管瘦小枯干,步履蹒跚,却在它后面紧追不舍。在那两个妇女的嘲笑声中,她的脸上充满狂怒的表情,并用西班牙语咒骂着。随着这里的一声巴掌,那里一块白布的阻挡,这只鸡四处乱跑着,最后竟朝着那老太太飞过去。她张开她的破旧的灰裙子扑住了它,并用身子紧紧压在上面,然后,老人带着胜利和复仇参半的表情一刀把它的头切了下来。那鸡的鲜血和身体的扭动抓住了雷切尔,以至于尽管她感觉到有一个人来到了她的身边,她还是一直盯着那老太太,直到她也坐在了那张长凳上两个人的旁边。她这才猛然抬起眼睛,以尽快摆脱那丑恶的场面。艾伦小姐站在她的身边。

"这可不是什么好景致,"艾伦小姐说,"尽管我敢说,这已经比起我们所采用的方法更人道一些了……你还从来没来过我的房间吧?"她说着就转身而去,那意思好像是让雷切尔跟着她走。雷切尔也就跟着她去了,因为她觉得,似乎每一个新人都有可能拨开困扰她的谜团。

这家宾馆的卧房设计,除了有的大一些,有的小一些以外,基本上都是一样的模式:地面都是深红色瓷砖,一张很高的床,床上吊着蚊帐;都有一张写字台和一个梳妆台,几把扶手椅。然而,一旦房客住进来打开箱子,它们就变得很不相同了,艾伦小姐的房间和伊夫林的就很不一样。她的梳妆台上没有那么多各种颜色的帽卡;没有香水瓶;没有细长的弯剪刀;没有各式各样的鞋子和靴子;椅子上也没有丝绸椅罩。房间极其整洁,而且好像所有的东西都是成双成对的。但写字台上堆满了手稿,一张桌子被拖过来摆在扶手椅旁边,上面摆着两大摞从图书馆借来的深色封皮的书,每本书里都夹着很多小纸条,一端露在外面,夹在不同的页码上。艾伦小姐请雷切尔来是出于善意,因为她认为雷切尔站在那里是因为无事可做。而且,她也喜欢和年轻的女子交往,因为她自己就教过很多这样的人。而且她还得到过安布罗斯夫妇的盛情款待,她很希望能回报一二。她向四周看了看,考虑着让客人看点什么。可房间里似乎没有什么可供娱乐的东西。她摸了摸手稿。"乔叟①时期;伊丽莎白②时期;德莱顿③时期,"她回忆着,"好在时期还不算太多。我现在只写到十八世纪中叶。你请坐,温雷克小姐。这椅子虽然小,但是挺坚固的……《尤弗斯》④,英国小说的样板,"她接着说,又翻到另一页看了一眼,"你对这些感兴趣吗?"

她看着雷切尔,目光中流露出深深的友善和坦诚,好像她会尽最大可能提供任何她所希望的东西。这种表情使她的那张因操劳和思索而变得布满皱纹的脸充满了魅力。

"噢,不,你感兴趣的是音乐,对吗?"她继续回忆着,"我总是觉得文学和音乐合不来。当然,有时候我们也有天才——"她又往四周看着,终于看到壁炉架上的一个罐子,她把它拿下来递给雷切尔。"你把手指头伸进去,也许你能从中取出一片腌生姜。你是天才吗?"

但是生姜在最下面,雷切尔够不到。

"不用找了,"当她看到艾伦小姐四下找工具的时候说,"我敢说你就是捞上来我也不会喜欢的。"

"你从来没尝过生姜吗?"艾伦小姐问道,"那我觉得现在是尝一尝的时候了。因为这样你就有可能得到一点新的生活乐趣,鉴于你还这么年轻——"她用一个扣钩试着,看能不能捞上来,"我给我自己定的规矩就是,任何事情都要试一试,"她说,

---

① 乔叟(约 1343—1400),英国诗人,《坎特伯雷故事》的作者。
② 此处指的是伊丽莎白一世(1558—1603)。
③ 约翰·德莱顿(1631—1700),英国讽刺诗人、剧作家,写出过三十多部悲喜剧,对英国文学作出宝贵而持久的贡献。
④ 约翰·黎里(1554—1606),英国诗人,此诗系他的浪漫作品。

"你难道不认为,如果等到你临死前在病床上你才第一次品尝生姜,却发现那是你有生以来最喜欢的东西,那不是很遗憾吗?要是我的话,就要气死了。所以,仅仅因为这一个原因,我就得把一切都做在前头。"

她成功了,一小块生姜出现在扣钩前端。

艾伦一边擦干净扣钩,雷切尔便咬了一口生姜,她立刻高叫起来,"我得吐掉它!"

"你肯定你确实尝够了吗?"艾伦小姐问。

雷切尔把生姜扔出窗外,以表示回答。

"不管怎么说,这是个经验,"艾伦小姐平静地说,"让我看——我实在没有别的东西给你了,除非你喜欢这个。"她的床上方有一个突出的小柜子,她从中拿出一个细长的漂亮瓶子,里面充满了明亮的绿色液体。

"利口酒①,"她说,"你知道,就是烈酒。这看起来好像我酗酒,是吗?可这其实恰恰说明我是个非常有节制的人。这瓶酒已经陪了我二十六年的时间。"她边说着边骄傲地看着它。她把瓶子倒了过来。从那液体高度判断,里面的酒还没有动过。

"二十六年?"雷切尔喊道。

艾伦小姐很是高兴,因为她估计到雷切尔准会吃惊。

"二十六年前我去德累斯顿②的时候,"她说,"我的一个朋友说要送给我一件礼物。她想到,如果为万一碰上船舶失事或者其他事故,酒可能是有用的。然而,在我的旅行中它一直没有派上用场,我回来后就把它搁到了一边。可是,以后在我每次外

---

① 原文为法语;一种饭后饮用的芳香型烈性酒。
② 德国萨克森邦的首府。

出远游的前夕,这瓶子总是出现在我眼前,给我同样的启示。而每次我安全返回来以后又总把它丢开。后来我开始感到,它对于我是个避邪之物。我曾经亲眼目睹过一场使我自己耽搁了二十四个小时的火车事故,但是我自己从来没遭遇过任何事故。是啊,"她继续说,而现在是在对着那瓶子说,"我们已经一起见识过好多不同气候和不同的柜子了,不是吗?我打算迟早给你做一个银制的铭牌。它是个绅士,估计你也看得出来,名字叫奥利弗……但是,温雷克小姐,如果你打碎了我的奥利弗,我可不能原谅你。"她说着一把从雷切尔手里抢走了那瓶子,并把它重新放回柜中。

雷切尔正在捏着瓶颈旋转那瓶子,就被艾伦抢了回去。她也就只好投艾伦小姐的所好,忘掉那瓶子。

"哇喔,"她喊道,"我觉得太不可思议了,和一个朋友相伴二十六年——还经历了那么多旅程。"

"其实不然;我倒觉得一点不奇怪,"艾伦小姐回答说,"我总认为我自己是一个最最平常的人。人能平常到我这样的程度,倒是有点特别呢。噢,我忘了——你是个天才吗,还是你觉得自己不是天才?"

她很和蔼地冲雷切尔笑了笑,并在屋里略带笨拙地走着,就好像她既然了解、经历了那么多事情,那么她说出的每件痛苦事情肯定都有化解的良药,并使旁边的人急于想了解它们。然而,艾伦小姐现在正在仔细地锁上柜门,似乎并没有迹象要打破她那多年养成的缄默的习惯。一种不太舒适的情绪使雷切尔也保持着沉默;一方面,她希望高高飞起,给血肉之躯激发出灵感的火花;另一方面,她又感到在她们之间一切都是枉然,只能听凭沉默的驱使。

"我不是什么天才。我觉得我很难说清我心里所想的事情——"她终于认真地说道。

"我觉得这是一种气质问题,"艾伦小姐帮助她说,"这对有些人来说,没有丝毫困难;而我也早就发现有许多事情我就是不会说。后来我又认为,这是我自己太迟钝。我有一个同事,她很会看人是否喜欢你——让我想想,她是怎么看来着?——对了,就在早餐桌上听人说'早上好'。可这在我看来要几年才能学会。但是对大多数年轻人来说,这似乎很容易?"

"噢,不,"雷切尔说,"这太难了!"

艾伦小姐平静地看着雷切尔,没有说话;她预见到了一定的困难。于是她把双手放到了头后面,这才发现有一个灰色的发卷松开了。

"我得向你道对不起了,"她说着站起身来,"我得收拾我的头发。我一直都找不到满意的发卡。另外我还要换件衣服;我倒是特别希望你能帮助我,有几个很讨厌的钩子,我自己倒是能钩上,可是要花十五到二十分钟时间;要是有你的帮助——"

她说着就扯掉了她的外衣、裙子和罩衫,并开始坐在镜子前做她的头发,一个肥硕巨大的身躯,她的衬裙显得很短,可见那身躯是靠两条粗壮并呈页岩般灰色的腿支撑的。

"人们都说青春是快乐的;我倒觉得中年的乐趣更多。"她一边说着一边摘下头上的卡子、发梳;然后她拿起了大梳子。她的头发全松开披散以后不过才到她的脖子。

"当一个人年轻的时候,"她继续说,"按一般接受的教育,他会觉得一切似乎都那么很严肃……现在该穿衣服了。"

在极短的时间内她的头发就难以置信地恢复成了它通常的发髻。现在她的上身穿上了一件深绿色带黑条纹的上衣;而裙子上有各种各样角度的挂钩,雷切尔不得不跪在地板上,仔细找到对应的钩眼和挂钩。

"我记得,我们的约翰逊小姐总是说生活很不开心,"艾伦小姐继续说,并把身体转到背光的位置,"于是她决定饲养豚鼠,并且很快她就对这一行专心致志了。我刚刚才听说,黄色的豚鼠生的宝宝是黑色的。我们还打了六便士的赌。她要是得胜了一定得意得很呢。"

裙子穿好了。她在镜子里看着自己,脸上的表情是人在照镜子时常见的那种异样严肃的表情。

"我现在的装束完全可以出门见伙伴了吗?"她问道,"我记不清是豚鼠妈妈还是豚鼠宝宝是黑色的了。但是,黑色动物生出有色的宝宝——还是有色动物生出黑色宝宝——是很少见的。这个事儿有人向我说了好多次,可我还是记不清,我真是够愚蠢的了。"

她在屋子里来回走着,安详地寻找一些小饰物,并戴在身上——小粉盒、手表、金属链、一只很重的金手镯,还有一对代表她所在女权组织①的有彩色的纽扣。最后,她总算为下午茶做好了所有准备,她站在雷切尔面前,并且和蔼地向她微笑。她不能算是一个很迷人的女人,并且她的生活经历告诉她,说话要有节制。但同时她又具有一种与人为善的品质,尤其是对年轻人。而这又经常使她对自己口才不够伶俐而感到遗憾。

"我们下楼去吧?"她说。

她把一只手放在雷切尔的肩膀上,然后弯下腰去拣起一双

---

① 在1900年,妇女选举权成为英国最重要的政治话题,这期间出现了很多妇女选举权益组织,接受国家妇女选举权益协会的领导。

散步鞋子,并把它们整齐地并排摆在她的门外面。在沿楼道走去的一路上,她们经过了很多双摆在外面的靴子和鞋子,有黑色的,有棕色的,都摆得很整齐,而且都不一样,那不一样的程度就像她们俩站在一起一样。

"我总是认为人们非常喜欢他们的鞋,"艾伦小姐说,"你看,那是佩利太太的——"她正说到这儿,那门忽然开了,佩利太太坐在轮椅上被推了出来,原来她也准备好了去吃下午茶。

她向艾伦小姐和雷切尔打招呼。

"我正在跟她说人们是多么重视鞋子呢。"艾伦小姐说。但是佩利太太似乎没听见。她又更大声地重复了一遍。佩利太太还没听见。她于是又重复了第三遍。这回佩利太太听见了,但是她好像还是不理解。看样子,她显然还要重复第四遍,这时雷切尔却突然说了句含糊不清的话,然后在走廊尽头消失了。交谈中的这种完全不能沟通的误解,在她看来似乎无法忍受。她飞快而盲目地朝相反的方向走着,并来到楼道的一端。那儿有一扇窗户,窗前有一张桌子和一把椅子,在桌子上摆着一个生了锈的墨水台,一个烟灰缸,还有一份法文的报纸,旁边有一支断了头的钢笔。雷切尔坐了下来,她好像是要研读那法文报纸,但是一滴眼泪却落在本已模糊的法语字上,洇湿了一大片。她突然抬起头大声喊道,"受不了了!"她举目向窗外望去,即使她的眼睛没有被泪水打湿,眼前也是茫然一片,她终于任凭自己沉溺于对这一整天的愤怒谴责之中了。它从一开始到最后,都是悲惨的;首先是小教堂的礼拜,然后是午餐;然后是伊夫林;接着是艾伦小姐;然后又是佩利太太挡住去路。整整一天她都在被人戏弄、指使。现在她到达了极限,出现了危机,而从中她却似乎看到了世界真实的一面。她实在不喜欢世界的这个样子——教堂,政治家,阴差阳错,尔虞我诈——像达洛维先生这样的人,像巴兹先生这样的人;伊夫林的喋喋不休,挡住通路的佩利太太。与此同时,她自己的稳定的脉搏却好像代表着在这一切之下的感情的热流;它在跳动,在斗争,在烦恼。此时此刻,她自己的身体成了世间一切生命的源泉,这些生命要突出去——一会儿从这里,一会儿从那里——却不是被巴兹先生就是被伊夫林小姐,要么就是被那如同整个世界般沉重的被强加于人的极度愚蠢镇压了回去。受到这样的折磨,她不禁把两只手紧紧缠结在一起,因为所有的事物都是错误的,所有的人都是愚蠢的。这时下面花园里隐约出现了几个人,她就把他们视为一些自然生成的大块物体,它们四处飘荡,除了妨碍她以外漫无其他目的。他们在做什么呢,在世界上的那些其他人?"没人知道。"她说。于是她的愤怒开始自己消耗自己,而那曾经是如此生动的世界也开始变得浑浊不清起来。

"这是一个梦。"她低声说。一边端详着那生锈的墨水台,那钢笔,那烟灰缸,还有那破旧的法文报纸。这些小而无用的东西在她看来似乎代表着人的生命。

"我们都睡着了,并且在做梦。"她重复说。但是,那其中一个形状有可能代表特伦斯的想法,又把她从烦闷的昏昏欲睡中唤醒了。她又变得烦躁不安起来,就像刚才坐下来以前的心情。她不再能把世界仅仅看作一个在她下面的市镇了。相反,它成了一个被高热和红色薄雾笼罩的地方。她又回到了那她整整一天都处于其中的状态。光靠冥思苦想是逃不掉的。要想躲避就必须有身体的行动,必须走进走出房间,走进走出人的头脑,以寻找那她不知为何物的东西。想到这里,她站了起来,推开桌子,转回身来,然后走下楼去。她走出前厅的大门,转过宾馆的墙角，便看到了刚才她从窗户中看到的那群人。但是，由于刚从阴暗的地方出来，不适应刺眼的阳光，而且还是刚从梦中回来，来到现实生活，这些人在她看来变得异常鲜明。他们就像在黑夜背景上的鲜明图案：一个个白色、灰色、紫色的人影围坐在藤桌的周围，在桌子中间，茶瓮的火焰使其上方的空气变得像有缺陷的镜子一样，使影像摇摇晃晃；一棵巨大的绿树在他们上面伸展，它像有一股蠢蠢欲动的力量，却被强按捺着。再走近一些，她听到伊夫林的声音在单调地重复，"这里，然后——这里——好狗儿，来，这里。"短时内似乎什么也不会发生；一切是那么静；然后她看出那群人中有一人是海伦·安布罗斯；雾霭又一次散去。

确实，这群人通过各种不同的方式把自己组合到了一起：他们坐在不同的茶桌边，但各个桌子之间有躺椅连接着。尽管大家有一定的距离，仍然可以看出，是弗拉欣太太主宰着这个聚会。她正自豪地正襟危坐在那里，隔着老远和海伦交谈着。

"在帐篷里整整十天，"她说，"是不太舒服。要是你想图舒服，那就别参加。但是我还可以告诉你，你要是不参加，准会遗憾一辈子。你说是吗？"

就在这当儿，弗拉欣太太看见了雷切尔。

"啊，你的外甥女来了。她保证说你会参加的，你这不是来了吗？"她一旦说起什么计划，就会像孩子一样用全部精力追求它。

雷切尔也努力扮演着自己的角色。

"我当然要来。你也得来，海伦。还有帕波先生。"她坐下以后才发现，尽管周围都是她认识的人，但是特伦斯却不在其中。人们在从各个角度探讨着计划中的这次郊游。有人说，那会够热的,但是晚上还会冷;还有人说,困难之处可能是船不好搞,还有语言的障碍。弗拉欣太太力排众议说,不论是人还是物的困难,在她丈夫面前都能迎刃而解。

这时弗拉欣先生正在向海伦解释,这次活动确实是挺简单的事;只需要在外面住五天;并且,那个地方——一个本地的乡下村庄——确实是个在她回国以前值得一去的地方。海伦模糊地低声说了几句什么,似乎拿不定主意自己该怎么回答。

类似这样的茶点聚会,由于其中不同类型的人太多,其实很难讨论好哪怕是一般的话题;并且,从雷切尔的观点来看,其最大的优点就是,自己完全没有加入谈话的必要。在她旁边,苏珊和阿瑟正在向佩利太太解释这次郊游的意义;佩利太太对此似乎也清楚了,并以一个老旅游者的身份叮嘱他们多带罐头蔬菜,带皮毛外套,带杀虫粉。她说着把身体侧向弗拉欣夫人,并小声和她说着什么。从她闪烁的眼神看来,说的可能是有关臭虫的一些事情。又见海伦正在向圣约翰·赫斯特背诵"勇敢者的付出",显然是为了赢得在桌子上摆着的六便士;而这时胡格赫灵·埃利奥特先生正用他所知的柯曾爵士①的有趣轶事以及大学生的自行车一类的故事吸引着一群听众。瑟恩伯里太太正努力回忆着另一个可能也叫加里博尔迪的人,并说他写了一本值得一读的书;而瑟恩伯里先生正回忆着他有一架上好的双筒望远镜。与此同时,艾伦小姐正在用一般老处女才常有的特别亲密的口吻和她的狗谈话,那是一只挺可爱的小狐狸狗,它把伊夫林的注意力也吸引了过来。不时有一些灰尘或花粉飘落在盘子里。雷切尔对这一切似乎都有所见,有所闻,就像一条河流对掉

---

① 柯曾爵士(1859—1925),1907年当选牛津大学校长。

进其中的树枝和上方天空的所见、所闻一样;她那迷茫的眼神让伊夫林有点看不惯。她走过来,坐在了雷切尔脚下的地上。

"喂,"她突然问道,"在想什么呢?"

"瓦灵顿小姐。"雷切尔局促地回答道,因为,她总得说点什么。她确实看见了苏珊低声和埃利奥特太太说话的情景,也看见了阿瑟用对爱情十分自信的眼光盯着她。雷切尔于是和伊夫林一道听着苏珊正在说什么。

"一切都是有次序的,狗、花园、来学习的孩子们,"她的声音那么有节奏,就好像是在念名单,"还有我的网球、村庄、给父亲写信,以及数不清的听起来并不重要的小事;然而我从来没有一时一刻是为我自己的;并且,当我上床睡觉的时候,我困得头一碰枕头就睡着了。还有,我喜欢陪伴我的婶婶——我是不是特别无聊,艾玛婶婶?"(她说着冲佩利太太笑了笑;而她正微微低着头,以极大的兴趣观看着蛋糕)"而且还得特别注意父亲冬天别着凉,这可是要常跑腿的事情,因为他从来不会照看他自己,就和你差不多,阿瑟!这么多事都堆起来了!"

她说话的声音也随之高亢起来了,其中似乎包含着对生活和她自己的性格的满足和快乐。雷切尔突然对苏珊产生了一种强烈的厌恶,把对她以往的好心、谦虚,甚至怜悯都忘记了。她一下子变得异常虚伪而残酷;她似乎看见她变得粗壮而能干,那和蔼的蓝眼睛变得肤浅而多泪,丰满的脸颊也凝固成了干涸的红色河道网。

这时海伦转过身来。"你去教堂了吗?"她问道。她赢得了那六便士,并好像正准备起身要走。

"去了,"雷切尔回答说,"但这是最后一次。"她又补充了一句。

海伦正在戴手套,她掉落了一只。

"你以后不去了吗?"伊夫林问道,并也拿着一只手套,好像不准备戴上。

"现在正是我们应该去教堂的时候,"海伦说,"你没注意到大家变得多安静吗?"

大家真的都安静了下来,这部分是由于谈话的节外生枝,部分是因为他们看见又有人来了。海伦并没有看是谁来了,她的眼光仍旧紧紧盯着雷切尔,并似乎看出了一些名堂,她暗暗对自己说,"肯定是黑韦特。"她戴上手套,同时感到了周围异样的气氛。然后她站起身来,因为弗拉欣太太也看见了黑韦特,这时正极力请求他讲讲河流和船的情况,整个谈话似乎又要重新开始。

雷切尔跟随着她,两人走到了大街上。她们都沉默着。海伦尽管感到自己看清了并且理解了,但是现在充斥她头脑的首要事情却似乎发生了奇特的逆转。如果参加这次郊游,她就得几天不能洗澡,这在她看来是大事,并且很讨厌。

"和一群你几乎不认识的人住在一起,那可是够讨厌的,"她说,"总得注意自己脱光衣服的时候别被人看见。"

"那你不想去了,是吗?"雷切尔问道。

这话语中的严肃口气使安布罗斯太太很生气。

"我不想去,但我也不想不去。"她回答说,并且,她变得越来越随便,越来越冷淡。

"不管怎么说,我相信我们已经看遍了这里所有值得看的东西;然后他们居然又提出去那么个地方,不管他们说什么,去那里肯定是非常不舒服的。"

雷切尔没有作声;但是海伦说的每一个字却都在增加她的痛苦。最后,她突然说——"感谢上帝,海伦,我和你不一样!

我有时觉得你简直是除了活着,对别的一切都不闻不问！你就像赫斯特先生一样。你看到了有些事情不对,可是你仅仅止于骄傲地宣布你的看法。你把这叫做诚实;可这事实上是懒惰,是迟钝,仅此而已。你不肯提供帮助,听之任之。"

海伦微笑着,好像对这番攻击很欣赏。

"还有吗?"她问道。

"在我看这太糟糕了,就这些。"雷切尔回答说。

"很有道理。"海伦说。

在其他多数情况下,雷切尔都会因她舅母的坦白而不再做声;但是今天下午她却不想在任何一个人面前沉默。她想争吵。

"你简直是半死不活。"她继续说。

"仅仅因为我今天没有接受弗拉欣先生的邀请?"海伦问道,"还是你一直都这样认为?"

就目前看来,雷切尔认为自己是一直觉得海伦有那种缺陷,这好像是从她登上"欧佛洛绪涅"的第一天晚上就开始了,尽管她很美丽、很高雅,尽管她们之间很友爱。

"噢,这不过是和每一个人都一样的!"她高声说道,"所有的人们所想的,所做的——除了伤害他人就再没有别的了。我告诉你,海伦,整个世界都坏了。生活、欲望,真是极大的痛苦——"

说到这里,她从一丛灌木上揪下一把叶子,把它捻碎,借以控制自己的情绪。

"这些人的生活。"她开始解释,没有任何目的,这就是他们的生活方式。一个人去找另一个人,而人人都是一样的。一个人永远也休想从他人那儿得到自己想要的东西。

海伦如果想要和她争论,或者希望获得信心,那么在雷切尔的这种感情状态和混乱的思维作用下,她将不堪一击。但是她却不再反唇相讥,一路上她保持着深度的沉默。漫无目的,猥琐,无意义,哦,不——今天下午在茶会上的所见使她无法相信这一切。那些小玩笑,唠叨,整个下午的虚幻在她的眼前皱缩了起来。在喜爱和厌恶,相聚和分离的背后,发生了大事情——同时也是可怕的事情,因为事情太大了。她的安全感受到了威胁,就好像她在枝条和枯叶的下面发现了一条蠕动的蛇。在她看来,似乎应该有片刻的踌躇,应该有一时的假象,然后才有深奥而不合理性的法律站出来,把一切按照它的喜好,按照它的向背一一归位。

她看了看走在她身边的雷切尔,她仍然揉搓着那些叶子,并陷入深深的思考。她在恋爱了,她因此对她十分怜悯。然而,她却好像忽然间从自己的思绪中醒悟了过来。"真对不起,"她道歉说,"如果我太愚钝的话,那是我的天性,我无法改变。"假如这果然是个自然的缺点,那么她倒是找到了一个便捷的治疗方法;因为她接下去开始大谈起她对弗拉欣先生这一计划的看法。她认为,只需稍加考虑,就可以发现这是个非常好的计划。说话间她们已经到家了。于是两人商定,只要有谁还能对这件事说出任何新东西,她们就接受邀请。

第二十章

当弗拉欣先生和安布罗斯太太再度详细讨论这次郊游时，发现这个计划既不危险也不困难。他们甚至觉得它没有什么不平常之处。每年到这个季节，英国人都会乘汽船溯河而上，寻找聚会地点，然后登陆，看看乡土风情，买一些乡下人的东西，然后兴尽而返；从没见过有谁身心受到任何损害。在统计出有六个人希望参加此行以后，事情就决定了。

自从伊丽莎白时代以来，看到过这条河的人太少了。而且，再也没有人做什么事情试图改变它的外貌。因此它今天的样子还是伊丽莎白女王时代航海者眼中的样子。从伊丽莎白时代至今这段时间，比起自从这河水开始在它两岸之间流淌至今，仅仅是短暂的一刻。这历史的长河，还有那两岸如此茂盛的树丛，那从幼苗长成的参天大树，一同构成一幅不变的绿色图景，千百年来，这生动的绿色，只有在日出日落或云遮雾挡时才有所改变。那河床中的水流，永不停息，时而冲刷泥土，时而带走树枝。在世界的其他地方，人们不断地在老城的废墟上建造新城，因此逐渐变得语言各异，相互对立。几个星期前，同一旅馆中的这班人马野餐的地方离这条河不远，从山顶清晰可见这条河的几英里长的一段河道。当苏珊和阿瑟互相亲吻的时候，他们看见了它，当特伦斯和雷切尔谈论里士满的时候,他们看见了它,当伊夫林和珀罗特闲逛的时候,他们也看见了它,并且还把自己想象成殖民世界的伟大船长。他们看到了那河与海交汇处的白沙滩,看到了自己身处其中的那绿色团块无限延伸,最后遮挡住了河流的视线。在离河岸约二三十英里宽的范围内,每隔不远就有一片房屋,再远一些,房屋变成了草棚,再远一些就连草棚也没有了,只剩下了树和草。它们是猎人、探险者,或商人行迹所到之处,但不是安身的地方。

这支远游队最后由六个英国人组成,他们早早就从圣特玛丽娜出发了,在驱车行驶二十英里,又骑马前进了八英里以后,终于在傍晚来到了河边。他们在树丛中策马前行——其中有弗拉欣先生及夫人、海伦·安布罗斯、雷切尔、特伦斯,和圣约翰。那些马都累得自己停了下来,于是这些英国人都下马来。弗拉欣太太兴冲冲地大步奔向河岸。这一天尽管漫长而炎热,但是她对行进的速度和新鲜的空气都很满意;离开了她讨厌的宾馆,她觉得同行的伙伴都很合她的意。黑暗中,河水正打着漩奔流而去;他们仅仅能看清流动的水面,空中充满水流的声音。他们站在许多大树干之间的一块较大的空地上。远处,一点上下摇动的绿色灯光给他们指出了汽船的位置。

他们登上甲板以后才发现,这是一只不很大的船。它在他们的脚下颤动了足足有一分钟,然后才平稳地向前驶去。他们似乎是在向黑暗的中心开进,因为树把他们的进路都关死了,他们听到的只是周围树叶的沙沙声。通常,完全的黑暗有一种特殊的功能,就是使说话的声音变得微弱而渺小,在甲板上走了几个来回以后,他们聚到了一起,大家深深地打着呵欠,并都向河岸深处的一个阴暗角落望去。弗拉欣太太不知在低声默念着什么诗句,音调被空气压低了。她开始想知道他们究竟在哪儿睡觉,因为,他们既不能睡在底舱,也不能睡在满是汽油味的小洞里,既不能睡在甲板上,也不能睡在——她深深地打了个呵欠。海伦早先料到的脱衣服的问题确实出现了,尽管他们都昏昏欲睡,并几乎看不见对方。在圣约翰的帮助下,她拉起了一块帆布,然后她说服弗拉欣太太,进这里来更衣:这里将不被人注意,除非碰巧了,她一不小心将她四十五年都不曾暴露的部位亮了出来。床垫铺在了甲板上,还有几块毯子,三个女人就这样靠得很近地躺在了露天的甲板上。

那几位绅士则吸了不少香烟,把仍然亮着的烟头扔进河中,并观察了一会儿那黑黑的波浪,然后他们也脱了衣服,在船的另一边躺下了。他们都很疲倦,互相之间只有夜幕的阻隔。在船上的那盏灯光的照耀下,仅能看见几根绳子,几块甲板,以及一段船的栏杆。除此以外就只有无边的黑暗,没有灯光照到他们的脸上,或者是河岸两旁茂密的树上。

很快,威尔弗雷德·弗拉欣先生睡着了,赫斯特睡着了。但黑韦特却醒着,他独自睁着眼睛凝望天空。那平缓的运动和不停掠过眼界的黑影使他无法思考问题。雷切尔就在离他这样近的地方,这使他的思绪像是被催眠了一样。她是那样的近,在只有几步之遥的船的另一端,这使他觉得,他就像看见她站在自己旁边,头挨着头一样,让他心烦意乱。不知怎的,这条船又奇怪地成为了他自己的化身,就如同他如果起身去驾驶这条航船将是毫无意义的事情一样,他如果自己去驾驭自己的不可抗拒的感情也是毫无疑义的。他被从他所有的知觉中越拉越远,(随着航船在平稳的水面上前进)越过障碍,跨过航标,到达了未知的水域。在深深的寂静中,在比许多夜晚曾产生的更深的潜意识的笼罩下,他躺在那里,观察着那映衬着天空的树梢的细小变化,直到他从眼前的这幅图景梦境般地变成他躺在一个巨大的树阴下,抬头望着天空。

第二天早晨大家醒来时,发现已经在河上走了可观的距离;右边是一段黄色的高高的沙土河岸,上面点缀着几棵绿树,左边是一片沼泽地,稍微抖动的表面上长着高高的芦苇和竹子,在它们随风轻摇的枝条上还栖息着色泽鲜艳的绿色和黄色的小鸟。早晨热而平静。早餐以后,大家把椅子拉到一起,摆成一个不规则的圆圈坐了下来。头顶上的遮阳篷阻挡住了射向他们的炽热阳光,行船带来的微风轻柔地吹着他们。弗拉欣太太又开始画她的油画了,她的头就像有一只鸟在张望或吃食的时候一样,一会儿猛的动一下。其他的人有的在看书,有的在膝上放着报纸或做刺绣针线。大家都是一会儿看手里的活计,一会儿抬起头看看河水。有一刻黑韦特大声念起一首诗来,但是满目移动的物体大大压过了他的诗篇。他只好停了下来。再没有人说话。他们的船在树的荫凉下继续行驶。一会儿,左边的几个小岛上出现一群红色的觅食小鸟,一会儿又有一只蓝色绿色的鹦鹉婉转地叫着从一棵树飞到另一棵树。随着航船继续前进,眼前的景色越来越荒凉。树木和下层林丛似乎正在靠近地面的地方为生存进行着殊死的较量;不时可以看到一棵粗壮的大树如鹤立鸡群般在树林上空高高耸起,像一把绿色的大伞在其他树上投下一片阴影。黑韦特又看了一眼他的书。早晨是平静的,就像昨晚一样,他感到惟一不同而且奇怪的是光,有了光他可以看见雷切尔,并且可以听她说话并靠近她。他感到自己好像在等待,自己好像成了一个静止不动的东西,任凭其他东西,诸如声音,人的身体,鸟,在自己周围和上下运动。然而只有雷切尔和他一

样,也在等待。他偶尔看她一眼,好像必须让她知道他们正在一起等待,一起消耗,却无法进行任何抵抗。他又低头看书:

> 拥抱我的,无论你是谁,缺少一桩,一切都是枉然①。

一只鸟清脆地叫了一声,一只猴子讪笑着提了一个恶意的问题。当阳光的热度减退的时候,他的声音颤动着飘散出去。

河道逐渐变窄,那高高的砂石河岸也降低成长满茂密树林的平地。可以听到树林的声音,就像大厅里的回声一样。有人突然喊了一声;接着是长久的沉默,这有点像在一个大教堂里,当一个男孩子的声音停止了以后,它的回声似乎仍然在房顶的某个远处的角落回旋萦绕。弗拉欣先生站起身来和水手交谈了几句,就宣布说,蒸汽船将在午饭的时候停下来,大家可以到树林里去走走。

"那些树林里满是小路,"他解释说,"我们现在和文明人的距离还不算太远。"

他仔细欣赏着妻子的油画。出于礼貌,并没有公开地表示赞赏,而只是用一只手在画面上截取一半,并用另一只手在空中做了一个有力的手势。

"上帝!"赫斯特呼喊道,双眼直直地盯着前方,"难道你不认为这一切太美了吗?"

"美?"海伦问道。这个词似乎变得奇怪而渺小,而且赫斯特和她自己也变得这样渺小,以至于她都忘了回答他的话。

赫斯特觉得必须说点什么。

---

① 此诗句出自美国诗人惠特曼(1819—1892)的《草叶集》;《菖蒲》一诗是1860年《草叶集》第三版时首次加入的。可看作是一首独立的关于同性恋的诗篇。

"那就是伊丽莎白一世时代的人们得到启示的地方。"他沉默着,注视着那些叶子、花和巨大的果实。

"你指莎士比亚?我恨莎士比亚!"弗拉欣太太喊道;威尔弗雷德不乏赞赏地插嘴说:"我敢说,你是世上惟一敢说此话的人,艾莉斯。"弗拉欣太太继续画她的画,并没有留意对丈夫的评价。她仔细而耐心地画着,不时嘴里还不知咕哝一句什么。

现在是上午了,天气开始热起来。

"快看赫斯特!"弗拉欣先生小声说。他手里的那几张纸已滑落到甲板上,他的头后仰着,并且打出了长长的呼噜。

特伦斯拣起那些纸,并把它展开摆在雷切尔面前。上面是他在小教堂里开始写的那首诗的后半部分,是赞美上帝的;那诗写的非常晦涩,雷切尔连一半都看不懂,但她仍能感到,这诗很下流。黑韦特开始往赫斯特诗里面填入一些空着的词,但是很快就停了下来;他的铅笔在甲板上来回滚着。他们逐渐向右边的河岸靠近,现在笼罩他们的颜色成了名副其实的绿色,在绿色叶子中,越来越深。弗拉欣太太把油画放在一旁,默默地注视着前方。赫斯特醒来了;听说吃午饭的时间到了,在大家一边吃饭的时候,汽船后拖的小船一边把他们送上岸去,女士们还有人帮助。

为了防止无聊,海伦腋下夹着她的记事簿,弗拉欣太太也带着她的画夹。就这样,他们登上了森林边的河岸。

他们在树林里沿着那与河岸平行的小道走了没有几百码远,海伦就叫着热得受不了,刚才河上的清风荡然无存,只剩下凝滞蒸人的热气和树林的气味。

"我就坐在这里了。"她指着一个树墩宣布说。这是很早以前遗留下的树墩,上面被旅行者用荆条捆了又捆。她坐了下来,打开她的遮阳伞,看着被树干分割成一段一段的河面,并转身背对着树林,让那林丛深处的黑暗在眼前消失。

"我也很同意。"弗拉欣太太说,并且继而打开了她的画夹。她的丈夫在周围转了转,找到了一个便于观察她的角度。赫斯特在海伦旁边的地上清理出一块地方,并非常从容地坐了下来。那样子似乎表明,他在没有和她进行一番长谈之前是不会站起来的。现在,只剩下特伦斯和雷切尔还在一旁没有找到坐处。特伦斯感到决定自己命运的时刻到了,然而,尽管他清醒地意识到了这一点,他却仍然非常平静而克制。他策略地站着和海伦说话,试图说服她离开她的那座位。雷切尔也加入了进来,请求她和他们一起走。

"在我遇到过的所有人中间,"他说,"你是最不喜冒险的。你大概正坐在海德公园的绿色长椅上吧,你就打算在这里坐整整一下午吗?你不想走走吗?"

"噢,不,"海伦回答说,"人的眼睛是需要适应的,仅此而已。这里什么都有了,一切的一切,"她的声音里甚至带有几分陶醉的味道,"你们要走到哪儿去呢?"

"不等到喝下午茶的时候,你就热得受不了了;而我们将是又凉爽又自在的。"他说着又看了赫斯特一眼,因为他正仰头看着他们,他们的脸上被阳光和树叶染得黄一块绿一块的,这使他们的诚意大打折扣,他想到了一些事情,但没有说出来。于是,特伦斯和雷切尔要一起走到树林深处去,似乎成了顺理成章的事情;他们互相看了一眼,就一同转身走去。

"再见!"雷切尔喊了一声。

"再见。小心有蛇。"赫斯特回答道。他调整了一下姿势,以使自己更舒适地坐在弯弯的枝叶和海伦身体的阴影里。

弗拉欣先生突然冲着他们远去的背影喊道,"我们一个小时以后上路。黑韦特,请别忘了。一个小时。"

不知是人作还是天成,有一条挺宽的小路正好与河道成直角,通向森林深处。它有点像英国树林里的马车道。只是道路两边长的是热带植物像剑一样的叶子;而且,地上长的也不是草,而是不知有多厚的苔藓,上面还点缀着一些小黄花。随着他们深入树林的内部,光线也变得越来越暗,并且,日常生活中的噪音也被婉转的鸟叫声和树叶声所代替,这使在森林中行走的旅客感到他们正走在海洋的底部。小路变窄了,而且转了个弯;两边相互缠绕在一起的藤蔓像篱笆墙一样,墙上还四处绽放着星星状的深红色花朵。鸟鸣声时常被一两声受惊动物的叫声打断。环境是封闭的,空气中带着一股股倦怠的清香。在笼罩四周的绿色中,间或有几个黄色的斑点,那是阳光无意中射穿了头顶上的那把巨大的遮阳伞。而在这些黄点的周围,黑红色相间的花蝴蝶正在盘旋、降落。特伦斯和雷切尔几乎都没有说话。

主宰他们的不仅仅是沉默,还有他们都无法构筑思想的现实。他们之间似乎有一层需要打破的障碍。他们中得有一个人先开口,但是谁呢?黑韦特摘下一只红色的果子,用尽力气把它向高处抛去。当它落地时,他将开口说话。他们听到巨大的翅膀扇动的声音;听到那果子穿过树叶的噼啪声,最后听到它落地的沉闷的声音。接着,还是难堪的沉默。

"这样你害怕吗?"特伦斯等到那果子掉落的声音完全消散了以后问道。

"不害怕,"她回答说,"我喜欢这样。"

她又重复了一遍,"我喜欢这样。"她加快了脚步,并且身体挺得比往常更直。又一阵沉默。

"你喜欢和我在一起吗?"特伦斯问道。

"喜欢,和你在一起。"她回答说。又一阵似乎是笼罩整个世界的沉默。

"这也是我自从认识你以后的感受,"他说,"我们喜欢在一起。"他似乎不是在说话,她也不在听。

"非常喜欢。"她回答说。

他们沉默着继续往前走,脚步无意识地加快了。

"我们在恋爱。"特伦斯说。

"我们在恋爱。"她重复说。

然后,沉默被他们同时发出的语无伦次的陌生声音所打破。他们越走越快;忽然又同时停住了脚步,同时用手臂紧紧抱住对方,然后松开,倒在了地上。他们并排坐着。背后突然出现的声音带着一只小鸟划破了沉寂。他们听到另一个遥远的世界传来的野兽的叫声。

"我们在恋爱。"特伦斯又重复说,并盯着她的脸。他们两个人的脸都是苍白而安详的,他们什么也没有说。他有些害怕再次吻她。她却一点点地靠近他,并靠在了他身上。就这样,他们坐了一段时间。她轻轻说"特伦斯";他回答"雷切尔"。

"可怕——真可怕。"在又一阵沉默以后,她低声说。但是她说这话的时候,想到的是她自己平静入睡的思想受到的持续的搅动,无谓的残酷的搅动。她看到了眼泪正从特伦斯的面颊上滚落。

下一个动作是他作出的。在经过似乎很长的时间以后,他掏出了怀表。

"弗拉欣说一个小时。我们已经走了半个多小时了。"

"并且还需要半个小时才能走回去。"雷切尔说。她慢慢直起自己的身体。当她站起来以后,她伸起手臂并深深吸了口气,半似叹气,半似打呵欠。她好像很疲倦,脸色苍白。"哪边走?"她问道。

"这边。"特伦斯回答说。

他们开始沿着那铺满苔藓的小路往回走。鸟鸣声和叹息声不绝于耳,还有远处野兽持续的哀鸣。蝴蝶仍然在黄色的光点上盘旋。特伦斯最初对他的方向感很有把握,但是他们走了一段以后,他开始怀疑起来。他们不得不停下来考虑,然后又回到出发点重新开始。因为,尽管他能肯定河的方向,却不能确定他们伙伴的地点。雷切尔跟在他身后,他停她也停,他转弯她也转弯,既不考虑路径,也不考虑他为什么停下或为什么转弯。

"我可不想迟到,"他说,"因为——"他把一朵花放进她的手里,她立即合拢手指抓住了它。"我们太晚了——实在太晚了,"他重复着这句话,就像他在睡梦中说话一样,"啊——找到了。我们是在这里拐弯的。"

他们终于又走上了那条比较宽的路,就是那条像英国树林里的马车道的路,他们就是在这条路上离开伙伴的。他们像梦游似的默默地走着,只在偶尔之间意识到自己奇怪的身体。雷切尔突然喊道,"海伦!"

在阳光明朗的树林边上,他们看见海伦仍旧坐在那个树墩上,她的衣服在阳光下显得很白;赫斯特也仍然在她身边,用胳膊肘撑着地。他们本能地停了下来。看到了其他人他们反而不能继续前进了。他们手拉着手站在那里沉默了一两分钟。他们无法面对其他人。

"可我们总得过去啊。"雷切尔最后坚持说,说话语气还是刚才那种他俩都有的奇怪而迟钝的语气。他们尽了很大努力才迫使自己走完了他们和那树墩之间的最后一段距离。

看见他们回来,海伦转过头来看着他们,并好长时间没有说话。在他们走到近前时,她安静地说:"你们看见弗拉欣先生了吗?他去找你们了。他说你们肯定迷路了,尽管我告诉他说,你们不会迷路的。"

赫斯特半转回身来,看着半空中缠结在一起的树枝。

"这值得吗?"他朦胧地问道。

黑韦特坐在他身边的草地上,给自己扇着风。

雷切尔站在海伦旁边的一段树干上,保持着平衡。

"真热。"她说。

"不论如何,你看起来似乎精疲力尽了。"赫斯特说。

"在树林里是很封闭的。"海伦说着拿起她的书来,并抖了抖,把飘落在书里的叶子抖掉。然后他们都沉默了下来,看着被树干分成一段一段的河道在他们前面打着漩奔流而下,直到弗拉欣先生的出现。他突然出现在左侧大约一百码远的树后面,大声呼喊:"啊,原来你们终于还是找到路了。可是比我们商定的时间晚了很多——黑韦特。"

他稍微有些不快,作为这次远游的组织者,他还是倾向于严厉。他发话了,说话的速度很快,并使用了一些难听、无意义的字眼。

"当然,在一般情况下迟到没有什么关系,"他说,"但是当它影响到某些人的时间安排的时候——"

他说着把大家召集了起来,返回河边。那只小船正等在那里,把他们送回汽船。

白天的炎热正在散去。在喝下午茶的时候,弗拉欣夫妇变得很健谈。特伦斯在听他们谈话时,似乎感到现实分裂成两个不同的层次。一边是他们在谈话,谈的都是些高高在上的虚无缥缈的事情,另一方面他和雷切尔却一起落到了世界的底层。弗拉欣太太的言谈举止中有某种孩子般的直率,同时也有某种让孩子也会怀疑其长辈是否有所影射的特征。她忽然用她那生动的蓝眼睛盯住特伦斯,并且特别地对他提出了一个问题。她想要知道,如果这船触礁沉没了的话,他将怎么办。

"除了救你自己的生命,你还会想到别的什么吗?我呢?不,不会,"她笑着说,"绝对不会——别告诉我我会。一般妇女看重的,只有两样东西,"她继续说,"就是她的孩子和她的狗;而我不相信男人们也是两样。读了那么多关于爱情的诗——这大概就是诗人为什么那样迟钝的缘故。但现实中又是什么样的,他?这不是爱!"她喊道。

特伦斯低声说了几句难理解的话。而弗拉欣先生又恢复了他的文雅。他正在吸烟,并且应和着妻子的话。

"你必须永远记得,艾莉斯,"他说,"你的观点是很奇特的——非常怪,应该说。他们没有母亲,"他解释说,他的话语中少了一些礼貌用语的腔调,"只有父亲——他是一个很可爱的男人,毫无疑问,但是他关心的仅仅是赛马和希腊雕塑。告诉大家洗澡的事,艾莉斯。"

"在马厩前的院子里,"弗拉欣太太说,"那里冬天被一层冰覆盖着。可我们必须得进去;否则我们会被鞭子打中。强壮的活了下来——其余的死了。这就是适者生存——一个最出色的计划,我敢说,如果你有十三个孩子!"

"并且所有这些都发生在英格兰的中心地带,并且是在十九世纪!"弗拉欣先生高声说着,并转向海伦。

"如果我有孩子的话,我会一样地对待我的孩子。"弗拉欣太太说。

他们说的每一个字都相当清楚地传到特伦斯的耳朵里;但是他们说的是什么,在和谁说,说的又是谁? 这些奇异的人,难道真的是高高在上飘在空中?

他们喝完了茶,站起身来靠在船头的栏杆上。太阳正在西沉,河水变成了深红的颜色。河道又变宽了,他们还经过了一个就像在河流中间打进的一个黑楔子一样的小岛。两只头上点着红灯的白色大鸟像踩着高跷一样站在那里,小岛的沙滩上没有人迹,只有一些鸟的脚爪印。河岸上的树的枝杈显得更加错综复杂了,而绿叶的颜色变得发灰并带上了金边。赫斯特于是靠着船头开始说了起来。

"它使人感到非常的怪异,你不觉得吗?"他抱怨说,"这些树扰乱了人的神经——它们都是那么疯狂。上帝无疑也疯了。健全的人会如何看待这荒凉之地,这只有无尾猿和短吻鳄的地方? 如果我住在这里,我准会发疯——妄想狂。"

特伦斯正要回答他,但是安布罗斯太太把话接了过来。她要求他看看事物是如何混杂在一起的——看看那令人惊讶的颜色,看看树的形状。她似乎是在保护特伦斯不受外界的侵扰。

"是的,"弗拉欣先生说,"依我看,赫斯特所提出的没有人烟的问题正中要害。但是你必须承认,黑韦特,这里要是有一座意大利村落,那就把整个景致更庸俗化了,还会大大削减它的广袤——那是给人以雄壮感的最基本的因素。"他用手向森林的方向划了一圈,并看着那巨大的绿色的团块沉默了片刻,那绿色似乎也在沉默。"我承认,它使我们自己变得很小——我们,不是他们。"他说着朝那个正靠在船舷上往河里吐痰的水手点点头,"我想,这就是我妻子的感受,下层农民的主要优势——"现在,圣约翰正玩味着弗拉欣先生的话,将要被他说服;在这些掩盖之下,特伦斯把雷切尔拉到了一旁,一边装模作样指着一棵一半倒在河里的多瘤结的树干。他不顾一切地希望呆在她身边,但又发现自己总没有什么可说的。他们能听见弗拉欣先生又滔滔不绝地开始了,一会儿是他的妻子,一会儿又是艺术,然后又是乡村的未来,毫无意义的词语高高地飘在空中。由于气温降低,他和赫斯特又在甲板上踱起步来。在他们走过的时候,他们谈话的只言片语又传了过来——艺术,情感,真理,现实。

"这是真的,还是在做梦?"雷切尔在他们经过的时候低声说。

"这是真的,是真的。"他回答说。

然而微风变得清爽了,并使人微微产生了行动的欲望。当大家又开始在小毯子和大衣底下找地方安寝时,特伦斯和雷切尔各自躺在了相隔最远的两个角落,不能相互讲话。而当夜幕降临的时候,他们相互所说的话似乎像燃烧的纸一样蜷曲了起来,并把他们留在了世界底层的绝对寂静之中。

第二十一章

幸亏弗拉欣先生从严要求，他们总算正点到达了应到的河段；并且，在第二天早饭以后，当大家再次把椅子搬出来，在船头摆成一个半圆圈的时候，汽船距离那土著部落就只有几英里的路程了。弗拉欣先生坐下来，提醒大家在最后的旅途中注意观察河的左岸，他们很快将经过一片开阔地，开阔地上有一座小茅屋，那里就是著名的探险家麦肯齐①生前居住的地方；他在大约十年前死于一场热病，在文明即将达到的地方——麦肯齐，他重复说，是迄今为止深入内地最远的人。大家于是都很顺从地把眼光投向左岸。雷切尔什么也没看到。倒是有很多黄色和绿色的形状经过他们的眼前，而她只觉得，一种形状大，另一种形状小；她不知道它们是树。这种四处所见的断续景象激怒了她；就像专心于思考的人被打断了一样，尽管她并没有在想任何事情。她对人们所说的话感到恼怒，并对人们身体的无目的的运动感到恼怒，因为他们似乎在妨碍她，并阻止她跟特伦斯说话。海伦很快发现，她正心事重重地盯着一卷缆绳发呆，并且无心听任何事情。弗拉欣先生和圣约翰仍在不停地从政治角度谈论着一个

---

① 尽管麦肯齐加拿大探险家确有其人，但此处其他情节系作者杜撰。

国家的未来,并且探讨到了相当的深度。而其他人则不是懒懒地伸着腿就是用胳膊撑着下巴,默默地凝视着。

安布罗斯太太虽然耐着性子看着,听着,但是心里不知是因何缘故,感到很不自在。她在听了弗拉欣先生的话,观看河岸的时候,只感到那景色很美,并且很粗放,很惊人。她本不希望自己成为莫名情感的牺牲品,但是随着汽船不断前进,她却显然感到自己在这闷热早上的阳光中莫名其妙地激动起来。至于造成这种情况的原因,究竟是那茂密的树林,还是别的什么更难捉摸的原因,她不能确定。她的思想离开了眼前的景色,而焦急地想到了雷德利,自己的孩子,以及其他遥远的事情,例如年老、贫穷和死亡。赫斯特也显得很压抑。他本来是把这次远游当做度假的,因为,一旦离开宾馆,就肯定应该有奇妙的事情发生,但现在什么也没有发生,不仅如此,他们在这里不但很不舒服,而且很受限制,还非常的自卑。当然,这种感觉是来自对什么东西的亟盼;那总是令人失望的。他怨恨威尔弗雷德·弗拉欣先生,他的穿着是那么齐整,那么正式;他怨恨黑韦特和雷切尔,他们干吗不说话?他看着他们沉默地坐在那里各自想心事的样子,他感到十分愤怒。他认为他们已经订婚了,或者至少准备订婚了,但他们为什么没有一点罗曼蒂克的激动,而是像其他的一切一样毫无生气?这也使他愤怒,想到他们在热恋中。他靠近海伦,试图向她描述他这一夜过得多么不舒服,躺在甲板上,一会儿热,一会儿冷,而且星星又那么亮,让他无法入睡。他躺在那儿一整夜地思想着;在天色刚刚能够看见东西时,他就起来,又写了二十行关于上帝的诗,而其中最可怕的事情是,他实际一直在证明着上帝不存在的事实。他并不认为自己是在逗她;并且继续思索,如果上帝真的存在,那将是什么样子——"一个白胡子老人,穿一件蓝色长衫,极端暴躁而且必定招人厌烦?你还能找到韵脚词吗?上帝、荆棘、草地——都用过了;还有别的吗?"

尽管他像往常一样,话很多,海伦只要仔细看,还是能看出来,他也是很不耐烦的,而且很生气。但是她没法回答他的问题,因为弗拉欣先生突然高声喊道:"在那里!"大家都朝岸上的那小茅屋望去,一个被遗弃的茅屋,屋顶上还有一道大裂缝,它周围的地面是黄色的,上面散布着几个熄灭的火堆和一些生锈的空罐头盒。

"有人在这里发现他的尸体了吗?"弗拉欣太太大声问道,并急切地向前探出身体,寻找那探险家死去的地点。

"他们发现了他的尸体、他的衣服和一个笔记本。"她的丈夫回答说。但汽船很快就带着他们驶过了这里。

天气是那么热,大家几乎都一动不动,除了偶尔改变一下姿势,或划一根火柴。他们的眼睛,因为都在凝视着河岸,也都充满着一样的绿色;他们都稍稍抿着嘴唇,好像从眼前掠过的景色给他们带来遐想。但是赫斯特除外,他的嘴唇会时不时地动一动,正在为他那关于上帝的诗寻找韵脚。其他人不论在想什么,好长时间没有一个人开口说话。大家对沿河两岸墙一样排开的树木已经那样习惯,因而当树林突然消失,眼前一片开阔时,他们倒吓了一跳。

"这里让人想起英格兰的公园。"弗拉欣先生说。

确实,没有比这更大的变化了。河的两岸都是像草坪一般的开阔地,有草地,有庄稼地;可见远处的小山丘上还有一些姿态优雅的树木,其中的幽静和秩序使人想到人类的活动。极目望去,平原的地势像波浪一般起伏,很像英格兰的一些老公园的景色。自然景观的改变似乎预示着坐姿的改变,大家都站了起来,来到栏杆边,并探出身子。

"要是砍掉那片长着黄花的树丛,"弗拉欣先生继续说,"那不是阿伦德尔也是温莎公园①,噢,太妙了,看那儿!"

一排排棕色的背影犹豫了片刻,然后都噜地跳了起来,就像一片要走出视野的跳动的波浪。

片刻之间谁都不相信自己真的在野外看见了活的动物——一群野鹿,这情景在他们中引起了一阵孩子般的兴奋,驱散了刚才的郁闷。

"我还从来没见过比野兔更大的动物呢!"赫斯特带着真正的兴奋喊道,"我真是太傻了,怎么没带照相机来!"

不一会儿,汽船就慢慢停了下来。船长对弗拉欣先生说,如果旅客们下去走一走,他们一定会感到很有趣。要是他们决定在一个小时内返回来,他就将渡他们到那村庄;要是有人想走路过去——那也不过是一两英里的路程——他们可以在登陆码头会合。

事情商量妥了之后,大家又一次登岸。船上的水手们拿出葡萄干和烟草,靠在栏杆上目送着这六个英国人漫步离去。他们的服装和那绿色的大背景是那样的不协调。一个肯定不很入耳的笑话引得他们哄笑起来,接着他们转回身去,开始在甲板上放松歇息。

刚一下船,特伦斯和雷切尔就一起悄悄走在了大家的前面。

"感谢上帝!"特伦斯喊道,并深深呼了口气,"我们总算单独在一起了。"

"并且,如果我们保持在前面,我们就可以谈话。"雷切

---

① 英国的两个公园。

尔说。

然而,尽管他们俩在其他人的前面几码远的地方,使他们可以说想说的话,可他们还是一言不发。

"你爱我吗?"特伦斯在沉默了很久以后,痛苦地打破了沉默。不论是说话还是沉默,都需要付出同样的努力。因为,当他们沉默的时候,他们都深刻地意识到对方的存在,任何言辞都不是太小,就是太大了。

她口齿不清地低声说了些什么,最后用"你呢?"结束了她的回答。

"是的,当然。"他回答说;但是,该说的话实在太多了,现在既然他们单独在一起了,似乎很有必要两人靠得更近一些,以消除他们之间自从上次说话以来逐渐形成的隔阂。它是那么难以逾越,甚至那么可怕,那么令人尴尬。他一会儿觉得什么都清清楚楚,一会儿又觉得如坠烟海。

"现在我要从头开始说起,"他终于坚决地说,"我要告诉所有我本该早就告诉你的事情。首先,我从来没爱过别的女人,但是我曾经有过别的女人。然后,我犯了大错误。我太懒了,又很忧郁——"他继续说着,似乎没听见她的叫喊:"你也该了解我最糟的一面了。我很淫邪,被一种无能为力的思想征服了。我本来永远没有资格请求你娶我,我觉得。我是一个势利小人,有很大的野心——"

"噢,我们的错误!"她喊道。"那有什么关系?"然后她问道,"我这是爱吗——这就是恋爱吗——我们是要结婚吗?"

他被她的声音和她的存在之魅力所征服,于是喊道,"噢,雷切尔,你是完全自由的。对你来说,不但岁月无痕,而且婚姻也——"在他们后面,其他人说话的声音不断飘过来,一会儿近,一会儿远,弗拉欣太太的笑声格外响亮。

"婚姻?"雷切尔重复说。

后面又传来呼喊声,告诫他们走的路线太偏左了。他们调整了一下方向。他继续说:"是的,婚姻。"他似乎感觉到,如果她不能完全了解他,他们就不能被结合。这使他再一次竭力把一切解释清楚。

"我身上的所有缺点,我勉强忍受那些事情——远非最好——"

她低声嘟囔着,回想着她自己的生活;但是,她现在却无法描述它究竟像什么样子。

"还有孤独!"他继续说。这时,同她比肩走在伦敦的大街上的情景浮现在他的眼前。"我们将一起散步。"他说。这个简单的想法反倒解脱了他们,他们第一次笑了。如果他们大胆些,他们可能喜欢手拉着手。然而,从他们后面投过来的那些目光并没有片刻离开他们。

"书,人,风景——努特太太,格里利,哈钦森。"黑韦特低声说。

每个词语似乎都被周围的薄雾包裹着,这使他们相互变得不真实起来。随着下午向傍晚接近,他们的接触变得越来越自然。通过这南方闷热的景致,他们自己所了解的那个世界变得比以往任何时候都更清楚,更生动了。如同她在宾馆时曾坐在窗前看世界一样,这世界又一次在她的眼前变得生动真实了。她不时用好奇的眼光悄悄打量特伦斯,观察着他的灰色外衣和紫色的领带;观察着这个将和她白头偕老的人。

在对他又看了一眼以后,她低声说:"是的,毫无疑问,我是在热恋中。我在爱着你。"

尽管如此,他们之间还是隔着一段令人不舒服的距离;她说话的时候,和他那样近,他们之间似乎没有距离,可不一会儿他们就又相距遥远了。她对此感到痛苦,于是喊道:"这将是一场战斗。"

然而,当她看着他的时候,她又感觉到,他的眼睛,他嘴角的轮廓,以及他其他的特征,都使她喜欢,于是她又补充说:"我要的是战斗,而你有的是同情。你比我强;你比我强多了。"

他也看了她一眼,并冲她微微一笑;同时也像她一样,他也察觉到她身上的一些非常独特、细小的使他感到可爱的地方。她将永远是属于他的。这个障碍一旦消除,无数的快乐就在前面等着他们。

"我并不比你强,"他回答说,"我只是比你老,比你懒;我是一个男人,不是一个女人。"

"一个男人。"她重复着说,一种奇特的占有欲占据了她,促使她渴望抚摸他;她伸出手来轻轻地摸了摸他的脸颊。他的手指也随即伸到她的手所在的地方,随着她的手触摸到他自己的脸,一股巨大的、不真实的冲动产生出来。他的这身体是假的;整个的世界也是假的。

"发生了什么?"他问道,"我为什么要求你嫁给我?这是怎么回事?"

"你要求我嫁给你了吗?"她惊讶地问道。他们又退回到彼此相距遥远的地方;两人都不记得曾说了些什么。

"我们曾坐在地上。"他回忆说。

"我们是曾坐在地上。"她证实说。曾坐在地上的记忆,真真切切,似乎再次把他们拉到一起,他们又默默地行走了,各自的头脑中有时吃力地思考着,有时干脆停止思考;只有他们的眼睛还在观察着周围的事情。现在,他又开始想告诉她他的错误,以及他为什么爱她;而她想向他描述她在此时或彼时对他的感觉。他们的不约而同又一下破坏了她的感觉。他们的声音是那么的美妙,以至于渐渐地,他们都不再注意那声音中所包含的信息。他们每说几句话就有长久的沉默,它也不再是斗争和混乱的沉默,而是清新的沉默,一些细小的思绪又开始在其中自由地活动了。他们于是谈起了平常的话题,谈起了花和树,谈论它们是怎么变得那么红的,就像栽在花园里的花一样,还有的弯弯地歪在那里,就像个老头儿的干巴手臂一样。

轻轻地,悄悄地,就像血液在血管里唱歌般地,或者溪水流过石头般地,雷切尔觉得自己有了一种新感觉。她开始弄不清这是什么,但是似乎突然在自己身上有了重大的新发现,她对自己说:"这是幸福,我想。"然后她又大声对特伦斯说,"这是幸福。"

他紧跟着她的话回答说,"这是幸福。"与此同时,他们都猜想这感情是在他们俩身上同时触发的。他们因此开始描述起各种感受,它们是多么相似又是多么的不同,因为它们本来是很不同的。

他们沉浸在感情的汪洋之中,后面喊叫声再也无法穿透它。黑韦特的名字被叫了许多遍,但在他们听起来就像干树枝的吱吱声或小鸟的讥笑声。小草和微风在他们周围窃窃私语,他们丝毫没有注意到草丛所发出的嗖嗖声正变得越来越大,并没有因微风的间歇而停止。一只铁一般的大手落在雷切尔的肩膀上;就像从天上落下的一个什么怪物。她倒了下去,草叶抽打她的眼睛并充满了她的嘴和耳朵。透过飘动的草茎她看到一个巨大的身影,映着背后的天空看不真切。海伦出现在她眼前。滚过来滚过去,一会儿看到一片葱绿,一会儿看到一片天蓝;她说不出话,甚至几乎失去了知觉。最后她停了下来,躺在那儿喘着气,周围和面前的草都在颤动。眼前隐约可见了两个大头,一男一女,特伦斯和海伦。

他们的脸都红红的,都在笑,并且嘴唇都在动;他们抱在了一起,并且在她上方的空中接吻。断续的话语传下来,传到她躺着的地面上。她听见他们在谈论爱情,又谈到结婚,她坐了起来,自己也感觉到了海伦的柔软的身体,和她强壮而友好的手臂,幸福在一个大浪中膨胀、破碎了。而当这一切消退的时候,当草莽再度低落,天空再度平衡,大地再度从各个方向变得扁平,树木重又站立在大地上的时候,她首先意识到远处站着一排人影。有一瞬间她不能记得他们是谁①。

"他们是谁?"她问道,接着她记了起来。

他们落在弗拉欣先生的后面,并小心地注意着,使他的脚趾和她的裙子之间保持至少三码的距离。

他带领着他们沿着河岸穿过一个小树林和一片草地,并叮嘱大家注意发现有人烟的地方。草色渐暗,烧焦的树桩,远处,在树中间,奇特的木巢聚拢到一起,形成一个拱门的形状。树在这里分开,小村庄——他们的目的地。

他们小心地迈着步子,观察着那些蹲在地上排成三角形的女人,她们的手在快速地运动着,不是在用稻草编织什么就是用

---

① 以上两段可能是本书最晦涩的段落。大意似乎是,海伦一直在跟踪他们,他们和她一起翻滚,把草塞进她的嘴和耳朵里;然后特伦斯告诉她,他们订婚了,海伦向他们表示祝贺。这三个人的关系暧昧,似乎影射作者吴尔夫本人和三位女性瓦奥莱特·迪肯森,埃玛和马吉·沃恩的爱恋关系,也可能影射作者自己、她的姐姐瓦尼萨和姐夫克莱夫。

泥捏出碗的形状。但是,在他们看了一会儿没有被发现以后,他们就被发现了,于是弗拉欣先生迈步来到空场中央,和一个瘦瘦的魁梧男人谈起来,他身上的骨架和凹陷立刻使那个英国人的身体相形见绌。那些女人并没有特别注意到来的陌生人,只是她们的手稍停了片刻,用她们的细长眼睛转过来毫无表情地看着这些人,看着这些人相互之间保持着距离,距离之大使他们根本无法谈话的人。他们的手又重新动了起来,但目光并没有移开,并在他们移动的时候,还持续追踪着他们。他们往屋子里看了看,依稀可见墙角立着长枪。地上堆着碗和一摞摞的毛坯。在傍晚的阳光中,婴儿的纯洁目光盯着他们,老妇的目光也盯着他们,随着他们四处漫步,那凝视的目光一直追着他们,打量着他们的腿、身体和头。好奇中丝毫没有敌意,就像在冬季里爬在身上的苍蝇。一个女人敞开她的胸襟,让婴儿的嘴含住她的乳头,眼睛却一刻没有离开他们的脸。尽管他们在她的注视下感到几分紧张,但他们在看了她一会儿以后,还是都离开了。当他们递给她们糖果的时候,伸过来的是一只只红红的大手。在这些本性柔弱的人中间,它们就像穿着紧身军服,迈着笨拙步伐的士兵。然而,乡村的生活很快就不再注意他们了;那是因为他们融入了其中。女人们的双手又开始忙着编稻草;她们的目光也落了下去。如果她们动一动,那不是从茅屋里取什么东西,就是抓回一个走失了的孩子,要么就是顶着一个坛子走过空场;如果他们说话,那就是一声粗鲁、难以理解的喊叫。一个孩子挨打了,一阵哭号,很快又平息了下去;一阵歌声响起,声调婉转,先是忽高忽低,然后在几个忧郁的音节上持续走低。特伦斯和雷切尔相互找到了,就一起来到一棵树下。刚才还甚至有几分美丽的女人的目光,现在使他们感觉到寒冷而阴郁。

"相比之下,"特伦斯叹了口气说,"我们真是微不足道,你说呢?"

雷切尔表示同意。但这将永远继续下去,她又接着说,那些女人,坐在树下,河边的树下。他们转身离开,开始在树林中散步,并且勾肩搭背,不再害怕被人看见。他们没走多远,就再次开始向对方保证,他们相互爱恋,他们很幸福,很满足。但是,为什么在热恋中会这样疼痛,为什么在幸福中有如此多的苦涩?眼前的村庄确实对他们产生了非常奇特、不同一般的影响。圣约翰也离开了大家,独自沿着河漫步,他正专注于自己的思绪,那是苦涩而不愉快的思绪,因为他感到自己很孤独;海伦站在阳光下空地上的一些当地妇女中间,她似乎正预感到灾难。空气中充满无意识的野生动物的叫声,忽高忽低地传入她的耳畔,它们从树干一下蹿到树梢。在树林中漫步的身影看上去是那样的渺小!那些细小的四肢,细小的血管,以及男人和女人的精细的肉体忽然对她产生了极大的吸引力。比起周围的大树、大河,它们显得那样脆弱;一根掉落的树枝,一步没踩稳,它们就会破碎,使其中的生命离开。大地压碎了他们,大水淹死了他们。她就这样想着,眼睛密切注视着那对恋人,好像这样做她就能阻止他们的厄运。她一回头,看见弗拉欣夫妇正站在身边。

他们正在谈论他们所买的东西,并争论他们是不是老了,以及这里是否有一点一滴的欧洲的影响的问题。她们叫海伦评判。他们给她看一根胸针,然后又看一副耳环。但是她却不停地抱怨他们不该组织这次远游,不该拿自己冒这么大的险。然后,她醒悟过来,试图发表意见,但是忽然间,她眼前出现了一条在英格兰的河里倾覆的小船,时间是中午。她知道,想象这样的事情,是病态的;然而,她还是用眼睛搜寻着树林里的其他人,并且找到一个就盯住一个,以此来阻止他遇到灾难。

然而,当太阳下山,那汽船调回头来接这些人返回文明世界的时候,她的恐惧就都消除了。在傍晚的黑暗中,人们坐在甲板的椅子上,呈现出有棱有角的形状,一个个小光点显示着他们的嘴唇的位置;他们的胳膊也不时围绕那小光点移动——把雪茄或香烟从嘴上拿下来或放到嘴上。话语声在黑暗中穿梭,但不知落向何处,因而听起来乏力、空洞。然而尽管气氛消沉,其中仍不乏深刻的感叹,它是来自那代表弗拉欣太太的白色的身影。过去的一天漫长而炎热,而这把其中的一切颜色都涂抹掉的傍晚的黑暗也似乎在用它温柔的手抚摸着人们的眼皮,并轻轻地将它们合上。几句说给圣约翰·赫斯特的富有哲理的话显然迷失了方向,在空中盘旋了半天,最后淹没在一个呵欠里。看到这种结果,大家这才伸着懒腰嘟囔着该睡觉了。那白色身影动了起来,先是拉长了,直立起来,然后就远去并消失了;紧接着,圣约翰和弗拉欣先生也在几个转身和迈步的动作之后消失了。还有三把椅子上仍然留着三个沉默的身影。在高挂在桅杆上的灯和略显苍白的星空的映照下,能看出他们的形状,却看不出特征;然而,尽管是在这样的黑暗中,其他人的离去还是使他们感到相互靠得很近了。因为他们想的都是一样的事情。大家沉默了一阵,然后海伦叹了一口气说,"那么,你们都很高兴?"

就好像是被空气过滤了似的。她的声音听起来比往常更生动、更温柔。近距离的声音回答她说,"是的。"

透过黑暗,她观察着他们俩,并试着辨认出他来。她能说什么呢?雷切尔已经彻底放弃了防线。各种呼声仍可以到达她的耳朵,但是带去信息却远不如二十四小时以前了。然而不管怎样,她在睡觉之前似乎必须得说点什么。她希望说点什么,但是她感到自己出奇的老朽而沮丧。

"你们知道自己在做什么吗?"她说道。"她还年轻,你们都很年轻;而婚姻——"说到这里她停下了。他们请求她继续说下去;声音是那样的诚恳,就好像他们惟一关心的就是忠告,于是她接着说:"结婚!知道吗,那不是容易的事情。"

"这正是我们想了解的。"他们回答说,她猜测他们现在正在对视。

"它取决于你们俩。"她说。她把脸转向特伦斯,尽管他几乎看不见她,他仍相信她的话包含着一种真实的希望更多了解他的欲望。他从半躺的姿势坐直身子,并告诉她自己想要了解什么。他用尽可能轻柔的声音说,以消除她的沮丧。

"我今年二十七岁,一年有大约七百英镑的收入,"他开始说道,"我的脾气总的说是不错的,并且身体很健康,尽管赫斯特说我有患痛风的趋势。还有,就是,我觉得我是很聪明的。"他沉默了片刻,好像以此证实自己的话。

海伦表示同意。

"但是,很不幸,我非常懒惰。并且,如果雷切尔愿意,我真希望在这一点上傻一些。此外——你没觉得我在其他方面都挺令人满意吗?"他腼腆地问道。

"是的,我很喜欢我所了解的你的许多方面。"海伦回答说。

"但是——知道的太少了。"

"我们将住在伦敦,"他继续说,"并且——"他们俩突然同时问道,她是否认为他俩是她所知道的最幸福的人。

"嘘——,"她提醒他们,"别忘了弗拉欣太太,她就在我们背后。"

于是他们都安静了下来;但特伦斯和雷切尔本能地感到,他们的幸福使她很伤感,因此,尽管他们很迫切地想继续谈论自己,却不愿再说了。

"我们对自己的事情谈论得够多了,"特伦斯说,"告诉我们——"

"是啊,告诉我们——"雷切尔也附和着。

他们都相信,任何一个人都能说出很深刻的哲理来。

"我能告诉你们什么呢?"海伦思考着,她那散漫的语调使人感觉她更像是在自言自语,而不是在说给谁听。她强迫她自己说话。

"不管怎么说,尽管我时常责备雷切尔,可我自己也并不高明。我老了,当然,是入土半截的人了,而你们才刚刚开始。这真让人奇怪——有时候,我觉得,甚至是令人失望;美好的事情,或许,并不像人们想象的那么美好——但它是很有趣的——噢,肯定的,你们一定觉得是很有趣的——它就这样继续,"他们也开始下意识注意那一排排的大树,因为据他们观察,海伦现正在注视着它们,"其中还有人们难以想象的快乐(你一定得给你父亲写信),而且你很高兴,我毫不怀疑。但是,我得睡觉了,你们要是不困,就等十分钟以后再散步。"她在他们面前站了起来,显得那么高大,几乎看不清形状,"晚安。"她说着消失在帘子的后面。

在几乎是静坐了十分钟以后,海伦说可以了,他们这才来到栏杆旁边站定了。下方,黑色的河水静静地、快速而平稳地流去。下面的一个烟头的亮光也熄灭了。"她的声音真美。"特伦斯低声说。

雷切尔表示同意。海伦的声音是很美。

又沉默了一会儿以后,她抬头看着天空问道,"我们现在是在南美洲一条河上的一只汽船的甲板上吗?我是雷切尔吗?你是特伦斯吗?"

无边的黑色世界笼罩着他们。当他们都淹没其中的时候,它似乎变得无比深厚和耐久。他们可以辨别出尖尖的树梢和圆钝树梢。他们又抬起眼睛观看星星和在树梢上面微微发亮的天边。无限远处的森林的白色微光吸引了他们的视线并使他们久久凝视,这使他们感到站了很长的时间,相隔了很远的距离,直到他们忽然意识到,自己的手还握着栏杆,相互毫无接触的身体还并排站着。

"你把我全忘了,"特伦斯责备她说,拉起她的手臂开始在甲板上踱步,"我可从来没忘记过你。"

"噢,没有,"她小声说,她没忘记,只是因为星星——夜晚——黑暗——"你像一只在巢里睡着了大半的鸟,雷切尔。你快睡着了。你说的话都是梦话。"

半睡半醒地,并低声说着一些只言片语,他们站在船头的三角顶端。船头在河中劈波斩浪。远方一座桥上传来一声钟鸣,他们还听到河水撞击船头,然后被劈开,向两侧滑去的声音,以及一只小鸟在睡梦中的突然惊叫,并吱吱地从一棵树飞到另一棵树的声音。接着又是寂静。黑暗毫不吝啬地撒满各个角落。并使他们除了感到自己一同站在黑暗中以外,失去了对人生的所有意识。

第二十二章

黑暗降临了,而它又散去了。随着每一天在大地上的延续,随着他们渐渐远离那片强迫他们说出心愿的树林,随着这心愿又渐渐尽人皆知,这倒让他们觉得奇怪起来。事情本身显然并非什么不寻常之事;不过是他们订婚了而已。包括宾馆和别墅的绝大部分在内的整个世界,从总体上说对一男一女的婚配都是欢迎的,并因此使他们看到,他们不一定要参与那些关乎世界存亡的必要的工作,而可以有一段时间跳出世外。因此也就不再有人来打搅他们了,他们有足够的时间独自相处,直到他们感到孤独,这孤独就好像是在一个宽敞的教堂里玩得正带劲,大门却突然被关上了。他们两个不得不单独在一起散步,单独在一起闲坐,单独探寻那些花幽艳树娇羞的无人到访的处女地。在孤独中,他们能满足各自的美好而又过分的欲望,这是在任何其他男女听来都会觉得怪异和不舒服的欲望——是对于整个世界的渴望,对于这个他们自己的、在他们看来只有两个人的世界的渴望,这里的人们一见如故,相亲相爱,从不争吵,因为那无非是浪费时间。

他们或讨论一些书中的问题,或到户外阳光中,或不受打扰地坐在树阴下。他们不再难为情,不再说话吞吞吐吐;也不再像一个在一条曲曲弯弯的河中漂流的旅游者,当柳暗花明之时,被突然的美景迷倒了;尽管也有意外惊喜,但是平常小事也令人喜欢,还有多种途径探索奥妙与神奇,因为就连坚硬都是新鲜的,是要付出努力的,而在此时付出的努力又是全然的享受。

当雷切尔弹钢琴的时候,特伦斯坐在她的旁边;他,就如同用铅笔偶尔写出的一个单词所表明的,聚精会神地思索着他既然和雷切尔订了婚,世界对于他将会成为什么样子。它当然是别有洞天的。同一本名为《沉寂》的书,现在定然和过去大不一样。他也会在搁下铅笔时凝视前方,认真思索世界究竟在哪些方面不一样了——或许,它变得更坚固了,更一致了,更重要了,更深邃了。不知为什么,在他看来就连地球有时都好像是很深邃的;它不是鬼斧神工山峦、城市和田野,而是大团大团的物质堆砌。他会一次次连续十几分钟看着窗外;但是不,他不在乎地球上到处是人。他喜欢人——他喜欢他们,喜欢的程度,他认为,超过雷切尔。她在那里情不自禁地摇头晃脑,全身心地投入音乐中,似乎忘记了他的存在——但是他喜欢她的这种样子。他喜欢音乐对她产生的那种忘我。最后,在写下了一连串以问号结尾的小句子之后,他终于大声说道,"'女人们——'在'女人'这个标题下我写道:'实在不比男人更虚荣。在最严重的错误之下的,是缺乏自信。不喜欢自己的性别,是传统使然还是事实如此?所有女人的内心都没有乐观主义者的那种放荡,那是因为她们没有思想。'你觉得怎么样,雷切尔?"他膝上放着一张纸,停下手中的铅笔问道。

雷切尔没有回答。她正在一点点地把贝多芬的奏鸣曲推向高潮,就像一个人在攀登一道破败的楼梯,开始就很吃力,后来更是全力以赴,直到她不能再攀登,就迅速回到起点,重新开始。

"'再有,一个时髦的说法是,女人比男人更实际,更少幻想;她们具有很强的组织能力,就是没有荣誉感。'——我倒要问问,男人的荣誉感指的是什么?——它对于你们女性来说究竟意味着什么?啊?"

再度开始攀登的楼梯使雷切尔又错过透露她们女人对此看法的机会。其实,她自己在探讨智慧的道路上已经走得很远,把这一类的秘密早就置之度外了;它们似乎被留给了下一代人去雄辩地讨论。

在用左手弹下最后一个和弦以后,她终于猛地向他转过身来说:"不,特伦斯,这很不好。不敢说在欧洲或亚洲,至少在这里,我是南美洲的最优秀的音乐家,可是我却一点也弹不出来,全是因为你总是在这儿给我捣乱。"

"原来你到现在还没看出来,我在这半个小时里一直在做的就是这个,"他回答说,"我对好听、简单的曲调毫无异议——确实,我觉得这种曲调很有利于我的文学创作,可是这是什么?完全就是一只在雨中颠着后腿来回跑的可怜的老狗。"

他说着开始整理散落在桌子上的一些纸片,上面有他们的朋友们的贺词。

"'——对所有的可能的幸福的所有的可能的祝愿',"他念道,"说的不错,但是不够生动,不是吗?"

"那全是纯粹的胡说八道!"雷切尔喊道。"想想可以拿声音相比的词语!"她继续说。"想想小说、戏剧和历史——"她坐在桌子边上,轻蔑地用手翻着那些红色和黄色封面的书。她似乎认为自己有资格轻视人类的一切学识。

特伦斯也看着那些书。

"上帝,雷切尔,你可真读了不少糟粕,"他喊道,"而且你还很落伍,我亲爱的。现在的人们做梦也想不到去看那些书——老掉牙的戏剧,伦敦东区悲惨生活的描述——哦,不,我们把这些都扔进垃圾箱了。读读诗歌,雷切尔,诗,诗,诗!"

他拣起一本书,开始大声念起来,并故意用狗叫般的声音,意在讽刺这位作者的英语。但是她对此却毫不在意,在沉思了片刻之后她忽然大声问:"你有没有想过,特伦斯,世界不过是由一些大团块组成,而我们人仅仅是一些光斑而已——"她看着照射在地毯和墙上摇曳的太阳光点——"就像它们?"

"不,"特伦斯回答说,"我觉得很实在;非常实在;我的椅子的腿可能一直深入地球的内脏。但是在剑桥,我还记得,一个人有时候会在早晨五点钟前后陷入荒谬的半昏迷状态。就像赫斯特现在这样,我觉得——哦,不,赫斯特不会。"

雷切尔继续说,"有一天,我接到你写的邀请我们野餐的请柬,当时我就坐你现在坐的地方;想着那个问题,不知道我还能不能再想起那个问题?难道世界变了吗?如果它真的在变化,那它将停止变化,而究竟哪一个是真实的世界呢?"

"当我第一次看见你的时候,"他说,"我觉得你会一辈子和珍珠和老骨头为伴。当时你的手是湿的,还记得吗?一直一言不发,直到我递给你一块面包,这时候你说,'人!'"

"因为我认为你是个———本正经的人。"她回忆说,"但是,事情不完全是这样。当时有一群蚂蚁占据了话题,我认为你和圣约翰都像蚂蚁一样——很大,很丑,精力充沛,把所有的美德都背在身后。后来,在我和你谈话的时候,我就喜欢你了——"

"你爱上了我。"他纠正她说,"你一直都在爱我,只不过你自己不知道罢了。"

"不,我从来没有爱上过你。"她断言说。

"雷切尔——何必抵赖呢——你难道没有久久看着我的窗户——没有在光天化日之下在宾馆里乱撞——?"

"没有,"她重复说,"我从来没有坠入过情网,哪怕世人都说,这就是坠入情网,那我也要说,是世人在撒谎,而我说的是真话。哼,抵赖——有什么可抵赖的!"

她把几封来信揉成一团。其中有伊夫林·M的、帕波先生的、瑟恩伯里太太和艾伦小姐的,还有苏珊·瓦灵顿的。想到这些人是多么的不一样,她在看到他们写给自己的订婚贺词,用的竟然都是几乎一样的句子时,真是感到奇怪。

然而,上述这些人中,如果有一个也曾感受到她所感受的事情,或者可能感受到她所感受的事情,或者哪怕有一秒钟的权利装作感受到了她所感受的事情,那么,他们都会像那教堂一样,像其中的女护士一样,让她惊骇;再说,如果他们没感到任何事情,他们又为什么要装模作样呢?她那年轻人的简洁、傲慢和坚韧,现在集中起来形成了一个火花,就像来自于对他的爱,使特伦斯感到迷惑;这迷惑,他在他们订婚时都不曾感到;世界是变了,但不应是这样变;他仍然想得到他一直亟盼的东西,并且特别希望能与人为伴,这种愿望似乎还前所未有地强烈。他从她的手里把信夺过来,并抗议说:"当然,他们是没有什么道理,雷切尔;当然,他们这样说是因为别人这样说了;即便是这样,艾伦小姐不还是那么好的女人;这你总不能否认吧?还有瑟恩伯里太太,我可以告诉你,她的孩子太多了,但是如果其中有一半变坏了,没有达到事业的高峰——难道她就不美了吗——没有弗拉欣太太所谓的那种原始的纯朴吗?难道她不像一棵在月光中低语的老树?不像一条永不停歇的河流?顺便说一句,拉尔夫当上了卡洛威岛①的州长——是有史以来最年轻的州长;这难道不好吗?"

但是,现在雷切尔不能想象,世界上的绝大多数事务的延续是和她的自己的命运的主线不相联系的。

"我可不会要十一个孩子,"她自信地说,"我也不会有那种老太太的眼神。她看人是上一眼,下一眼地看,就像人都是马一样。"

"我们一定得有一个儿子,一定得有一个女儿,"特伦斯说着放下信,"因为,且不说作为我们的孩子的无比优越,他们还将被良好地抚育成人。"

于是他们开始勾绘理想的教育模式——他们将如何要求年幼的女儿盯住一块涂成蓝色的大纸板,以教会她懂得无穷的抽象概念,因为女人长大后思想总是太实际;而他们的儿子——他应该学会嘲笑伟人,也就是说,嘲笑成功的男人,那些身披绶带,到达人生巅峰的男人。他应该丝毫不像(雷切尔补充说)圣约翰·赫斯特。

说到这里,特伦斯开始对圣约翰·赫斯特大加赞扬。大谈特谈他的优秀品质,并说自己对此完全信服;他的头脑像鱼雷一样,他坚定地说,瞄准错误。若是没有像他这样的人,我们这些人都在哪儿? 在杂草丛中苟延残喘;基督教徒,盲目信仰者,——哦,就连雷切尔自己也恐怕只是摇着扇子给那些昏昏欲睡的男人们唱歌的歌妓。

"可你就是看不见!"他高声说,"因为你不肯看,也永远不愿意看,你尽管有那么多优点,可你身上还是没有一丝追求真理

---

① 作者想象的地名。

的影子！你从来不关注事实,雷切尔;你只不过是个娘儿们。"她并没有设法否认这些,她认为也没有必要构思一套无法回答的论点来破坏特伦斯所崇拜的东西。圣约翰·赫斯特曾说过,她爱着他;这是她永远不能原谅的;但是这一点却是男人们不屑一顾的。

"但是我喜欢他。"她说,同时她对自己说,她也可怜他,就像我们可怜那些被排斥在充满变化和奇迹般温暖的神秘的地球之外的不幸的人一样;而我们自己是在里边活动;她相信,作圣约翰·赫斯特这样的人一定是很无聊的。

她最后把自己的这番思想总结为下面的话,她说,如果他想让她吻他,当然,这不大可能,但她将一定不同意。

似乎一把赫斯特和接吻联系起来,就对此人有了某种原谅,特伦斯抗议了:"我要是和赫斯特相比,完全就是一个小丑。"

这时挂钟敲响了十二点,而不是十一点。

"我们把一早上的时间都浪费了——我本该写我的书,而你本该回这些信。"

"我们只剩下二十一个整早上了,"雷切尔说,"而且我的父亲在一两天之内就会来接我。"

然而她还是把纸和笔挪到面前,开始很认真地写起来,"我的亲爱的伊夫林——"

这时特伦斯也拿起一本别人写的小说读起来,那是一本他认为写作技巧对自己的构思很有帮助的小说。好长一段时间没有说话声,只听见挂钟的滴答声和雷切尔的钢笔尖在纸上的沙沙声。她突然意识到,自己所写的句子居然和刚才她谴责的那些人的十分相似,于是她停下笔来,抬起头,看看深深陷在扶手椅里的特伦斯,又看了看更换的家具,还有角落里自己的床,窗外可见一棵参天大树的树枝,能听见挂钟的滴答作响,她开始思索那把所有这一切和自己的信纸分隔开来的海湾。世界难道不曾一度是一个不可分的整体吗?即使把特伦斯本人也算在内——他们都相隔多么遥远,对现在他的脑子里究竟在想什么,她了解的是多么微乎其微!她最后完成了她的句子,那句话又别扭又不通顺,说的是他们"都很高兴,可能在秋天结婚,并且希望住在伦敦;回去以后,希望你能来看我们"。在思考了片刻以后,她选用了"爱你的"作为落款,而没有采用通常的"忠实的"。最后,她签上了自己的名字。正在她顽强地打算写下一封回信的时候,特伦斯开口说话了。他要念一段故事:

"听听,雷切尔。'对于休(书中的主人公,一个文人)来说,他在结婚的时候很有可能和大多数订婚青年的思想一样,没有意识到那把新郎的需求和新娘的需求分隔开来的海湾。……一开始,他们很高兴。瑞士的徒步旅行对他们俩都是一段愉快的激发友情的经历。贝蒂证实了自己是理想的伴侣。……在里菲霍恩雪封的山坡上,他们相互呼喊着《爱在幽谷》。'(等等,等等——我跳过一段描述)……'然而在回到伦敦,他们的儿子出生以后,一切都变了。贝蒂成了一个贤妻良母;但是她不久就发现,做母亲的概念,和所有中产阶级的母亲的感受一样,并未用尽她的全部精力。她还很年轻,身强力壮,头脑灵敏,有很大余力……'(一句话,她在家里办起了沙龙)……'丈夫在很晚从他的乌烟瘴气的办公书房和老鲍勃·墨菲相互倾诉完衷肠回来以后,满耳还是街道的嘈杂,满眼还是伦敦雾蒙蒙的天空的悲怆情调的时候……他在报纸之中发现女人的花帽子,在大厅里看到女人的手提包,更荒唐的还有女人的鞋子和伞……然后,账单也开始多了起来。……他终于试图坦率地和她对话。他看见她躺在他们的卧室里的那张大北极熊皮上,半裸着身子,因为他们刚刚在威尔顿新月饭店和格林一家共进完晚餐,壁炉中红红的火光照耀着她赤裸的胳膊和酥胸上的宝石,闪闪发光——俨然秀色可餐。他于是原谅了她所做的一切。'(然而,这却使事情越来越糟。后来,在大约五十页以后,休带着一张周末车票去斯沃尼奇,并且"在科孚山的高地上独自面对旷野。"……这里我们再跳过十五页左右。结果是……)'他们是不一样的。或许,从长远看来,正像一代一代的男人都斗争过并失败过一样,他也得斗争,也得失败;而女人们,的确就像她现在装出的样子——是男人的朋友和伴侣——绝不是敌人和寄生虫。'

"故事的结局是,你知道,休回到了他的妻子身边,可怜的家伙。作为一个已婚男人,这是他的责任。天啊,雷切尔,"他结论说,"我们的婚姻难道也是这种结局吗?"

雷切尔没有回答他,只是问道:"人们干吗不把他们的真实感受写出来?"

"啊,那是最困难的!"他叹了口气说,把书扔在一边。

"那好。那么,我们的婚姻是什么样子的?人们的切实感受是什么?"

她似乎很怀疑。

"来,坐在地板上让我好好看看你。"他请求说。她把下巴搁在他的膝上,眼睛直盯着他。

他仔细地端详着她。

"你算不上美丽,"他说,"但是我喜欢你的脸。我喜欢你的头发长到一定的长度,还有你的眼睛——从来看不见任何东西。你的嘴太大,并且,你的脸颊,要是颜色再深一些,就更好了。但是,我之所以喜欢你的脸,是因为它能让人猜想那正在你头脑中盘踞的魔鬼——它让我也想要那样——"他紧握他的拳头并在她面前摇晃着。她吓得缩回身子,"因为你现在看来好像要把我的脑袋打开花。有好几次,"他继续说,"当我们一起站在悬崖边的时候,你都想把我推进海里。"

盯着他的眼睛,她像是被催眠了似的重复说,"如果我们一起站在了悬崖上——"

被抛进海里,把浑身洗干净,并被赶着游弋于世界的根——这想法虽然支离破碎,倒也很可爱。她突然站起身来,并在房间里来回穿梭,遇到桌椅就绕过去或挤过去,就好像她真的在劈波斩浪一样。他很有兴致地看着她;她似乎在为她自己开辟一条道路,并顺利地克服掉了他们生活道路上的一切障碍。

"尽管我经常觉得这是世界上最不可能的事情,"他高声说道,"但它确实有可能!——我将一生一世爱你,我们的婚姻将成为从古到今最激动人心的事情!我们绝不会有片刻的安宁——"在她又一次经过他身边时,他抓住了她的胳膊。于是他们开始抗争,想到岩石,想到在他们下面涌起的海浪。最后她被按倒在地板上,她躺在那里喘着粗气,大声求饶。

"我是一条美人鱼!我会游泳,"她大声说,"游戏到此结束吧。"她的衣服被撕开一个大口子,于是出现了和平,她取出针线来缝补。

"现在,"她说,"静下心来给我讲讲世界;把世上发生过的一切事情都告诉我,我也告诉你——让我想想,我能告诉你什么呢?——对了,我给你讲特戈梅里小姐在那次河上聚会的故事。船开动了,可你猜怎么着,她的一只脚在船上,另一只脚在岸上。"

像这样相互给对方的头脑填充自己过去的生活经历,描述自己的亲朋好友的性格的活动,他们已经做过很多次。因此特伦斯很快就十分清楚,在见面的时候,雷切尔的姑妈可能会说什么;会如何布置他们的卧室,以及她们会戴什么样的软帽。他可以延续亨特太太和雷切尔之间的谈话,还可以主持一个包括尊敬的威廉·约翰逊牧师和很接近真理的基督教科学家①马库奥伊德小姐在内的茶会。然而真正说起来,他知道的人要多得多,并且描述能力也比雷切尔大大高明,而她的经验大多不外乎一些孩提式的好奇和幽默,因此她通常主要只是听或者问问题。

他不但给她讲述所发生的事情,还讲述按他的理解为什么发生,并且给她勾绘一幅幅使她感到诱人的其他男女的图画,推测他们又可能是怎么想的,有什么感受。这使她变得急切地想回英格兰,那里的人很多,她甚至可以就站在街上看他们。另外,还是据他所说,人世间是存在某种规矩的,这才使得生活变得合理,或者,如果合理这个词太庸俗,那就是变得非常有趣,从一定程度上说是这样,因为有时候,要想理解事情为什么会按它所发生的情况发生,似乎是可能的。而且,世人也不是像她想象的那么孤立,那么不爱交流。她应该寻找一些虚荣——因为虚荣是人之常情——首先在她自己身上,然后在海伦身上,在雷德利、圣约翰等人身上,他们都有虚荣心——并且,在她所遇到的每十二个人当中就能找出十个有虚荣心的人;一旦她用这样一些联系把人们连接起来,她就会觉得人们并非是孤立的、可怕的;而仅仅是难以区分的,一旦她发现他们都像她自己一样时,她就会爱上他们。

---

① 基督教的一个教派,由玛丽·贝克·艾蒂(1821—1910)于1879年前后在美国创办;教中人士相信人类的疾病可以纯粹通过布道解除。

如果她想否认这一点,她就必须保卫自己的信条,即人就像动物园里的兽类一样,是各式各样的。有的身上有斑纹和鬃毛,有的有角或驼峰;就这样,在搜寻他们认识的所有人的努力中,在把分歧推向轶事、理论或推测的进程中,他们之间逐渐加深了理解。时间飞逝,他们感到自己又涨得满满的了。在一个晚上的孤单以后他们总是准备重新开始。

　　安布罗斯太太一度相信的存在于男女自由谈话之中的美好情操,看来在他们之间确实存在,尽管与她所说的程度有所不同。他们侧重的不是性的本质,而是诗的本质;漫无边际的谈话确实把一个女孩的小得不可思议的光明眼界开阔了。作为他对她所讲的内容的回报,她带给他的感觉总是如此奇特和敏锐,以至于他甚至开始怀疑,读书和谋生所给予他的,怎能和快乐和疼痛所给予他的相比。除了某种荒谬的、一本正经的自制,就像街上的一条受过训练的狗,经验究竟还能带给她什么呢? 他看着她的脸,想象着它二十年后的样子,到那时,这双眼睛会不会变得呆滞,前额上会不会增添几道表明中年人所面临的而年轻人看不到问题的倔强的皱纹? 他们面临的困难是什么? 他想。然后,他的思想又回到他们在英格兰的生活。

　　一想到英格兰就感到高兴,因为他们可以一起用新的眼光去看旧事物;那将是六月的英格兰,在乡村度过六月的夜晚,小巷里有夜莺在唱歌。当屋里太热的时候,他们可以悄悄地在那小巷里散步;那里将是英格兰的牧场,湖光山色,牛羊成群;云层低垂遮蔽着绿色的山丘。就这样,他和她坐在房间里,他曾经时常希望再回到充实的生活中去,和雷切尔一道忙碌。

　　他来到窗前喊道:"天啊,想到小巷,泥泞的小巷,长满荆棘和荨麻,是多么开心! 你知道,那里有真正的田野,有猪和奶牛成群的农家庭院,人们走过叉着干草杈的大车旁——这里的一切怎能与之相比——看看那红石头的地貌,艳蓝色的大海,还有刺眼的白色房子——多么让人厌倦!这里的空气也没有一丝气味或阴霾。能得到一点海上薄雾,我宁可放弃一切。"

雷切尔也在思想着英格兰的乡村;那一直延伸到海边的起伏的平原,那里的森林和笔直的马路。在那里,一个人可以连续走几英里碰不到一个人,山谷里簇拥着教堂的高大塔尖和造型奇特的房子,还有那些鸟,那黄昏,以及那敲打窗棂的雨点。

"是啊,伦敦,伦敦是理想的地方。"特伦斯继续说。他们同时低头看着地毯,好像伦敦就在地板上某个可以看到的地方,它的所有尖顶和塔峰正在刺穿云雾。

"总的说来,此时此刻我最想做的,"特伦斯说,"就是沿着国王大街漫步,经过那些六广告招贴栏,你知道,然后走上滨河马路。或许我还会对滑铁卢桥欣赏片刻。然后我将沿着滨河马路散步,经过那些装满新书的书店。并经过小拱道前往圣庙。我总是喜欢在经过喧闹之后到这里寻求安静。你忽然可以听见自己的脚步声了。圣庙很令人开心。我想我会去找一找亲爱的老霍奇金——是他写了关于凡·埃克的书,你知道。当我离开英格兰的时候,他正为他的一只驯服喜鹊感到很难过。他猜测是有人故意毒死了它。当时拉塞尔就住在下一个楼梯间。我相信你一定喜欢他。他对韩德尔很钟情就这样,雷切尔,"他结束对伦敦的幻觉说,"我们将一起做这些事情,做六个星期。时间将是在六月的中旬——伦敦的六月中旬——我的上帝!多么美好的时光!"

"而且我们肯定会这样的,"她接着说,"我们并不是幻想太多了——我们只需要走着瞧就可以了。"

"一年只有一千,还有完美的自由,"他回答道,"你认为伦敦有多少人有这种福气?"

"可现在你已经在破坏它了,"她抱怨说,"该是想想恐怖事情的时候了。"她带有几分不情愿地看了看那本曾使她一个小时都不快的书,她从那以后再不曾翻开过它,只是一直把它搁在桌上,偶尔瞥它一眼,似乎那是中世纪某个和尚保存的一个头颅骨,或一幅随时提醒她人体多么脆弱的耶稣受难像。

"难道那是真的,特伦斯,"她问道,"那些女人死了以后她们的脸上都爬满了臭虫①?"

"我认为这很有可能,"他回答说,"但是你必须承认,雷切尔,我们其实很少想到,在我们身上偶尔的一阵剧痛却是很愉快的事情。"

她一边指责他的这种玩世不恭的爱情,说他就和多愁善感一样糟糕,一边从他的身边离开,并跪在窗前石阶上,手里下意识地捻着窗帘下端的缨穗。她的心头掠过一丝不满。

"这里最使人不满的,"她说,"就是蓝色——到处是蓝色的天,蓝色的海。就像窗帘一样——人们所想要的一切都在它的另一面。我真想知道,在它另一面究竟有些什么名堂。我讨厌这些分隔,你呢,特伦斯?一个人对另一个人一无所知。现在我倒喜欢达洛维夫妇了,"她继续说,"可惜他们走了。我再也见不到他们了。在那行进的航船上,我们与整个外部世界隔绝。

---

① 本书的一部分(在现在第十章的前几段中)在作者1912年至1913年间修改的时候被删掉。其中讲到雷切尔开始读"其目的在于从道义上昭示女人堕落的罪行"的书,书中的女主人公因贫困而沦为妓女,最后因病贻误治疗而死在一个破烂不堪的客栈里,并"脸上爬满了臭虫"。这本书从此以后一直放在她的案头。

我想在那儿看到英格兰——在那儿看到伦敦——各种各样的人——难道这不可以吗？一个人为什么不能把自己关在一个房间里封闭起来？"

她说这话一般像是在自言自语，并且越来越含糊，因为她的眼睛被一艘刚刚开进海湾的轮船吸引住了，她没有注意到特伦斯的眼神已经不再茫然地注视前方，而是带有几分不满机警地盯着她。看来她似乎很容易就和他一刀两断，然后就远远离开，到一个并不需要他的未知的地方去。这想法激起了他的嫉妒心。

"我有时候觉得你什么也不爱，而且永远也不会爱。"他狠狠地说。她吓了一跳，并回避了这个问题。

"我没能像你满足我一样满足你，"他继续说，"有的东西是我不能从你那儿得到的。你需要我并不像我需要你那么强烈，——你总是正在想要另外的什么东西。"

他开始在房间里踱步。

"也许我的要求太高了，"他继续说，"也许我想要的东西根本不可能得到。男人和女人太不一样了。你不能理解——你不理解——"

在她默默的注视下，他走到她面前。

现在，在她看来，他所说的一切都是千真万确，她希望得到的确实比一个男人的爱要多得多——海，天空。她再次转回身去看那远处的蓝色，在水天相接的地方是那样的平滑、宁静；她怎么能只简单地要一个人呢。

"难道只因为这倒霉的订婚约定？"他继续说，"让我们就在这里结婚吧，不用等到回英国——还是这样风险太大？我们肯定想和对方结婚吗？"

他们同时开始在房间里踱步。但是,尽管在踱步时有时走得很近,他们却小心翼翼地不碰到对方。他们所处的无望的地位双双征服了他们。他们变得软弱无力;再没有足够的爱的力量来克服这些障碍,并且他们感到不能比这更满意了。她在无比清醒地意识到这一点以后,就走到他前面停下来大声说:"那就让我们解除它吧。"

这句话竟然比他们之间的任何争论都更好地统一了他们。就像他们正站在悬崖边上,他们拥抱在了一起。他们知道他们不能分开;尽管这可能很痛苦、很可怕,但是他们是永远的结合了。一阵怅然若失的沉默,接着他们便一起默默地潜行。相互靠得这样近,使他们感到慰藉,他们并排坐下,分歧消失了,似乎整个世界也再次变得稳固、完整;并且他们好像奇怪地变得更大,更强壮了。

他们就这么坐着,久久未动;而当他们开始动的时候,觉得非常勉强。他们一起站在镜子前面,并用一把梳子试着把自己打扮成整个早晨什么也没有感受到的样子,既没有痛苦,也没有幸福。但是镜子里的形象着实使他们打了个冷战,因为他们看到的自己,并不是巨大而不可分开的,相反,倒实在是很小,而且是分开的;镜子还有很大的空间照出了其他的东西。

第二十三章

然而,任何梳子都不可能完全梳掉幸福的痕迹,所以当他们下楼来的时候,安布罗斯太太竟不能像平常那样招待他们。他们下楼来带着的样子不能表示他们度过的是一个可以随意讨论的很平常的早晨。因此,她也就自然加入了全世界的谋划,认为他们仍然不能料理正常生活,他们的紧张表情使她产生了对生活的敌视,并差点成功地把他们统统赶出她的思想。

她想到了自己所做的那些在现实中需要做的事情。她写了许多信,并且得到了威洛比的许可。她还经常想到黑韦特先生的未来,他的职业,他的出身,外貌,以及气质;这使她几乎忘记了他究竟是一个什么样的人。当她又看了他一眼,好让自己回到现实中的时候,这让她时常会再度怀疑他究竟是个什么样的人;然后,她会结论说,不管怎样,他们是快活的,于是不再考虑这事。

在今后三年的时光里,她完全可能更有效地考虑将发生什么,或者,如果雷切尔仍然被她的父亲带领着探索这个世界,将会发生什么。其结果,她十分坦白地承认,也许会更好一些——谁知道呢?她从没有试图对自己掩饰特伦斯的缺点。她曾倾向于认为他太随和,太有耐性,就像他倾向于认为她太吹毛求疵一样——不,其实她不过是有点任性罢了。在某种程度上,她对圣约翰更有好感;但是,当然,他却永远满足不了雷切尔。她和圣约翰也建立了友谊;因为,尽管她总是在生气和愉快之间摇摆不定,这也体现出她率直的处世态度,她终究还是喜欢和他为伴。他能够带她来到那小小的爱情和感情的世界之外。他了解不少事情。比如说,假设英格兰突然动了起来,朝摩洛哥的某个不知名的港口靠近①,圣约翰就知道它的背景是什么,还能听到他和她丈夫关于双方经济实力和兵力对比的争论;这会给她一种奇特的稳定的感觉。她虽然尊重他们的争论,但并不总是倾听;就像她尊重一堵坚实的砖墙,或一栋巨大的市政大楼一样。这些建筑虽然构成了他们的城市的大部分,但却是年复一年、日复一日地由不知何人建造起来的。她也喜欢坐下来听一听,并还会略带几分欣喜地看到,当争论的双方表现出厌倦时,就悄悄溜出房间,在花园里把花瓣撕碎。这倒不是因为她嫉妒,而是因为她实在不能不羡慕他们,羡慕他们无可限量的未来。就这样,她在餐厅里手里摆弄着水果,思绪从这里跳到那里。她间或停下来把一根因太热而变弯曲了的蜡烛弄直,或者把几把摆放得过于刻板的椅子打乱。她有理由猜测,柴利在他们都不在的时候拿着一把湿掸子爬到梯子的顶端,而这房间就从此再也不是从前的样子了。在第三次从客厅出来的时候,她发现圣约翰在一把扶手椅上坐着。他靠在椅背上,眼睛半睁着,看上去就像他平时的样子。他穿着一身格外整洁的灰色西装,随时准备着应付那异国的有益气候对他采取的大胆举动。她的目光在他身上停留

---

① 这里指的是法德之间的"摩洛哥危机"。当时英国派一艘船到阿加迪尔港。事端由德国挑起,目的在于保护德国在北美沿岸的势力。这一危机后来普遍被认为是针对当时存在的英法协约的。

了片刻,就移到他的头上。最后,她坐在了他对面的椅子上。

"我并没想要到这里来,"他终于说,"但我确实是被人赶来的……伊夫林·M。"他嘟囔着说。

他坐起来了,并开始用嘲笑的严肃口气说那可恶的女人是如何死乞白赖想要嫁给他。

"她满世界缠着我。今天早上她又出现在吸烟室里。我能做的就是赶紧抓起帽子溜之大吉。我没想要来,但是我实在不能忍受再和她一道吃饭了。"

"那好,我们就最大限度地利用这机会。"海伦很富哲理地回答说。天气很热,并且他们对哪怕再长时间的沉默也不在意,于是他们就那么半躺在椅子上,等待着可能发生的事情。午餐的钟声响了,但是在这房间里没有人的动静。有什么新闻吗?海伦问;报纸上有什么内容?圣约翰摇了摇头。喔,有了,他收到一封家信。是他母亲写来的;信中提到一位客厅女招待自杀了。她的名字叫苏珊·简。她一天下午来到厨房说,她希望厨师能保管一下她的钱;她有二十金镑。然后她出去为自己买一顶帽子。她在五点半钟回来了,并说自己服了毒。他们把她扶上床,还没来得及请医生来,她就死了。

"然后呢?"海伦问道。

"肯定会展开调查。"圣约翰说。

她为什么自杀?他耸肩膀。人们为什么要自杀?为什么社会下层人士干这种事情?没人知道。他们又沉默了。

"钟已经响过十五分钟了,怎么还没人下来。"海伦认真地说。

当人们出现时,圣约翰开始解释他为什么来这里午餐的原因。他模仿伊夫林在吸烟室里碰到他时和他说话的热情腔调。

"她觉得世上再没有比数学更激动人心的事情了,于是我借给她两大本书。看看她读过以后会出什么结果,一定很有趣。"

雷切尔现在可以笑他了。她提醒他说,她还拿着他的吉本的第一卷,如果他想承担起对伊夫林的教育,那肯定是个挑战。她还听说过伯克,以及他写的《美国起义》——伊夫林应该连这个也一起学。当圣约翰权衡完她的见解,并填饱了自己的肚子以后,他开始告诉大家,宾馆出现了沸沸扬扬的丑闻,是属于最可怕的那一种,而且是在他们不在的时候传开的;他自己正在致力于研究这种丑闻。

"伊夫林·M,比如说——但是那是来自很可靠的消息来源。"

"胡说!"特伦斯插嘴说。

"你也听说过可怜的辛克莱吗?"

"当然,我听说过辛克莱。他带着一支左轮手枪退休回到他的矿井。他每天都给伊夫林写信,说他正准备自杀。可我向她保证说,这个人还从来没有像现在这样快乐过,总体上,她也同意我的看法。"

"但是,她从这以后又和珀罗特纠缠在了一起,"圣约翰继续说,"并且,通过我的冷眼观察,我有充足的理由相信,阿瑟和苏珊之间的关系并非正常的关系。最近有一个年轻女子从曼彻斯特来。依我看,能把这个谜揭开倒是件好事呢。他们的婚姻生活太可怕了,让人想都不敢想。"

"对了,我在经过佩利太太卧房门前的时候,还清清楚楚听到她用最可怕的言辞骂街。这似乎表明,她在暗中折磨着她自己——很显然,她就是这么回事。只要看看她的眼睛就能看出这一点。"

"到你八十岁并且受痛风折磨的时候,你也就会像土匪一样乱骂街了,"特伦斯评判说,"那时你将不但很胖,而且很烦躁,很讨厌。你能想象这样一个人吗——头顶全秃,穿一条像海绵口袋一样的裤子,扎一条小斑点的领带,并且挺着大肚子?"

沉默了一会儿以后,赫斯特说,还有更糟糕的丑闻没有说呢。他说着和海伦打了个招呼。

"有一个妓女被赶了出来。有一个晚上,当我们不在的时候,那个老笨蛋瑟恩伯里很晚了还在过道里溜达。(似乎也没有人问过他到底要干什么)他看见了一个自称为赛诺拉·劳拉·门多萨夫人的人穿着睡衣走过去。于是他第二天就把自己的怀疑告诉了埃利奥特。结果是,罗德里格斯找到了那个女人,要她在二十四小时之内离开。好像并没有人深入调查事情的真相,也没有人去问瑟恩伯里或埃利奥特这事到底和他们有什么关系;他们有的全都是他们自己的想法。我提议,我们应该签署一个联合声明,并派代表去见罗德里格斯,要求对此进行调查。我们必须得做点什么,你们说呢?"

黑韦特说,那女人的身份没有什么可怀疑的。

"但是,"他补充说,"这是一大耻辱,可怜的女人;只是我不知道该做什么——"

"我完全同意你的看法,圣约翰,"海伦突然说,"这很可怕。英国人虚伪的面子简直让我的血沸腾。像瑟恩伯里先生这样的暴发户比任何妓女都坏得多。"

她十分看重圣约翰的道德,她对此的看重超过任何其他人,现在他俩开始讨论如何加强他们这一奇特的是非观念的步骤。争论逐渐变成了通常的一些意义含糊的陈述。说到底,他们是谁——有什么权威——有什么力量反对大众的迷信和愚昧?这就是英国人；当然，英国血统里肯定有什么不对的东西。你遇见了一个中产阶级的英国人，你对嫌恶的感情定义模糊很清楚；然后你又在多佛的房子上看到了棕色的月牙形状，就和来到你身边的一样。但是不幸得很，圣约翰补充说，你不能相信这些外国人——他们的谈话被桌子另一边的更大的冲突打断了。雷切尔高声叫她的舅母。

"特伦斯硬要我和他去陪瑟恩伯里太太一道用茶，说她是多么友好。我可看不出来；事实上，我宁可把我的右手锯成碎块——想想看！所有那些女人的目光！"

"简直是胡说，雷切尔，"特伦斯说，"谁要看你？你完全是被虚荣心淹没了！简直是个自负的怪物！说真的，海伦，你现在真应该好好教育她，她全然不是什么了不起的人物——既不美丽，也不衣冠楚楚，更没有什么优雅举止或才智。哪儿找比你更平常的人去，"他最后结论说，"除非你洒在衣服上的眼泪永远不被人看见。好了，你要是想呆在家里，就回去吧，我是要去的。"

她再一次呼喊她的舅母，并解释说，这和表面上情况可不一样，表面是人们习惯老生常谈。但是，尤其是女人。她虽然喜欢女人，可一扯到情感的问题上，她们就变得像糖块上的苍蝇一样。她们肯定会对她问这问那。伊夫林·M会问："你是在热恋中吗？恋爱有趣吗？"而瑟恩伯里太太——她的眼珠会上上下下地乱转——她想到这里不禁打了个寒战。确实，自从他们订婚，他们和其他人隔绝以后，她变得异常的敏感。她并不是在夸大其词。

海伦果然是她的盟友，她于是一边满意地欣赏着桌子中央的那像金字塔一样的各色水果，一边开始分析着她对人的看法。

确切地说,他们并不残酷,不是有意要伤害他人,甚至也不愚蠢;但是她又总是看到,一般人对自己生活投入的感情少得可怜,而别人生活的味道所引起他们的关注,却像吸血动物鼻子中的血腥味儿一样。开场白完了以后,她继续说:"不管发生的是什么事——有人结婚也好,有人生死也好——他们都要来看热闹。他们还一定要来看。可他们却没有什么可说的;他们对你丝毫不在意,但你还是得去出席午餐、下午茶和晚饭;如果你不去,那别人少不了骂你。这就是血腥味儿,"她继续说,"我这可不是责怪他们;我只希望他们别生气才好!"

她看了看左右,就好像她是在向一个军团的人训话,他们充满敌意,令人讨厌;他们环绕着桌子,张着嗜血的大嘴,这一切就像在敌对国家腹地的一个中立的小岛国。

她的话引起了她丈夫的注意,这时他正在自言自语地叨咕诗文,眼睛交替地看着他的饭和他的妻子,他的眼神,根据诗文中那女人的命运,一会儿忧郁一会儿凶狠。他用一声抗议打断了海伦的话。他甚至对女人装出的玩世不恭都非常愤恨。"胡说八道,胡说八道。"他突然说。

特伦斯和雷切尔隔着桌子相对看了一眼,那意思是说,他们结婚以后可不要出这种事。雷德利的加入对谈话产生了戏剧性的效果。它马上变得了更正式而礼貌了。本来,把出现在脑子里的事都随意地讲出来就是很困难的,你在说妓女这个词的时候就不像说其他词那么随便。谈话现在转向了文学和政治,雷德利讲起了他年轻时结识的一些知名人士的故事。这样的谈话会很自然地带有艺术性,因此使年轻人的个性和随意性倾向都得到了抑制。当他起身离开的时候,海伦却在桌边用胳膊撑着桌子停住了。

"你们都在这里坐着,"她说,"坐了将近一个小时,可你们什么也没有注意看,没有注意我的装束,我戴的花,也没注意光线是如何射进来的。我没有听你们说话,因为我一直在看你们。你们太好看了;我真希望你们在这儿一直坐下去。"

她带领大家来到了客厅,她收起了刺绣架,然后开始继续劝阻特伦斯,在这样热的天气下不要回到宾馆去。但是她越是劝阻,他越坚定。他几乎变得恼怒而固执,甚至有片刻的时间他们都恨起对方来了。他还希望其他人,主要是雷切尔,和他一起去看他们。他现在倒真希望安布罗斯太太能劝她答应。他对这里的一切都看不顺眼,幽美空闲、荫凉,还有斜躺着的赫斯特,胳膊压着一本即将坠落的杂志。

"我一定要去,"他重复说,"至于雷切尔,她要是不愿意就不必去了。"

"你要是去,黑韦特,我希望你把那个妓女的事问清楚,"赫斯特说,"再有,"他补充说,"我陪你走一半路。"

出乎大家的意料,他站起身来,看了看手表说,现在离吃午饭还有一个半小时的时间,胃液还有足够的分泌时间;他正在尝试一个健身计划,他解释说,其中的一项就是,在长时间的休息中间插入短时间的锻炼。

"我四点钟回来,"他对海伦说,"然后就倒在沙发彻底放松我所有的肌肉。"

"你也去吗,雷切尔?"海伦问道,"你不和我呆在一起吗?"

她微笑了,但是她可能很伤心。

她到底是在伤心,还是真的在笑?雷切尔说不清楚,只是她此时觉得处在海伦和特伦斯之间非常的不舒服。然后她改变了主意说,要是特伦斯答应,所有的话都由他一个人说,她就同意去。

  沿着道路有一条窄窄的影子,它可以遮住两个人,但是遮不住三个人。因此圣约翰只好走在这两个人的后面,并且和他们的距离越拉越大。他一边想到助消化,一边时不时看看手表,还随时注意着前面的两个人。他们看上去是那么高兴,那么亲密,尽管他们并排走路的样子和其他人没有什么不同。偶尔,他们还朝对方微微转身,说话的内容他认为必定是悄悄话。其实他们是在争论海伦的性格,特伦斯正在解释她为什么有时候让他难以容忍。但是,圣约翰却认为他们是在说一些他们不想让他听到的事情,于是他开始独自考虑事情。这两个人是幸福的;而他对他们就这么简单地享受着幸福却有几分反感,但也有几分羡慕。与他们相比,他要卓著得多,但是却很不幸福。人们都不喜欢他;他有时甚至怀疑海伦是否真喜欢他。如果能够简简单单为人,能够直截了当说出自己感受到的东西,没有那种现在正折磨着他的可怕的自我意识,而就像照镜子一样,永远直接托出自己的形象和想说的话,那将是无比美好的天性,因为它可以使人幸福。幸福,幸福,幸福是什么?他从来不幸福。对于生活的琐碎罪恶、欺骗、污点等等,他看得太清楚了;而观察他们,他觉得观察他似乎是很诚实的事情。这就对了,毫无疑问,这就是人们为什么总是不喜欢他,称他既无情意又刻薄的原因。显然,这是因为人们从来没有对他说过他真正喜欢听的事情;比如说,他又和蔼又礼貌,他们都很喜欢他等等。然而,他自己对他们所说的那些话,其中至少有一半是因为自己不快乐或受到了伤害而发,却是千真万确的。他也承认,他自己就极少对任何人说他如何喜欢他们,并且,当他对此付诸行动以后,他又经常感到遗憾。对于特伦斯和雷切尔,他的感情是那样的复杂,使他甚至从未对他们说过他对他们的订婚很高兴一类的话。他对他们有十分清楚的了解,十分清楚他们在相互之间感情上的缺陷,并因此认为他们的爱不能持久。他又看了他们一眼,奇怪!由于他一向认为自己很少看见任何东西,对他们的这一眼却使他充满了对他们的质朴的爱,其中甚至还有几分怜悯。无论如何,人的缺点和他们的美好之处比较起来,又算得了什么?他决心现在要告诉他们他的心里所想,于是加快了脚步,并且在他们到达小路和公路的交汇点时追上了他们。他们站在那里冲着他笑,并问他的胃酸——但是他制止了他们,然后快速而生硬地说了起来。

"你们还记得跳完舞以后的那个早晨吗?"他问道。"当时我们就是坐在这里,你说了一大堆荒唐话,雷切尔用石头子儿堆了个小山。而我呢,我在一瞬间领悟了人生的全部真谛。"他沉默了片刻,并把他的嘴唇噘得老高。"爱,"他说,"它在我看来能解释一切事情。因此,总的来说,我很高兴你们要结婚了。"他说完后便突然转回身去,再没有看他们一眼,并径直走回了别墅。对自己这样说出了自己的感受,他感到既高兴又惭愧。也许他们正在嘲笑他,也许他们认为他是一个笨蛋,还有,说到底,他真的道出了自己的感受吗?在他走开的时候,他们确实对他嘲笑了一番;但是关于海伦的争论也变得更加激烈,然后停止了,他们又变得和平而友好。

第二十四章

那天下午他们来到宾馆时,时间还早,大多数人还在躺着睡觉,要么就静坐在卧室里,邀请大家前来的瑟恩伯里太太也不见踪影。他俩于是来到荫凉的大厅里坐下,它几乎是空的,里面充满了空气飘来荡去的回声。是的,雷切尔坐的扶手椅正好是那天下午伊夫林来找她时她坐的,桌上的杂志也是她当时看的,那幅照片也在那里原封未动,纽约的夜景。好奇怪——一切都没有变化。

渐渐地,开始有人走下楼梯,穿过大厅。并且,在微弱的光线里,这些身影显得十分优雅和美丽,尽管他们都是些陌生人。他们有的径直走过去,穿过那扇弹簧门来到花园里,有的在大厅里停留片刻,并弯下身子看看桌子上的报纸。特伦斯和雷切尔半睁半闭的眼睛观察着他们——约翰森、帕克、贝利、西蒙、李、莫利、坎贝尔、加德纳。其中有的穿着白色法兰绒球衣,腋下夹着网球拍,有的矮小,有的高大,有的是孩子,还有的也许是仆人。但是他们都有自己的位置,有自己的理由相随着出进这宾馆,或是他们的钱,或是他们的地位,或是别的什么。一会儿,特伦斯不再观察他们,因为他困了,并闭上了眼睛,他在椅子上打起盹来。雷切尔观看的时间更长一些,她被这些人迷住了:他们的行动是那样自信,那样优雅,他们似乎有某种必然联系地一个跟着一个,徘徊,前行,消失。然而过了一会儿之后,她的思想开始转移,她想起了那天的舞会,它就是在这个大厅里举行的,只是那时的大厅看起来和现在很不一样。她向周围环顾了一周,几乎不能相信这是同一个房间。它在那天晚上,当人们从黑暗中走进它的时候,是那样空旷,那样明亮并且那样庄重;其中充满的也是许多因激动而发红的小脸,并且在不停地动,人们打扮得那么艳丽,他们是那么精力充沛,以至于他们简直丝毫不像普通人,你还觉得无法和他们谈话。而现在这个大厅昏暗而安静,并有一些美丽而沉默的人从中经过,对于他们,你却可以走上前去说你想说的任何事情。她吃惊地感到自己在扶手椅里受到了无比完美的保护,在这里她不但可以回忆那舞会,还可以回顾整个的历史,温馨地,幽默地;好像她坠入了浓雾中,过了很长时间,她因此能清楚辨别出自己是在哪儿坠入迷雾的。她很奇怪自己究竟是怎么陷入目前的境地的;而更奇怪的事情是,不知道他们正把她引向何方。这倒确实是奇怪的事情,一个不知道自己正去向何方,不知道自己想要什么,只是盲目地跟在他人后面,暗中吃尽苦头,对一切都一无所知,感到毫无准备,突如其来;然而,随着事件接踵而来,某一件事情逐渐有了形状,于是此人找到了这一种平静,这一种安详,这一种必然,这就是人们称之为生活的过程。也许,所有的人都像她现在一样,确切地知道他们正去向何方;并且,事情也不仅仅是对她一个人有了形状,而是对他们都一样,而人生的满足和意义也就在于此。当她回顾往事的时候,她能看到,其中的某种意义显然体现在她姑妈的生活中,体现在她永远不能再见到的达洛维夫妇的短暂访问中,以及她父亲的整个生活中。

正在熟睡中的特伦斯的呼吸声更衬托出她的平静。虽然她并不瞌睡,她的眼睛却不能看清楚任何东西。但是,尽管穿过大厅的人影变得越来越模糊,她还是相信,他们都很清楚自己要去向何方,他们的自信也感染了她,使她感到安逸。一时间,她变得无欲无私,超凡脱俗,她感到自己现在可以接受任何事物,并不会被它出现时的外表所迷惑。在生活的前景中,有什么可怕或令人迷惑的?这卓见为什么终究会再离开她?世界真的是这样大,这样友好,并且,毕竟还这样简单。"爱,"圣约翰说过,"那似乎可以解释一切。"是的,但是那不是指男人对女人的爱,不是特伦斯对雷切尔的爱。尽管他们坐得这样近,他们却不再是小小的、分离的肉体;他们之间不再争斗,而是互相需要。他们之间似乎有某种和平。它可能是爱,但它不是男人对女人的爱。

她半睁着眼睛观察着特伦斯,他半躺在椅子上。她看着看着就微笑了起来;他的嘴是那么大,下颚是那么小,他的鼻子像一个带把儿的手柄。像这样的长相,他必然是懒惰的,并且是雄心勃勃的,还是感情用事、时常出错的。她想起了他们以往的争吵,并特别想到了他们今天下午的关于海伦的争吵,她盘算着他们在未来的三十,四十或五十年里还将争吵多少次。在这段时间里,他们将一起生活在一间房子里,并一起赶火车,还因为他们是这样的不同而时时怄气。但是所有这些都是微不足道的,这与在那眼睛、嘴巴和下颚下面隐藏的生命并没有什么关系,因为那生命是独立于她的,并且独立于其他任何事物。因此,尽管她将和他结婚,并在一起生活三十年,四十年,五十年,时常争吵,并这样靠近,她也是独立于他的;独立于其他任何事物的。不管怎么说,就像圣约翰所说的,是爱使她明白了这些,因为,在她爱上他之前,她从来没有感到过这样独立,这样平静,并且这样自信;或许这也是爱。她不再需要其他任何东西。

艾伦小姐站在一定距离之外看着这两个躺在扶手椅里的青年,大概有两分钟之久。她不知道该不该打扰他们;然后,她好像想起了什么,就迈步穿过大厅。她走路的声音惊醒了特伦斯,他坐起来揉了揉眼睛。他听见了艾伦小姐正和雷切尔说话。

"好的,"她说,"这很好。确实非常好。订婚似乎是相当时尚的事情。以前从没见过面的一对年轻人在一座宾馆相遇,并且决定结婚,这种事情并不多见。"然后她就沉默了,并微微笑了笑,看来她们再没有话可说,特伦斯于是站起来问,她是否真的完成了她的著作。他听别人说,她确实写完了。她的脸上立刻放出了光彩,带着异常兴奋的表情向他转过身来。

"是的,我想我可以说是完成了,"她回答说,"但是我略去了斯温伯恩——因此书名成了《从贝奥武甫①到布朗宁》,我喜欢这书名里的两个名字开头的发音。'贝奥武甫到布朗宁',"她又重复了一遍,"我觉得,这是个能在铁路书摊抓住读者目光的好名字。"

她确实对自己完成了这部书感到很骄傲,因为人们很难了解,搞这么一部书需要多么大的决心。同时她认为那是一本不错的书;并且,考虑她对她的弟弟曾经是多么焦虑,她不能不再对这部书多说几句。

"我必须承认,"她继续说,"假如我当初就知道在英国文学里有多少经典作品,知道仅撷取其中的精华就有多么冗长,我一

---

① 英雄史诗,是古英语文学的最高成就,最早用欧洲地方语言写成的史诗。其中讲述的是公元6世纪初发生的事情。

定不承担这工作。你知道,他们要求不超过七万字。"

"仅仅七万字!"特伦斯惊呼道。

"是啊,还得把所有的人都一一提到,"艾伦小姐补充说,"这是让我特别为难的地方,对每个人说出一些不同的东西。"然后她觉得对自己的事说得差不多了,就问他们愿不愿意来参加网球比赛。"年轻人们都对它挺关注的。再过半个小时开始。"

她慈祥的眼神落在他们两个身上,片刻的沉默之后,她看着雷切尔,好像忽然记起来什么事情,一件使她显得与众不同的事情。

"你不喜欢生姜,真是个奇人。"但是在她那沧桑、刚毅的脸上所现出的微笑使两个年轻人感到,尽管她几乎记不得他们的任何个人情况,她还是把新生一代的特征赋予了他们。

"对于这一点,我也很同意。"一个声音在后面响起;瑟恩伯里太太听到了她那关于不喜欢生姜的最后一句话。"这让我想起了我那位可怕的婶婶(可怜的老太太,她吃了那么多苦,若称她是可怕的,那似有些不公平)在我们小时,她就常给我们吃生姜,可我们一直都没有勇气告诉她我们不喜欢它。我们只能是把它扔在灌木丛里——她在巴斯附近有一幢大房子。"

说着他们开始起身,慢慢走过大厅,这时伊夫林从楼梯上冲下来,阻止住了他们,她跑得那么急,几乎摔倒了。

"喂,"她带着通常的热情喊道,并用手抓住了雷切尔,"我说,这太美妙了!我早就猜到它迟早会发生!你们两个人太般配了。现在,你们得把一切都告诉我——从什么时候结婚,你们打算住在哪——你们都在巨大的幸福之中吗?"

然而这群人的注意力还是被埃利奥特太太吸引住了,她从他们身边经过的时候,显得既焦急又茫然,手里端着一个盘子和一只空茶壶。她是打算匆匆而过,但是瑟恩伯里太太走上去挡住了她。

"谢谢你,胡格赫灵现在好一些了,"她回答着瑟恩伯里太太提出的询问,"但是他只要一生病,总是挺麻烦。他要知道他的体温,而我告诉他以后他又着急,要是我不告诉他,他又疑神疑鬼。你知道男人们病了以后是什么样子!还有,这里当然也缺少适合的器具,尽管他似乎很愿意接受并盼望医疗服务。"(说到这里她神秘地压低了声音)"可我们不大相信罗德里格斯大夫是个好医生。要是你能去看看他,黑韦特先生,"她补充说,"我相信一定能让他高兴——在床上整天躺着——还有苍蝇——我现在得马上找到安吉洛——还有这里的食物——当然,照顾病人的时候人们希望一切都特别井井有条。"她说着走了过去,继续匆匆寻找服务员领班。对丈夫的担心使她的前额积起了一个哀愁的大疙瘩;她面色很苍白,很忧郁;她比平常的效率更低,眼光更加迷茫地从一处移到另一处。

"可怜的人!"瑟恩伯里太太感叹说。她告诉大家,胡格赫灵·埃利奥特先生已经病了好几天了,而这里惟一的医生就是饭店经理的弟弟。反正经理是这么说的,但他的医术很值得怀疑。

"我可知道在宾馆里生病有多糟糕,"瑟恩伯里太太评论说,接着继续把雷切尔引到花园,"我在度蜜月的时候,在威尼斯患了六个星期的伤寒,"她继续说,"但是即使这样,在我回忆往事的时候,我还是觉得这是我一生最愉快的几个星期。是啊,"她说着拿起雷切尔的手臂,"你现在觉得自己很幸福,但是这幸福绝对不能和你以后再回过头来看它相比。还有,我跟你实说,我心里很嫉妒羡慕你们年轻人!可以说,你们赶上的时光比我们好多了。当我回首往事的时候,我简直不能相信世界有这么大变化。在我们订婚的时候,我可不能独自和威廉散步——我们一起在房间里时,旁边一定得有别人——并且我确实相信,应该把他的来信都给我父母看!——尽管他们也很喜爱他。确实,我可以说,他们就把他当自己的亲儿子看待。这真让我觉得好笑,"她继续说,"当我看到他们是怎么宠外孙子,想到他们对我又多么严厉!"

茶桌再次摆在了树下面。瑟恩伯里太太坐在那一大堆茶杯前,开始向大家招呼,直到她召集了相当多的人,苏珊、阿瑟和帕波先生来回奔忙着,他们在等待网球比赛开场。一棵低吟的树,月光下一条满溢的河,当雷切尔坐下开始喝茶的时候,她听到特伦斯的声音回到她的耳畔,那样委婉,那样银子一般光滑。那漫长的生活以及那些孩子让她变得很光滑;它们似乎擦去了一切个性的记号,留下的只是年老的和母性的记号。

"有些事你们年轻人应该了解!"瑟恩伯里太太接着说道。她把面前的人都包括了进来,尽管其中还有威廉·帕波和艾伦小姐,他们两个应该说已经是过来人了。"当我看到世界有多大变化的时候,"她继续说,"我真不敢预测今后五十年的变化程度。啊,不,帕波先生,我完全不能同意你的意见,"她笑了笑,打断了他正在说的世界越变越糟的风凉话,"我知道我也会有那种感觉,但是,实际上我没有。将来的人要比我们现在好得多。肯定所有的一切都会证明这一点。在我周围,我看到女人,年轻的女人,她们担负着各种家务,却到外面去做我们本来认为不能做的事情。"

帕波先生认为她和所有的老妇人一样,既多愁善感又不可理喻,但是她对待他的那种像一个生气的老婴儿般的态度倒使他感到迟疑和困惑了,于是他只好对她的话还以一个鬼脸,那样子与其说反感,还不如说是微笑。

"而他们仍然是女人,"瑟恩伯里太太补充说,"她们仍然精心照看她们的孩子。"

当她说这番话的时候,她稍微向苏珊和雷切尔转过头来,并微微一笑。她们虽然并不希望自己被包括在这些人当中,但还是不自觉地也微笑了一下。阿瑟和特伦斯还相互看了一眼。她让他们感觉到,他们也都是在同一条船上,于是他们都看了看他们即将结婚的伴侣,并把她们和另外的比较了一番。一个人居然想和雷切尔结婚,可真是莫名其妙,一个人居然想和苏珊共度一生,简直不可思议;然而尽管个人的口味肯定是独特的,他们相互之间却并无恶意,相反,他们各自的如此奇特的选择倒更增进了他们的友谊。

"我实在应该祝贺你。"苏珊一边说,一边伸长胳膊去够果酱。

看来,圣约翰似乎并没有任何说阿瑟和苏珊闲话的话柄。他们被太阳晒得黝黑,生龙活虎,他们并排坐着,网球拍放在他们的腿上,话虽不多但总是微笑着。透过他们穿的白色薄衣服,可以隐约看见他们的身体和腿的美丽曲线,他的瘦,她的丰满;这使人很自然地联想到他们未来结实、圆润的孩子。他们的脸因缺乏棱角而不能算美丽,但是他们有清澈的眼睛、健康的体魄和充沛的力量,因为他血管里奔流的血液似乎永远不会停息,并深深地、安详地印在她的面颊上。此时此刻他们的眼睛比平常更明亮,眼神中带有某种奇特的喜悦和自信,那是运动员的喜悦和自信,因为他们刚打完网球,并且双双得了第一。

伊夫林没有说话,但是她的目光一直交替看着苏珊和雷切尔。是的——她们都是很容易下决心的人,都在几个星期的时间里就做了她有时觉得自己永远做不完的事情。尽管她俩是这样不同,她却能看到在她们身上有一样的满足和轻松,一样的平静,以及一样缓慢的动作。正是这种缓慢,这种自信,以及这种满足,使她感到憎恨,她对自己说。她们行动缓慢是因为她们不再是一个人,而是两个,苏珊和阿瑟,特伦斯和雷切尔。并且,因为这个男人的缘故,她们就放弃了所有其他男人,所有的能动性,以及所有的生活价值。爱是很好的,还有那温暖的家,与世隔绝,自足,厨房在下面,育儿所在上面,就像处在世界潮流中一座孤独的小岛;但那些真实的事情,肯定将发生的事情,却发生在它外面的大世界里,事端、战争、理想,它们与这些女人的关系是那样的微乎其微,而对这些男人却打开一道道风景。她严厉地看了看她们。她们当然很高兴,很满足;但是,肯定还有比这更重要的。那当然就是,有人能更贴近生活,能从生活中得到更多,能得到远远超过她们的更多享受,更多感受。雷切尔看起来尤其年轻——她对生活知道什么呢?她变得不安起来了,于是起身走过来,坐在雷切尔旁边。提醒她说,她答应加入她的俱乐部。

"可麻烦的是,"她继续说,"一直到十月之前我可能都抽不出时间来。我刚刚收到我朋友的一封来信,他的弟弟在莫斯科做生意。他们想要我去他们那儿,考虑到他们正处在各种阴谋和无政府主义的环境当中,我只得做在回家的路上停留一段时间的打算。这太激动人心了。"她想向雷切尔说明那究竟有多么激动人心。"我的朋友了解到,有一个十五岁的女孩,仅仅因为给无政府主义者写了一封信,就被抓了起来,并判终生流放西伯利亚。那信其实也不是她写的。我将尽我的一切所能帮助反对俄国政府的革命①,它一定会到来的。"

她看看雷切尔,又看看特伦斯。他们想到最近听到的关于她的难听话,都不免有几分感动。特伦斯于是问她有什么样的计划,她回答说,她将开办一个俱乐部——一个办实事的俱乐部,她说着就激动起来,并滔滔不绝地说下去,因为她十分确信,只要有二十个人——不,如果真正热心,十个就足够了——起来行动而不是坐着谈论,他们就能赶走几乎所有的邪恶。真正需要的是头脑。如果人人都有头脑——当然喽,他们得有一个房间,一个不错的房间,最好是在布卢姆斯伯里,并可以每周见一次面……

在她说话的时候,特伦斯能看见在她脸上正在消退的青春,以及她的嘴周围的那几条随着她张嘴说话和激动而变形的皱纹,但是他并不怜悯她;看到她那双明亮、坚毅而勇敢的眼睛,他觉得她自己也不怜悯自己,并且不希望拿自己的生活和任何人的,比如说,他自己的或圣约翰的,那比她更有序、更精细的生活交换;哪怕随着岁月的流逝,她的这种生活将越来越困难。但也说不定,她最后嫁给珀罗特;当他在心不在焉地听她说话时,他想到了她可能的命运,烟民吐出的烟雾似乎把他的脸和她的眼睛隔开了。

特伦斯、阿瑟和伊夫林都在吸烟,因而空气中弥漫着上等烟草的芬芳的烟。在偶尔没人说话的当儿,大家可以听到远处大海的低吟,那是随着海浪悄悄被打碎,变成一层薄膜冲刷着海滩的声音。冷色调的绿光从树叶中间穿过,在盘子和台布上留下

---

① 1905年前后俄国已经在酝酿革命,后来发展成为1917年的"十月革命"。

各种月牙和钻石状的斑点。瑟恩伯里太太在静静地观察了大家一阵以后,便开始和蔼地向雷切尔发问——他们都是什么时候回来的?还有,他们想见她父亲。她实在非常想念她的父亲——因为有很多事情要告诉他,并且(她深情地看了特伦斯一眼),她敢肯定,他将会多么高兴。多年以前,她继续说,可能是十年或二十年以前,她记得在一次聚会上见过温雷克先生,那时他的脸就给她留下了如此深刻的印象,那是一张如此与众不同的脸,她不能不询问他是谁,于是有人告诉她,那是温雷克先生,她就一直记得这个名字,——不平常的名字——当时还有一个女士在他身边,一个很甜美的女人。但是,这就是伦敦可怕之处,你们不能彼此谈话——只能看看对方,——并且,尽管她和温雷克先生握了手,她记得他们并没有说话。想起过去,她微微叹了口气。

然后她又转向帕波先生,他现在居然很服从她,总是挑离她最近的椅子坐,并且认真听着她说话的内容,尽管并不经常参与他的自己的任何评论。

"你知道的事情多,帕波先生,"她说,"跟我们说说那些了不起的法国的女士是怎么管理她们的沙龙的?我们英国人有没有也这样做的,或者你认为是什么原因使我们不能在英国也这样做?"

帕波先生于是很乐于解释在英国为什么从来没有沙龙。有三个原因,并且都很重要,他说。他自己,在他去参加聚会时,就如同所有参加聚会人的想法一样:不要失礼——比如说,他的外甥前两天刚结婚了——他走到新房中间,用最大的声音说"哈!哈!"然后就认为做了应该做的,转身走开了。瑟恩伯里太太提出抗议。她准备一回到家就组织一个聚会,并且要把大家都请来,准备让他们听帕波先生讲话,只要她一听说有人听到他说"哈!哈!"她就要——就要对帕波不客气了。阿瑟·文宁建议说,她应该做的是准备一些让人吃惊的东西——比如说,在一幅肖像,一个头戴帽子老太太的肖像后面藏着一盆冰冷的洗澡水,一声令下就泼在帕波的头上;或者准备一把椅子,只要帕波往上面一坐,就把他弹起二十英尺高。

苏珊笑了。她刚喝完了茶;正在感到很惬意,这部分是因为她网球打得很出色,部分是因为大家都很友好;她开始感到交谈是多么容易,甚至觉得可以很自如地和相当聪明的人谈话,因为聪明人不再让她感到害怕了。甚至连赫斯特先生,她第一次见到他时很不喜欢的人,现在也不很讨厌了;但是,可怜的人,他看上去总是那么病态;也许他在恋爱,也许他爱上了雷切尔——她不应该胡思乱想;也许爱上的是伊夫林——她当然也很吸引人。她向前倾着身体,继续谈话。她说在她看来,聚会总是很乏味的原因主要在于绅士们不愿打扮。即使在伦敦,她说,她也会对人们所说的如何没有必要在晚上打扮感到吃惊,当然啦,在城里都不打扮的人到了乡下就更不打扮了。在圣诞节的狩猎①期间,男士们都穿红衣服,但是阿瑟不喜欢跳舞,因此她认为,他们甚至不会去参加自己乡村小镇的舞会。她并不认为人一旦喜欢上一种运动就会喜欢另一种,尽管她的父亲是一个例外。可他又是什么都例外的——他是那么出色的一个园丁,所有的鸟和动物,他无所不知;并且,他当然是村里所有老妇人敬爱的对象。可与此同时,他自己最喜欢的却是书。要是想找他,你总知道在哪儿能找到他;他肯定在他的书房里看书。而且经常是一本很

---

① 圣诞节狩猎是英国上层社会的一项娱乐活动。

老很老的书，老得发了霉，别人连做梦都不会想要看的书。她曾经对他说过，他要不是有一个六口之家要养活，他肯定会把自己变成一个头号书虫。而六个孩子，她带着博爱的迷人自信补充说，就难以给人留出的许多时间去变书虫了。

她一边继续谈论她自己引为自豪的父亲，一边站起身来，因为阿瑟看了看手表，发现又到他们该上网球场比赛的时间了。其他人都没有动。

"他们是幸福的一对儿！"瑟恩伯里太太慈祥地看着他们的背影说。雷切尔表示同意；他们看上去是那么自信；那么清楚地知道自己想要什么。

"你认为他们幸福吗？"伊夫林小声地问特伦斯。她希望他说他认为他们不幸福；但是他却说，他们也必须走了——回家，因为他们吃饭总是迟到，并且安布罗斯太太又特别严厉，不喜欢他们这样。伊夫林抓住雷切尔的裙子抗议说，为什么他们要走？现在时间还早，并且她还有许多的事情要向他们说。"不，"特伦斯说，"我们必须走了，因为我们走得慢。我们走走停停，边走边看，而且我们还谈话。"

"你们谈什么？"伊夫林追问道。他们笑了，说他们什么都谈。

瑟恩伯里太太一直把他们送到大门口，他们缓慢而悠闲地走过草地和石子路，一路谈论着花和鸟。她告诉他们，自从她的女儿结婚以后，她就开始研究植物学，了解那么多她不曾见过的花草，真是非常有趣，尽管她一辈子住在乡下，今年已经七十四岁。当一个人老了以后，有一种能相对独立于其他人的嗜好是一件好事情，她说。但是奇怪的事情是，人总不觉得自己老。她总是觉得自己是二十五岁，一天不多，一天不少。但是，她当然无法指望别人也同意这一点。

"二十五岁一定很美妙,不仅仅是想象成二十五岁就完了,"她说着用她那敏捷、有神的目光交替看着他们俩,"它一定非常美妙,的确非常美妙。"她站在门前的石阶上和他们长谈了许久;她似乎不愿意让他们离去。

第二十五章

下午非常热,热得连打在岸上破碎的浪花听起来都像一只精疲力竭的动物在不断叹气,连遮阳篷下的露台的砖石都是热的。在那些几近干枯的小草上面,空气在不停地跳舞。石盆里的红花因炎热而垂下了头,而那些几个星期前还盛开的光滑的白花,现在已经枯萎、蜷缩,成了黄色。只有那些南方的坚韧、不友好的热带植物的肥厚的叶片,似乎还在尖刺中依然挺立,藐视着炽热的阳光。气候对于谈话来说太热了,也难以找到任何能抵挡阳光的书。好几本书都被试着翻了翻,但又都被扔下了,现在特伦斯正在大声读着弥尔顿诗作。因为他认为弥尔顿的诗有实质,有形状,所以用不着去弄清它究竟在说什么;只要听一听,就几乎都明白了。

    离此不远有一位仙居的美少女,

他读道,

    沿着塞文河静静的溪流,那儿有潮湿的镶边石。
    塞布丽娜是她的名字,这纯洁的处女;
    从前她是洛克赖恩的女儿,
    她从她的父亲布鲁特手中接过权杖。

尽管特伦斯刚才那样说,但这些词语似乎还是充满了意思,可能就是这个原因,它们听起来使人痛苦,令人奇怪;似乎它们所表达的意思和通常意思大不相同。雷切尔再也不能集中她的注意力,但是在听到诸如"镶边石""洛克赖恩"和"布鲁特"一连串词语的时候,在她眼前出现了很不愉快的景象,而这又和那些词义并没有关系。炎热和跳动的空气使花园看起来也变得奇怪——树木不是太近就是太远,并且她的头几乎是肯定在疼。她不能确定是现在就告诉特伦斯这些,还是由他继续念下去。她终于决定,还是等到他念完一节的时候,如果到那时她上下左右晃头的时候,它还是疼,那她就将很平静地告诉说,她的头疼。

> 美丽的塞布丽娜,
> 你坐在那里倾听
> 在明亮、冰冷、透明的水波下面,
> 用百合花编织的
> 是你那长长的琥珀色蓬松的发辫,
> 为了珍贵的荣誉,
> 倾听银湖的女神,
> 倾听并记住!

但是她的头,无论往哪个方向转,都确实疼。

她直坐起来坚定地说,"我的头很疼,所以我要进屋去了。"

他的下一句诗刚念了一半,但是他却立即把书放下了。

"你的头疼?"他重复说。

有好一会儿,他们相互默默对视着,握着对方的手。这时,他内心的沮丧和大祸将至的感觉几乎带来身体的痛苦;他似乎听到四周都是打碎玻璃的声音,随着玻璃的下落,他被留在了外面。然而,在两分钟以后,他看到她并没有他的那种沮丧,仅仅是比往常更倦怠,眼皮更重。他于是镇静下来,挽起海伦,并要她告诉他,他们应该做什么,因为雷切尔的头疼。

安布罗斯太太没有慌乱,只是建议说,她应该上床休息,并且补充说,如果她总是坐着,还经常呆在外面的炎热中,她就别指望不头疼;但是在床上躺几个小时就肯定能把它彻底治好。毫无缘由地,特伦斯竟也被她这番话打消了顾虑,就像他几分钟以前无缘无故地感到压抑一样。海伦的感觉似乎和那种无情的,但是好的、自然的感觉非常一致,它压制了头痛的鲁莽,并且,就像自然的良好感觉,是可以信赖的。

雷切尔去睡觉了;她在黑暗中躺下。在她看来,在很长的时间内,并直到后来,她一直是在一种透明的睡眠中醒着,她能看见她前面的白色窗户,并能想起不久以前她是因为头疼来睡觉的,并且海伦还说,她醒来的时候,头痛就会好了。于是她认为,她现在已经好多了。与此同时,她房间的墙壁白得令人痛苦,而且还不是很平的,稍微有一点儿弯曲。她把眼睛转向窗户,那里的所见并没有对她产生丝毫安慰。窗帘微微抖动,好像它里面充满了气,正在一点点地吹出来,并使拖在地上的拉绳和地板之间发出微弱的声响,听上去十分可怕,就好像有一个动物在屋里。她合上眼睛,她头上的脉搏跳动得是那样的强烈,似乎每跳动一次都踩到了她某一根神经,并向她的前额送去一阵刺痛。这可能不是刚才的头疼,但她肯定是在头疼。她在床上来回翻着身,希望那冷色的床单能治好她的头痛,并希望她下一次睁开眼睛时,房间就又像往常一样了。在试验了好几次以后,她决定把这件事列为毫无疑问之列。她下了床,站直了身体,一手扶着床头上的黄铜球。一阵寒冷,但紧接着,又是像她的手掌心一样的酷热。并且,由于她的头痛以及地板的不稳定,一切都证明站着不如躺着好受,她又躺倒在床上;但是,尽管这一变化最初一刻还很新鲜,很快床上的不快就变得像站起来一样了。她接受了她要躺一整天的想法,随着她把头放在枕头上,她放弃了今日的快乐。

一两个小时以后,海伦走进来,她骤然停止兴奋的说笑,甚至有片刻感到很吃惊,但很快就变得异常平静;毫无疑问,她是病了。当别墅里的人都知道此事,当花园里歌声突然停止,当玛丽亚来送水时轻轻经过床边,眼睛不再看她的时候,她的病真的被证实了。不但要熬过整整一个上午,还有一个下午要过。在中午的时候她试着想迈进现实世界,但是发现,她的高热和不适在她与现实世界之间形成了一道鸿沟,使她无法逾越。在某一时刻,门开了,海伦和一个黑黑的小个子一起走进来。此人的手——这是海伦首先注意到的事情——是毛乎乎的。她很困,而且热度非常高,而他似乎有点害羞,并且唯唯诺诺,她几乎不回答他的问题,尽管她明白他是一位医生。在另一时刻,门又开了。特伦斯轻手轻脚地走了进来,一边还微笑着;但在她看来,那微笑太稳定而不自然。他坐下来,和她谈话,并抚摸她的手,直到她一个姿势躺得太久,感到难受,才翻了个身。当他再度抬头看时,海伦站在她旁边,特伦斯已经不见了。这倒没有关系;等到明天一切都恢复正常以后她可以去看他。一整天里,她的主要事情就是回忆那几句诗是如何写的:

> 在明亮、冰冷、透明的水波下面,
> 用百合花编织的
> 是你那长长的琥珀色蓬松的发辫;

然而这番努力又使她担心,因为她总是把形容词的位置放错。

第二天的情况没有什么变化,只是她的床变得异常重要,而外部世界,当她试着想它的时候,显得更遥远了。

那明亮、冰冷、透明的水波似乎就在她的面前,清晰可见,就在她的床的脚头不断涌起,并且,由于它特别提神地凉爽,她决定集中精力思考它。整整一天里,海伦一会儿在这儿,一会儿在那儿;有时候她说现在是午饭时间,有时候又说现在是下午茶时间;但是在第三天,所有的世界标记都被湮没,甚至来自外界的声音,都需要仔细认真回忆,才能找到其发生的原因。三天以前她的感觉,她所做的事情,这些记忆已然完全模糊。而另一方面,这个房间里的每一个物体,还有床本身,以及她自己的那有着不同四肢和不同感觉的身体,却变得一天天重要起来。她完全与世隔绝了,无法再与世界交流,被孤立在自己的身体里。时间就将这样一小时一小时地过去,却不见早晨过去,或仅仅过了几分钟的时间,就从早晨到了深更半夜。有一天晚上,不是因为那是晚上,就是因为拉上了窗帘,总之天显得特别黑。海伦对她说,"有一个人,今晚要坐在这儿,你不介意吧?"

雷切尔睁开眼睛,她不仅看到了海伦,还看到了一个戴眼镜的护士。她的脸让她模糊地想起了什么。她在那小教堂里见过她。

"麦金尼丝护士。"海伦说。那护士微笑着和海伦一起坐下,并说她很少遇见害怕她的人。在等了不一会儿以后,两个人都不见了。在枕头上辗转的时候,雷切尔又醒了,并发现自己又处在一个难明的长夜中,它不可能在十二点时结束,而会继续在两位数中延续——十三,十四,直到二十,然后还有三十,四十。

她相信什么也阻止不了夜晚这样记时,如果它想这样的话。在很远处,有一位妇女的身影,低着头。雷切尔稍稍欠起身来,并吃惊地发现,这个人正在一盏烛光下玩扑克牌。那蜡烛立在一张报纸的窟窿中间。整个景象带有某种不可言状的邪恶,她吓得惊叫起来了,那女人放下手里的扑克穿过房间走了过来,一只手遮挡着烛光。在那大屋子里,她越走越近,最后在雷切尔的跟前站住了。她说:"睡不着吗?让我给你弄得舒服一点。"

她放下蜡烛,开始整理床单。这使雷切尔想起,一个在窟窿里整夜玩牌的女人的手是冰冷的,于是她来回躲着,不让她的手碰到自己。

"怎么回事,有一个脚趾一直露在外面!"这女人说着,继续为她掖被单。雷切尔没有意识到脚趾是她的。

"你一定得安安静静地躺着,"她继续说,"因为你要是安静了,就会不那么热。要是你总是动来动去,你就会更热。"她站在那里良久地注视着雷切尔。

"你躺着越安静,好的就越快。"她重复说。

雷切尔把她的目光集中在天花板上山峰一样的影子上,并且把所有的精力都花在它即将开始的运动上。但是,那影子和那女人似乎被永久固定在了她面前。她合上眼睛。当她再睁开眼睛的时候,几个小时过去了,夜晚还在无限地延续。那女人仍然在玩牌,只不过她现在是在一条河下面的隧道里坐着,而那烛灯是在墙上面的一个小拱洞里。她大叫"特伦斯!"于是那山峰般的影子又在天花板上移动了,那女人用极其缓慢的动作站起身来,她和影子又都来到她面前。

"让你待在床上就像让福雷斯特先生待在床上一样困难,"这女人说,"他是一位个子很高的绅士。"

为了躲避那可怕的静止的景象,雷切尔又一次闭上了眼睛,并发现,自己正走在泰晤士河下面的一条隧道里,那儿有几个稍有畸形的小个子女人在拱道里玩扑克牌,墙上的砖石潮腻腻的渗着水,小水滴汇成大水滴并顺着墙流下来。过了一会儿,那几个小妇人又成了海伦和那位麦金尼丝护士;她们站在窗口窃窃私语。永远不停地窃窃私语。

此时此刻,在她卧室外边,其他人的声音,活动,都在阳光下正常进行着,并按正常的时间顺序延续着。在她病的第一天,大家很清楚,她肯定是不好的,因为她的体温很高。从这一天星期二开始,直到星期五,特伦斯感到异常不满;并不是对她,而是那把他们分开的外在力量。他计算着他们那将几乎肯定被破坏了的天数。他带着快乐与烦恼的奇特的混合感觉意识到,他有生以来第一次对另一个人这样依赖,以至于他的幸福都操纵在她的手中。几天的日子完全在一些鸡毛蒜皮的小事上浪费过去了,因为,在经历了如此亲密、紧张的三个星期以后,所有其他的平常事情都变得十分无聊和不相干。其中比较可以容忍的事情当属和圣约翰谈论雷切尔的病情,并且讨论每一种症状及其意义,并且,当这个话题讨论完以后,就讨论所有的疾病,它们的成因,以及治疗方法。

他每天都去看两次雷切尔,而且每次的情况都是一样的。他走进她那并不很暗的房间,她的音乐书籍还是像往常一样散落在各处,还有其他一些书和信,他的精神立即为之一振。而当他见到她的时候,他就感到完全放心了。她看起来病得并不很重。坐在她的旁边,他会使用他的正常的声音告诉她,他正在做什么,仅仅有时候比往常稍稍压低声音;但是,他在那里待上不到五分钟,就会掉进最黑暗的深渊。她和以前不一样了;他不再和她重叙友情;但是,尽管他知道,他试图拉回她的努力,试图让她回忆起以前的事情的努力,是愚蠢的,他还是不能不这样做,而当他的努力宣告失败时,他绝望了。每当他离开她的时候他都说,来看她还不如不来看她,但是随着时间过去,想见她的欲望又燃烧起来,并且强烈得几乎难以忍受。

特伦斯在星期四早上又来到她的房间的时候,他感到信心又像往常一样增加了。她转回身去努力回忆一些在千万里之外的世界上的事情。

"你是从宾馆来的吗?"她问道。

"不,我这几天就住在这里,"他回答说,"我们刚吃完午饭,"他继续说,"并且有邮件来了。你的信有一大堆——从英格兰来的。"

他以为她会马上说要看那些信,但她却半天没说话。

"你看,它们正在那里,从山上滚了下来。"她突然说。

"滚下来,雷切尔?你看见什么滚下来?没有任何东西在滚。"

"拿着刀子的老妇人。"她回答说,似乎不是在和特伦斯说话,而看着他身后的远处,就好像在看对面架子上的一个花瓶。他于是起身把它拿了过来。

"现在他们不能再滚了。"他高兴地说。但她依旧凝视着原来的那一点,并且不再注意他正在跟她说的话。他几乎悲痛欲绝,不能再继续和她坐在一起了。他盲目地漫步,直到他看见圣约翰,他正在阳台上看《泰晤士报》。他把报纸搁在一旁,耐心地听特伦斯述说她精神错乱的症状。他对特伦斯十分耐心。对他像孩子一样看待。

到星期五那天,病情看来再也不像是可以几天就过去的小恙;而是需要精心护理的大病了。她需要至少五个人的关照;但是,也没有焦急的必要。如果五天好不了,那就十天。罗德里格斯说,这种病有不少常见的类型。罗德里格斯似乎认为他们过虑了。他每次出诊回来似乎都面带同样的自信。并且在回答特伦斯的询问时,他总是忽略他的焦急和提出的琐碎问题,那种豪放的表情就像在说,他们把事情看得太严重了。他似乎很不情愿地坐下来。

"体温高。"他说着偷偷打量着房间内的陈设,似乎对屋里的家具和海伦的刺绣比其他任何事情都更感兴趣。"在这种气候里你体温高是必然的。对此你没有必要吃惊。我们这就诊脉。"(他说着指了指他自己的毛乎乎的手腕)"并且,脉搏很好。"

他说到这里鞠了一躬溜了出来。询问交谈进行得很艰难,双方都使用法语。现实情况,以及他非常乐观的事实,还有特伦斯听信传闻尊重他的医术,使他对这位医生表现出的信任高于他如果在其他场合遇到他的信任。他甚至无意之中还站到了罗德里格斯一边,和海伦争论。她似乎对他有莫名的成见。

当星期六来到时,这一天的各项安排显然需要比平常更有条理。圣约翰也希望提供服务;他说他没有什么事情可做,所以如果他能派上用场,他愿意住在别墅里。他们给自己义务分拨责任,就好像他们正在一道进行一次艰苦的远征,并详细制定了一大张行动计划表,贴在客厅的门上。这里与镇中心的距离,从最偏僻的地方购买未知的东西的难度,使得精心安排很有必要,他们甚至意外地发现,在这里哪怕要他们做一点实际的平常小事,都出乎意料地困难。这就好像要他们这些身材高大的人弯下腰去,在地上把一些像谷粒一样小的沙粒摆成一定的形状。

圣约翰的职责是到镇上去取需要的东西,以便特伦斯可以整天独坐在客厅里靠近门的地方,聆听楼上有何动静,或海伦有什么吩咐。他总是忘记把百叶窗放下来,使那耀眼的阳光直接照着他,使他非常不安,但又不知道是什么原因使他不安。这房间是那样可怕地生硬而不舒适。椅子上堆着帽子,许多药瓶子和书混杂在一起。他试着看书,但是好书好得过分,坏书又坏得过分,他惟一能容忍的就是报纸,那上面的关于伦敦的新闻,以及真实的人们的活动,诸如举办招待会或发表演说,似乎给了他一点点可以捉摸的背景,否则那就全然是噩梦了。然后,当他的注意力刚集中到这一点上的时候,就传来海伦轻轻的叫声,要么就是柴利太太的,她要把什么东西送上楼去,于是他就会穿着软底鞋,飞快地跑去,把某个罐子放在那卧房门外的已经摆着一堆罐子的桌子上;或者,如果有片刻时间能抓住海伦,他就会问:"她怎么样了?"

"还是很不安……但总的说来,稍微安静了一点,我想。"

就是这样的一些回答。

像往常一样,她似乎还是有什么事情瞒着没有说,特伦斯奇怪地发现,他们的意见虽然不一致,却从没有明说出来。但她总是显得特别匆忙,无暇谈话。

听差的压力以及安排各种琐事耗尽了特伦斯的精力。长久地被这场噩梦包围着,他不再考虑这一切的结局如何。雷切尔病了;这就是一切;他必须保证药和牛奶,在需要的时候,都是现成的。思想凝固了;生活也停止了。星期日比起星期六来,情况更糟一些,这仅仅是因为人们的紧张程度一天比一天大,尽管其他方面没有任何变化。组成平常的每一天的快乐、兴趣和痛苦等几种不同情绪,现在糅合成漫长恼人的痛苦和深刻的厌烦。

自从他小时候被独自关在托儿所以来,他还从来没有如此厌烦过。雷切尔现在的样子,迷乱而不顾一切,几乎把她很久以前的样子完全掩盖了。他甚至不能相信他们以前曾经很幸福,以及曾经订过婚,为的是感情,有什么可以感觉到的感情吗?每个人的形象都变得混乱起来,圣约翰、雷德利,以及一些从宾馆出来问路的陌生人,都像是在薄雾里;惟一没有隐在这薄雾里的是海伦和罗德里格斯,因为他们能明确告诉他一些关于雷切尔的事情。

不管怎么说,日子还是一样过着。他们还是在一定的时间进餐厅,并且当他们围着桌子就坐的时候,会谈论一些无关紧要的事情。圣约翰通常负责引导话题,并防止冷场。

"我发现一个能让桑丘经过白宫的办法,"圣约翰在星期天的午餐上说,"你把一张纸在他的耳边弄得哗哗作响,然后他就会猛跑大约一百码;但是跑完以后他一切还是好好的。"

"是的,但是他要吃玉米。你得保证他随时有玉米。"

"我不大喜欢他们给他的大部分吃食;并且盎格鲁似乎是一个肮脏的恶棍。"

一阵长久的沉默。雷德利低声吟了几句诗,然后,似乎是想隐蔽他的这习惯,他说了一句"今天真热"。

"昨天的温度比今天还高两度,"圣约翰说,"我奇怪这些螺丝帽是从哪儿来的。"他说着从盘子里拿起一个螺帽,在手里翻弄着,并好奇地看着它。

"从伦敦来的,我认为。"特伦斯说,也看着那螺帽。

"一个能干的生意人在这里几天就能发财,"圣约翰继续说,"我认为,这里的高温使人的大脑出现了某种滑稽的变化。甚至英国人在这儿都变了。不过,这里都是些无法打交道的人。

今天早晨他们无缘无故地就让我在药房里等了三刻钟。"

又是一阵沉默。然后雷德利问道:"罗德里格斯还满意吗?"

"相当满意,"特伦斯肯定地说,"一切都步入正轨了。"

对此雷德利长叹了一口气。他真的为每一个人都感到遗憾,同时他又更想念海伦,并且对两个年轻人老呆在这里感到恼火。

他们来到客厅。

"听我说,赫斯特,"特伦斯说,"有两个小时的时间没有什么要做的事。"他指指钉在门上的那张表。"你去躺一会儿,我一个人等在这里。海伦吃午饭时,柴利和雷切尔在一起。"

然而对赫斯特来说,让他走开不等海伦,对他是个残酷的要求。海伦的那些小眼神是惟一能解除他的紧张和厌烦的东西,这些还经常可以抵偿整整一天的不快,尽管她可能并没有对他们说一句话。然而,自从他们开始一起在远征的时候,他就下决心服从。

海伦很晚才下楼来。她看起来像在黑暗中呆了很长时间的人。她面色苍白,而且更瘦了,她的眼神虽然疲倦,但是很坚决。她很快吃完了午饭,并且对她正在做着的事情心不在焉。特伦斯的问题她也懒得回答,最后,就好像他什么也没说,她忽然微微皱起眉头看着他说:"我们不能再这样继续下去了,特伦斯。你要么另外找一个医生,要么或告诉罗德里格斯别再来了,我来设法应付一切。他总是说她好一些,她好一些;可没有任何作用,雷切尔没有好,她更糟了。"

特伦斯感到了极大的震动,就像当初雷切尔说"我的头疼"时一样。他安慰自己说,那不过是因为海伦太操劳过度了,他仍然固执地坚持自己的看法,在这场他和她的争论中,海伦总是和他作对。

"你认为她有危险吗?"他问道。

"没有人的病像她那样,一天重似一天——"海伦回答说。她看着他,那语气好像在发泄对某个人的愤怒。

"那好,我今天下午和罗德里格斯谈谈。"他回答说。

海伦立即返回到楼上。

现在,没有任何办法可以缓解特伦斯的焦虑。他坐立不安,并且,他的安全感被动摇了,尽管仍然相信海伦在夸大其辞,那雷切尔的病没有那么严重。但是他希望有一个第三者证实他的想法。

罗德里格斯刚一下楼来,他就问道:"现在,她怎么样? 你是不是觉得她病情更重了?"

"没有任何值得焦虑的原因,我明确告诉你——没有。"罗德里格斯用他蹩脚的法语回答说,并且一边不自然地微笑着,一边移动着脚步,好像要走开。

黑韦特坚定地站在门口挡住了他的去路。他决心要亲自弄明白他究竟是个什么样的人。当他看到此人渺小的、可憎恶的外貌时,对他的信赖化为乌有,他有一张生硬、缺乏才智、毛乎乎的脸。真奇怪,他从前怎么没看出来这些。

"如果我们要求你请教另外一位医生,你肯定不会反对,是吗?"他继续说。

这个小人听到这里勃然大怒。"什么!"他吼道。"你不相信我吗? 你反对我的治疗吗? 你希望我放弃这个病人吗?"

"不是,"特伦斯回答说,"但是这种严重病情——"罗德里格斯耸了耸肩膀。"它不严重,我向你保证。你是过虑了。这位年轻女士的病不严重;我是一位医生。她当然是受惊了,"他嘲笑说,"我完全理解。"

"另外那位医生的姓名和地址是——?"特伦斯继续问。

"没有另外的医生,"罗德里格斯不高兴地回答,"所有的人都相信我。来!我给你看看这个。"

他说着拿出了一摞旧信封,并在其中一个一个地翻着,寻找一个能驳倒特伦斯的怀疑的证据。他一边找,一边还讲着一个故事,说有一位英国人是如何信赖他——一位英国显贵,但不幸的是,他忘记了他叫什么名字。

"这里再没有别的医生了。"他最后结论说,一边仍旧在信堆里翻着。

"那没关系,"特伦斯立即回答说,"我可以自己去找。"罗德里格斯把那些信放回了他的衣袋。

"那好,"他说,"我不反对。"

他挑起他的眉毛,并耸了耸肩膀,好像是在重复说,他们把这病看得太重了,而且找不到其他医生,就溜了出去;留给他的印象是,他很清楚自己受到别人的怀疑,因而他的敌意也就自然产生了。

从此以后,特伦斯在楼下再也呆不住了。他登上楼梯,敲雷切尔的房门,并问海伦他能否看望她几分钟。他昨天就没来看她。她没有反对,只是走到靠窗前的一张桌子旁边坐下了。

特伦斯在床边上坐下来。雷切尔的脸色变了。她看上去好像把全部的精力都集中在了保持活着的努力上。她的嘴唇下垂,她的面颊深陷而潮热,尽管没有血色。她的眼睛半睁半闭,其中显露出来的眼白表明,她不是在看东西,眼睛之所以没闭上,只不过是因为她太累了,没有气力去合上它们。在他吻她的时候,它们完全睁开了。但是她看到的仅仅是一个老妇正在用一把刀切下一个男人的头。

"它掉下来了!"她低声说。然后转向特伦斯,焦急地询问关于一个人有一头骡子的问题,他无法理解。"他为什么还不来?为什么还不来?"她重复着。联想起刚才楼下那个小人和眼前的病人,他不禁毛骨悚然,并本能地转向海伦,但她却在窗口那张桌子上做着什么别的事情,似乎并没有意识到他是如何的大吃一惊。他起身要走,因为他再也听不下去了;他的心在愤怒和悲伤中快速痛苦地跳动。走过海伦的时候,她还是用和往常一样疲倦、奇特,但是很坚决的语气要他去多拿一些冰来,并把外面的水壶装满新鲜牛奶。

他把这些差事做完以后,就去找赫斯特。又累又热的圣约翰正在一张床上睡觉。但是特伦斯毫无顾忌地弄醒了他。

"海伦认为她的情况在恶化,"他说,"毫无疑问她病得非常厉害。罗德里格斯是无用的。我们必须另外找医生。"

"但是没有别的医生。"赫斯特迷迷糊糊地说,坐起来揉了揉眼睛。

"别装傻!"特伦斯叫道,"当然还有别的医生,如果实在没有,你也得去找一个。我们几天前就应该做这件事了。我这就去准备马。"他风风火火地去了。

不到十分钟以后,圣约翰已经骑上马,顶着灼人的炎热到镇上去找医生。他的任务是,找到一位医生,并把他带回来,哪怕要八抬大轿。

"我们几天前就应该做这件事了。"黑韦特愤怒地重复着。

当他回到客厅的时候,他看见弗拉欣太太。她笔直地站在大厅的中间,是从花园或厨房的门进来的,因此没有通报。近来人们经常这样。

"她好一些吗?"弗拉欣太太突然地问道;他们甚至没有握手。

"没有,"特伦斯说,"如果有什么的话,就是他们觉得她的病更重了。"

弗拉欣太太似乎在考虑着什么,一直盯着特伦斯。

"让我告诉你,"她说话时好像很紧张,"通常的情况总是这样,到了第七天,人们就开始着急。我估计,你肯定一直坐在这里暗自担心。你认为她更糟了,但是,用新鲜眼光来看她的其他任何一个人,都会说她好一些了。埃利奥特先生就患了热病;可他现在全好了。这病根本和那次远游没有什么关系。关键是——她发烧几天了?我兄弟有一次连续发烧二十六天。可是在一两个星期里他就全好了。我们只给他牛奶和竹芋吃——"

这时柴利太太带着一条消息走进来。

"我该上楼去了。"特伦斯说。

"你放心——她会好的。"当他离开房间时,弗拉欣太太喊道。她很急切地要说服特伦斯不必焦虑,而当他没有做任何回答就离开她时,她感到很不快,很不安;她不愿意留在这里,但是又不忍离去。她从一间屋子漫步到另一间,寻找可以谈话的人,但是所有的房间都是空的。

特伦斯到了楼上,站在门内接受海伦的指示,并朝雷切尔的方向看了看,但是不敢跟她说话。她似乎对他的存在只有微弱的意识,但是即使这样她似乎也受到了影响,她翻过身去,背对着他。

实际上已经有六天的时间她和外界完全隔绝了,因为她需要用全部的精力注意在她眼前连续不断出现的那热的、红的、快的景象。她知道,对她来说最重要的事情就是注意这些景象并掌握它们的意思,但是她总是太迟了一步,没听到或看到解释这一切的那部分。就是因为这个原因,那些脸,——海伦的,护士的,特伦斯的,医生的——它们偶尔会强行靠近她,使她难受,因为它们分散了她的注意力,使她可能错过重要线索。然而,在第四天下午,她突然觉得无法将海伦的脸和那些景象区别开来;当她站在床边向她俯下身来的时候,她的嘴变得很宽,并且她也变得像其他人一样,不清楚地说话。那些景象都和某个计划、某次冒险,或某个逃亡有关。他们正在做的事情总是在不停地变,但其背后总是有一个原因,她必须努力去掌握这原因。他们一会儿在树林和野人中间,一会儿在海上,一会儿又在高高塔的塔顶;一会儿他们在跳;一会儿在飞。但是就在危机正要发生之际,必定会有一些东西溜进她的大脑,于是整个努力不得不从头再来。炎热令人窒息。最后,那些脸离她远去了;她掉进了一个充满胶水的深水池,它最后在她的头顶上封闭了起来。除了一个微弱的声音以外,她听不见,也看不见,那声音是海洋膨胀发出的声音,它就在她的头顶上翻滚。当所有给她痛苦的人都认为她死了的时候,她没有死,但是她在海底蜷缩了起来。她躺在那里,有时看见黑暗,有时看见白天,并且每隔一会儿就有人在海底给她翻身。

圣约翰在炎热中与连连推托并且十分絮烦的当地人纠缠了好长时间以后,他终于打听出还有一位医生的信息,一位法国的医生,但他目前正在山里度假。他们说,现在要找到他很困难。根据他对这个国家的经验,圣约翰认为收发电报都是很难办到的事情;但是鉴于他已经把所住地方与山城的距离从一百英里减少为三十英里,他立即雇了一辆马车,开始亲自前去找那位医生。他成功地找到了他,并且好说歹说强迫他很不情愿地离开他年轻的妻子,和他一起返回来。他们在星期二的中午到达了别墅。

特伦斯出来迎接他们,圣约翰吃惊地发现,他在这期间明显地瘦了;而且很苍白;他的眼神也很奇怪。但是雷萨奇大夫的礼貌的谈吐和专横的严肃给他们的印象还不错,尽管同时还可以看出,他对眼前的一切感到很恼火。待他下得楼来,他厉声地吩咐着,说话的内容既没有因谄媚又心怀不轨的罗德里格斯在场有任何改变,也没有因他相信大家都已清楚他要说的内容而有所减少。

当特伦斯问他"她是病得很重吗?"的时候,他耸耸肩膀回答说:"当然。"

雷萨奇大夫走了以后,他们都有某种如释重负的感觉。他留下了很清楚的处方,并且许诺几小时以后再来看视病情;然而不幸的是,他们精神的放松导致他们的话比平常多了起来,并由此引发了争吵。他们争吵的是一条街,朴茨茅斯大街。圣约翰说,它通过欣德黑德的一段是碎石铺砌的,但特伦斯则说它在那一段不是碎石铺砌的。在争论中他们都对对方说了一些难听话,晚饭的后半段在沉默中度过,只有雷德利偶尔半窒息地发出一两句自言自语。

当天色变暗,掌灯时分,特伦斯感到忍无可忍。圣约翰因疲劳过度,要上床睡觉,于是向特伦斯道了晚安,因为他们的争吵,语气比往常更友好,而雷德利则回去继续看他的书。特伦斯独自在屋里来回走着;然后来到敞开的窗户前站住了。

下面镇上的灯光一个接一个地亮起,并且花园里很是安静、凉爽。于是他迈步来到露台上。他站在黑暗中,仅仅能通过微弱的天光看清树影,他被渴望逃跑的欲望征服了,他想逃离这苦难,忘记雷切尔的病。他任凭自己的思想误入淡忘一切的歧途。就像不停肆虐的狂风突然之间睡着了,那些烦恼、紧张,以及一直困扰他的焦虑突然不见了。他似乎站在一片不受干扰的空地上,他独自在一个小岛上;他对疼痛是有免疫力的。雷切尔的病是好是坏,对他变得无所谓;他们是在一起还是分开,也变得无所谓;一切都无所谓——无所谓了。海浪在很远的岸边跳动,温柔的风轻轻地穿过树枝,把和平与安全环绕在他周围,并带着黑暗与空虚。显然,冲突、烦恼、焦虑的世界不是真实的世界,而这才是真实的世界,这在表面的世界之下的世界,在这里,无论发生什么事情,人都是安全的。安静与和平好像在用一块凉爽的床单抚摸他的身体,劝慰他的每根神经;他的头脑似乎再次膨胀起来,并且变得自然了。

但是,就在他这么站了一阵以后,房间里的动静唤醒了他;他本能地转回身来朝客厅走去。一见到那亮着灯光的房间,所有他刚才一动不动站在花园里所忘记的东西,又突然回到了他身上,他记起了所有的事情,每一件小事,甚至每一分钟,他们处在什么样的情境,即将出现什么情况。他诅咒了自己竟然有片刻相信过去的情况和现在不一样。现在的夜晚比以往任何时候都难以面对。

他在空荡荡的客厅里呆不下去,就漫步走上楼梯,坐在了通往雷切尔房间楼梯的半中间。他希望找个人谈话,但是赫斯特在睡觉,雷德利也在睡觉;雷切尔的房间里没有声音。别墅里惟一能听到的声音,是柴利在厨房走动的声音。终于,楼梯上方传来窸窸窣窣的声音,麦金尼丝护士走了下来,一边系着她袖口的带子,她正在为一晚上的看护做准备。特伦斯站起来拦住了她。

他本来很少跟她说话,但是现在,她或许能解除他的顾虑,证实他依然确信雷切尔的病并不严重的事实。她小声告诉他雷萨奇大夫来过,以及他都说了些什么。

"好的,护士,"他小声说,"请告诉我你的看法。你认为她病得很严重吗?她有任何危险吗?"

"医生说——"她开始说。

"但是,我想知道你的看法。你对这一类的事情有很多经验吗?"

"除了雷萨奇大夫所说的,我不能告诉你更多,黑韦特先生。"她小心地回答说,就好像她担心自己的话会被用来反对她。"病情不轻,但是你尽可以相信,我们都在为温雷克小姐尽最大的努力。"她的话里面带着自我嘉许的职业腔调。但是,或许她意识到了自己没能满足这个仍然堵着她的路的年轻人,她在楼梯上稍微移动了一下脚步,并从窗户向外望去,他们能看见海上的明月。

"如果你问我,"她有一种奇怪而诡秘的腔调开始说道,"我从来不喜欢我的病人过五月。"

"五月?"特伦斯重复说。

"这也许只是一种直觉,但是我不喜欢任何人在五月生病,"她继续说,"事情似乎总是在五月出问题。这也许是因为月亮的缘故。他们说月亮影响大脑,不是吗,先生?"

他看了看她,但无法回答她;她和所有人一样,一旦被人看到,她就似乎在人的眼皮底下皱缩,并变得无用,充满恶意,难以信赖。

她轻轻溜过他身边,消失了。

他虽然回到自己的房间,却无法脱掉自己的衣服。他在房间里久久地踱步,然后他靠在窗户上,凝视着在暗蓝色天空下更暗的大地。他带着害怕和厌恶的心情看着花园里依然可见的细长的黑柏树,并听着那奇怪的吱吱嘎嘎的表明大地依然炎热的声音。所有的这些景象和声音都显示出不祥,并充满敌意;再加上那些当地人、那护士、医生,以及疾病的可怕的力量,这些似乎组成了一个反对他的阴谋。它们似乎联合在一起以最大的限度努力强加给他苦难。他无法适应这痛苦,它对他形成一种启示。他从来没有意识到,在每个行动下面,在生活的每一天里,都有痛苦,它虽然静止不动,却时刻张着血盆大口;他似乎可以看见苦难,它就像是一团火,在所有的行动边缘卷曲,蚕食着男男女女的生命。他第一次理解了一些以前他认为没有意义的词语:人生的斗争;人生的艰苦。现在,他真的认清了,人生是艰辛的,是充满苦难的。他看着下面城镇的稀疏的灯光,并且想到了阿瑟和苏珊,伊夫林和珀罗特。他们有意无意地冒险,在他们的幸福旁边并排行走的是时刻可能出现的同样的苦难。他们怎么敢相爱,他感到十分惊讶;而他自己又怎么敢像现在这样生活;像这样快而粗心,从一件事不经意地跳到另一件事,像这样爱她,爱雷切尔?他再也不会感到安全了;他再也不会相信生活的稳定了,不会相信在一点点的满足、安全和幸福感下面躺着的深深的痛苦。当他回首过去时,他感到他们的幸福从来不曾像现在的痛苦这般巨大。在他们的幸福中总有一些瑕疵存在,有一些他们想要但却不能得到的东西。它是破碎的,不完整的,因为他们还年轻,不知道自己在做什么。

他的烛光在窗户外面的一棵树的枝干上摇曳着,随着那树干在黑暗中摇曳,一幅图景出现在他的面前,那窗外的整个世界的一幅图景;他想到了巨大的河流和巨大的森林,广阔旱地和包围在其周围的海洋；天空从海洋中陡然升起，广袤无边，而空气则在天空和海之间起着清洗作用。今晚的黑暗定然是怎样的深远和辽阔，并暴露在风中；而且，在这巨大的空间中想象城镇是如何地稀少，想象那他视之为放光的蠕虫的环形灯光是如何微小，如何在未开化的世界一角散布，又是怎样地奇特。而就在这小镇上，有一个小男人和一个小女人，他们那么微小。哦，一想到这些，想到一个人在一间小屋子里忍受煎熬，真是荒唐。所有的一切都无关紧要。雷切尔，一个微小的生命，在他下面生病了，而在这里，他的小房间里，他为了她的缘故而受煎熬。在这广阔的宇宙中，他们的身体之间的接近，以及他们的身体的渺小，使他感到荒谬而可笑。一切都无关紧要，他重复道；他们没有力量，没有希望。他靠在窗台上想着，直到他几乎忘记所处的时间和地点。然而，尽管他完全相信这是荒谬而可笑的，相信他们是渺小和没希望的，他却一直没有失去这一意识，即这些想法在某种程度上构成了他和雷切尔将来一起生活的一部分。

也许是因为换了医生的缘故，雷切尔的病情第二天有了相当的好转。尽管海伦的面色还苍白得可怕，但是几天来笼罩在她脸上的阴云有了消散的迹象。

"她和我谈话了，"她情不自禁地说，"她问我今天是星期几，就像问她自己。"

突然间，没有任何先兆或明显的原因，她的眼泪夺眶而出，泪珠从她的脸颊上不停地滚落下来。她丝毫不作任何掩饰地哭着，也没任何停止哭泣的尝试，就好像她不知道自己正在哭。她的话尽管给了特伦斯很大的安慰，但是他看到她的样子还是很吃惊：出了什么事吗？这病难道有无限的力量吗？任何事情都将屈服在它面前吗？在他眼里的海伦总是坚强而果断的，而现在,她却像一个孩子一样。他拿起她的胳膊,她也就像孩子一样依偎到他身上,轻柔地安静地在他的肩膀上哭泣。然后,她止住哭声并擦去了眼泪说,这样的表现是愚蠢的;很愚蠢,她重复说,但毫无疑问,雷切尔是好一些了。她请求特伦斯原谅她的愚蠢。她走到门口停住了脚步,并翻回身来,没有说一句话,吻了他一下。

  在这一天,雷切尔确实知道了围绕着她都发生了什么事情。她终于浮出了那黑暗、黏稠的池水的表面,并随着一个浪上下漂荡着;她不再对自己有任何愿望;她浮在波浪上,意识到一些疼痛,但主要还是软弱无力。波浪被山麓所取代。她的身体成了正在融化中的白雪,在那雪上面高高隆起的是她的膝头,那赤裸着骨头的巨大山峰。她确实看见了海伦,并且看见了自己的房间,但是一切都变得苍白而半透明。有时她甚至能透过墙看到外面。当海伦走开时,雷切尔觉得她走得那么远,她的眼睛都无法追踪到她。房间似乎也有了某种奇怪的膨胀的力量,并且,尽管她把自己的话语推到了最远程度,远得它都变成鸟飞走了,可她还是怀疑,她说话的对象是否听到了她的声音,眼前是巨大的鸿沟或陷阱,因为在某一刻和下一刻之间,事物仍然能在她前面显现;有时候,海伦抬起一条胳膊就要一小时的时间,并在每个突然动作之间都有长时间的停顿,才把药倒出来。海伦弯下腰把她从床上扶起时的形象是如此巨大,来到她的身边就像天花板塌落了一样。然而,在很长的时间里,她能够意识到的仅仅是,她的身体漂在床上,以及她的头脑漂移到她身体的某一个遥远的角落,或漂到了体外,在房间里游荡。所有的景象都需要巨大的努力,而特伦斯的影像则需要最大的努力,因为他强迫她的思想融入肉体,去回忆起一些东西。她不希望回忆;当人们打扰她的孤独的时候,她感到难受;她希望孤独。此外她不需要世上的任何东西。

尽管海伦哭过,可特伦斯还是看出她的脸上流露出某种如同获胜一般的希望;在他们之间的争论中,她曾经率先做出过认错的姿态。在等待雷萨奇大夫到来的那个下午,他确实非常焦虑,但是在他的思想深处,他确切地相信,他定然有使大家相信他并没有错的一刻。

雷萨奇大夫还是像以前那样气恼,并且对特伦斯的问题回答得总是非常简短。他问"她好一些吗?"他用奇怪的眼神看着他回答说,"她还有活的机会。"

门关上了,特伦斯来到窗前。他把前额抵在窗棂上。

"雷切尔,"他对自己重复说,"她还有活的机会。雷切尔。"

人怎么可以这样评判雷切尔?难道昨天真的有人严肃地相信了雷切尔要死了吗?他们订婚已有四个星期的时间。而两周以前她是完全健康的。两个星期的时间能发生什么,使她从那种状态一落至此?他实在无法弄清楚,说她还有生的机会的说法究竟意味着什么,就像无法弄清他们订婚意味着什么一样。带着这种折磨人的模糊思绪,他转回身来向门口走去。突然间,他看清了一切。他看清了房子和花园,看清了在空中摇曳的树木,她即使死了它们依然可以继续生;她可以死。自从她生病以来,他第一次确切地记起了她是什么样子,以及他们彼此在意的程度。接近她的时候,他感到的那巨大的幸福比以往更强烈地和焦虑混合在了一起。他不能让她死;没有她,他不能生活。然而,在片刻的斗争以后,幕帘再次落下,他不能再清楚地看见或思考任何事情。一切都在继续——依然像以前一样地继续。不同的只是,当他的心跳动时,他感到疼痛,以及他的手指像冰一样凉,他并没有意识到他是在担心任何事情。在他的思想中,他对雷切尔,对世上的一切,似乎都毫不关心。他继续向柴利太太发号施令,列出清单,并偶尔走上楼去,悄悄地在雷切尔的门外放一些东西在桌子上。那天晚上雷萨奇大夫的心情似乎比以往好了一些。他自愿地坐了一会儿,并且平等地和圣约翰和特伦斯打招呼,好像他并不记得是他们中的哪一个和那位年轻女士订了婚。他说,"我认为她今晚的情况很严重。"

他们两人都没有去睡觉,也没有建议对方去睡觉。他们一起在客厅里放哨,并让门敞开着。圣约翰把沙发拼成一张床,拼好以后坚持让特伦斯上去躺着。于是他们开始争吵究竟谁应该躺在沙发上,谁应该躺在几把铺着毯子的椅子上。圣约翰最后强迫特伦斯躺在了沙发上。

"别傻了,特伦斯,"他说,"如果不睡觉,你也会病倒。"

"老家伙。"他继续说,因为特伦斯还在拒绝,但是他突然停住了,并且感伤而害怕,他发现了他的眼泪在眼眶里打转。

他开始说,他早就想这么说,他对特伦斯很抱歉,他喜欢他,喜欢雷切尔。她知道他有多喜欢她吗——她说过什么或问过什么吗?他早就很想说这些,但是抑制住了,认为这不管怎么说,是很自私的事情;并且,再拿这些事情来烦特伦斯有什么意义?而他已经睡着了一半。但是圣约翰却难以入睡。他在黑暗中躺着想,真希望有什么事情赶快发生——真希望赶快结束这紧张的状态。至于发生什么,他不在乎,只要能打破这连续几天的可怕的紧张气氛;即使她死了,他也不介意。想到自己对她的死并不介意,他感到自己不忠诚,但是他似乎已经没有了什么感情。

整个夜晚,除了卧室的门开关了一次以外,没有别的动静。曙光逐渐又射进凌乱的房间。在六点钟时,仆人们开始了活动,七点钟的时候他们走进了楼下的厨房;半小时以后,新的一天又开始了。

然而,这一天却和以前的日子不一样,尽管要说清楚是哪里不一样,又很困难。也许是,他们似乎正在等待着什么。要做的事情显然比往常少。人们漫步着通过客厅——弗拉欣先生、瑟恩伯里夫妇,他们都相互非常客气地小声交谈着,并拒绝坐下,在很长时间里一直站着,尽管他们不得不说的惟一一句话是,"有什么我们能做的事情吗?"但是没有他们可做的任何事情。

奇怪地感到自己与这一切无关的特伦斯,此刻记起了海伦的话:不论你发生了什么事情,这可都是人们的表现。难道她是对的,还是不对?他并没有丝毫兴趣形成自己的观点。他在头脑中把这些事情暂放在了一边,好像要在今后的某天再考虑它们,但不是现在。那不确定的迷雾越来越浓密,最后使他的整个身体产生了一种麻木的感觉。这是他自己的身体吗?这是他的自己的手吗?今天早晨,雷德利第一次觉得不能独自一人坐在他的房间。他来到楼下,但是很不自在,况且,他又不知道是什么事情一直在惹麻烦;但是他又不肯离开客厅。因为他十分不安,看不下去书;由于无所事事,他于是一边踱着步,一边默默地吟诗。忙于各种各样的事情——一会儿打开包裹,一会儿拔掉瓶塞,一会儿又写东西,雷德利的歌声和打着节奏的脚步声就像让人似懂非懂的副歌,它在这个早晨吵醒了特伦斯和圣约翰。

> 他们扭打着打来打去,
> 一会儿激烈,一会儿僵持:
> 蒙住人们眼睛的魔鬼,
> 那一晚如愿以偿。

> 像牝鹿在杂草中筋疲力尽
> 他们停下来片刻休息——①

"噢,这太过分了!"赫斯特喊道,并检查了一下自己,好像这是对他们之间协议的违犯。特伦斯一次又一次地爬到楼梯的半截处,为的是收集有关雷切尔的消息。但是惟一收集到的不过是些只言片语:她喝了某些东西;她睡了一会;她更安静了一些。雷萨奇大夫还是像往常一样地对详细病情守口如瓶,只是一次偶尔自己提到,他刚刚被叫去给一个八十五岁的老太太诊脉,看看她确实死了没有。吓坏了,她差点就被活埋了。

"这种恐惧,"他说,"我们发现通常只在老年人身上才有,年轻人很少有。"他们两个都表示对他的话很感兴趣;他们觉得这非常离奇。还有一件离奇的事情是,直到过了午餐的时间,他们都忘记了吃午饭。后来,柴利太太在服侍他们吃饭时,看起来也很奇怪,因为她穿着一件僵硬的印花衣服,并且把衣袖一直卷到胳膊肘上面。她似乎丝毫没注意到自己的打扮,就像她半夜被一个失火警报吵醒时忘了自己的打扮一样。并且,她同时还忘了她的持重和镇静。她和他们相当随便地聊着,就好像是在看护他们并把他们赤裸地放在她的膝头。她一次又一次地对他们说,吃饭是他们的责任。

下午因此变得短了,并不知不觉地很快过去。弗拉欣太太曾打开大门一次,但是一看到他们,就又马上关上了;海伦下来一次取了一些东西,但是她一离开房间就停了下来,读一封写给她的信。她站在那儿好一会儿,然后又把信翻过来。就像眼下打动特伦斯的任何事物那样——在头脑中把它暂放在了一边,

---

① 出自查尔斯·金斯利的诗篇《新林园曲》。

在日后的某天再考虑它们——她那少见的忧郁美丽姿态,深深打动了特伦斯。他们几乎不说话,在他们之间的争执似乎被推迟或忘记了。

既然下午阳光已照射不到房子的前面,雷德利就来到露台上溜达,一边吟诵着一首长诗的片断。断断续续的诗句通过敞开的窗户传进屋里,并回荡着。

> 玻尔和巴里姆
> 抛弃了他们的暗淡的神殿,
> 和那在巴勒斯坦两次被打的神灵
> 以及月亮上的阿斯塔洛茨①——

这些诗句使这两个年轻人感到异常不快,但他们不得不忍耐着。随着夜晚的到来,落日的余晖在远处的海上闪光;想到这一天即将结束,夜晚又将来到,同一种绝望的情绪向特伦斯和圣约翰袭来。随着山下镇上的灯光一一显现,赫斯特又一次想到了他那可怕而令人厌恶的欲望;他想倒下痛哭。接着,柴利也进来掌灯。她解释说,玛丽亚在开一个瓶子的时候,笨手笨脚地割伤了胳膊,伤得挺厉害,但她已经给她包扎好了;现在有这么多事情要做,真是倒霉。柴利自己也一瘸一拐的,因为腿上患风湿病,但是她认为,留心仆人的难驾驭的肌肉,纯粹是浪费时间。又过了一会儿,雷萨奇大夫出人意料地来了,并且在楼上呆了很长一段时间。他中间下来了一次,喝了一杯咖啡。

"她是病得很重。"他回答雷德利的问题说。这时,他的所有怨气都不见了,他很严肃,同时很焦虑,那是以前没有的。他

---

① 出自弥尔顿的《基督出生的早上》。

又回到楼上。三个人一起坐在了客厅里。雷德利现在很安静,他的注意力现在似乎是彻底集中了。只是还偶尔出现一两个不自觉的动作,和吐露一半就缩了回去的惊呼。他们完全沉默地等待着。这似乎是他们最后一次针对某件明确的事情面对面地坐在一起。

在将近十一点钟的时候,雷萨奇大夫又出现在房间里。他慢慢地走近了他们,并且没马上说话。他看了看圣约翰,又看了看特伦斯,然后对特伦斯说:"黑韦特先生,我觉得你现在应该上楼去看看。"

特伦斯马上站起身走去,留下雷萨奇大夫一动不动地站在两位绅士中间。

柴利从外面经过,嘴里不停地重复,"糟透了——糟透了。"

特伦斯没有注意她;他听清了她说的话,但是它在他的头脑里没有意思。在上楼的一路上,他不停地对自己说,"这不会发生在我身上。这不可能发生在我身上。"

他好奇地看着自己搭在扶手上的手。楼梯很陡,他似乎花了很长时间才爬到尽头。他没有强烈的感觉,因为他知道他应该感觉到什么,所以根本没有任何感觉。当他打开门时,他看见海伦坐在床边。桌子上的灯有灯罩遮挡着。房间里尽管似乎到处是东西,却很整洁,并且有着微弱的但并不讨厌的消毒剂的气味。海伦站起身来,默默地把自己的椅子让给他。在他们错身的时候,他们平视的眼神奇怪地相遇了,他对她的眼睛的无比透彻,以及其中的冷静和忧伤感到吃惊,他在床边坐了下来,片刻之后听见她轻轻带上门的声音。现在他和雷切尔单独在一起了,他好像有一种如释重负的感觉,就和他以前单独与她在一起时的感觉一样,他看了看她。他估计她会有一些可怕的变化,但是没有。她看起来确实很瘦,并且,根据他的判断,很疲倦,但她却与平常没有什么不同。不仅如此,她看见了他并且认得他。她向他微笑着说:"喂,特伦斯。"

挡在他们之间的阴云立即消散了。

"雷切尔。"他用他通常的声音回答说。这使她睁大了眼睛,并在脸上露出了她惯常的微笑。他吻了她的手,并抓着不松开。

"没有你真糟透了。"他说。

她仍旧看着他微笑,但很快她的眼睛里就出现了一丝疲倦或困惑的眼神;她又闭上了它们。

"但是在我们在一起的时候,真太幸福了。"他说,并继续抓着她的手。

光线很暗,看不出她脸上的任何变化。一种巨大的平静的感情占据了特伦斯,所以他既不想动,也不想说话。几天来的可怕折磨和虚假的现实都结束了,现在他进入了完美的现实与和平之中。他坐在那里愈长久,就愈感到那种和平渗入他灵魂的每个角落。他屏住呼吸,努力地听;她仍然在呼吸;他继续想了一段时间;他们似乎正在一起想;他似乎既是雷切尔,又是他自己;然后他再听;不,她停止了呼吸。这样有多好——死亡。它不是任何东西;它是停止呼吸。它是幸福,它是完美的幸福。他们现在终于有了他们梦寐以求的东西,那是当他们活着的时候不可能得到的。"任何两个人也比不上我们两个更幸福。没有人曾像我们这样相爱。"他说。不知道是这番话无意义还是自己说它无意义。

在他看来,他们的完美的结合和幸福使这个房间里充满了越来越大的订婚戒指。他在人世间再没有未了的心愿。他们拥有了决不会被人抢走的东西。

　　他没有意识到有人走进了房间,但是后来,片刻以后,也许几小时以后,他感到身后有一只手臂。一双手臂抱住了他。他不希望有手臂抱住他,那低低地私语声音也令他恼火。他把雷切尔的手放在床单上,它现在已经凉了。他从椅子上站起来,走过屋子来到窗前。窗子上没有窗帘,可以看见月亮,以及波浪表面上的一条长长的银色小径。

　　"哦,"他用他平常的语气说,"看月亮。围绕着月亮有一个光环。明天要下雨了。"

　　那双臂膀,不知是男人的还是女人的,又轻轻地围住了他,并轻轻地向门口拉他。但他却把自己转过来,坚定地引导着那手臂向前走,带有几分好笑地想着,仅仅因为一个人死了,人们就被表现得如此奇怪。如果他们要他走,他可以走,但是他们却似乎没有办法扰乱他的幸福。

　　当他看到门外的过道,看到那摆满杯子和盘子的桌子,他忽然感到,这里是他永远再也见不到雷切尔的世界。

　　"雷切尔!雷切尔!"他尖叫着,想冲回到她身边。但他们阻止住了他,并把他推过走廊,来到一个远离她的房间。楼下的人可以听到他在试图挣脱时迈出的重重的脚步声;并再次听见他呼喊,"雷切尔,雷切尔!"

第二十六章

在以后的两三个小时里,月亮继续把它的光线撒向清澈的空中。由于没有云彩遮挡,它们直直地落下来。几乎像落在海面上和地面上的白霜。在这期间,没有东西打破沉寂,惟一运动的是微微抖动的树枝,还有映在白色大地上的影子。在这深深的沉寂中,一个声音依稀可辨,那就是微弱但永不停止的呼吸声,尽管它也从不起落。它一直持续到小鸟开始从这个树枝飞到那个树枝,可以听到它们发出的第一声微弱的鸣叫。它一直持续到东方泛出白色,继而变红,然后天边隐约出现蓝色,但是当太阳升起时,它停止了,并让位给了其他的声音。

第一个声音是口齿不清的叫喊,这声音似乎来自一个孩子或穷苦人,一个病弱的或忍受痛苦的人。然而,当太阳升到地平线以上时,原来很稀薄而苍白的空气变得越来越丰富而温暖;同时,生命活动的声音也变得越来越高亢,并充满勇气和威严。渐渐地,炊烟开始像不稳定的呼吸一样从房屋上升起,并且逐步变浓,变直,直到变得像又圆又直的柱子;太阳光并没有照到苍白的窗帘上,而是照在黑暗的窗户上。在它的后面是幽深和空旷。

太阳高高升起,那空气构成的巨大穹顶变得温暖,并在每一个进入宾馆的人眼前闪烁着一道道耀眼的光芒。宾馆在晨曦中显得洁白、巨大,仍旧闭着窗帘,半熟睡着。

大约九点半钟,艾伦小姐缓步走进大厅,并缓慢地走到放晨报的桌子旁边,但是她并没有伸手拿报纸;她静静地站着、想着,她的头稍稍陷在她的肩膀中。她看上去出奇地老,并且从她现在的样子看来,驼着背,蜷缩而巨大,你就能看出等她真正老了以后是什么样子,看出她将怎么一天一天地平静地坐在扶手椅里平视着前方。其他人也开始进入大厅,走过她的身边,但是她没跟他们说一句话,甚至没有看他们一眼,最后,似乎一定得做点什么,她在一张椅上坐了下来,并两眼安静地平视前方。今天早上,她感到特别老,也特别无用,就像她的整个一生都是个失败,就像她一生清苦、勤劳,却一无所获。她不想再继续活下去了,她也知道她将不久于人世。像她这样一个强壮的人,是能活到很老的。她可能活到八十岁,而她现在是五十岁,她还有三十年要生活。她不停地在她的膝头翻动她的手,并好奇地看着它们;那双老手,为她做过许多的工作。这一切似乎并没有任何意义;人人都总得活下去,当然,人需要活下去。……她抬起头来,看见瑟恩伯里太太站在她旁边,前额上布满皱纹,嘴唇微微张开,好像她正要问什么问题。

艾伦小姐预感到了她的问题。

"是的,"她说,"她今天早晨死了,很早,大约在三点钟。"

瑟恩伯里太太小声尖叫了一声,她皱起嘴唇,眼泪在她的眼眶里打转。透过泪眼,她看着洒满阳光的大厅,以及站在那坚固的扶手椅和桌子旁边的随意的人群。他们在她看来不像是真的,或许像一群丝毫意识不到有一个大炸弹将在他们身边爆炸的人。但是,并没有炸弹爆炸,他们还继续在椅子和桌子旁边站着。瑟恩伯里太太再看不见他们,但是,透过他们——就像他们是非物质的——她看见了房子,有人在房子里;看见了房间,有床在房间里,以及一个死人静静地躺在床上,盖着床单。她几乎可以看见那死人。几乎可以听见哀悼者的声音。

"他们估计到了吗?"她一字一顿地问。

艾伦小姐只能摇摇头。

"我什么都不知道,"她回答说,"除了弗拉欣太太的侍女告诉了我,她今天凌晨死了。"

这两个女人安静地相互紧盯着。瑟恩伯里太太感到一阵奇怪的迷乱,既然艾伦小姐确实不知道详情,她就慢慢地走上楼去,静静地穿过走廊,并用手指摸着墙,好像在给自己引路。几个女佣快速地出入房间,但瑟恩伯里太太避开了她们;她几乎没有意识到自己看到了她们;她们在她看来似乎是来自另一个世界。当伊夫林挡住她的时候,她甚至连头都没抬。显然伊夫林刚刚哭过,当她看了瑟恩伯里太太时,她又哭了起来。她们一起来到一个窗口,并默默地站在那里。最后,伊夫林终于在哭泣中断断续续地说,"太可怕了,"她泣不成声,"太可怕了——他们居然那么高兴。"

瑟恩伯里太太轻轻拍了拍她的肩膀。

"似乎很难——很难。"她说。她沉默地看着窗外山坡上的安布罗斯的别墅;它的窗户在阳光中闪光,她在想,死者的灵魂是如何穿过那些窗户的。有人离开了这个世界。这对她好像是一片空白。

"但是老人还都活着。"她继续说,她的眼中闪出以往不曾有的光芒。"这更加肯定了一切必定是有原因的。如果没有原因,人类怎么能够继续?"她问道。

她向几个人提出这个问题,但是她没有向伊夫林提问。伊夫林的哭泣停止了。"肯定有原因,"她说,"这不可能仅仅是个意外。因为,它要是意外的话——它永远无需发生。"

瑟恩伯里太太深深地叹了一口气。

"但是我们不能这样想,"她补充说,"并且我们希望他们也不那样想。他们不论怎样做,结果可能都是一样的。那些可怕的病——"

"没有原因——我根本不相信有任何原因!"伊夫林突然喊道,并把百叶窗往下一拉,并啪的一声又让它弹回来。

"这种事情为什么发生?人们为什么应该受苦?我坚决相信,"她继续说,稍微压低声音,"雷切尔是到天堂去了,但是特伦斯……"

"这又有什么用?"她问道。

瑟恩伯里太太微微摇着头,但是未做回答,并紧紧抓着伊夫林的手继续穿过走廊。受到强烈的希望听到点什么的欲望驱使,尽管她也弄不清想听到什么,她朝弗拉欣夫妇的房间走去。当她打开他们的房门时,她发觉自己正赶上他们夫妻在争吵。弗拉欣太太正背对着阳光坐着,而弗拉欣先生站在她旁边,正在争辩,试图说服她什么事情。

"啊,是瑟恩伯里太太,"他说话的声调似乎带着某种解脱,"你一定都听见了。我的妻子总觉得她有一定的责任。说是她极力劝说可怜的温雷克小姐参加那次远游。我相信你一定同意我的观点,这是毫无道理的。我们甚至不知道——事实上,我认为根本不大可能——她会在那里传染上这个病。这种病——此外,她已经准备好了要去。她劝不劝她都一样,艾莉斯。"

"不,威尔弗雷德。"弗拉欣太太一动不动地说,她的眼睛也没离开那她一直盯着的地板上的某一点。"谈话的作用是什么？是什么——?"她停住了。

"我来是想问你。"瑟恩伯里太太对威尔弗雷德说,因为现在跟他的妻子说什么都没用。"你觉得我们能做点什么吗？她父亲到了吗？我们能去那边看看吗？"

她此时此刻的最大愿望就是为不快乐的人们做点什么——看望他们——向他们保证——帮助他们。离他们这么远是件很可怕的事情。但是弗拉欣先生摇了摇头；他认为现在不是时候——也许以后可以有所帮助。说到这里,弗拉欣太太僵硬地站了起来,背对着他们,向对面的卧室走去。在她的走动中,他们可以看见她的胸脯还在一起一伏,但是她的情绪慢慢稳定了。她随手关上了房门。

当她一个人的时候,她握紧了拳头,并且开始用拳头捶打椅背。她像一只受伤的动物。她憎恨死亡；她愤怒,她疯狂,她诅咒死亡,就好像死亡是个活的动物。她拒绝她的朋友落入死亡之手。她拒不接受黑暗和虚空。她开始来回踱步,紧握双手,并听任泪水从她的脸颊上滚落。最后她静静地坐了下来,但是她不接受。当她停止哭泣的时候,她看上去坚定而顽强。

在外面的房间里,威尔弗雷德见妻子既然不在旁边,便更加自由地和瑟恩伯里太太谈起来。

"这种地方最糟的就是,"他说,"人们还像在英格兰一样地生活,可其实是不一样的。我丝毫不怀疑,温雷克小姐是住在那别墅里自己传染上那种病的。她每天都可能有十几次得病的机会。说她是和我们在一起时传染的,真是荒唐。"

要不是真的对他们十分同情,他一定会很愤怒。"帕波告诉我,"他继续说,"他离开那里就是因为他觉得他们满不在乎。他说他们从来不把菜洗干净。可怜的人们！付出了可怕的代价。但是,我已经见到不知多少次了——人们似乎总是忘记这种事情会发生,然后,它就真的发生了,于是他们又感到吃惊。"

瑟恩伯里太太同意他的观点,他们太不在乎了,并且也没有理由认为她肯定是在远游的路上得的热病。和他又谈了一会儿以后,她离开他,伤心地沿着走廊回到她自己的房间。发生这样的事情必定有什么原因,她想着,关上了房门。这只是在开始难以理解。它是那样奇怪——那样难以置信。就在三个星期以前——仅仅半个月以前,她还看见雷切尔;现在她合上眼睛,还几乎可以看见她,那个安静、腼腆,就要结婚的女孩。她想到她自己如果在雷切尔的年龄就死去,将有多少损失:孩子们,婚姻生活,今天她回首往事时,日复一日,年复一年,这些对于她真像是深不可测的奇迹。这种振奋的感觉使她难以思考,因而逐渐让路给了相反的天性的感觉;她快速而清晰地回忆着,回忆她所有的经验,并试图把它们按一定规律排列起来。当然,其中有很多苦难,很多奋斗,但是总体上说,那当然还是幸福占优——当然,还是有条有理。而且年轻人的死亡也不是生活的最伤感的事情——他们拯救了那么多;他们抚养了那么多。死去的——想到了那些早死的孩子,意外死去的——他们是美丽的;她经常梦见死去的人。并且,特伦斯也迟早会感受到——她站起身来,开始不安地在屋子里漫步。

鉴于她是这把年纪的一个老人,她非常不安,鉴于她那清醒、敏捷的一个思绪,她非常困惑。她不能安心做任何事情,所以当门打开,她的丈夫走进来时,她感到一阵轻松。她走上前去搂着他,并且异常强烈地亲吻他,然后,在他们一起坐下以后,她开始轻轻拍着他并询问他,就好像他是一个不安、烦躁的老宝宝。她没有把温雷克小姐死亡的消息告诉他,那样只会让他更烦躁,他已经够麻烦的了。她试着问他为什么事情不安。又是政治?那些可怕的人们又在做什么? 于是整整一早上她一直和丈夫讨论政治问题,并且逐渐对他们所说的有了浓厚兴趣。但是,每当她偶尔说起什么的时候,她总是感到其中特别地空洞无物。

在午餐上可以清楚地听到很多人说,宾馆里的游客们要走了;这里的人一天比一天少。今天只剩下四十个人吃午餐,而原来有六十人。老佩利太太坐在靠窗户的一个座位上,用她那昏花的眼睛看着,数着人数。通常她旁边坐着阿瑟、珀罗特先生以及苏珊,而今天伊夫林也在和他们一起进餐。

她异常地压抑。旁人看到她的眼睛红红的,并且猜测到其中的原因,于是精心地开始了一场关于他们自己的谈话。她把两肘支在桌子上,一动不动她的汤盘,并听任谈话持续了几分钟,然后她突然喊起来:"我不知道你们的感觉怎样,但是我简直不能考虑其他任何事情!"

绅士们同情地嘟囔了几句,样子也显得很严肃。

苏珊回答说:"是啊——这不是太可怕了吗?想想她是多么好的一个姑娘——刚刚订了婚,这种事情从来不应该发生——太悲惨了。"她看了阿瑟一眼,好像他能帮她补充点更合适的言辞。

"可悲,"阿瑟简短地说,"然而——去那条河上也是一件很愚蠢的事情。"他摇摇头说。"他们应该知道这些。不能指望英国妇女像当地人一样吃苦,他们对这儿的水土早就习惯了。在他们讨论那件事情的那天,我就半认真地提醒过他们。但是,现在说这些都没有用——只会让人不高兴——从来起不到别的作用。"

老佩利太太正在满意地品尝她的汤,这时她把一只手罩在耳后说,她希望听见大家正在说什么。

"你听说了吗,艾玛婶婶,可怜的温雷克小姐死于热病。"苏珊低声地告诉她。说到死的时候,她甚至不能用正常的声音说出,所以佩利太太没听清。阿瑟就来帮助她。

"温雷克小姐死了。"他直白地说。

佩利太太凑到他面前,又问:"什么?"

"温雷克小姐死了。"他重复了一遍。在不得不重复第三遍的时候,他努力绷紧脸上的肌肉,才使自己没有笑起来,"温雷克小姐……她死了。"

且不说听清这个词很困难,日常生活以外的任何事情要真正进入佩利太太的知觉,都是很困难的。她的大脑似乎压上了某种负担,尽管没有破坏,但却阻碍着它的运动。她眯着眼睛至少呆坐了一分钟,才弄清阿瑟的话究竟是什么意思。

"死了?"她含糊地说。"温雷克小姐死了?上帝……那真让人伤心。可我一时想不起她是谁了。我们在这儿好像结识了好多新朋友。"她看着苏珊,寻求帮助。"一个高个子,黑黑的女孩,就因为有点黑所以就算不上美的那个?"

"不,"苏珊打断了她,"她是——"然后她绝望地放弃描述。纠正佩利太太想错的人并没有意义。

"她不应该死,"佩利太太继续说,"她看起来那么强壮。但是人们总会喝那水。我真不知是何原因。告诉他们在你的卧室里放一瓶塞尔兹碳酸水,是那么简单的事情。我一直都加小心的就是这一点。可以说,我去过世界上所有的地方,意大利去过十几次……但是年轻人总觉得他们什么都懂,他们为此付出代价。可怜的人。我为她感到很遗憾。"但是,仔细观察一盘土豆并忙着吃,占据了她的注意力。

阿瑟和苏珊都希望结束这个话题,因为讨论这件事使他们感到不快。但是伊夫林却还不肯罢休,人们干吗不讨论关系重大的事情呢?

"我觉得你对这事情一点不关心!"她粗鲁地转过来对着珀罗特说。他在这段时间里一直没说话。

"我?喔,不,我关心。"他不大自然,但却很真挚地回答说。伊夫林的话同样也使他感到不快。

"这事情看起来真不可思议,"伊夫林继续说,"我指的是死亡。她为什么会死,而不是你或我呢?就在前半个月她还在这里和我们在一起。你能相信什么呢?"她向珀罗特发问道。"你相信一切还在继续,她还活在某个地方——还是相信一切不过是一场游戏,我们一旦死去就什么都没有了?我可相信雷切尔还没有死。"

珀罗特本来可以迎合伊夫林,说任何她希望他说的话,但却没有足够的勇气说出他自己所相信的灵魂永存的观点。他只好沉默不语,坐在那里捻着他的面包,脸上的皱纹显得更深了。

阿瑟担心她会继而拿这个问题来问自己。就在停顿了大约一个句号的时间以后,谈起了一个全新的话题。

"假如,"他说,"一个人写信给你说,他想要你五个英镑,因为他认识你的爷爷,那你应该怎么回答?是这样,我的爷爷——"

"发明了一个火炉子。"伊夫林说,"这些我都知道。在我们保护区就有一个,是给植物取暖用的。"

"真不知道,我还这么出名。"阿瑟说。"那么,"他接着说,不惜任何代价地要把他的故事讲出来,"那老人,当今世界第二的天才发明家,并且还是一位律师,死了,和所有人的归宿一样;但却没有立遗嘱。现在他的秘书菲尔汀却一直声称,他是在为他做着什么。我不知道她这话有多少根据。这个可怜的老家伙,开始走下坡路了,都是为了他的发明。现在他住在彭治的一家烟草店的楼上。我在那里见过他。但问题是——我究竟应该不应该掏腰包?公理的原则精神是怎么要求的,珀罗特?要知道,我可没有从我祖父的遗嘱中得到过任何好处,并且我也没有办法辨别他所说的是真是假。"

"我不懂什么公理的原则精神,"苏珊说,并沾沾自喜地向其他人微微笑了笑,"但是我可以肯定一点——他应该得到这五英镑!"

珀罗特先生还想继续申明理由,伊夫林却执意说他太吝啬了,像所有的律师一样,并且只重字面含义不重精神实质。而当佩利太太还夹在这两件事情之间,一味地询问他们在谈什么的时候,午餐就这样没有片刻沉默地结束了;阿瑟庆幸自己十分巧妙地转移了话题。

在他们离开餐厅的时候,佩利太太的轮椅可巧撞上了埃利奥特夫妇,他们正要进来,而她正要出去。大家于是站下寒暄了片刻,阿瑟和苏珊祝贺胡格赫灵·埃利奥特身体的康复——他还很虚弱,第一次显得如此苍白,——珀罗特先生借此机会和伊夫林说了几句悄悄话。

"今天下午,假如说,三点左右,我能见到你吗?我在花园里等你,喷泉边上。"

伊夫林还没来得及回答,门口的交通就通畅了。但她还是站着没动,并且眼睛一亮,说:"你是说三点半吗?那我可以。"

她跑上楼去,就像每个人在憧憬情感体验时的心情一样,她感到精神极度的振奋和刺激。珀罗特先生又和她约会了,她对此毫无疑问,并且她还想到,在这场合上她应该对他的问题有一个明确的答复。因为再过三天她就要走了。但在这个问题上她还是没有明确的答复。做这样一个决定对她来说很困难,因为她有一种不喜欢任何最终结果的本性,她只喜欢不断地进行——永远进行。由于要走了,她忙着把衣服都拿出来,摆在床旁边。她看到有的衣服已经破旧。她拿起她父亲和母亲的照片,在把它们收起来之间,她把它拿在手里。雷切尔曾看过这照片。突然之间,对某个人的那种强烈的个人情感,那种她们所拥有或从事的事物所带有的个人情感,征服了她;她觉得雷切尔就在房间里与她为伴;她自己就好像在一艘航行于茫茫大海的轮船上,而每日的生活就像远处的陆地一样不真实。然而渐渐地,雷切尔在旁边的感觉消失了,她不再意识到她,因为她几乎还不认识她。但是这种短暂的情绪却使她感到压抑和疲乏。她在她的生活中起过什么作用?她有什么样的未来?什么是假的?什么是真的?究竟是这些建议、亲昵和大胆举动是真实的,还是她在苏珊和雷切尔的脸上看到的那种满足是真实的?是比她曾经感到的任何东西都更真实的?她准备下楼去,虽然心不在焉,但是她的那双手已经训练得如此熟练,它们就像在自动地为她做着各种准备工作。而当她动身下楼的时候,她的血液也开始自动地在她身体内涌动,因为她感到头脑迟钝。

珀罗特先生正在那里等她。其实,他在午餐以后就直接来到了花园,并且,带着忐忑不安的心情,已经沿着那些小路溜达了半个多小时的时间。

"我又来晚了!"她一看到他就喊道,"但是,你必须原谅我;我得打点行装……上帝!好像要来暴风雨了!在海湾里的是一只新来的汽船,不是吗?"

她看着海湾。在那里,一只汽船正在落锚,冒出的烟还在它上空盘旋,但是海浪却出现一阵猛烈的颤抖。"都快忘记下雨是什么样子了。"她补充说。

然而珀罗特先生却没有注意汽船和天气。

"默加特罗伊小姐,"他开始说,仍旧带着平日的正式口气,"我要求你来此的动机可能很自私,我想。我认为你也不需要我再次保证我的感情;但是,你很快就要走了,我感到我不能让你就这样走却没有请求你告诉我——我到底有没有机会得到你的心?"

他的脸色很苍白,似乎说不下去了。

伊夫林在下楼的时候心头涌出的激动现在离开了她,她觉得自己软弱无力。她没有什么可说的;她没有任何感觉。现在既然他用他那老成的礼貌言辞,开口向她提出,想和她结婚,她对他的感觉比以往任何时候都淡泊了。

"让我们坐下来好好谈谈。"她相当若无其事地说。

珀罗特先生跟着她来到一棵树下,坐在一张弯弯的绿色椅子上。他们看着眼前的喷泉,它已经好久没有喷水了。伊夫林一个劲地盯着喷泉,并不想她该说什么;那没有水的喷泉似乎就是她自己目前的写照。

"当然,我喜欢你,"她开始说,语气显得匆匆忙忙;"要是我不这样,那就简直是个禽兽了。我觉得你确实是我所遇到的最好的人、最棒的人之一。但是我希望……我希望你不要那样喜欢我。你能肯定你喜欢吗?"这时她真心地希望他说不。

"相当肯定。"珀罗特先生说。

"你知道,我不像大多数女人那么简单,"伊夫林继续说,

"我认为我想要的更多。我也不清楚我的确切感受。"

他坐在她旁边,看着她,没有说话。

"我有时候觉得我没有那种仅仅非常喜欢一个人的情感。别的女人会成为你更好的妻子。我能想象你和另外某个女人的幸福生活。"

"如果你认为将来还有任何可能会喜欢我,那我非常乐意等待。"珀罗特先生说。

"很好——不着急,是吗?"伊夫林说,"比如,等我回去以后,考虑好了写信给你?我要去莫斯科;我会从莫斯科给你写信。"

但是珀罗特先生坚持。

"你不要给我任何想法。我也不要求具体日期……那是最无理的。"他停了一会儿,低头看着小路上的石子。

她没有立即回答,他于是继续说。

"我很清楚,我没有——我不能给你很多,不论是我本人还是我的社会关系。还有,我忘了;这对我来说简直是个奇迹,当然对你就不一定了。直到我遇见你之前,我一直过着自己安静的生活——我们俩都是很安静的人,我姐姐和我——我对自己的一切相当满意。我和阿瑟的友谊是我生活中最重要的东西。现在我认识了你,一切都改变了。你似乎给一切都注入了活力。生活变得充满了各种我以前做梦都不曾想过的可能性。"

"那太棒了!"伊夫林喊道,并握住他的手,"你回去以后可以开始做各种事情,使你在世界上名声大振;并且,无论发生什么,我们都将依然是朋友,……我们将是伟大的朋友,你说呢?"

"伊夫林!"他突然深情地喊道,并伸出手来搂住了她。他吻着她,她并没有拒绝,尽管这并没有给她很深的印象。

当她坐直了以后,她说,"我从来看不出人们为什么不能一直做朋友——尽管有些人说不能。友谊的作用是很大的,不是吗?而且,那是生活中重要的事情?"

他带着迷惑的表情看了看她,好像他并不能确切地理解她所说的话。他努力找回自己,站起来,说,"现在,我觉得已经把我要说的话告诉你了,我惟一能补充的就是,你希望我等多久,我就可以等多久。"

独自一人以后,伊夫林沿着小路徘徊着。有什么要紧的事情?这一切的意义何在?

第二十七章

那天的整个晚上,阴云层出不穷,直到布满了整个蓝色的天空。浓云似乎缩小了天和地的间距,所以风就没有了自由活动的空间;浪也一样,扁平,但还是刚硬,好像受到压抑。花园里的灌木丛和树上的叶子也都低垂着聚到一起,鸟和虫短促地喈啾鸣叫更加深了那压抑和束缚的感觉。

餐厅里,特别奇怪的是,灯光和安静取代了就餐时常有的伴有明显间隙的嗡嗡的说话声,在这安静中,可以听到餐刀和盘子的碰撞声。第一声闷雷和第一滴雨点打在窗棂上的声音引起了一丝骚动。

"雨来了!"许多不同的语言同时说道。

继而是一阵寂静,雷电好像撤退了。人们刚要再开始吃饭,一阵冷风从敞开的窗户吹了进来,它吹起了台布和裙子,一道闪电,随即一声霹雳在宾馆的正上方炸响,雨点也随之噼噼啪啪地落下来。同时听到的是四处猛烈关门关窗户的声音,乒乓声伴随着暴风雨。

房间突然间变黑了许多,因为风似乎把一层层黑暗的波浪刮了过来。片刻间没有一个人吃饭,大家都坐在那里看着外面的花园,手里举着叉子。闪电变得频繁起来,不断照亮着他们的脸,就像在给他们拍照,并使他们现出紧张和不自然的表情。紧接着的快门声猛烈而震撼人心。很多女人都从椅子上半站起身来,然后又坐下,晚饭在紧张的气氛中进行着,大家不安地时时注视着窗外。外边的灌木丛都皱起来并变得苍白,它们在风的压力下弯着腰,似乎弯到地面。端盘子的侍者不得不拿着盘子示意;而就餐者要引起侍者的注意也很困难,因为大家都专注地看着暴风雨。眼看雷声并没有消退的迹象,而是似乎集中到了头顶上,闪电也直奔花园而来,不安的阴影取代刚才的兴奋。

草草吃完饭以后,大家聚集在大厅里,因为在这里他们感到比别处都安全,他们可以退到离窗户最远的地方,并且,尽管能听见雷声,他们却什么都看不见。一个小男孩在他母亲的怀里哭起来,被抱了出去。

在暴风雨持续的时候,似乎没有一个人想到坐下,他们都三五一伙地站在中间的大天窗下,在黄光的包围中,他们向上看着。随着一道道闪电,他们的脸变得惨白。最后,一声剧烈的霹雳,天窗的窗棂被劈断了。

"啊!"四面八方一齐呼喊。

"把什么劈坏了。"一个男人的声音说。

大雨倾泻而下。这雨似乎熄灭了闪电和雷声,大厅变得几乎一片漆黑。

一两分钟以后,当除了雨点敲打玻璃再没有别的声音的时候,可以感觉到,那声音逐渐减弱,屋里也变得亮了一些。

"过去了。"另外一个声音说。

开关拨动,所有的电灯都亮了起来,这才看清大家都在站着,而且脸上都多少带些泥水仰望着那天窗,但当他们在非自然光的照耀下相互看到对方时,他们马上转身,想要离开。雨点继续敲打了天窗几分钟时间,雷也继续响了一两声;但是随着黑暗的褪去和鼓点般的雨声减弱,可以明显看出,那片强烈对流的空气海洋正在离开他们,并带着它所有的云彩,从他们头顶上过去,移向大海。这在暴风雨中显得如此渺小的大楼,现在又重新有了以往的形状和空间。

暴风雨离开以后,在宾馆大厅里的人们又重新坐下;带着一种舒适的解脱感,他们开始相互讲述着暴风雨的故事,并且对今晚的事实多有篡改。有人拿出了象棋盘,埃利奥特先生,今天他戴了一个宽领巾而不是一个假领子,以表明他的身体更加好转,开始向帕波先生挑战一盘决胜局的象棋赛。他们周围很快就围起来一圈女士们,她们有的手拿针线,有的不善针黹的就拿一本小说,在一旁观战;就好像是在关照两个玩弹球游戏的小男孩。每隔一会儿她们就看一眼棋局,对两位绅士说几句鼓励的话。

不远处,佩利太太正把扑克牌摆成一个长长的梯子,苏珊坐在她旁边观看,只是感叹,并不帮忙;大厅里,不知名的商人们以及其他各色人等,在椅子里伸着懒腰,膝头上放着报纸。在这种情形下,谈话都是温文尔雅的,不完整的,断断续续的,但是整个房间里充满了难以形容的生动。一只蛾子不时飞来飞去,它有灰色的翅膀,身体亮晶晶的,在他们的头顶上嗖嗖作响,并时而重重地撞在灯上。

一位年轻的女士放下手中的针线活说:"可怜的东西!最好还是打死它。"但是好像谁也懒得起身来打这只蛾子。他们都眼睁睁看着它从一个灯猛冲向另一个灯。因为他们都很舒适,并且无所事事。

坐在棋局旁边沙发上的埃利奥特太太正在向瑟恩伯里太太讲解一种新的编织法,所以她们的头靠得很近,因此仅仅能看到瑟恩伯里太太在晚上戴的帽子。埃利奥特太太真是一位编织专家,她带着明显的自豪,对旁人的夸奖故作谦虚。

"我想我们都有一些引以自豪的东西,"她说,"我感到自豪的就是编织。我觉得这种事儿和家族有关。我们家人都很会编织。我有一个舅舅,他一直到死都是自己织短袜——而且织得比他的几个女儿都好,可爱的老绅士。现在我想到你,艾伦小姐,你用眼睛用得这么多,干吗不在晚上编织点什么。你会发现它是个很好的消遣,我是说——它可以让眼睛得到休息——并且,在集市上也很受欢迎呢。"她的话不知不觉就转入了职业编织行家的口吻,并继续轻松地说,"按我的做法,我总是能安排周到,使它成为一种享受,我也感到我没有浪费我的时间——"

艾伦小姐听了这番话以后,便合上书平静地观察了其他人一会儿。最后她说:"由于你的妻子正好爱着你,抛弃她显然是不合情理的。但是——根据我的观察——这正是我这本小说中男主角的所为。"

"啧,啧,那可不大好——不,那听起来根本不合情理。"那些织毛活的人低声说着。

"但是,这是人们认为写得很精彩的书。"艾伦小姐接着说。

"我肯定,是迈克尔·杰索普的《母性》①。"埃利奥特先生插话说。他在下棋的时候,总是禁不住和旁人说话。

"你知道吗,"埃利奥特太太沉思了片刻以后说,"我觉得现在人们写不出好小说来——无论怎么都赶不上过去。"

没有人自找麻烦对她的话表示同意与否。阿瑟·文宁正在一边闲逛,时而看一眼棋局,时而翻翻杂志。这时他看见艾伦小

---

① 作者杜撰的小说名。

姐正在打瞌睡,于是幽默地说,"告诉我,艾伦小姐,你在想什么?"

其他人都抬起头来,都很高兴看到他不是在跟他们说话。但艾伦小姐却没有丝毫犹豫地回答说,"我正在构思我的叔叔。有谁脑子里有一个想象的叔叔吗?"她继续说,"我有一个——一个很可爱的老绅士。他总是送东西给我。有时候是一块金表;有时候是一辆双座马车;有时候是在新福里斯特的一所美丽的别墅;还有时候是能到我最想去的地方的一张船票。"

她使大家都隐约想起自己想要的东西。埃利奥特太太明确知道自己想要什么:她想要一个孩子;她眉头之间常有的皱纹现在更深了。

"我们真是幸运的人,"她看着她的丈夫说,"我们确实什么都不缺。"她本想这样说,一方面是安慰自己,一方面也是安慰别人。但是她对自己将引发的谈话的思考被走进大厅的弗拉欣夫妇打断了。他们走过大厅,但是在象棋桌边停住了脚步。弗拉欣太太比平常看起来更粗野。一绺黑头发松垂下来,搭在她的眉毛上,她的脸颊像是挨了打一样通红,上面还有被雨点打湿的痕迹。

弗拉欣先生解释说,他们刚才在房顶上观看暴风雨。

"真是太壮观了,"他说,"闪电在大海上突然出现,把很远处的波浪和轮船都照亮了。还有那山有多么奇妙,也是你们想象不出的;闪电的照射,无比巨大的阴影。现在一切都消失了。"

他在一张椅子上坐下,开始关注象棋残局。

"你们明天也走吗?"瑟恩伯里太太看着弗拉欣太太问道。

"是的。"她回答说。

"说实在的,在这么多病以后,"埃利奥特太太说,并现出悲哀和忧伤焦虑的表情,"我们也该毫不遗憾地走了。"

"你害怕死吗?"弗拉欣太太满不在乎地问道。

"我认为人人都怕死。"埃利奥特太太保持着尊严回答说。

"我想,当死亡来临的时候,我们都是懦夫,"弗拉欣太太一针见血地说,并把脸贴在椅背上,"肯定我就是。"

"完全不对!"弗拉欣先生说着转回身来,因为帕波先生为他的下一步棋考虑了很长时间。"渴望生活不是胆小,艾莉斯。它和胆小恰恰相反。我自己就常常希望,我能活一百岁——当然,这要我的所有官能都能正常工作。想想那些必然发生的事情!"

"这正是我所想的,"瑟恩伯里太太接过来说,"社会变化,进步,发明——还有美好。知道吗,我有时感到,我实在无法忍受死亡,无法忍受再不能看到周围的美丽的东西。"

"在还没有探明火星上是否有生命以前死去,当然是太没意思了。"艾伦小姐补充说。

"你真的相信在火星上有生命吗?"弗拉欣太太问道,第一次很感兴趣地转向她,"谁告诉你的?一个懂行的人?一个叫——?"

这时瑟恩伯里太太放下了手里的针线活,眼睛里也闪出十分关注的神情。

"赫斯特先生来了。"她平静地说。

圣约翰刚好打开门走进来。他一定挨了不少的风吹,脸色看起来苍白得可怕,没有刮胡子,像个骷髅。在脱掉他的大衣以后,他原准备穿过大厅直接回他的房间去,但是他又不能置这一群熟人于不顾,尤其是瑟恩伯里太太,她还站起身来向他走过去,并伸出她的手。然而,温暖的房间,刺眼的灯光,以及看到这么多开心的人们舒适地坐在一起,而自己却刚刚从雨中摸黑过来,刚结束一天漫长的紧张和恐惧,他彻底被打倒了。他看着瑟恩伯里太太,却说不出话来。

所有的人都沉默了。帕波先生的手正捏着他的马。瑟恩伯里太太勉强扶着他来到一把椅子跟前,自己也在他旁边坐下,她眼里含着泪轻声说,"你为你的朋友做了所有该做的事情。"

她的一句话使得大家又都鼎沸起来,帕波先生也走完了他的马。

"什么也做不了,"圣约翰慢慢地开始说话了,"不可能做——"

他用手揉着眼睛,就好像有什么梦境把他和其他人隔开了,他看不见他自己在哪儿。

"还有那个可怜的小伙子。"瑟恩伯里太太说着,泪珠又从她的脸颊上滚落下来。

"不可能。"圣约翰重复说。

"他知道以后,解脱了——?"瑟恩伯里太太尝试着问。

但是圣约翰没有回答。他靠在椅背上,不经意地看着其他人,听着他们说的话。他实在是太疲倦了,有了灯光和温暖,有手的运动,还有温存的声音的交流和劝慰;这些人给了他一种奇特的安逸和放松的感觉。他一动不动地坐在那里,这种放松的感觉竟变成了巨大的快乐。没有做任何对不起特伦斯或雷切尔的事情,他不再考虑他们中的任何一个了。那从客厅的不同地点发出的动作和声音似乎聚集到了一起,并在他的眼前逐渐聚成一个形状;他很乐于静静地坐在那里看这形状究竟是什么,看那他几乎看不见的东西。

这的确是一局精彩的对弈,帕波先生和埃利奥特先生都越来越紧张地卷入绞杀之中。瑟恩伯里太太见圣约翰并不想谈话,就又开始织她的毛活。

"又打闪了!"弗拉欣太太突然喊道。一道黄光划过蓝色的窗户,一瞬间大家都看着窗外绿色的树。弗拉欣太太迈着大步来到门口,推开大门,把一半身子探到外边。

但那道光不过是逝去的暴风雨的尾声。雨停了,浓云也被吹散,空气既稀薄又清新,尽管有很快形成的水汽使月亮蒙上一层薄雾。天空又成为深邃、庄严的蓝色,地球的形状在空气的底层依然可见,庞大,阴暗,而且稳固,大块隆起便成高山,山坡上四处竖立的是透出微光的别墅。飞舞的空气,作响的树梢,以及时而亮起的闪电,使弗拉欣太太感到一阵狂喜。她的胸脯一起一伏。

"太棒了!太棒了!"她对自己嘟囔着。然后她转身回到大厅,用命令的口气高喊,"到外面看看吧,威尔弗雷德,才美呢。"

有的人有所反应,有的人站起身来,还有的人把毛线球掉了,又俯下身去寻找。

"上床睡觉——上床睡觉。"艾伦小姐说。

"你的败局是因为王后走错了,帕波。"埃利奥特先生得意地大声说,并把棋子拢到一起。他赢了。

"什么?终于打败帕波了吗?祝贺你!"阿瑟·文宁一边说一边推着轮椅送佩利太太去休息。

圣约翰还坐在那里养神,所有的这些声音都让他感到愉快,他很清醒地意识到周围的一切。一系列事物经过他的眼前,黑暗而模糊,那些人影拿起他们的书,他们的扑克,他们的毛线团,他们的工作袋,一个接一个地向他们各自的卧室走去。